GRANDES NOVELISTAS

Chris Bohjalian

LA PARTERA

Traducción de Rolando Costa Picazo

Chris Bohjalian

LA PARTERA

Emecé Editores

820-3(73)   Bohjalian, Chris
BOH   La partera. - 1a ed. - Buenos Aires : Emecé, 2000.
                   336 p. ; 23x15 cm. - (Grandes novelistas)

                   Traducción de: Rolando Costa Picazo

                   ISBN 950-04-2127-5

                   I. Título - 1. Narrativa Estadounidense

Emecé Editores S.A.
Alsina 2062 - Buenos Aires, Argentina
E-mail: editorial@emece.com.ar
http: //www.emece.com.ar

Título original: *Midwives*
Copyright © 1997 by Chris Bohjalian
© Emecé Editores S.A., 2000

Diseño de tapa: *Eduardo Ruiz*
Foto de tapa: *Tony Stone*
Fotocromía de tapa: *Moon Patrol S.R.L.*
Primera edición: 7.000 ejemplares
Impreso en Imprenta de los Buenos Ayres S.A.I.yC.,
Carlos Berg 3449, Buenos Aires, mayo de 2000

IMPRESO EN LA ARGENTINA / PRINTED IN ARGENTINA
Queda hecho el depósito que previene la ley 11.723
I.S.B.N.: 950-04-2127-5
9.078

Para Victoria,
la mujer cuyos partos
han embellecido
toda mi vida.
Y para nuestra hijita,
Grace.

En memoria de mi madre,
Annalee Nelson Bohjalian (1930-1995)

Porque el Señor no
desecha para siempre:
pues aunque ocasione dolor,
habrá de tener misericordia
de acuerdo con la multitud de sus piedades.
Pues no causa pena de buen grado,
ni aflige a los hijos de los hombres.

LAMENTACIONES 3: 31-33

Cada uno de nosotros es responsable del mal
que pudo haber impedido.

JAMES MARTINEAU

Prólogo

Todo ese largo verano, antes de que empezara el juicio de mi madre, y después, durante aquellos frescos y vigorizantes días del otoño, cuando su vida desfiló públicamente ante el condado —su nombre difamado, impugnado su sentido común—, yo oía más de lo que creían mis padres y entendía más de lo que hubieran querido.

A través del regulador de aire en el piso de mi dormitorio, tarde por la noche, cuando los adultos creían que hacía horas que ya estaba durmiendo, yo podía escuchar las discusiones de mis padres con el abogado de mi madre en el cuarto de trabajo. Si los tres estaban en la habitación junto a la cocina que mi madre usaba como oficina y consultorio —buscando quizás algún antiguo documento en sus archivos o la historia prenatal de una paciente—, yo me tendía sobre el piso del cuarto de baño, encima de esa habitación, y escuchaba las palabras que viajaban hasta mis oídos por los agujeros de las cañerías de agua del lavabo. Y si bien jamás llegué a levantar el tubo del teléfono del piso superior cuando oía hablar a mi madre por la extensión de la cocina, muchas veces bajaba la escalera de puntillas para oír cada palabra que ella decía. Debo de haber escuchado docenas de conversaciones telefónicas de esa forma —inmóvil sobre el último escalón, invisible desde la cocina porque el cable del teléfono apenas se extendía un metro y medio— y para cuando empezó el juicio de mi madre creo que habría sido capaz de reconstruir casi exactamente lo que el abogado, algún amigo o una partera decía del otro lado de la línea.

Siempre fui una ávida observadora de mis padres, pero en aquellos meses que rodearon el juicio me convertí en fanática. Supervisaba sus peleas y notaba cómo sus discusiones se tornaban desagradables bajo presión; los oía pedirse disculpas (uno de ellos llorando) y luego esperaba los sonidos amordaza-

13

dos, pero descifrables, cuando subían a la cama a hacer el amor. Captaba la esencia de sus debates con médicos y abogados; entendía por qué algunos testigos podían llegar a perjudicar a mi madre más que otros; aprendí a odiar a personas que no conocía, cuyas caras no había visto nunca. Al médico forense del Estado. Al fiscal del Estado. A una partera, presumiblemente experta, de Washington DC.

La mañana en que el juez dio instrucciones a los miembros del jurado y los despachó para que decidieran la suerte de mi madre, oí al abogado explicarles a mis padres que lo que les decía era uno de los grandes mitos de la litigación: es posible saber lo que ha decidido el jurado en el momento en que los miembros vuelven a entrar en la sala del tribunal después de sus deliberaciones por la manera en que miran al acusado. O rehúsan mirarlo. Pero no lo crean, les dijo. Es sólo un mito.

Yo cumplí catorce años ese otoño y, sin embargo, para mí era mucho más que un mito. Tenía el sonido de la verdad que había oído en muchas historias de esposas y parteras, un núcleo de sentido común endurecido por siglos de observación. Los niños nacen cuando hay Luna llena. Si se queman las papas al hervir, lloverá antes de oscurecer. Una oruga peluda es señal de un invierno muy frío.

El abogado de mi madre quizá no creyera en el mito que compartió con mis padres, pero yo sí. Tenía sentido para mí. Yo había oído muchas cosas esos últimos seis meses y aprendido qué mitos atesorar y cuáles desechar.

Por eso, cuando los miembros del jurado volvieron a entrar en la sala del tribunal —una apostólica procesión de doce miembros—, les estudié los ojos. Observé para ver si miraban a mi madre o apartaban los ojos. Sentada al lado de mi padre en la primera fila, directamente detrás de mi madre y su abogado, como todos los días desde hacía dos semanas, empecé a rezar. *Por favor, no se miren los zapatos; por favor, no miren al juez. No miren hacia abajo ni por la ventana. Por favor, por favor, mírenme a mí, miren a mi madre. Mírennos a nosotros, hacia aquí, hacia aquí, miren hacia aquí.*

Durante días yo había estudiado a los jurados, los había visto mirarme. Había contado las barbas, notado las arrugas, mirado con fijeza, más allá de lo razonable y lo cortés, al presidente del jurado, sentado con los brazos cruzados delante del pecho, ocultando la mano desfigurada hacía años por una sierra de cadena. Tenía pulgar, pero le faltaban los demás dedos.

Entraron desde la habitación contigua para ocupar sus doce sillas y se sentaron. Algunas de las mujeres cruzaron las piernas a la altura de las rodillas; uno de los hombres se restregó los ojos y se hamacó en la silla, haciéndola descansar durante un breve segundo sobre las patas de atrás. Algunos examinaron la pared más distante, otros miraron la palabra "salida" sobre la puerta principal, sabedores de que la ordalía ya terminaba y de que la emancipación estaba próxima.

Una de las mujeres, una persona mayor de pelo canoso y un vestuario en el que abundaban bellísimos vestidos de flores rojas, la mujer que —yo estaba segura— era una de las Lipponcott de Craftsbury miró hacia la mesa detrás de la cual esperaban sentados el fiscal del Estado y su asistente.

Y fue entonces cuando me eché a llorar. Traté de no hacerlo, pero sentí que se me llenaban los ojos de lágrimas, y sentí que se me sacudían los hombros. Parpadeé, pero una chica de catorce años no puede sobreponerse al lamento que se había estado formando en mi interior. Mi llanto fue sosegado al principio, apenas un susurro lastimero, pero fue cobrando furia. Me han contado que me puse a aullar.

Y si bien no estoy orgullosa de la histeria a la que sucumbí aquel día en la sala del tribunal, tampoco me avergüenza. Si alguien debería sentir vergüenza por lo ocurrido en aquel momento en una pequeña corte de justicia en el noreste de Vermont, creo que es el jurado: en medio de mis sollozos y aullidos —según me contaron— yo suplicaba con todas mis fuerzas:

—¡Mírennos! ¡Ay, Dios, por favor haz que nos miren!

Y sin embargo ni uno solo de los jurados lanzó siquiera un vistazo en dirección a mí o a mi madre.

Parte I

1

De niña, yo usaba la palabra *vulva* de la misma manera que algunos chicos dicen *cola* o *pene* o *vomitar*. No era exactamente una mala palabra para mí, aunque sabía que tenía cierta fuerza, una especie de borde cortante, y que era capaz de inmovilizar a los adultos, pues los tomaba por sorpresa. *Vulva* era una de esas palabras que en todas las casas, salvo en la nuestra, expresaba emoción y sentimientos, al mismo tiempo que significaba una simple parte de la anatomía humana básica correspondiente a uno de los sexos o un acto —como el vómito— que no era más que una función corporal básica.

Recuerdo que una tarde estaba jugando en lo de Rollie McKenna. Había una amiga de Montpelier visitando a su madre. Era uno de esos raros días de verano en Vermont en que el cielo es tan azul que parece de neón, con esa clase de azul que tenemos con frecuencia en enero, cuando la temperatura no llega a cero y el humo de la chimenea del vecino parece a punto de congelarse apenas asoma, pero casi nunca en junio o julio.

Como la señora McKenna, su amiga trabajaba en el departamento de educación del estado. Mientras en la terraza de ladrillos de los McKenna (que inclusive entonces me parecía inapropiadamente elegante) las dos adultas tomaban té helado con hojas de menta de la planta del jardín de mi madre, procedí a contarles sobre el parto de Cynthia Charbonneau con todos los detalles a que pude recurrir.

—El bebé de la señora Charbonneau pesaba cuatro kilos y medio, pero mi madre pudo masajearle la vagina y dilatar los músculos para que no se desgarrara el perineo. A la mayoría de las mujeres con bebés de tanto peso se les debe practicar una episiotomía —se corta el perineo de la vagina hasta el ano—, pero no a la señora Charbonneau. Tiene una buena vulva. Y la placenta salió inmediatamente detrás de Norman —ése es el nombre que le pusieron al bebé— en un par de minutos. Mi mamá dice que era una placenta grande; ahora está enterrada junto al arce que la señora Charbonneau plantó en el jardín del frente. Mi papá dice que espera que el perro no la desentierre, aunque podría hacerlo.

Yo tendría nueve años entonces, lo que significaba que hacía un poco más de un año que los McKenna habían ido a vivir a Vermont, pues llegaron a nuestro pueblo provenientes de una zona residencial de la ciudad de Nueva York —Westchester— cuando yo cumplí ocho años. Literalmente, el día después de mi cumpleaños. Cuando el furgón de mudanzas empezó a subir por la colina enfrente de nuestra casa, le dije a mi papá que ojalá viniera lleno de regalos para mí, entrara en nuestro sendero y empezara a descargarlos.

Mi papá sonrió y meneó la cabeza. Mejor sería que esperara que la Luna se soltara del cielo y cayera sobre nuestro tejado.

Yo no había estado nunca en Westchester, pero tuve de inmediato la sensación de que los McKenna provenían de una ciudad donde los modales eran mejores que en Reddington. La terraza de su casa fue una verdadera revelación para mí, pero además ellos eran mucho más tiesos que los que vivíamos desde hacía más tiempo en Vermont, como los amigos de mis padres. A mí me gustaban los McKenna, pero una parte de mí sospechó desde el momento en que Rollie me presentó a su madre que su familia no iba a durar mucho en esa parte de Vermont donde nosotros vivíamos. Podrían hacerlo en Burlington, la ciudad más grande del estado, pero no en un pueblito como Reddington.

En eso me equivocaba. Los McKenna se adaptaron muy bien, sobre todo Rollie. Y si bien había padres en el pueblo que no dejaban que sus hijitas jugaran en mi casa —algunos porque temían que su hija podría llegar a presenciar un parto si mi madre no lograba encontrar quién cuidara a las niñas; otros porque creían que entre las extrañas hierbas y tinturas que mi madre utilizaba para lo que ella consideraba una intervención médica había marijuana, hachís y hongos alucinógenos—, a los McKenna no parecía importarles que mi madre fuera una partera.

Contarles a la señora McKenna y a su amiga sobre el paso de Norman Charbonneau a través del canal vaginal de su madre era tan natural para mí a los nueve años como contarles a

20

mis padres acerca de una prueba en la escuela en que me había ido bien o cuánto me divertí un día determinado de diciembre deslizándome colina abajo detrás de la casa de Sadie Demerest.

Para cuando tenía catorce años y mi madre fue juzgada, ya me había cansado de escandalizar a los adultos con mis conocimientos clínicos sobre el parto natural o mis increíbles historias de nacimientos caseros. Pero también me había dado cuenta de que palabras como *vulva* eran menos agradables en boca de una muchacha de catorce años que en una niña de menor edad.

Además, para cuando tenía catorce años y mi cuerpo había avanzado en su transformación de la adolescencia —empecé a usar corpiño en el verano entre quinto y sexto grado, y a menstruar casi un año antes de que el tribunal del condado se convirtiera en mi segundo hogar—, la idea misma de una cosa de cuatro kilos y medio empujando para salir por un agujero absurdamente pequeño entre mis piernas me daba náuseas.

—¡No veo cómo algo tan grande puede salir por algo tan pequeño! —insistía yo.

Después de este comentario, mi padre solía observar, meneando la cabeza:

—Mal diseño, ¿eh?

Si mi madre estaba presente, invariablemente lo contradecía.

—¡No lo es! Es un magnífico y bello diseño. Es perfecto.

Yo creo que mi madre pensaba de esa manera porque era partera. Yo no. Además, ahora que tengo treinta años, todavía no puedo imaginar cómo algo tan grande como un bebé puede salir serpenteando o irrumpir con fuerza a través de lo que me sigue pareciendo un túnel horriblemente pequeño.

Aunque mi madre jamás habría permitido que una de mis amiguitas presenciara un parto, antes de cumplir ocho años yo empecé a acompañarla cuando el bebé decidía llegar un día o una noche en que mi padre no estaba en el pueblo y ninguna de sus niñeras podía venir a cuidarme con tan poco tiempo de aviso. No sé qué haría antes, pero siempre debe de haber encontrado a alguien, porque el primer nacimiento que recuerdo —la primera vez que le oí susurrar a mi madre "¡Ya está asomando la corona!", lo que hasta hoy me hace pensar en un acontecimiento real— ocurrió una noche de una gran tormenta eléctrica, cuando yo estaba en segundo grado. Era hacia fin del año escolar, quizá cerca del verano, durante la primera o segunda semana de junio.

Mi madre creía que era más probable que nacieran los bebés cuando había en el cielo nubes de lluvia y no cuando estaba despejado, porque la presión barométrica era baja. Y por eso, cuando empezaron a pasar las nubes esa tarde, mientras las dos comíamos en el porche, ella dijo que una vez que termináramos con los platos iría a averiguar cuál de las niñeras estaba libre esa noche, por las dudas. Mi padre estaba en el estado de Nueva York, junto al lago Champlain esa noche, porque al día siguiente iban a empezar la construcción de un nuevo edificio para ciencia y matemática que él había contribuido a diseñar para una universidad del lugar. No era un proyecto solamente de él —esto era tres años antes de que abriera su propia empresa—, pero mi padre era responsable de los detalles relacionados con la construcción de la estructura sobre una colina y de asegurarse de que no pareciera un edificio de oficinas de la fuerza aérea.

El primer infante que vi nacer en su casa fue una niña, Emily Joy Pine. E. J., como la llamarían luego, fue un parto fácil, pero a mí no me pareció así un mes antes de cumplir los ocho años. David Pine llamó a casa como a las diez de la noche, cuando yo ya estaba durmiendo, pero mi madre contestó en seguida. Y así el nacimiento de Emily se inició para mí con el beso que mi madre me dio en la frente y la imagen de las cortinas de mi ventana, cerca de la cama, hinchándose con la brisa. El aire estaba cargado, pero todavía no había empezado a llover.

Cuando llegamos, Lori Pine estaba sentada en el borde de la cama con una frazada liviana de algodón sobre los hombros, pero habían retirado la mayor parte del resto de la ropa de cama, y frazadas, cobertor y sábanas formaban una montaña sobre el piso. Había unos almohadones gordos contra la cabecera de la cama que parecían provenir de un viejo diván. El colchón estaba cubierto con una sábana cuyo diseño hubiera sido más apropiado en una vieja y fea cortina de baño: girasoles psicodélicos con pétalos en forma de lágrimas y soles que irradiaban luz y calor.

Oí que habían calentado esa sábana en el horno de la cocina, envuelta en una bolsa de papel marrón del supermercado. Sería de mal gusto, pero estaba esterilizada.

Cuando mi madre y yo llegamos, la mujer que era aprendiz de mi madre entonces ya estaba allí. Se llamaba Heather Reed, tendría unos veinticuatro o veinticinco años en esa época, y ya había ayudado a mi madre a traer al mundo cerca de cuarenta bebés. Cuando entramos en el dormitorio, le estaba diciendo a Lori con voz muy calma que imaginara cómo luciría su bebé en el útero en ese momento.

Mi madre era muy higiénica, y después de saludar fue directamente al cuarto de baño de los Pine a lavarse. Pasaba cerca de diez minutos enjabonándose las manos y los brazos antes de tocar con delicadeza el estómago de la parturienta o de ponerse un par de delgados guantes de látex y explorar con los dedos el cuello del útero.

Cuando salió del baño, le pidió a Lori que se acostara, para ver cómo iba la cosa. Los dos hijitos de Lori y David estaban en la casa de su tío, camino arriba, mientras que su tía —hermana de Lori— estaba allí, masajeándole los hombros a Lori a través de la frazada de algodón. David acababa de volver de la cocina de preparar té con una hierba llamada *cohosh* —también conocida como San Cristóbal— que, según mi madre, estimulaba las contracciones.

Lori se acostó sobre la cama, y al hacerlo la frazada se deslizó y vi que estaba desnuda. Yo suponía que no iba a estar durmiendo con pantalones de pijama, como yo, pero no se me había cruzado por la mente que no usara un camisón como mi madre o quizás una remera grande y larga, como las que nos poníamos nosotras cuando la noche era muy calurosa.

No. Lori Pine no. Desnuda como vino al mundo. Y enorme.

Lori Pine siempre había sido una mujer muy grande ante mis ojos. Era más alta que la mayoría de las madres, como yo notaba cuando nos encontrábamos juntas ante la caja registradora de la tienda de ramos generales de Reddington o en el vestíbulo lleno de gente de la iglesia, antes o después del servicio religioso. Sus hijos eran menores que yo —uno, dos años y el otro, cuatro—, de modo que no la veía a ella en la escuela. Sin embargo, solía encontrarla a mi lado muchas veces, y en aquel entonces yo temía que, si necesitaba salir corriendo por alguna emergencia, ella me cerraría el paso al obstruir toda la salida, pues era una mujer grande, con un traste enorme.

Ahora supongo que en una verdadera emergencia Lori Pine habría hecho buen uso de su tamaño, haciéndome pasar por la puerta con la misma rapidez y facilidad con que yo me libraba de los gatos por la mañana.

No obstante, lo que más me impresionó cuando vi a Lori Pine desnuda sobre la cama fue simplemente su barriga de embarazada. Eso fue lo que vi, eso es lo que recuerdo, una gran pera de carne sobre su falda, que le caía sobre sus rodillas dobladas, con una pequeña protuberancia en el medio que me hacía acordar a esos botones que salen de la pechuga de un pollo o un pavo bien asados. No sabía entonces que la barriga de una embarazada era algo muy sólido; yo esperaba que se achatara y se le deslizara como un burujo de mayonesa cuando se acostara. Como eso no sucedió, cuando se levantó como una montaña, la miré con tanta sorpresa en los ojos que Lori me devolvió la mirada y jadeando dijo una palabra que luego supuse que era "condones".

Nunca supe si esa palabra estaba destinada a mí como un consejo que debía tomar en serio, como diciendo: "Exige que tu hombre use siempre un condón para que no termines tratando de empujar un pickle por una pajita" o como una advertencia contra esa forma particular de contraceptivo: "Toda la culpa de esto la tiene un condón. Hay mejores formas de control de la natalidad en el mundo, y si tuviera más juicio habría recurrido a una de ellas."

Nunca sabré si Lori Pine dijo, en verdad, la palabra *condones* u otra cosa o simplemente pronunció mi nombre al verme allí parada, pues mi nombre es Constance, pero yo prefería que me llamaran Connie. Me gusta pensar que dijo *condones*. Hay tantas creencias que se hacen añicos cuando una crece que quiero conservar ésta intacta.

De todos modos, más allá de lo que haya dicho todos los que estaban en el cuarto se dieron cuenta de que yo estaba allí, apoyada contra la pared.

—¿Te importa si ella se queda, Lori? —le preguntó mi madre, señalándome con un movimiento de la cabeza—. Dímelo con toda sinceridad.

El marido de Lori le tomó la mano, se la acarició y dijo:

—Podría reunirse con los muchachos en la casa de su tío, sabes. Estoy seguro de que a Heather no le importaría llevarla allá en el auto.

Sin embargo, Lori Pine era tan generosa y desinhibida como grande de tamaño, y dijo que no le importaba que me quedara.

—¿Qué es un par más de ojos, Sibyl? —le dijo a mi madre

antes de empezar a encogerse por una contracción y volver la cabeza en mi dirección como si le hubieran dado una bofetada.

De modo que me quedé y llegué a ver el parto de Lori Pine y el nacimiento de E. J. Pine. Mi madre y yo llegamos alrededor de las diez y media, y permanecí despierta gran parte de esa noche, hasta la mañana siguiente. Dormité encima de la ropa de cama que habían arrojado al piso, sobre todo cuando pasaron sobre nuestras cabezas los truenos que llegaban desde el este a través del valle Champlain y las Green Mountains en su camino hacia New Hampshire, pero fueron sueñecitos cortos y estaba despierta a las seis menos cuarto cuando mi madre y Lori empezaron a pujar, y también a las siete y treinta y cinco, cuando E. J. agachó la cabeza debajo del pubis por última vez, mientras mi madre apretaba el cráneo del infante con los dedos para demorarlo y darle tiempo al perineo de su madre para que se extendiera un poquito más.

E. J. nació a las siete y treinta y siete minutos, como el avión. El parto duró nueve horas y media, y en la opinión de todos fue fácil. No en la mía. Cuando dormitaba, era probablemente porque ya no soportaba ver sufrir tanto a Lori Pine, y debía cerrar los ojos, no sólo porque estuviera cansada y los ojos se me cerraran solos.

El cuarto estaba en penumbras, iluminado sólo por un par de velas de Navidad con lamparitas rojas que David trajo del altillo para el acontecimiento, después de que mamá y yo llegamos. Si no hubiera sido una noche tan ventosa, habrían usado velas comunes, pero Lori quería que se mantuviera la ventana abierta durante las contracciones y el parto, de modo que David prefirió sacrificar la autenticidad en aras de la seguridad.

Lori estaba a punto de expresar su decepción al ver a David reaparecer con las lamparitas en lugar de velas de cera, pero en ese momento una nueva contracción le desgarró el cuerpo y se tomó del brazo de mi madre con las dos manos mientras gritaba con los dientes apretados, haciendo un sonido como el de un motorcito de un vehículo con un encendido defectuoso, al que le cuesta arrancar.

—Respira, Lori, respira —le recordó mi madre con placidez—, respira hondo y despacio.

Sin embargo, por la manera en que Lori ponía los ojos en blanco, mi madre bien podría haberle dicho que saliera al exterior e instalara una nueva puerta en el garaje, y eso fue lo último que oímos de Lori sobre las velas.

Realmente yo no había oído gritar de dolor a una persona adulta hasta entonces. Había visto llorar a niños y, algunas veces, supongo, con verdadero dolor, como por ejemplo la vez que Jimmy Cousino se quebró la clavícula cuando estábamos en primer grado. Jimmy aullaba como un bebé con cólicos, sólo que sus pulmones eran del tamaño de un chico de seis años y parecían altoparlantes, y aulló sin parar hasta que una maestra lo sacó del patio de recreos y lo llevó al hospital.

Sin embargo, era una experiencia totalmente distinta ver sollozar a un adulto. Mi madre fue fantástica con Lori —no dejaba de sonreír y le aseguraba que ella y su bebé estaban muy bien—, pero yo no alcanzaba a entender por qué mi madre no le daba el equivalente adulto de la aspirina para niños, con gusto a naranja, que me daba a mí cuando no me sentía bien. Esa sustancia hacía milagros.

En cambio, mi madre le sugería que caminara por la casa, sobre todo en las primeras horas. Mi madre la hacía pasearse por los dormitorios de sus dos varones; le recomendó también que se diera una ducha tibia y le pidió a la hermana de Lori que le masajeara la espalda y los hombros. En un momento dado, mi madre hizo que Lori y David miraran unas fotos del nacimiento de sus dos varones, tomadas en ese mismo dormitorio.

Si bien no creo que presenciar el dolor de Lori me asustara hasta el punto de dejarme una cicatriz en la mente, hasta hoy me acuerdo de algunos sonidos e imágenes muy, muy bien: mi madre hablándole a Lori como con un arrullo y la sangre que alcancé a ver en la vieja toallita que usó para limpiar la sábana; el jadeo de Lori y la manera en que su marido y su hermana se inclinaban y jadeaban con ella como un trío de adultos que parecían estar hiperventilando juntos; Lori Pine golpeando el dorso de la mano contra el respaldo de la cama, haciendo sonar los nudillos como si su codo fuera un resorte disparado por el dolor, y el ruido de los huesos en la madera de cerezo, que parecía el de un pájaro estrellándose contra un tinglado; el pánico y la desesperación en la voz de Lori al decir que no podía hacerlo, que esta vez no podía hacerlo, que algo andaba mal, que nunca le había dolido tanto como ahora, y mi madre diciéndole con calma que sí, que antes le había dolido lo mismo, las dos veces; Lori, hacia el final, arrastrándose hasta bajarse de la cama para ir al baño, ayudada por mi madre y Heather, y Lori apoyando las dos manos sobre los hombros de las mujeres, igual que un soldado herido en las películas que es ayudado a salir del campo de batalla por dos enfermeros que son sus buenos camaradas o que antes no eran sus amigos; la imagen de los dedos enguantados de mi madre desapareciendo periódicamente en la vagina de Lori, y la deleitada dulzura en su voz al decir, muy bajo, apenas por encima de un susurro:

—Ay, ay. Todo está tan bien. No bien, extraordinario. ¡Tu bebé estará aquí para el desayuno!

Y así fue. A las seis menos cuarto, cuando Lori Pine empezó a pujar, el cielo estaba claro aunque cubierto de nubes, pero la lluvia hacía mucho que se había ido hacia el este. Nadie se había molestado en apagar las lamparitas de Navidad, de modo que lo hice yo: ya en 1975, cuando todavía no tenía ocho años, me preocupaban el medio ambiente y los recursos renovables. Quizá lo hice por eso o quizá simplemente por ser una vulgar yanqui condicionada a apagar las luces cuando ya no se necesitaban.

2

Los libros dicen que la concepción tiene lugar cuando el esperma penetra en un huevo femenino, y todos usan esa palabra: penetración. *¡Todos, sin excepción! Es como si la vida comenzara con una batalla. "¡Tomemos por asalto al huevo!" O, quizá, como una infiltración de espías y saboteadores: "Tomaremos por sorpresa al huevo y después nos deslizaremos por la ventana de la cocina cuando esté dormido". Yo no lo entiendo, no veo por qué siempre tienen que decir "penetrar". ¿Qué hay de malo con encontrarse o fundirse o simplemente enlazarse?*

del diario de Sibyl Danforth, partera

Cuando en obstetricia las cosas salen mal, todo sucede con rapidez. Se precipitan desde un acantilado. En un momento la madre y el feto se sienten felices, observando la vista desde arriba, y al momento siguiente, se caen desde el borde y ruedan por las rocas hasta los árboles allá abajo.

Yo oía a los médicos usar esta clase de analogías todo el tiempo mientras crecía. Y, por supuesto, virtualmente todos los obstetras y ginecólogos que hizo desfilar el Estado ante el jurado durante el juicio de mi madre tenían su propia versión personalizada y metafórica.

"La mayoría de las veces, un parto es como dar un paseo por el campo. No ocurre nada desusado. Pero algunas veces —algunas veces— uno da con un tramo cubierto de hielo, patina y sale del camino, o un camión de basura pierde el control y lo choca a uno."

"En la gran mayoría de los casos, el parto no necesita intervención médica. Es un proceso natural que las mujeres vienen manejando bien desde el comienzo de los tiempos. Sin embargo, hemos perdido la memoria colectiva del hecho de que, si bien el parto es algo natural, es peligroso. Reconozcámoslo: hubo un tiempo en que tanto las mujeres como los bebés morían todo el tiempo en el parto."

El sentido de lo que decían era siempre el mismo: las mujeres no deberían tener hijos en su casa con mi madre. Debían tenerlos en el hospital con médicos.

"Un hospital es como un asiento para bebés en el auto. Si algo inesperado sucede y hay un choque, tenemos instrumentos para sacar al bebé del horno", dijo un médico, mezclando las metáforas y confundiendo el útero con un artefacto de cocina.

A fines de la década de 1970 y comienzos de la de 1980, mi madre era una de una docena de parteras independientes o no profesionales en Vermont que traían a los bebés al mundo en su casa, algo que no hacía casi ningún médico. El costo del seguro contra mala praxis en un parto casero era prohibitivo, y la mayoría de los obstetras y ginecólogos realmente creían que era más seguro traer a los bebés del útero al mundo en el hospital.

Mi madre no estaba de acuerdo, y ella y distintos médicos libraban sus batallas con estadísticas. Cuando era una niñita, yo los oía lanzar cifras e intercambiar frases como peloteos en una cancha de badminton, y me fascinaba la nota siniestra detrás de las limpias y frías palabras. Morbidez maternal. Mortalidad neonatal. Fatalidad intranatal. Nacido muerto.

Mi madre creía que el parto en la casa era seguro sólo en parte, porque se negaba a asistir partos que implicaran un alto riesgo. Las mujeres con presión sanguínea muy alta, por ejemplo. Las que padecían de diabetes. A estas mujeres les insistía en que dieran a luz en el hospital, aunque ellas le rogaran que las atendiera en su casa. Tampoco vacilaba en trasladar al hospital a una parturienta bajo su cuidado cuando sentía que algo le hacía latir el corazón más rápido que lo acostumbrado, según me explicó en una oportunidad. A veces se debía a la sensación de mi madre de que el trabajo de parto no progresaba durante horas, y en esos casos la paciente quedaba exhausta. A veces mi madre recomendaba el traslado al hospital porque temía que el caso peligrara debido a una de esas cosas que la comunidad médica describe eufemísticamente como "un hecho imprevisto": la placenta se separa de la pared uterina antes de la llegada del bebé o existen signos de sufrimiento fetal, como debilitamiento de los latidos del corazón.

En todos sus años de práctica, mi madre trasladó a sus

parturientas al hospital en un cuatro por ciento de los casos, según revelaban los expedientes.

No tengo ninguna duda de que mi madre y la comunidad médica sentían una antipatía mutua. No obstante, ella jamás hubiera permitido que sus conflictos hicieran peligrar la salud de una de sus pacientes. Eso es un hecho.

Podría comenzar la historia de mi madre con la muerte de Charlotte Fugett Bedford, pero eso significaría haber optado por abrir su vida con lo que para ella fue el comienzo del fin. Sugeriría que todo lo que importó en su vida fue la tribulación que hizo a mi familia parte de una trágica nota a pie de página de la historia.

De modo que no lo haré.

Además, considero que ésta también es mi historia, y la razón por la que creo que los bebés llegaron a ser mi vocación también.

Estoy convencida de que nuestras historias empezaron a principios de la primavera de 1980, dieciocho meses antes de que mi madre viera su vida deshilvanada ante sus ojos en una atestada sala de tribunal de Vermont, y por lo menos un mes antes de que los Bedford llegaran a nuestro estado.

He aquí lo que recuerdo: recuerdo que el barro era una pesadilla ese año, pero que la producción de azúcar era notable. Eso sucede por lo general. Si hay mucho barro, habrá mucha azúcar de arce, porque el barro y el arce son una especie de primos meteorológicos. En marzo, la clase de clima que transforma los caminos de tierra de Vermont en ciénagas —un frígido invierno nevoso, seguido por una primavera de días tibios y noches muy, muy frías— inspira igualmente a los arces a que produzcan una savia dulcísima y abundante, que corre como los ríos hinchados por la nieve y el hielo derretidos.

En la familia de mi madre y mi padre ya no se dedicaban a hacer azúcar de arce, de modo que mis recuerdos de marzo giran más en torno del barro que del jarabe de arce. Para mí, ese mes fue, sobre todo, un río interminable de fangosa suciedad. Me cubría las botas y piernas cada vez que recorría los cincuenta metros desde el borde de nuestro sendero de entrada —alguna vez de tierra— hasta el pequeño cuarto entre la puerta lateral y la cocina que en esos días recibía el nombre de "fangal". Los pisos y las paredes estaban cubiertos de barro. El barro húmedo tenía el color oscuro del tabaco; cuando se secaba, el color se aclaraba y se asemejaba al polvo que usábamos para hacer chocolate con leche.

Seco o húmedo, el barro estuvo por todas partes durante dos semanas de aquel marzo de 1980. Los caminos de tierra eran como esponjas en las que se enterraban y atascaban los autos. A veces se hundían tanto que los conductores no podían abrir las puertas para escapar, y debían salir por la ventanilla. Los patios eran pantanos que obligaban a los perros a aminorar su carrera y a caminar. Virtualmente todas las familias de nuestro pueblo tuvieron que poner tablas largas o pedazos de madera terciada para poder caminar sobre los charcos en sus jardines o para llegar desde el porche de entrada hasta el auto.

Mi madre estacionaba su camioneta sobre el camino pavimentado al final de nuestro sendero de tierra, como lo hacía siempre en el invierno y a comienzos de la primavera, para estar segura de poder llegar con puntualidad a sus pacientes. Sin embargo, ocasionalmente había partos a los que ni siquiera mi precavida madre podía llegar a tiempo. La parte de nuestra vieja casa que usaba como consultorio tenía toda una pared cubierta con las fotos de los bebés que había ayudado a traer al mundo, y en una de esas fotos, que muestra la cabecita de un bebé a punto de salir, la madre es ayudada por su hermana, que aprieta con la cara el auricular del teléfono sobre su hombro mientras se prepara para recibir al bebé. Mi madre está en el otro extremo del teléfono, dando instrucciones, pues una tormenta de nieve le ha impedido llegar a tiempo, tanto a ella como al equipo de rescate del pueblo.

Esa primavera, hasta una ciudad con todas las calles pavimentadas y aceras sólidas como Montpelier —la capital del estado— se cubrió de blandas capas de barro sobre sus kilómetros y kilómetros de asfalto y cemento.

Pero la producción de azúcar fue buena y abundantísima. Mi mejor amiga, Rollie McKenna, tenía una yegua, y aunque se suponía que no debíamos montarla las dos al mismo tiempo, lo hacíamos con frecuencia, y ese marzo fuimos hasta la casa de los Brennan después de la escuela por lo menos tres o cuatro veces para poder oler el aroma dulce que rodeaba el lugar cuando Gilbert y Doris hervían despacio la savia para el jarabe.

Por supuesto, había otras razones para ir hasta las colinas, donde los Brennan habían colgado centenares de baldes en los arces. Ibamos allí también porque el camino pasaba junto a la cancha de pelota del pueblo, donde Tom Corts y sus amigos se reunían a fumar cigarrillos.

A los doce años (a punto de cumplir los trece), yo recorría kilómetros a caballo o a pie para ver fumar a Tom Corts, dos años mayor que yo, y por lo tanto en noveno grado. Es probable que también me hubiera desviado kilómetros de mi camino para verlo apilar madera o pintar tablas. Siempre llevaba puesto un suéter de cuello alto, por lo general negro o azul marino, lo que le daba un aspecto ligeramente peligroso, pero tenía pelo rubio claro y ojos verdosos como los de una niña, lo que otorgaba un tono casi poético al aura de deliciosa delincuencia que lo rodeaba. Tom fue el primero de muchos fumadores sensibles de los que me enamoré locamente, y si bien yo nunca he fumado, conozco muy bien el sabor del tabaco en la lengua.

Tom Corts fumaba Marlboro en atados de cartón, y sostenía el cigarrillo como los criminales recios de las películas, entre el pulgar y el índice. (Unos años después, cuando yo también estaba en la secundaria, un compañero me enseñó a sostener el cigarrillo de esa manera.) No tragaba el humo casi nunca, apenas lo necesario para encenderlo y de vez en cuando para mantenerlo encendido; por lo general, los cigarrillos se consumían solos lentamente entre sus dedos, dejando cenizas en la tierra o en el barro de la cancha, en la vereda o en la calle.

Tom tenía la reputación de enloquecer a los adultos, aunque raras veces de tal manera que lo castigaran (o pudieran hacerlo). Recuerdo que la primera temporada de caza en que le dieron una escopeta y lo llevaron al bosque con los hombres mayores de su clan mató a uno de los ciervos más grandes del condado de todo aquel año. El orgullo de los hombres por su joven congénere debe de haberse reducido considerablemente al ver la foto que el propietario de la tienda de ramos generales le sacó junto al ciervo para colgar en la pared de la fama de ese año. Fingiendo llorar, Tom abrazaba el animal por el cuello con una mano y con la otra sostenía en alto un cartel con la palabra "Inocencia", el nombre que le había dado al ciervo.

También se creía en el pueblo que Tom fue el cabecilla de un grupo que consiguió de alguna manera una lata de la brillante pintura amarilla que usaban los obreros para señalizar los caminos, y una vez para Halloween pintó la pared del frente de la oficina del nuevo secretario del ayuntamiento. El edificio era tan horrible de por sí —ninguno de los concejales lo soportaba y el pueblo entero lo deploraba— que ni el alguacil ni la policía estatal se esforzaron mucho por descubrir a los vándalos.

A Tom podía encontrárselo en algún lugar leyendo un libro sobre mitología griega —no asignado por la escuela— o una revista de vehículos para andar sobre la nieve. Era totalmente impredecible. Si la clase realizaba una visita educacional al planetario en St. Johnsbury, él se hacía la rabona, pero después escribía un ensayo sobre los agujeros negros que dejaba pasmado al profesor.

Al principio, a mi padre no le gustaba Tom, aunque no tanto como para disuadirme de que tratara de llamar la atención del muchacho o para sugerir que era una mala idea que Rollie y yo tratáramos de hacernos aceptables en su círculo. Yo creo que mi padre —esa clase de metódico arquitecto que durante todas las noches de su vida adulta apilaba las monedas de su bolsillo según el tamaño, de tal manera que cuando yo me levantaba encontraba sobre su escritorio pequeños rascacielos de monedas de veinticinco, diez y cinco centavos— pensaba que Tom era un tanto alocado. Mi padre provenía de una familia de realizadores —un linaje de granjeros que prosperaron en el suelo rocoso de Vermont, seguido por dos generaciones de pequeños comerciantes exitosos— y creía que el mal pedigrí de Tom podría ser un problema. Aunque sabía que Tom era muy inteligente, aun así temía que el muchacho pudiera terminar como la mayoría de los Corts de Reddington: trabajando de día en el mugriento taller mecánico que parecía un cementerio de automóviles oxidados y por la noche tratando de comprar cerveza con cupones. Probablemente no fuera una mala vida si se mantenía vigente la vacunación contra el tétano, pero no era la clase de vida que aspiraba mi padre para su única hija.

Mi madre comprendía por qué yo encontraba atractivo a Tom, pero también tenía sus reservas.

—Es probable que haya peores hongos en este mundo que un muchacho como Tom Corts —me advirtió una vez—, pero aun así quiero que tengas cuidado con él. No pierdas la cabeza.

Ambos subestimaban a Tom, como se dieron cuenta al año siguiente. Él siempre estuvo a mi lado cuando lo necesité.

En la temporada de barro de 1980, la yegua de Rollie, una zaina llamada Witch Grass, tenía veinte años, y si bien sus años mejores habían quedado atrás, era un buen transporte para nosotras. Paciente. Poco exigente. Y le costaba acelerar. Esta última característica significaba mucho para nosotras (y, debo suponer, para nuestros padres), porque habíamos abandonado las lecciones formales de equitación el año anterior, cansadas de las órdenes de que nos sentáramos erguidas, trotáramos y galopáramos.

Witch Grass podía llevarnos a Rollie y a mí largos trechos sobre el lomo, aunque tratábamos de reducir el tiempo en que debía soportar ochenta kilos de peso sobre su viejo espinazo. A veces una de nosotras caminaba al lado.

Fue probablemente durante la tercera semana de marzo cuando dejé que Tom me besara por primera vez.

No cometamos un error: no fue un momento apasionado. Mi actitud fue totalmente pasiva en ese primer beso, y aunque Tom lo inició (con mi total acuerdo), él se apartó rápido; éramos demasiado jóvenes y el suelo estaba demasiado fangoso para que la tierra se sacudiera.

Igual que el día anterior, Rollie y yo planeábamos turnarnos para montar a Witch Grass en la subida a la colina Gove, el único punto de Reddington que, según la madre de Rollie, no era ni asfalto ni puro barro. Cuando la yegua hubiera estirado las patas, subiríamos las dos, cruzaríamos la calle y, después de pasar por la tienda de ramos generales, llegaríamos a la cancha de pelota para echarles un vistazo a Tom Corts y a sus holgazanes amigos. Después podríamos seguir camino hasta la casa y refinería de azúcar de los Brennan, pues hasta desde el centro del pueblo se alcanzaba a ver el humo que ondeaba desde los árboles como el rastro de un géiser pequeño pero hiperactivo.

De modo que Rollie partió primero en Witch Grass, y yo salté el cerco electrizado y entré en el terreno junto al granero donde pastaba la yegua cuando Rollie estaba en la escuela, y empecé a levantar paladas de bosta de caballo y a echarlas en lo que Rollie y yo en secreto denominábamos el "túmulo de mierda". Witch Grass no era mía, pero pasaba tanto tiempo encima de ella que trataba de ayudar con su cuidado y alimentación, lo que significaba trabajar con la pala en la media tarde.

Hacía poco que había empezado cuando, por su ruido característico, reconocí la camioneta de mi madre acercándose. Era una gigantesca camioneta azul, con partes imitación madera de fines de la década de 1960, y si bien mis padres habían pensado cambiarla durante la crisis del petróleo en 1973 —una discusión ocasionada tanto a causa de la culpa, por la forma en que la bestia consumía nafta y aceite, como por el costo de echarle dinosaurios muertos en el estómago para mantenerla andando— mi madre era incapaz de separarse de ella. Hacía el mismo tiempo que tenía tanto a la camioneta como a mí, la había transportado a más de quinientos partos y no soportaba la idea de mandarla a cuarteles de invierno.

El terreno estaba junto a uno de los caminos más transitados de Reddington, que conducía a la ruta 15, que se dirigía a Morrisville al oeste y a St. Johnsbury al este. Eso significaba que mi madre podía estar yendo prácticamente a cualquier parte: a la tienda de ramos generales, al Banco, a una parturienta.

Aminoró al verme, se detuvo en la mitad de su carril (no se atrevió a salir a la fangosa banquina) y bajó la ventanilla. Crucé la calle con la pala de los McKenna todavía en la mano y apoyé los dos pies en las líneas amarillas entre ambos lados del camino, fingiendo creer que las rayas eran cuerdas flojas paralelas.

—El bebé de Wanda Purinton está a punto de nacer —me dijo, sonriendo con serenidad, como era su costumbre cuando comenzaban los dolores de parto de una de sus madres.

—¿Está cerca? —le pregunté.

—No lo sé. Las contracciones así lo indican. Veremos.

—No estarás en casa para la cena, entonces —dije, tratando de disimular mi decepción. Yo trataba de hacer que sonara como un hecho que necesitaba confirmación, pero no sonó así.

Sacudió la cabeza.

—No, tesoro. Tú y papito deberán arreglarse solos. ¿Te importa ocuparte de la cena?

—No. —Pero sí me importaba. Y mi madre lo sabía, por supuesto.

—Saqué carne picada del freezer. Prepara hamburguesas.

—Sí.

Las hamburguesas eran el límite de mi labor culinaria a los doce años. Hamburguesas con queso derretido. De hecho, hasta que tomé un curso de cocina para divertirme en enero en mi segundo año de la universidad, las hamburguesas eran todo lo que sabía cocinar.

—Quizá sea un parto corto. Wanda es una de las Burnham, una familia con nacimientos rápidos.

—Pero quizás estés allí toda la noche.

Levantó las cejas.

—Quizás. En cuyo caso, tomaremos juntos un gran desayuno. —Sacó a medias la cabeza por la ventanilla. —¿Un beso antes de irme, por favor?

Obedecí, le di un beso de rutina en la mejilla, la vi hacer el cambio y partir. No estaba enojada con ella, sino que más bien me sentía frustrada. Su trabajo con el bebé de Wanda Purinton significaba que yo debía volver a casa antes de lo planeado. No era que llevara mucho tiempo preparar hamburguesas acompañadas de arvejas en lata, sino que yo siempre sentía una especie de obligación moral cada vez que mi madre no estaba en casa cuando papá volvía de trabajar. No sé si la idea provenía de las comedias que miraba durante horas en nuestra pantalla del televisor lleno de nieve y estática, o si era el resultado de mi opinión del comportamiento de las madres de mis amigas, mujeres tan diferentes entre sí como la señora McKenna de Westchester y Fran Hurley, nativa de Vermont, pero, por lo que yo sabía, las madres —con excepción de las parteras— estaban en su casa cuando volvía el marido de su trabajo.

Volví al terreno y seguí trabajando con la pala unos cuantos minutos, sabiendo que no habría tiempo para ir hasta la colina Gove y al mismo tiempo encontrar un pretexto y poder observar a Tom Corts fumando. De modo que dejé la pala sobre una roca seca de buen tamaño, me metí bien las bocamangas de mis vaqueros dentro de las botas y decidí caminar sola hasta la cancha de pelota. Me dije que en realidad me dirigía a la tienda de ramos generales a comprar goma de mascar, pero inclusive eso era parte de la conspiración: tener mejor aliento en caso de que Tom y yo...

Cuando pasé, Tom estaba sentado junto a dos muchachos mayores, adolescentes con edad suficiente como para haber decidido que no era necesario terminar la secundaria para lavar platos en uno de los restaurantes alrededor de Powder Peak, el complejo de esquí al sur, por lo que ya habían dejado de estudiar. Uno de ellos era uno de los O'Gorman, pero como tenía cuatro años más que yo no sabía su primer nombre, y el otro era Billy Metcalf, alto y flaco y con una barba cerdosa que le daba un aspecto amenazador.

Si Tom hubiera estado solo, yo habría reunido coraje para hacer un desvío hasta las gradas, más allá del barro que en un par de meses sería todo pasto, pero como no estaba solo seguí camino a la tienda. La goma de mascar y las pastillas de menta estaban en una estantería de alambre frente al mostrador de madera, detrás del cual John Dahrman permanecía sentado el día entero. John era viudo, un hombre callado, de pelo blanco y ojos tan hundidos como los de Abraham Lincoln en los retratos que llenaban el capítulo sobre la Guerra Civil en mi libro de historia. Aunque de pelo blanco y ojos cansados, su piel era tersa, y yo me imaginaba que era más joven de lo que creía. Era dueño de la tienda desde que yo tenía memoria y conciencia de cosas como el comercio y la goma de mascar, y lo ayudaban en la caja registradora una serie de sobrinos y sobrinas, al parecer interminables, que se hacían cargo de la caja no bien crecían y aprendían a contar.

Mientras pagaba la goma de mascar, desilusionada por no haber podido acercarme a treinta metros del levemente alocado objeto de mi enamoramiento, oí el tintineo de la campanilla de la puerta de la tienda. El muchacho O'Gorman y Billy Metcalf fueron caminando hacia la heladera al fondo de la tienda, donde el señor Dahrman guardaba la cerveza. No tenían edad suficiente para comprar cerveza, pero yo los había visto antes en la tienda mirando las latas en paquetes de seis detrás del vidrio, discutiendo a gritos cuánto eran capaces de beber y qué marca comprarían cuando crecieran. Al rato, el señor Dahrman los echaba o los arreaba hacia las góndolas con charqui y bolitas infladas con sabor a queso, productos que hallaban igualmente interesantes y que estaban autorizados a comprar.

Yo esperaba ver a Tom Corts caminando tras ellos, pero no fue así. Supuse que eso significaba que se habría ido a su casa, pero seguía aferrándome a la débil esperanza de que se hubiera quedado solo en la cancha, de modo que si me apuraba podría tener un momento a solas con él antes de que O'Gorman y Metcalf regresaran con su compra. Qué haría yo estaba más allá del límite de mi imaginación, ya que hasta ese momento la mayoría de mis intercambios con Tom Corts consistían en sucesivos "hola" farfullados a medias.

Lo que imaginaba careció de importancia, pues Tom no estaba. Las gradas de los costados del diamante en primera y tercera base estaban vacías, y el único signo de vida era el retriever dorado de los Cousino, un perro tan tonto que ladraba horas enteras a los troncos de los árboles y a las tapas de los pozos. Ahora estaba ladrándole a la parrilla en la zona de picnic entre la cancha y el río, que corría a un costado. Traté de olvidar mi decepción saboreando la goma de mascar y haciendo globitos y me dirigí al terreno donde había estado trabajando con la pala. Ya no pensaba adónde se habría ido Tom con su aspecto ceñudo y sus cigarrillos; aceptaba el hecho de que ya no estaba y de que tendría que esperar un día más para verlo.

Traspuse la cerca y tomé la pala de la roca donde la había dejado. Apoyado contra la pared del granero, a unos veinte metros, estaba Tom Corts. Se quitó el cigarrillo de la boca y vino hacia mí, sin recordar —o sin que le importara— que con cada paso sus zapatillas se hundían más hondo en el barro o la bosta de caballo.

Yo me quedé inmóvil, con el corazón en la boca. Cuando llegó tan cerca que podía oler el cigarrillo en su aliento, se detuvo.

—¿Te pagan por esto? —preguntó.

Yo vacilé, pensando qué era "esto". Luego me di cuenta: las paladas.

—No.

—¿Por qué lo haces, entonces?

—Porque Rollie es mi amiga.

Asintió.

—Y porque tú montas su yegua.

—Por eso también.

Se metió en el bolsillo de su chaqueta de tela de jean la mano que no necesitaba para el cigarrillo.

—Va a hacer frío esta noche. Frío como el demonio para los animales. Su instinto les dice que ha llegado la primavera y que el frío de enero ha quedado atrás. Pero luego esta noche va a hacer bajo cero, y como no lo esperan, sentirán mucho frío.

Yo no tenía idea de si la teoría de Tom tenía validez, pero esa tarde me pareció muy sabia. Y compasiva. Me sugirió que ese muchacho tenía un alma tan misteriosa como la dulzura de sus ojos.

—¿Tu familia tiene animales? —le pregunté. Yo sabía que los Corts no trabajaban en el campo desde hacía años, pero tenía que preguntar algo. —¿Vacas o caballos?

—Mis abuelos —todos ellos— tenían animales antes. El abuelito Corts tuvo cincuenta cabezas durante años, lo que era mucho. Y también tenía algunos caballos. Morgan.

—¿Tú andas a caballo?

Meneó la cabeza.

—No. Ando en motos de nieve. Y en motocicleta.

Yo lo había visto en motos de nieve muchas veces, cuando mi padre y yo esquiábamos a campo traviesa en la pista natural y en los senderos al norte de Reddington. Solíamos hacernos a un lado para dejar pasar a Tom y sus amigos mayores o primos. Pero tuve la sensación de que me estaba mintiendo con respecto a la motocicleta, y de alguna manera eso me enterneció tanto como su sabia compasión por los animales.

—Yo nunca he andado en una moto de nieve.

—Te llevaré si quieres. Quizás este mismo año. Tendremos más nieve, sabes.

—Ah, lo sé.

—Te he visto esquiar. Con tu papá y tu mamá.

—Con mi papá solamente. A mi mamá no le gusta esquiar.

—Hace bien. Andar en moto de nieve es más divertido. Se va más rápido y se hace buen ejercicio. Más de lo que la gente cree.

—Me parece que a ella tampoco le gusta andar en moto de nieve.

Arrojó el cigarrillo a sus pies y lo hundió en el barro.

—Tú tienes a la señora Purta en francés, ¿no?

—Sí.

—¿Te gusta?

—Sí. Seguro.

Él asintió, absorbiendo este hecho y dándolo vueltas en la mente para encontrarle significado. Una señal. Quizás una confirmación de mi madurez. Luego él dijo algo que podría haber resultado amenazante para mí de no haber oído esas mismas palabras de boca de mi madre hacía un momento, una coincidencia que sugería una armonía cósmica.

Además, su voz de pronto trasuntó un desasosiego que reflejaba el mío.

—¿Un beso antes de irme, por favor? —me pidió, y hubo un temblor al pronunciar "por favor". Permanecí sin moverme delante de él, lo que era lo más próximo a una respuesta afirmativa que podía ofrecerle a los doce años, y después de un segundo lo suficientemente largo como para que los brazos se me pusieran de carne de gallina debajo de las mangas de mi camisa y mi suéter, se inclinó y presionó sus labios contra los míos. Ambos abrimos un resquicio los labios y nos saboreamos mutuamente el aliento.

Fue sólo después de que se enderezó y de que nuestros cuerpos se separaron cuando me di cuenta de que no me había puesto la lengua en la boca. Me alegré, pero sobre todo porque no habría sabido cómo hacer malabarismos con la lengua de Tom y el gran pedazo de goma de mascar que en ese momento ocultaba en alguna parte de la mejilla.

Pasarían unos largos ocho meses antes de que Tom y yo nos convirtiéramos en novios, y un largo año y medio antes de que yo dirigiera la mirada hacia la parte posterior de la sala del juzgado en Newport y lo viera allí, observando. Pasaría un año y medio antes de encontrarme una noche entre sus brazos, llorando.

3

*Zigoto no es una mala palabra, aunque dista mucho
de ser perfecta. Por otra parte, me encanta el origen de
la palabra, el término griego que significa "unir". Eso
me suena bien, porque es lo que ocurre. El huevo y el
esperma se unen, y empiezan un precioso peregrinaje
hacia el útero.*
*Por otra parte, no me gusta cómo suena la palabra
cuando se la dice en voz alta: ¡zigoto! Siempre suena
como si requiriera signos de admiración. Siempre suena como la maldición de un científico loco que está enojado. ¡Zigoto! ¡La cubeta se rompió! ¡Zigoto! ¡Hay radio
diseminado por todo el laboratorio!*

del diario de Sibyl Danforth, partera

Mi madre recibió el nombre de Sibyl, que era el de su abuela
materna. Su abuela, que era hija de misioneros de Massachusetts, nació en una aldea al este de México. Esos misioneros —
bisabuelos de mi madre— pasaron diez años en una pequeña
ciudad costera llamada Santiago, y en esa década fundaron
una iglesia católica, se hicieron amigos de una curandera del
pueblo llamada Sibella, y tuvieron dos hijos. Uno de ellos, la
abuela de mi madre, sobrevivió. El otro, no.

El que no vivió era un muchacho llamado Paul, y su muerte, ahogado, quebrantó la fe de sus padres y los envió de regreso a los Estados Unidos. Me contaron que Paul se ahogó en
poca agua, y durante años eso evocó en mi mente la imagen
del oleaje agitado del Golfo de México cerca de la playa, y de
un niño de tres años sacudiéndose por un momento en el agua
antes de ser arrastrado por las olas por última vez. Con el

tiempo mi madre me dijo que no creía que hubiera sucedido así. La tradición familiar —mito o realidad, quién sabe— es que murió en la bañadera.

Cuando los misioneros y su hija regresaron a los Estados Unidos, estuvieron a punto de volver a establecerse, tal cual habían planeado, en el centro de Massachusetts, pero en su intento por reconstruir su vida decidieron empezar en un nuevo lugar, y siguieron avanzando hacia el norte hasta que salieron de Massachusetts, cruzaron New Hampshire y por último llegaron al estado de Vermont. A Reddington.

Creo que la mayoría de las personas de mi edad suponen que como los niños morían con tanta frecuencia en el siglo XIX la gente no lamentaba su muerte ni tanto tiempo ni con tanto dolor como ahora. Yo no creo lo mismo. La mujer por la cual mi madre recibió su nombre nació en 1889, y su hermano en 1891. Él murió en 1894. Hay un cenotafio con el nombre del niño en el cementerio de Reddington, otro en el lote de la familia en el cementerio de la ciudad de Worcester, Massachusetts, y una tercera tumba con los restos del cuerpo en un cementerio de Santiago.

Nadie sabe quién era el responsable de bañar a Paul cuando murió. Los detalles se han perdido en la historia familiar.

De todos modos, cuando aquellos misioneros, que en un principio tuvieron el fervor de trasladarse a México a difundir la palabra de Dios y a construir una iglesia —literalmente, a ayudar a levantar la estructura de arenisca bajo el sol abrasador con sus pálidas manos de Nueva Inglaterra—, se establecieron por fin en Reddington, raras veces volvieron a pisar una iglesia, católica o protestante, otra vez.

Mi madre era una hippie auténtica, hecha y derecha, desprejuiciada, liberada y amante de la paz, de las que se teñían la ropa con la técnica característica de los hippies, el batik: se estampaba la tela de manera tal que no absorbiera totalmente el teñido y emergieran dibujos al azar. Esto no era un logro menor, considerando que se había criado en un pueblito del norte de Vermont. Los pueblos como Reddington están protegidos contra los cambios culturales por las altas montañas, el clima inclemente, la mala recepción televisiva y la baja densidad de población (lo que podría explicar por qué mi madre nunca intentó escapar a lugares como San Francisco, el East Village en Nueva York, o Woodstock), de manera que posiblemente requirió de su parte una cierta cantidad de atención, investigación y temple para descubrir la revolución e inclusive encontrar una falda decente de campesina.

Aunque Sibyl nunca se mudó a un ómnibus escolar ni a una comuna, las fotografías de ella tomadas durante la segunda mitad de la década de 1960 muestran a una mujer que al parecer vivía de pantalones acampanados y chal, collares de cuentas, medallones y sandalias. Aquellas fotos revelan a una mujer de redondos ojos azules y pelo rubio rizado, características que he heredado yo, aunque mi pelo es mucho menos ondulado que el de ella.

Asistió a Mount Holyoke durante dos años, pero conoció a un hombre levemente mayor que ella mientras trabajaba como camarera en Cape Cod durante el verano, entre el segundo y tercer año de la universidad, decidió dejar de estudiar y pasar el invierno con él en una cabaña junto al océano. No duró mucho. Para el otoño se había radicado en Jamaica Plain, en Boston, donde ayudaba a los Panteras Negras a iniciar un programa de desayuno para los pobres, mientras contestaba el teléfono para un periódico alternativo. Para la primavera ya no aguantó más, no porque estuviera cansada del movimiento, sino porque echaba de menos el campo y Vermont. Quería volver a casa, y eso hizo.

Volvió justo antes de su vigésimo cumpleaños, diciendo a sus padres que se quedaría durante el verano y luego reanudaría los estudios en otoño. Mi abuela siempre decía que mi madre había dejado la universidad con muy buenas calificaciones, y que Mount Holyoke la habría recibido con los brazos abiertos.

Pero yo no creo que ella pensara en serio en volver a la universidad. Para entonces había adquirido esa aversión, generalizada en aquel tiempo, hacia la mayoría de quienes representaban autoridad tradicional o institucional, y en ese sentido sospechaba de Mount Holyoke. Además, en julio se unió a un grupo de artistas autoproclamados como tales que se reunían en las colinas al noreste de Montpelier, un conjunto de cantantes y pintores y escritores entre los cuales había un ilustrador que con el tiempo decidiría ser arquitecto en vez de diseñador de tapas de álbumes: mi padre. Los hombres del grupo seguían en la universidad para no perder su derecho de postergación del servicio militar, pero las mujeres abandonaban para dedicarse a la cerámica, a hacer alfombras o componer canciones.

Mi madre quedó embarazada de mí al poco tiempo, y tanto ella como mi padre siempre me aseguraron que nunca discutieron la posibilidad de buscar a un experto de Boston o Montreal para hacerme desaparecer.

Conociendo a mis padres, realmente creo que la idea de abortarme nunca se le cruzó por la mente a mi madre, aunque estoy segura de que sí a mi padre. Estoy absolutamente convencida. Nunca he dudado del amor de mi padre, y creo que está muy contento con mi presencia en este mundo, pero siempre ha sido un hombre muy pulcro y metódico, y un embarazo no planeado por lo general es algo desordenado. Mi concepción pospuso indefinidamente, y luego para siempre, cualquier discusión sobre el regreso de Sibyl a la universidad.

Ésa es una de las principales razones por las que mi madre se convirtió en partera no diplomada en vez de en partera con formación médica o quizás hasta una ginecóloga obstetra. No logró un título y, con el tiempo, se convenció de que no lo necesitaba.

Por supuesto, también creía con apasionada convicción que en la mayoría de los casos las mujeres deberían tener hijos en su casa. Creía que era más saludable tanto para la madre como para el recién nacido. Para ella, las parturientas trabajaban más eficazmente en el medio que conocían mejor, y eso les daba mayor comodidad. Igualmente, era importante recibir a un bebé en un cuarto tibio y con manos bondadosas. La mera idea de fórceps como cucharas para servir ensalada y de transductores abdominales irritaba a mi madre y ella (esto llegaría a ser la ironía más cruel) daba a la parturienta todas las oportunidades posibles para un parto vaginal. En algunos casos esperaba durante días antes de llevar a la mujer al hospital, donde un médico la anestesiaría, luego le cortaría la pared abdominal y la uterina, y extraería a la sobresaltada criatura bajo las luces fluorescentes de un quirófano.

Mi madre sabía que el nacimiento en la casa no era para todos, pero quería que siguiera siendo una opción viable para quienes lo querían. Si hubiera llegado a ser médica o partera diplomada, la Junta de Práctica Médica estatal habría intentado obligarla a ejercer en el hospital.

Así eran los reglamentos entonces y así siguen siendo en la actualidad. Si un médico o una partera diplomada trae a un bebé al mundo en la casa, lo hacen sin seguro contra mala praxis ni autorización estatal. De modo que desde la perspectiva de mi madre no había razón para obtener ningún tipo de diploma médico. Sabía lo que hacía.

¿Sentía aversión Sibyl Danforth por los hospitales y lo que sus acusadores describían como "la comunidad médica"? Por un tiempo, creo que sí. ¿Era una renegada, como decían ellos? Por supuesto. (Aunque cuando la acusaron en la corte de ser una renegada, ella sonrió y dijo: "Prefiero considerarme una pionera". Cada vez que veo ese diálogo entre las pilas de papeles legales que he juntado, yo también sonrío.)

Había un aspecto humorístico en su prejuicio contra obstetras y ginecólogos que nunca afloró en la corte. En una foto tomada en 1969, ella está apoyada contra la parte posterior de un Volkswagen escarabajo, y se lee una leyenda en un adhesivo: CUESTIONA LA AUTORIDAD. Sentía por los médicos y los administradores hospitalarios la misma desconfianza que antes sintió hacia el poder parapetado de profesores y rectores.

Y si bien ella llegó a superar en gran parte su desconfianza hacia los médicos —nunca perdió el tiempo cuando veía que una mujer necesitaba intervención médica, y por cierto me llevaba al pediatra cuando yo no me sentía bien de niña—, la mayoría de los médicos nunca le tuvo confianza a ella.

Mi nacimiento no fue el primero en el que mi madre estuvo presente, sino el tercero.

En el año y medio transcurrido entre su regreso de Boston y mi llegada a Vermont, otras dos mujeres en su círculo de amistades al noreste de Montpelier dieron a luz, y mi madre estuvo presente en el primer nacimiento en forma accidental y en el segundo por decisión propia. El primero tuvo lugar, como no podía ser de otro modo, en un dormitorio en una vieja granja de Vermont, llena de corrientes de aire, y no en la esterilizada sala de partos de un hospital.

El primero de estos nacimientos —y bautismo de mi madre como partera— fue el de Abigail Joy Wakefield.

La niñita debía de haber nacido en un hospital, pero llegó dos semanas antes. Los seis adultos que estaban presentes la noche en que a la madre le empezaron las contracciones, entre ellos los dos que llegarían a ser mis padres, temían estar demasiado drogados para tratar de conducir cualquiera de los autos esparcidos alrededor de la vieja casa sin orden alguno, como si hubiera habido un terremoto. Como resultado, y en una regresión de roles sexuales que en mi opinión era parte instinto, parte socialización, los hombres decidieron cubrir a la carrera los cinco kilómetros hasta el teléfono público en la tienda de ramos generales, donde podrían llamar una ambulancia, y las mujeres llevaron a la parturienta arriba para que estuviera más cómoda, y ayudarla a parir, en caso de ser necesario.

Por qué fueron los tres hombres, mi padre entre ellos, constituye otra de esas historias casi míticas que se contaban en casa año tras año. Mi padre aseguraba que se trató de una decisión espontánea causada por el hecho de que todos los hombres habían consumido LSD, por lo que sencillamente no pensaron con detenimiento. Mi madre y sus amigas afirmaban, quizás en broma, que los hombres actuaron como hombres típicos al querer alejarse lo más posible de una mujer a punto de dar a luz. Por cierto, después de llamar la ambulancia decidieron quedarse junto al camino principal a esperarla para asegurarse de que encontrara la casa.

Por suerte ni mi madre ni la madre de Abigail Joy, Alexis Bell Wakefield, tenían alucinaciones. Esa noche sólo habían fumado marihuana.

Al principio Luna Raskin se quedó en el dormitorio junto con mi madre y Alexis. A diferencia de las otras dos mujeres, Luna tenía en el organismo toda clase de sustancias químicas sintéticas, y cada vez que Alexis exclamaba: "¡Ay, Dios, me duele, me duele mucho!", Luna tomaba el faldón de la camisa de mi madre y aullaba: "¡La están matando, la están matando!".

Por un momento mi madre creyó que Luna se refería a las contracciones de Alexis, pero cuando se explayó, mi madre se dio cuenta con una mezcla de horror y asombro de que Luna estaba hablando del presidente Lyndon Johnson y el secretario de Estado Dean Rusk, que habían aparecido juntos en una fotografía publicada en la primera página de los diarios ese día.

En ese momento mi madre sacó a Luna del dormitorio y trajo al mundo a la niña ella sola.

Mi madre no estaba segura de los instrumentos que necesitaría y tomó una de esas decisiones que sugerían que en verdad estaba destinada a ser una partera. Llegó a la conclusión de que las mujeres tenían hijos desde hacía mucho, mucho antes de que se inventaran los instrumentos que luego se emplearon en los alumbramientos, fueran los que fuesen. Imaginó que el cuerpo femenino tenía una muy buena idea de lo que se suponía que debía hacer. Lo importante era mantener tranquila a Alexis.

No obstante, buscó todas las toallas y pedazos de género que encontró, y llenó de agua hirviendo una enorme cacerola de las que se usaban para cocinar langostas enteras. No tenía idea de lo que podía esperar de una placenta ni lo que significaba empujar ni había oído hablar nunca (retrospectivamente, esto fue una bendición) de un término como "desproporción cefalopelviana": el infante tiene una cabeza dos veces mayor que la pelvis de la madre.

Apagó la luz del techo del dormitorio, suponiendo que Alexis estaría más cómoda sin una luz en la cabeza; la lámpara del rincón proyectaba luz suficiente para que Sibyl viera con claridad todo aquello que no entendía.

Por suerte, la madre de Alexis había insistido en que su hija visitara a un obstetra, y Alexis había leído por su cuenta. También fue una bendición que el parto fuera breve y la criatura, pequeña y sana. Aun así, ningún parto es fácil, y si bien mi madre nunca dejó de creer que el proceso que presenciaba era increíblemente bello, a medida que los dolores de Alexis empeoraban, temía que algo anduviera mal. Le masajeaba las piernas y la espalda, y decía en voz alta que lo que sentía Alexis era lo mismo que habían sentido todas las mujeres desde el comienzo de la creación, pero interiormente la carcomían las dudas.

Cuando pasó casi una hora y no llegaban ni los hombres ni la ambulancia, los temores la indujeron a lavarse las manos otra vez, en esta ocasión con una minuciosidad que hubiera impresionado hasta a un cirujano de corazón. Se sacó las pulseras de plata y los tres anillos diferentes, incluyendo el que le había dado mi padre después de un concierto de rock cerca del estanque de Walden, y se lavó las muñecas y los brazos hasta los codos.

Cuando sus manos estuvieron tan limpias como creía posible, introdujo un dedo todo lo que pudo en la vagina de Alexis, con la esperanza de descubrir si el bebé estaba a punto de emerger.

—¿Hay dilatación? —preguntó Alexis con un quejido, haciendo girar la cabeza una y otra vez sobre la almohada como si su columna y su cuello fueran de gelatina.

En ese momento de la vida de Sibyl, la palabra *dilatación* siempre había sido usada en el contexto de pupilas y drogas. No tenía idea de que Alexis se estaba refiriendo al cuello del útero. Así que mi madre levantó la mirada de entre las piernas de Alexis para fijarse en su cara, pero la mujer tenía los ojos cerrados.

—Creo que sí —respondió mi madre. Aunque no podía ver las pupilas de Alexis, suponía que quien había fumado tanta marihuana como Alexis esa noche debía de tener las pupilas dilatadas.

—¿Cuánto?

—Shhhhhhh —respondió mi madre, la partera de emergencia. Metió la punta del dedo índice dentro de Alexis y rozó algo duro que, se dio cuenta al instante, era un cráneo. La cabeza del bebé. Por un instante pasó el dedo sobre ella, sorprendida de cuánto podía tocar.

—¿Puedes sentir la cabeza? —preguntó Alexis.

—Puedo sentir la cabeza —respondió Sibyl, hipnotizada, y retiró el dedo despacio.

Unos pocos minutos después Alexis exclamó que debía pujar, y lo hizo.

—Sigue —le dijo mi madre—. Lo estás haciendo muy bien.

Sin pensar acerca de la lógica detrás de su idea, pero segura de alguna manera primitiva de que era lo correcto, levantó a Alexis, la reclinó sobre el respaldo de la cama y la rodeó de almohadas. Mi madre pensó que si Alexis se incorporaba, la gravedad ayudaría a que saliera el bebé.

Luego se arrodilló sobre la cama entre las piernas de Alexis y observó durante unos minutos mientras la mujer pujaba y pujaba y gemía y hacía rechinar los dientes. Sin embargo, no pasaba absolutamente nada. Los labios de la vagina quizás estaban más húmedos, pero por cierto la cabeza no empezaba a emerger entre ellos.

—Relájate un momento. Creo que has adelantado muchísimo —dijo mi madre, aunque era una mentira. Puso cada mano debajo de las rodillas de la mujer y le levantó las piernas, separándoselas al mismo tiempo, con la esperanza de ensanchar la apertura para el bebé. —¿Lista? —le preguntó, y Alexis asintió.

Durante los treinta minutos siguientes Alexis se turnaba: pujaba y luego descansaba, pujaba y descansaba. Mientras tanto mi madre le daba ánimo, diciéndole una y otra vez que ella podía hacerlo, podía pujar una vez más, porque el bebé saldría como un corcho si seguía pujando.

Un poco antes de la una de la mañana mi madre casi se cayó de la cama cuando tanto empujar funcionó, y el oscuro mechón de pelo que la había estado provocando durante lo que le parecía una eternidad asomó de pronto, y vio la frente de un bebé, los ojos, la naricita y la boca. Los labios, con forma de rosa, eran tan pequeños que bien podrían haber sido los de una muñeca. Ahuecó las manos para recibir la cabeza, planeando servirle de almohada cuando cayera al mundo, y entonces emergió un hombro, luego el otro, y después toda Abigail Joy y su cordón umbilical. El bebé era rosado, y cuando abrió los ojos empezó a aullar, un aullido que hizo que Alexis llorara y sonriera a la vez, un aullido tan impresionante que si en aquel entonces mi madre hubiera sabido lo que era el puntaje de Apgar, le habría otorgado a ese bebé diez puntos.

Mientras estudiaba los dos lugares donde el cordón umbilical unía a madre e hija, pensando que debía cortarlo e ideando cómo hacerlo, mi madre oyó sirenas que subían la colina hacia la casa: estaba llegando la ambulancia. Se sintió aliviada y decepcionada al mismo tiempo. Sin duda se había asustado, pero algo en la urgencia del momento le produjo excitación y mareo. Estaba presenciando la fuerza vital, el milagro que es la energía y el cuerpo de la madre —un cuerpo que se transforma físicamente ante los ojos de quien observa— y el milagro que es el bebé, un alma en un receptáculo físico diminuto pero fuerte, capaz de ejercer presión para salir al mundo y casi de inmediato empezar a respirar y a retorcerse y a llorar.

Cuando a Donna, la amiga de Sibyl, le empezaron las contracciones unos meses después, ella le pidió a mi madre que estuviera a su lado en el hospital. Yo no estaba con mi madre cuando trajo al mundo a Abigail Joy, pero sí en el segundo nacimiento que presenció. Calculo que yo tendría entonces seis semanas, medía poco más de un centímetro, con un esqueleto de cartílago y el comienzo de un cráneo que llegaría a ser misericordiosamente grueso. A diferencia de mi piel.

4

Los médicos usan la palabra contracción y muchas parteras usan la palabra puja. A mí nunca me gustó ninguna de las dos: contracción es demasiado funcional y puja demasiado ambigua. Una es demasiado biológica y la otra... imprecisa. Al menos para mí.

No estoy segura de cuándo empecé a usar la expresión oleada de efluvio o, en medio del parto, simplemente la palabra oleada. Rand cree que fue en el nacimiento de Casey, el primer hijo de Nancy Deaver, el día siguiente al que todos rodeamos el edificio de la cámara legislativa en Montpelier, vivando a McGovern. Rand no estuvo en el parto, por supuesto, pero Casey nació a la tarde y fue durante la cena esa misma noche cuando Rand notó que yo usaba las palabras oleada y oleada de efluvio.

Quizá tenga razón. Puedo haber hecho alguna conexión entre la forma en que todos saltábamos cuando McGovern habló ese día, la mayoría sin ayuda de drogas, y la forma en que Nancy y yo saltábamos al día siguiente. Yo me sentí realmente en paz con el planeta y con el futuro ambos días. Cuando escuchábamos hablar al hombre, todos de pie sobre el césped alrededor del edificio legislativo, estaba helando. Yo tenía las mejillas tan frías que me dolía la piel, y podía ver el aliento de la gente cuando hablaba, y parecía que todos compartíamos un efluvio de una manera increíblemente espiritual y cargada de significado.

Y si bien siempre he entendido la razón biológica por la que la comunidad médica usa la palabra contracción, basándome en el nacimiento de Connie y en todos los nacimientos a los que he asistido, la idea de una *oleada refleja tanto el deseo de progreso del bebé como el poder increíble de la madre. Oleada quizá sea también más apropiada espiritualmente, sobre todo si decimos oleada de efluvio.*

del diario de Sibyl Danforth, partera

Hasta el otoño de 1981 —el otoño del juicio de mi madre—, mi padre, Rand, se dejaba unas enormes patillas. No le cubrían la cara entera, hasta las comisuras de la boca, como las de fines de la década de 1960 y principios de la de 1970, pero recuerdo haber mirado sus mejillas cuando estábamos sentados juntos en la sala del juzgado y notar que las patillas le cubrían las orejas como herraduras de caballo, y descendían hasta debajo de cada lóbulo.

Cuando el testimonio perjudicaba a mi madre o cuando el fiscal del Estado la interrogaba, yo observaba a mi padre tirarse, nervioso, del pelo oscuro que se dejaba crecer junto a las orejas.

FISCAL WILLIAM TANNER: ¿De modo que le pidió al reverendo Bedford que le trajera un cuchillo?

SIBYL DANFORTH: Sí.

TANNER: Usted no pidió cualquier cuchillo. Pidió un cuchillo afilado, ¿verdad?

DANFORTH: Probablemente. No creo que podría haber pedido un cuchillo sin filo.

TANNER: Tanto el reverendo Bedford y su ayudante recuerdan que usted pidió "el cuchillo más afilado de la casa". ¿Fueron ésas sus palabras?

DANFORTH: Ésas pueden haber sido mis palabras.

TANNER: ¿La razón por la que necesitaba "el cuchillo más afilado de la casa" es que no lleva bisturí?

DANFORTH: ¿Se refiere a un parto?

TANNER: Eso es exactamente a lo que me refiero.

DANFORTH: No, por supuesto que no. No conozco ninguna partera que lo haga.

TANNER: ¿No conoce a ninguna partera que lleve un bisturí?

DANFORTH: Correcto.

TANNER: ¿Eso se debe a que una partera no es cirujana?

DANFORTH: Sí.

TANNER: ¿Cree usted que los cirujanos poseen una experiencia especial que usted como partera no tiene?

DANFORTH: Buen Dios, ¿no lo cree usted?

TANNER: ¿Señora Danforth?

DANFORTH: Sí, los cirujanos saben cosas que yo no sé. Lo mismo sucede con los pilotos de avión y las maestras de jardín de infantes.

TANNER: ¿Se está refiriendo a su entrenamiento?

DANFORTH: Yo nunca dije que era cirujana.

TANNER: La cesárea, ¿es un procedimiento quirúrgico?

DANFORTH: Obviamente.

TANNER: ¿Cree usted estar calificada para realizar esa operación?

DANFORTH: Ni en la peor de mis pesadillas jamás imaginé tener que hacerlo.

TANNER: Le repetiré mi pregunta. ¿Cree usted estar calificada para realizar esa operación?

DANFORTH: No, y nunca he dicho eso.

TANNER: Y, sin embargo, la realizó. Con un cuchillo de cocina, en una mujer que estaba viva, usted...

DANFORTH: Yo nunca haría peligrar a la madre para salvar al feto...

TANNER: Usted no hizo peligrar a la madre, usted mató...

HASTINGS: ¡Objeción!

Quizá yo debería haberme sorprendido si para el fin del juicio a mi padre le hubiera quedado pelo. En las fotos tomadas durante el invierno siguiente, el pelo le ha empezado a encanecer, pero las patillas son tan prominentes como de costumbre.

La vocación de mi madre —para ella nunca fue simplemente una ocupación y ni siquiera una carrera— significó que mi padre estaba mucho más relacionado conmigo cuando niña que los padres de la mayoría de mis amigas. Siempre había una larga lista de niñeras sujeta a la puerta de la heladera con un imán, y en ocasiones terminaba yendo con mi madre a algún parto, pero los nacimientos son tan impredecibles como extensos, y mi padre muchas veces terminaba ocupándose de mí en algún momento. Después de todo, yo era hija única, y mi madre debía ausentarse durante doce horas, o todo un día, o inclusive un día y medio.

Mi padre no era un buen compañero de juegos cuando había que vestir muñecas u ocuparse de cacerolas y sartenes de plástico en mi cocina de juguete (de hecho, tampoco era bueno con las verdaderas, de metal o hierro), pero era creativo cuando se necesitaba una nueva voz para un gnomo, y magnífico cuando se trataba de construir una casa de muñecas permanente con madera, o una temporaria con sillas y sábanas. Por lo general, soportaba cualquier programa que se me antojaba ver por televisión, aunque eso implicara una irritante pelea para lograr ajustar las orejas de la antena sobre el televisor durante quince minutos antes de que empezara el programa. (La recepción en nuestra parte de Vermont era pésima. Recuerdo un día de primavera —cuando ya había empezado la temporada de béisbol y las temporadas de baloncesto y hockey estaban en la mitad de sus interminables desempates— en que mi padre estaba mirando un partido de baloncesto en una pantalla con tanta nieve y niebla que mi madre, sentada a su lado en el sillón, después de hojear una revista durante cinco o diez minutos, levantó los ojos y preguntó: "¿Qué clase de juego es éste?".)

Mi padre y yo también pasábamos bastante tiempo juntos paseando por el norte de Vermont en su jeep. Muchas veces nos llevaba a Rollie y a mí a la librería o a la juguetería en la distante Montpelier, a la tienda de artículos para equitación en St. Johnsbury o a la casa de alguna amiga en Hardwick o Greensboro o Craftsbury. Una vez, durante septiembre y octubre, nos llevó a alguna parte todos los días, y luego se quedaba a trabajar hasta tarde en la mesa del comedor de casa para no atrasarse. Ese otoño hubo una serie de nacimientos en el condado, unos nueve meses después del invierno más frío y cruento desde hacía años, y mi madre estaba muy atareada.

Y aunque mi padre era siempre muy paciente conmigo, y al menos fingía alegrarse ante la perspectiva de otro sábado a la tarde o miércoles por la noche con una niña de ocho o nueve años por toda compañía, yo sé que las exigencias de la vocación de mi madre tendían a poner tirante la relación matrimonial. Cuando ellos se peleaban —sobre todo cuando yo estaba en la primaria, y tenía una edad en que era a la vez demasiado chica como para necesitar virtualmente una supervisión constante, pero lo suficientemente crecida para entender a cierto nivel la dinámica de lo que ocurría—, sus discusiones se filtraban por los reguladores de los techos de las habitaciones en el primer piso de la casa.

—¡Necesita una madre, maldición! —gritaba mi padre—.

¡Nunca estás disponible para ella! ¡Yo no puedo hacerlo todo solo!

Contra toda experiencia, seguía creyendo que podía utilizarme como carta de triunfo para convencer a mi madre de que se quedara en casa. Eso nunca funcionó, lo que lo llevaba a cambiar la táctica de la culpa a la amenaza: "¡Yo no me casé para vivir en esta casa solo!". O bien: "Un matrimonio exige la atención de dos personas, Sibyl". O bien: "Estoy decidido a tener una esposa en este mundo, Sibyl, y eso es un hecho".

Al comienzo de estas peleas, mi madre siempre sonaba más perpleja y herida que enojada, pero debajo de la tristeza inicial en su tono siempre había una obcecación tan inflexible como el granito de Vermont. No podía dejar de traer bebés al mundo, así como la gente no podía dejar de tenerlos.

Pero yo también creo que mi padre merece un elogio nada más que por soportar todo lo que soportó. Los maridos de la mayoría de las parteras no toleran durante mucho tiempo los horarios de sus esposas, sobre todo cuando ellos mismos son padres, y casi todas las parteras amigas de mi madre se divorciaron al menos una vez.

Por lo general, las discusiones de mis padres terminaban en silencio, sobre todo porque mi padre era incrédulo.

—Espera un momento. ¿No nació el bebé a las seis de la tarde? —podía preguntar mi padre.

—Sí. Julia. ¡Qué nena tan bonita!

—¡Son más de las nueve de la noche! ¿Qué diablos has estado haciendo las últimas tres horas?

—Doblando la ropa del ajuar de la nena. Ya sabes que me encanta hacerlo.

—¿Estuviste doblando ropa durante tres horas? ¡Supongo que los padres tendrán una tienda de ropa de bebé!

—Ay, por el amor de Dios, Rand. Sabes muy bien que no me quedé sólo para doblar la ropa. Quería asegurarme de que todo andaría bien. Es su primer hijo, sabes.

—¿De modo que cuánto tiempo estuviste?

—Treinta minutos, Rand. Probablemente estuve treinta minutos doblando los ositos y las diminutas batitas de Julia.

—¿Pero te quedaste tres horas?

—Sí, eso hice. Me aseguré de que Julia amamantara a su bebé, y después de que la mamá de Julia estuviera bien para cuidarla. Me aseguré de que la familia tuviera comida suficiente en la heladera y de que los vecinos se encargaran de traer platos preparados los días siguientes.

—Y te aseguraste de que la ropa del bebé estuviera bien doblada.

—Por supuesto —decía mi madre, y yo veía mentalmente a mi padre meneando la cabeza, alelado. Un momento después lo oía salir de la cocina, donde habían estado discutiendo, y subir solo al dormitorio. Algunas veces, luego, los oía amigarse y hacer el amor. Hasta hoy recuerdo que el ruido que hacía la cama era uno de los más tranquilizadores que he oído en mi vida.

Desgraciadamente, algunas de las peleas empeoraban y se tornaban desagradables, a veces porque mi padre había estado bebiendo. Quizás estuviera borracho cuando volvía mi madre, y ella podía llegar cansada y malhumorada. Ésa era una mezcla combustible. Y aunque mi madre nunca bebía para ponerse a tono —su sentido de responsabilidad como partera le impedía beber o fumar marihuana cuando estaba de servicio—, si se sentía herida era capaz de defenderse con una furia a la vez claramente enunciada y verbalmente violenta. Nunca oí que se abofetearan o se pegaran, pero bajo la influencia del whisky y el agotamiento decían cosas tan hirientes como un puño. Quizá todavía más. Yo oía expresiones e intercambios de palabras que no entendía en su momento, pero que me asustaban lo mismo porque sabía que algún día las comprendería.

Nunca le conté a Rollie detalles de las peleas de mis padres, pero sí le dije lo suficiente, pues un día me dio un consejo que me ayudó: "De vez en cuando, reemplaza un dedo del whisky Clan MacGregor con un centímetro de agua. Sé prudente si queda poco en la botella, y siempre recuerda la altura exacta del líquido: si ha llegado al borde de la falda escocesa del gaitero o la gaita misma, por ejemplo, o a la parte inferior de las letras de la marca del whisky".

Me dijo que ella hacía lo mismo en su casa con sus padres y que así el matrimonio andaba lo más bien.

En las noches en que mi padre optaba por ahogar sus frustraciones con whisky, las peleas entre él y mi madre eran como poderosas tormentas eléctricas de madrugada: cargadas y alarmantes. A veces tardaban un largo, agónico tiempo en dispersarse, pero ocasionaban pocos daños aparentes. Cuando yo examinaba el jardín después de una tormenta de verano particularmente feroz, la luz del Sol por lo general revelaba pocos destrozos: quizás algunos de los blancos pimpollos tardíos de la hortensia en el suelo, un arce enfermo con unas hojas menos o, en la parte posterior de la casa, alguna rama volada por el viento desde el bosque.

Sin embargo, la luz del Sol siempre me tranquilizaba: la tormenta no había sido tan terrible como sonaba la noche anterior, y yo sentía eso casi siempre después de una pelea cuando mis padres estaban desayunando juntos al día siguiente. Sé que mis padres nunca se dejaron de querer —apasionada, loca y caóticamente— y siempre uno o el otro estuvo allí cuando lo necesité.

Dada la cantidad de tiempo que pasaba yendo de un lugar a otro con mi padre mientras yo estaba creciendo, no es de sorprenderse que la primera vez que vi a los Bedford estuviera con él. Claro que fue a través de mi madre que se enlazaron los destinos de nuestras familias: la señora Bedford era una de las pacientes de mi madre y el centro de las tragedias públicas a las que se enfrentaron ambas familias.

La señora Bedford —Charlotte Fugett Bedford, como me enteré luego por los diarios— provenía de Mobile, Alabama. (Es una tentación referirse a ella como "de la familia Fugett de Mobile", pero eso implicaría un linaje más impresionante que las generaciones de aparceros y contrabandistas de licores y ladronzuelos que de hecho constituían su prosapia.) Su marido, el reverendo Asa Bedford, era de un pueblito de Alabama, sobre la costa más al norte, llamado Blood Brook. Años después, cuando decidí visitar la zona, vi el puntito que denotaba su existencia en el mapa de un club automovilístico del estado y me quedé observándolo con fijeza durante horas antes de decidirme a llegar al lugar. Cuando lo hice, me asustó y sorprendió a la vez la exactitud de mi imaginación. Era una encrucijada de casuchas con calles de tierra, un aire espeso de mosquitos y moscas y un calor que marchitaría en minutos los jardines de Vermont.

En mi imaginación no había escuelas en Blood Brook, y por cierto así era en realidad. Siempre visualicé una iglesia, la inspiración de Asa, y efectivamente así era: pintura blanca descascarada como piel podrida sobre las tablas de chilla de las paredes y yuyos altos brotando entre las grietas de la senda del frente. Dada la inminencia del fin del mundo, había poca razón para pintar o quitar la maleza.

Después de hacer la descripción del lugar y de revelar mi propensión a la malicia, debería hacer notar también que los Bedford me cayeron muy simpáticos cuando los conocí. Lo mismo le sucedía a toda la gente. Eran unos excéntricos apocalípticos, pero ella era encantadora y él, muy bondadoso. Sé que tenían seguidores y supongo que también amigos.

Cuando llegaron a Vermont, los Bedford vivían a treinta minutos de nosotros, hacia el norte, en Lawson, y la pequeña parroquia del reverendo Bedford estaba otros veinte o treinta minutos más al norte, en Fallsburg. Su iglesia —un templo cuáquero renovado, a dieciséis kilómetros al noroeste de Newport, sobre una carretera estatal de dos carriles con nada excepto árboles a su alrededor— estaba muy cerca de la frontera con Canadá. En su apogeo, la congregación de Bedford consistía en cinco docenas de parroquianos provenientes de pueblos de Vermont y Quebec que creían con fervor que el Segundo Advenimiento llegaría en el curso de su vida.

Cuando los Bedford arribaron a Green Mountains, convencidos de que el rural Reino del Noreste de Vermont estaba listo para la renovación religiosa, tenían un hijo, un chico de siete años cuyo nombre era Jared, pero a quien la señora Bedford llamaba Foogie, una suerte de diminutivo de su propio apellido.

Aunque mi madre no hubiera sido partera, yo habría conocido a los Bedford, si bien no me imagino que tan bien como llegué a conocerlos, ni que hoy los apellidos de nuestras dos familias estarían relacionados en la mente de tanta gente. Y aunque el primer vínculo entre nosotros fue bizantino, igualmente resultó tan natural, cohesivo e inextricable como el cordón umbilical. Foogie recibía instrucción escolar de sus padres en su casa, lo que significaba que la madre de mi amiga Rollie visitaba a la familia en forma periódica como examinadora del departamento de educación del estado. Era la responsabilidad de la señora McKenna asegurarse de que la familia siguiera los puntos básicos de los planes de estudio requeridos. Quizá debido a que los Bedford eran nuevos en Vermont o quizá porque la señora McKenna quería asegurarse de que el joven Foogie fuera expuesto en todo lo posible al mundo, más allá de la iglesia de su padre, ella recomendó a su hija Rollie como niñera diligente y responsable para el chico.

Fue entonces como amiga de la niñera cuando conocí a los Bedford una vez que mi padre me llevó a su casa un sábado por la tarde para que acompañara a Rollie mientras ella cuidaba a Foogie esa noche. Rollie estaba allí desde el desayuno, mientras el reverendo y su esposa asistían a un congreso bautista de los estados gemelos en el sur de New Hampshire. Aunque ellos no eran bautistas, en esta especie de retiros de fin de semana Asa por lo general lograba encontrar a una familia o dos que escucharan con interés sus creencias y prometieran considerar una invitación a su iglesia.

Su casa era vieja y modesta, rodeada de un bosque espeso al final de un largo camino de tierra. Hacía un siglo los bosques eran praderas y tierra arable, me dijo mi padre la primera vez que me llevó allí, indicando a través de la ventanilla del jeep los bajos muros de piedra musgosa que pasábamos mientras saltábamos por el camino. Yo no podía imaginar a nadie desmontando un bosque tan denso como ése en una era anterior a las sierras de cadena y los camiones transportadores de troncos.

Aunque la mayoría de los granjeros de las montañas de Vermont tenían la precaución de construir sus viviendas en las partes altas de sus terrenos, por una u otra razón había quienes preferían los valles, quizá porque algún rabdomante había encontrado allí un pozo de agua. Quienquiera que hubiera construido la casa de los Bedford hacía cien años estaba entre esas excepciones. Yo sentía que me iba hacia adelante en el jeep mientras descendíamos hacia la espesura del bosque, y el cinturón de seguridad se me hundía en la cintura.

Mi primera impresión de la propiedad de los Bedford, dos meses antes de mi decimotercer cumpleaños, fue que alguien con poco dinero y escasos conocimientos de carpintería trabajaba duro allí para mantener prolijo el lugar. El pasto estaba alto en el jardincito alrededor de la casa, como si esa primavera no lo hubieran cortado (era la tercera semana de mayo), pero habían colocado unas baldosas cuadradas desde el camino de tierra hasta la puerta de entrada hacía tan poco que era posible ver la huella de la palma de una mano en la tierra al borde de las piedras. Dos de las ventanas del primer piso tenían unas grietas largas selladas con masilla blanca, pero detrás de los vidrios se veían unos delicados visillos de encaje. Muchas de las tablas de chilla estaban podridas, pero los clavos atravesados en ellas para mantenerlas en su sitio sobre las paredes eran tan nuevos que parecían salpicaduras de plata.

La casa, de dos pisos, parecía una caja compacta, con un techo cuyo ángulo era ancho y gradual, y paredes color amarillo narciso. La pintura se había empezado a descascarar, pero aún era lo suficientemente brillante pues esa noche, cuando el reverendo Bedford arrancó el auto para llevarnos a casa a Rollie y a mí, los faros al iluminarla hicieron resaltar una luminosidad sulfurosa.

El sábado que conocí a los tres Bedford —a Foogie por la tarde y al reverendo y a su mujer por la noche, cerca de las diez— el racimo de células que llegaría a ser Veil no existía todavía, aunque se formaría muy pronto.

El temor o entusiasmo por el Apocalipsis que abrigaba Asa en su interior, fuera como fuese, no era aparente en su aspecto. Su cara era casi tan redonda como sus anteojos, y tenía grandes entradas en el pelo; sin embargo, el poco que le quedaba era espeso y de color castaño rojizo. La mayoría de las veces que lo vi usaba una pulcra camisa blanca bien planchada. Como mi padre, era un hombre que debía de haber sido muy delgado cuando joven, pero que ahora se iba ensanchando alrededor de la cintura.

Se asemejaba al tipo de comerciante rural que se podía ver en St. Johnsbury o Montpelier: no tan sofisticado —al menos para mí— como los ejecutivos que veía por televisión o, por supuesto, mi propio padre.

Era, también, uno de esos adultos capaces de ser tan tontos como los niños. Y Foogie lo adoraba por eso. Vi a Asa fingir que era una mula y caminar en cuatro patas, resoplando y relinchando, con su encantado hijo sobre la espalda. También vi al predicador anadeando como un pato para Foogie, y lo oí enseñarle a escribir algunas palabras mediante rimas muy tontas.

Con Rollie y conmigo era cortés y sereno. Yo me daba cuenta de que la mayoría de la gente lo consideraba un poco raro, pero mi familia y los McKenna no objetaban que nosotras estuviéramos con él o su familia. El Reino del Noreste siempre ha tenido una cantidad de cultos y comunidades, y la iglesita de Asa no era nada más que otro ejemplo esencialmente inofensivo.

Por otra parte, aunque yo nunca lo oí predicar, me imagino que era partidario de la escuela de sermones que hoy yo denominaría del tipo de la araña y la mosca. Algunas veces se permitía cierta clase de comentarios delante de Rollie y de mí que por cierto habrían alarmado a nuestros padres si se hubieran enterado de ello. Una noche muy oscura cuando estaba a punto de llevarnos a casa a las dos después de haber cuidado a Foogie, de pie sobre las piedras del sendero miró el cielo negro y dijo:

—Pronto la noche ya no existirá. Pronto ya no necesitaremos la luz de la lámpara ni el Sol.

En otra ocasión, cuando la señora Bedford estaba en la planta alta acostando a Foogie y él vio que la única correspondencia recibida ese día eran las cuentas del teléfono y el gas, sin percatarse de que Rollie y yo lo oíamos, les dijo a los sobres:

—Me hace verdaderamente feliz dar al César lo que es del César, sobre todo cuando sé que todos ustedes arderán en esa segunda muerte en el lago de fuego.

Tenía un marcado acento sureño, que hacía que sus frases sonaran como canciones para mis oídos, aunque algunas de esas canciones podían llegar a ser inesperadamente aterradoras.

Charlotte Bedford era una mujer pequeña, de aspecto frágil, apenas más grande que nosotras —Rollie y yo— al acercarnos a la adolescencia. Aparte de no ser alta, tenía poca carne sobre los huesos. Su piel siempre nos parecía espectralmente blanca, aunque no creo que fuera ése el aspecto que ella buscaba. (Unos pocos años después de que los Bedford pasaran por la vida de mi familia como un desastre natural, yo estaba en la universidad en Massachusetts. En mi segundo año me hice amiga de una orgullosa beldad proveniente de un pueblo sobre el lago Pontchartrain, en el estado de Louisiana, que verdaderamente trataba de ser tan pálida como la masilla, de modo que conozco la diferencia.)

Sin embargo, no se comportaba como una persona enfermiza, y eso obviamente llegaría a ser una cuestión importante en el juicio. Mi madre creía que existía una diferencia crítica entre frágil y enfermizo. Desalentaba a la mujer con una historia clínica de enfermedades a que tuviera su hijo en casa, pero se alegraba de ayudar, cuando quedaba embarazada, a ese tipo de mujer que nos parece frágil cuando la vemos en un centro comercial y que en realidad no tiene un problema fisiológico diagnosticado. Mi madre creía que un parto en la casa era una experiencia vigorizante en extremo, que daba a las mujeres frágiles energía, confianza y fortaleza. Se daban cuenta de lo que su cuerpo era capaz de hacer, lo que les infundía tranquilidad.

Y sé que mi madre supo en seguida que Charlotte no estaba preparada para los días breves, el frío entumecedor y la interminable nieve de los inviernos de Vermont, sobre todo no lejos del límite norte del estado. Ya para comienzos de otoño, en octubre, cuando Charlotte estaba en su segundo trimestre y visitaba a mi madre en su consultorio en nuestra casa de Reddington para su examen prenatal mensual, se mostró asustada y malhumorada al hablar del clima.

—Realmente no sé qué haremos aquí, no sé cómo resistiremos —oí que le decía a mi madre—. Asa ni siquiera ha tenido tiempo de comprar una pala para la nieve, y no sé cómo conseguir botas apropiadas. Y todo es tan costoso, tan horriblemente costoso.

Habían llegado a Vermont en el mejor momento del año para dejarse convencer, erróneamente, de que el estado gozaba de un clima hospitalario y moderado. Puedo imaginarme lo que ella pensó al llegar a mediados de abril, justo después de aquella horrenda temporada de barro, cuando las rocosas colinas de Vermont —pobladas de arces y pinos y fresnos— se llenaban de colores de la noche a la mañana, y luego al notar cómo los días se iban tornando largos y tibios. Imaginó, probablemente, que los míticos inviernos eran justamente eso: un mito. Seguro, nevaba, pero el estado tenía vehículos para quitar la nieve. Quizás a veces la lluvia se tornaba en escarcha, quizá la senda se llenaba de barro en marzo... pero eso no era algo que un clérigo y su familia no pudieran afrontar.

No obstante, su introducción al otoño de Vermont fue desagradable, y al invierno, más dura aún. Ese año hubo una helada terrible a fines de agosto, y ella perdió las flores que había plantado junto a la senda cubierta de baldosas la primavera anterior; luego cayó una nevada leve la segunda semana de septiembre, y más de veinte centímetros de nieve el viernes y el sábado del fin de semana del feriado del Día de la Raza, en octubre.

Charlotte tenía ojos grises como piedra lunar, y pelo muy fino, color paja. Era bonita, si a una no le importaba la sutil pero inconfundible atmósfera de mala suerte que parecía emanar de su piel muy, muy pálida.

Rollie y yo pasamos el feriado del 4 de julio en casa de los Bedford, cuidando a Foogie, observándolo saltar bajo la regadora del césped en traje de baño, y luego mojándolo con la manguera. Hacía calor y nosotras teníamos puestos shorts y remeras. A Foogie le encantaba el agua. Igual que su madre, tenía piel blanca, casi traslúcida, pero el pelo rojizo y la cabeza redonda de Asa. Era un chico dulcísimo, pero muy feo.

Rollie ya menstruaba entonces; yo, no. Ese fin de semana estaba en la mitad de su cuarto período, información que compartió conmigo no sin una gran dosis de orgullo: soportaba con estoicismo el dolor de los calambres y tenía flujos —según ella— tan poderosos que debía dejarme sola con Foogie a cada hora, mientras corría a la casa a cambiarse el tampón.

En un momento, cuando Foogie no nos oía, la embromé, sugiriéndole que estaba inventando el período para impresionarme.

—¿Cómo puedes decir tal cosa? —me preguntó.

—Por tus shorts blancos —le contesté—. Cuando yo tenga el período, de ninguna manera voy a usar nada blanco. ¿Y si el tampón pierde?

—Los tampones no pierden —dijo con firmeza y en un tono que implicaba que yo no tenía ni idea de lo que decía—. Además, ¿por qué iba a fingir? No es como si estuviéramos en la clase de francés, y quisiera librarme de ella.

Me encogí de hombros como diciendo que no lo sabía, aunque en realidad sí, o creía saberlo. Rollie y yo éramos chicas bonitas, pero yo tenía algo que ella no tenía: senos. No tan grandes como para que los muchachos me hicieran chistes ni como para que me sintiera turbada por ellos, pero lo suficientemente visibles como para que Rollie los notara. Quizá debido a la sinceridad de mi madre con respecto al cuerpo y a los bebés y a la manera en que los bebés eran concebidos, Rollie y yo éramos aspirantes a putitas. No nos cansábamos de hablar de besos y caricias y métodos anticonceptivos: los preservativos, la píldora, el diafragma y algo que nos parecía incomprensiblemente horrible, llamado DIU, que era un dispositivo intrauterino.

Escondido entre las ajadas novelas policiales en edición económica, los padres de Rollie guardaban en una biblioteca de su dormitorio un ejemplar muy leído de *El hombre sensual* y, detrás de las hileras de libros, contra la pared posterior de la biblioteca, un ejemplar de *El placer del sexo*. Rollie y yo lo leíamos juntas muchas veces en su casa, y obtuvimos de la lectura una comprensión alarmantemente precoz —según hoy descubro— de actos como *cunnilingus* y *fellatio* y de toda suerte de estimulación erótica. Imaginábamos a nuestros amantes algún día realizando los ejercicios recomendados en los libros: introduciendo la lengua enrollada en vasos, haciendo gimnasia durante horas. En aquella época nunca había visto un pene de verdad y tenía la sensación de que verlo erecto me daría un susto mortal, pero entre los detalles anatómicos del funcionamiento de los aparatos masculino y femenino recogidos de mi madre, y el placer a descubrir en esos órganos, tal cual lo sugerían los libros de los McKenna, creo que en el verano entre séptimo y octavo grado yo era menos remilgada que la mayoría de las niñas de mi edad. Igual que Rollie.

Ambas esperábamos que al regresar a la escuela en el otoño los muchachos empezaran a notarnos. No éramos demasiado altas, detalle importante, y no teníamos acné. Éramos inteligentes, lo que intimidaría a algunos muchachos, pero no la clase de muchachos en que estábamos interesadas. Pensábamos que probablemente nada asustara a un muchacho como Tom Corts, y por cierto nada tan inofensivo como el interés por los libros.

Afortunadamente, Rollie y yo no nos parecíamos. Eso disminuía la posibilidad de que el mismo muchacho pudiera estar interesada en las dos, o nosotras en él. En el transcurso de todos los años en que cabalgamos y jugamos juntas nos dimos cuenta de que éramos un dúo competitivo, y el hecho de que yo fuera rubia y ella, trigueña, y de que yo tuviera ojos azules y ella, pardos, reduciría la posibilidad de que un muchacho pudiera interferir en nuestra amistad.

—Los muchachos nos miran como nosotras miramos a los caballos —me explicó Rollie ese 4 de julio—. Se fijan en el color, la altura, los ojos, la cola. No pueden evitar tener preferencias.

—La yegua de ella era zaina y en la cosmología de preferencias de Rollie McKenna eso significaba que ella, mientras viviera, siempre preferiría a los zainos. Así era la naturaleza humana.

Esa tarde Rollie me ayudó a planear maneras para mantenerme en contacto con Tom Corts hasta que comenzaran las clases en septiembre, cuando estaríamos juntos en la misma sección del laberinto al mejor estilo del juego Lego que alguien pensó que era un diseño funcional para una escuela. Ese verano Tom tenía un trabajo que yo interpretaba como una señal (lo mismo que su aparentemente interminable vestuario de suéteres oscuros con cuello alto) de que quería algo más del mundo que la oportunidad de arreglar autos en el ruinoso taller de su familia, o correr en motocicletas hasta que la patrulla de rescate tuviera que llevarlo al hospital con una pierna colgando de un tendón. Trabajaba en Powder Peak, el cercano complejo de esquí, cortando el césped alrededor de la cabaña central donde la compañía también tenía las oficinas y ayudando al equipo de mantenimiento a afinar los motores y mantener en condiciones las telesillas. Estaba a punto de cumplir los quince años (yo iba a cumplir trece), y bien podría haberse quedado en el taller con sus hermanos y su padre y pasar julio y agosto fumando cigarrillos con sus amigos, pero no lo hizo. Iba como podía a la montaña todas las mañanas y volvía a su casa todas las noches en el auto de algún miembro adulto del equipo de mantenimiento. Y si bien cortar el césped y aceitar telesillas no es neurociencia, el hecho de que trabajara lejos de su casa para mí era una señal de ambición.

Por supuesto, eso también hacía que yo casi no fuera al pueblo. Si bien Tom y yo nos habíamos besado una sola vez hacía tres meses y medio, yo estaba segura de que tendríamos un futuro juntos si uno de los dos encontraba la forma de hacer que nuestros cuerpos se encontraran a una proximidad razonable. Yo estaba convencida de que Tom no había intentado besarme de nuevo por dos simples razones (que me tranquilizaban). Primero, era dos años mayor, y por lo tanto, con la galantería de un hombre bondadoso y sabio, temía que yo fuera demasiado joven para que nos besáramos de manera regular. Además, el hecho de que fuera dos años mayor que yo significaba que nuestros senderos sencillamente no se cruzaban con ninguna frecuencia: ni entre septiembre y junio, cuando ambos asistíamos a la misma escuela pero separados por un grado, que funcionaba como una zona de amortiguación, ni ahora tampoco en el verano, cuando él trabajaba en el complejo de esquí.

Si bien Rollie no estaba tan convencida como yo de que Tom fuera mi destino, al menos estaba de acuerdo en que era un buen muchacho para salir. Era inteligente, independiente y atractivo. Y como no parecía probable que nuestros caminos se cruzaran en el otoño, cuando él estaría en décimo grado y yo, en octavo, Rollie creía que debíamos intentar adelantar la relación en el verano. Para su mente de muchacha de apenas trece años, esto significaba solamente hacerme visible para Tom, de modo que él pudiera volver a tomar alguna suerte de iniciativa.

—El puesto de hamburguesas —sugirió esa tarde, después de meditarlo—. Debes frecuentar el puesto de hamburguesas una vez que sepas cuándo va él.

—Yo no voy a frecuentar el puesto de hamburguesas. Engordaría.

—No tienes que comer nada, sólo estar allí.

—De ninguna manera. El sólo inhalar la grasa de las papas fritas me descompondría.

—La grasa no se inhala.

—Y terminaría llena de granos.

—Terminarás llena de granos lo mismo cuando tengas el período.

—¡A ti no te pasó!

—Yo me lavo la cara siete u ocho veces al día. Cada dos horas.

—Yo haré lo mismo entonces. ¿Qué te crees que soy, una sucia?

—Yo creo que estás inventando excusas para no encontrarte con Tom porque eres tímida.

—No veo que tú andes detrás de nadie en especial.

—En este momento no hay ningún muchacho que me interese.

Meneé la cabeza, mientras Foogie apuntaba la manguera a un nido de avispas vacío cerca del toldo de la casa.

—No pienso frecuentar el puesto de hamburguesas, nada más.

—¿Tienes una idea mejor?

—La tienda de ramos generales tal vez. Él tiene que comprar cigarrillos antes de subir a la montaña.

—O cuando vuelve a su casa.

—Correcto.

—No puedes quedarte todo el tiempo en la tienda, sabes.

—Pero puedo ir cuando él vaya.

Y así pasamos casi todo el día. Todavía estábamos afuera, sentadas en los escalones de la entrada, esperando el regreso de los Bedford, mientras la tarde se iba convirtiendo en noche. A través de la ventana de la sala oíamos las viejas comedias que Foogie miraba en el televisor, mientras hacía estrellar un plato volador de plástico contra los mullidos almohadones del sofá.

Las historias que contarían el fiscal y los reporteros de los diarios empezaron aquella tarde. Los Bedford llegaron justo antes de las seis, después de que todas las parrillas de Vermont habían empezado a humear, pero horas antes de que el cielo nocturno se iluminara con los brillantes fuegos artificiales del 4 de julio. Mientras el reverendo Bedford le pagaba a Rollie (suma que ese día compartiría conmigo, aunque ella era la niñera oficial), la señora Bedford me llevó a la cocina.

Con una voz susurrante y suave y un tono que sugería que se estaba refiriendo a un tema en cierta forma prohibido, me preguntó:

—Tu madre, Connie, ¿es realmente una partera?

5

He traído al mundo a los hijos y a las hijas de dos panaderos, pero de ningún banquero.

Mis madres han sido pintoras y escultoras y fotógrafas, y toda clase de personas sorprendentemente talentosas. Tres de mis madres, artistas increíblemente dotadas, hacían tapices, y dos de ellas, las alfombras más maravillosas que he visto en mi vida. Muchos padres artistas, que eran pobres, me han pagado con edredones hechos por ellos, o con pinturas y tallas y recipientes de cristal pintado. Nuestra casa es hermosa debido a los objetos de arte.

Y entre mis padres y madres ha habido muchos músicos, entre ellos Banjo Stan. Y Sunny Starker. Y los Tully.

He tenido jóvenes que trabajaban en su granja, carpinteros —probablemente una cantidad suficiente como para construir Roma en un día—, mujeres de hombres que trabajaban con máquinas de imprenta, mujeres que hacían alhajas, cerámica, velas de cera. Si hojeo mis registros, puedo encontrar unos cuantos maestros, un editor de diarios, oficiales electricistas, una peluquera de perros, un peluquero, mujeres de mecánicos de autos, maridos de camareras, un par de instructores de esquí, deshollinadores, techadores, clérigos, leñadores, soldadores, excavadores, un masajista, maquinistas, operadores de grúas, una profesora y la primera comisionada estatal de viajes y turismo.

Pero ningún banquero. Ni abogados. Ni médicos.

Ni personas que viven de la publicidad o arreglan caries o preparan las declaraciones de impuestos de otros.

Ni tampoco personas como Rand, que diseñan viviendas o edificios de oficinas o centros universitarios de ciencias.

Esta clase de personas por lo general prefiere un hospital —no un parto en la casa— y obstetras a... a gente como yo. Eso está muy bien. Creen que es más seguro, y si bien las estadísticas demuestran que la mayoría de las veces un parto en la casa no es más riesgoso que en un hospital, ellos hacen lo que les parece bien. Lo que yo acepto por completo.

Algunas veces me parece raro no haber traído al mundo un bebé banquero.

del diario de Sibyl Danforth, partera

Cuando un avión se estrella, por lo general más de una cosa ha andado mal. Los sistemas de seguridad de los aviones de pasajeros se refuerzan y complementan entre sí, y la mayor parte del tiempo se requiere mala suerte y una serie de errores muy serios para que un avión se estrelle contra un bosque en las afueras de Pittsburgh, o no logre detenerse en la pista de La Guardia y caiga en la bahía Flushing. Un Fokker F-28 piloteado por dos veteranos competentes puede llegar a hundirse algún día en las históricas aguas del lago Champlain segundos antes de aterrizar a salvo en el vecino aeropuerto de Burlington y matar quizás a cincuenta y seis pasajeros y cuatro miembros de la tripulación, pero este tipo de desastre necesitaría, muy probablemente, una enormidad de errores humanos y desperfectos mecánicos. Un cambio repentino en la dirección y la velocidad del viento podría precipitar un Fokker F-28 abruptamente hacia tierra desde una altura de seiscientos o novecientos metros —cosa que puede suceder algún día—, pero probablemente se necesite más que eso.

Podría necesitarse, por ejemplo, que el capitán estuviera enfermo en el momento que debió asistir a una sesión de entrenamiento sobre el cambio radical en la dirección y velocidad del viento, donde se enseña cuándo esperar que esto suceda o cómo hacer que el avión lo supere.

O quizás había sido un vuelo tranquilo de Chicago a Burlington, y aunque ahora había un frente de nubes grises y tormentas eléctricas en el norte de Vermont, el calmo vuelo hacia el este había aletargado un tanto a los pilotos, que no respetaron la regla de la Agencia Federal de Aviación que prohíbe conversar en la cabina a una altura inferior a los tres mil metros. Quizás el piloto estaba diciendo que a sus hijos les gustaba ir de excursión en los densos bosques al noreste de Burlington en el momento exacto en que el viento golpeó sobre el techo del jet, y su comentario sobre los bosques pospuso por un instante crítico su decisión de acelerar y abortar el aterrizaje.

O quizás en el instante exacto en que sonó el alerta meteorológico y el piloto viraba instintivamente a la derecha para abortar el aterrizaje, el oficial de la torre de control de Burlington le estaba informando sobre el cambio en la velocidad y dirección del viento y aconsejándole que virara a la izquierda. En el caos de advertencias —una mecánica, la otra humana—, hubo una décima de segundo de indecisión que bastó para que la ráfaga hiciera que un jet fabricado en la década de 1970 se precipitara hacia las agitadas aguas.

Les estoy diciendo todo esto porque era la clase de cosas sobre la que hablaba el abogado de mi madre al principio, cuando acordó defenderla. Era capaz de seguir explayándose de esta manera un rato largo, y siempre llegaba al mismo punto. Es decir que para que un avión se estrellara la mierda debía realmente llegar al ventilador.

El abogado de mi madre había sido mecánico en los talleres de la fuerza aérea durante la Guerra de Vietnam. Deseaba desesperadamente ser piloto, pero era daltónico y miope, lo que hacía imposible su ambición. Según recuerdo, sus analogías en 1981 tenían que ver con hielo sobre las alas del avión, no con ráfagas de viento o —una de sus analogías predilectas— la increíble cadena de acontecimientos que deberían ocurrir para que un jet se estrellara por falta de combustible. Eso sí: amaba sus analogías aéreas.

Sentado ante la mesa del comedor de casa entre pilas de blocs de papel amarillo o paseándose por la cocina y deteniéndose de vez en cuando frente a la ventana que daba a las pistas de esquí del monte Chittenden, su argumento era siempre el mismo aquellos días y noches cuando empezó por primera vez a barajar las variables: se necesitaría una sarta de desgracias y coincidencias negativas para que una de las pacientes de mi madre muriera en el parto. La probabilidad era semejante a la que tenía un avión de estrellarse.

Y así parecía, por cierto, al menos al principio, con las circunstancias que rodearon la muerte de Charlotte Fugett

Bedford. Murió a mediados de marzo, después de un parto largo como una pesadilla. El hielo que no cesó de caer durante la noche atrapó a mi madre y su asistente con Asa y Charlotte. Hasta los camiones areneros y los barrenieve patinaban como trineos plásticos y caían en las cunetas. Las líneas telefónicas no dejaron de funcionar mucho tiempo aquel 14 de marzo, pero sí durante las horas cruciales, entre las doce y veinticinco y las cuatro y cuarto de la madrugada.

Durante un tiempo, Charlotte mostró signos que indujeron a que mi madre temiera un desprendimiento de la placenta: la placenta se separa de la pared uterina, y la mujer puede desangrarse hasta morir. Hubo un momento en que la vagina de Charlotte sangraba profusamente, y el dolor que sentía era más serio que la agonía natural del parto. Sin embargo, la hemorragia se redujo hasta convertirse en un goteo, luego se detuvo, de manera que si en realidad se había producido un desprendimiento de placenta, al parecer se había detenido.

En otro momento, a Charlotte le bajó la presión sanguínea a setenta y cinco y cincuenta, mientras que los latidos del bebé se redujeron entre sesenta y setenta por minuto. Hacía sólo tres meses que mi madre y su asistente trabajaban juntas ese marzo, y a Anne Austin le quedaba mucho por aprender. Tenía apenas veintidós años. Cuando puso el estetoscopio de metal sobre el estómago de Charlotte y notó lo despacio que latía el corazón del bebé, dio un grito y le dijo a mi madre que escuchara, lo que por supuesto atemorizó a Charlotte.

Claramente había un caos en ese dormitorio mucho antes de que llegara a ocurrir lo peor.

En consecuencia, cuando Stephen Hastings, veterano de Vietnam devenido abogado litigante, aceptó representar a mi madre, llegó a la conclusión de que debió de producirse una combinación de inclemencias del tiempo, interrupción de líneas telefónicas y mala suerte para que Charlotte Bedford se muriera. Para él, si los caminos no hubieran estado cubiertos de hielo, mi madre habría conducido a su paciente al hospital de Newport. Si los teléfonos hubieran funcionado, ella habría llamado al equipo de rescate, que habría llevado a Charlotte a toda velocidad al hospital. Y, por supuesto, mi madre habría hecho todo lo posible si Charlotte hubiera entrado en shock debido a un desprendimiento de placenta. Mi madre habría estado preparada para administrarle oxígeno. Ya le había dado instrucciones a Anne para que sacara de su bolso los tubos plásticos y la aguja que inyectaría en Charlotte en forma intravenosa para mantenerla hidratada, sólo que Charlotte de repente se estabilizó.

No, la causa de la muerte no fue desprendimiento de placenta, como confirmó la autopsia después. Y mi madre lo entendió muy bien antes de que empezara la crisis: a ella le pareció que se trataba de un aneurisma cerebral.

A veces yo oía que mi madre trataba de explicarle a Stephen que si bien esa noche hubo momentos de confusión y alboroto, la cadena de acontecimientos que produjo la muerte de Charlotte Fugett Bedford no fue nada tan complejo como lo que hacía que los aviones se precipitaran a tierra y mataran a sus pasajeros. Trataba de decirle que era algo mucho más simple, pero él, con mucha suavidad, repetía que no era nada simple.

O, al menos, decía él, no lo sería para el jurado. Y luego, una vez más volvían a referirse a lo ocurrido en aquel dormitorio que era indisputable.

Las contracciones de Charlotte Fugett Bedford para el parto de su segundo hijo empezaron el jueves 13 de marzo de 1981. Era bien entrada la mañana cuando Charlotte sintió que las contracciones venían en serio, y llegó a la conclusión de que sus dolores de espalda no tenían nada que ver con la forma en que levantó la aspiradora al terminar de pasarla por la sala. A la una y treinta y cinco llamó a su marido a la iglesia y habló con él durante tres minutos. A la una y cuarenta ella llamó a mi madre, que estaba a punto de salir para hacer que le cambiaran el aceite de su camioneta. Charlotte y mi madre hablaron durante seis minutos.

Mi madre sabía que el parto de Charlotte cuando nació Foogie fue relativamente fácil, aunque la primera etapa —el período en que el cuello del útero se dilata diez centímetros y las contracciones se vuelven más largas, más frecuentes y pronunciadas— duró un día y medio en el calor de Alabama. La segunda etapa, sin embargo, fue breve: una vez que Charlotte estaba lista para empujar, Foogie atravesó al canal de parto en veinte minutos.

Aunque no hay una transcripción registrada de la conversación telefónica de mi madre y Charlotte, la fiscalía nunca puso en duda su versión. Ella dijo que temprano aquella tarde del jueves Charlotte le comunicó que las contracciones se producían a intervalos de veinte minutos y que duraban quizá treinta o treinta y cinco segundos. Por lo tanto, mi madre decidió hacer que le cambiaran el aceite, como había planeado, y luego ir a lo de los Bedford. Calculaba llegar entre las tres y las tres y media de la tarde, y así fue.

No obstante, llamó a Anne, su nueva asistente, y le pidió que fuera a casa de los Bedford de inmediato. No estaba segura de cuándo volvería Asa y quería asegurarse de que Charlotte estuviera acompañada.

Recuerdo que bajé del ómnibus de la escuela en Reddington esa tarde justo cuando empezaba a caer una fría lluvia de marzo. Todavía había un espeso manto de nieve en las montañas, que aumentaba con una nueva caída noche por medio, pero aquel día en especial la única nieve en Reddington era la que había quedado acumulada en los costados de los edificios que no recibían los rayos del Sol. Por la tarde, la temperatura era todavía bajo cero, pero todos sabíamos que el invierno ya se iba y que pronto llegaría la temporada del barro.

No me sorprendió que no estuviera mi madre cuando entré en casa. No tuve necesidad de leer la nota que había garrapateado en azul con una de las lapiceras de punta de fieltro que tanto le gustaban para saber que estaba en lo de los Bedford. Hacía días que yo esperaba esa nota.

Aproximadamente al mismo tiempo en que yo volvía a casa de la escuela, uno de los feligreses de Asa fue a lo de los Bedford a buscar a Foogie. La casa de los Bedford era pequeña y los padres de Foogie estaban de acuerdo en que lo mejor para el niño sería que estuviera en otra parte cuando naciera su hermanito o hermanita.

La primera etapa del parto de Charlotte fue mucho más larga para su segundo hijo que la mayoría de las parteras o de los médicos habría esperado. Mi madre llegó a lo de los Bedford a media tarde, y declaró en la corte que ella esperaba que Charlotte tuviera a su hijo poco después de la cena. Dijo que ella nunca iba a un parto con ningún tipo de expectativas ni objetivos de horarios en mente, algo así como que la primera etapa tardaría diez horas y que luego la parturienta pujaría durante noventa minutos. Ningún médico ni partera hacía tal cosa. Sin embargo, presionada por el fiscal, dijo que si hubiera tenido alguna expectativa, habría pensado que el cuello del útero de Charlotte estaría totalmente dilatado para las seis o las siete de la tarde, y que la criatura nacería a las nueve o diez de esa noche, a lo sumo.

Quince minutos antes de la medianoche, cuando Charlotte había alcanzado una dilatación de ocho centímetros y la cabeza de la criatura había descendido por debajo del isquion en la primera posición positiva —cuando para mi madre no había ya posibilidad de que el cordón umbilical pudiera deslizarse por encima de la cabeza a través del cuello del útero, haciendo peligrar al bebé—, con mucho cuidado mi madre rompió la membrana que encerraba el líquido amniótico.

—No puedo entender por qué hiciste eso —susurró Anne, preocupada por esa intervención, quizás innecesaria.

—Era hora —respondió mi madre, encogiéndose de hombros.

A la medianoche empezó a llover, y las gotas de agua se transformaban en hielo al caer sobre el suelo frío. En ese momento, la temperatura era de un grado bajo cero en la estación meteorológica de la universidad estatal de Lyndon. A las doce y veinticinco los teléfonos entre Newport y Richford, Reddington y Derby se quedaron mudos a causa del peso del hielo sobre las líneas telefónicas y de fuertes ráfagas de viento. Mi madre y su asistente no tenían idea de que se habían quedado sin teléfono entonces, aunque lo sabrían pronto.

Charlotte había completado su dilatación para la una de la madrugada. Su primera etapa había durado trece horas. La transición de Charlotte, ese período que es una pesadilla para muchas madres, justo antes de que deban empezar la difícil labor de pujar, esos momentos en que muchas madres temen, con un horror visceral, que no sobrevivirán la severa prueba, fue muy dura. Tanto mi madre como Asa Bedford atestiguaron que Charlotte empezó a sollozar, repitiendo que el ser en su interior iba a partirla en dos. Les suplicaba que la ayudaran y les decía que esto era diferente de cuando nació Foogie, que este dolor la estaba matando, que era una tortura que no podía soportar y que acabaría con ella.

—No puedo hacerlo, no puedo hacerlo. ¡Por Dios! ¡No puedo hacerlo! —gemía.

Y, al menos en un sentido, Charlotte estaba en lo cierto cuando decía que el dolor era distinto esta vez. A diferencia del primer parto, esta vez en Vermont padecía los dolores de un parto con el bebé en la posición occipitoposterior derecha: la cabeza de la criatura ejercía presión contra el sacro, el hueso en la parte posterior de la pelvis. Era posible que el bebé saliera boca arriba.

Pero esto no alarmaba a mi madre. Con frecuencia el bebé rota al final de la primera etapa del parto o al comienzo de la segunda. Y para aumentar la probabilidad de que la criatura se diera vuelta —y así disminuir el dolor de espalda de Charlotte—, mi madre hizo que se levantara y caminara entre contracción y contracción, y varias veces hizo que se arrodillara y se apoyara con las manos. Por momentos le pedía a Anne que le aplicara compresas calientes o toallas sobre la espalda, y de vez en cuando hacía que Charlotte se pusiera en cuclillas.

Entre la una y la una y media, cuando Charlotte sufría horriblemente y sus sollozos eran prolongados y agudos y desesperados, Asa empezó a rezar. Mi madre, casi sin aliento, dijo que todavía consideraba que el parto era normal, y no había ocurrido nada que hubiera podido alarmar a ningún médico ni partera en el mundo. Charlotte tenía un parto difícil, con el feto al revés, pero hasta ese momento nada hacía peligrar su vida ni la de su hijo.

Asa rezaba en voz baja al principio, con voz calma, pero cuando los aullidos de Charlotte se hicieron más quejumbrosos y horrendos, sus rezos se volvieron más intensos.

Tanto mi madre como Anne declararon que le rezaba al Santo Padre para que ayudara a su hija Charlotte en ese difícil trance, que le diera la fortaleza y el coraje para soportarlo, y que la protegiera hasta que lo superara. Era más elocuente cuando Charlotte se callaba; cuando abría la boca y gritaba, se limitaba a repetir el padrenuestro una y otra vez.

A veces Charlotte trataba de rezar el padrenuestro con él, pero no lograba terminarlo pues debía interrumpirlo para respirar en medio de su dolor.

Y mi madre no hacía más que asegurarles a ambos —y, a medida que el trance se alargaba, también a su asistente— que ese tipo de parto era difícil y doloroso, pero que no había nada que lo hiciera fatal.

Poco después de la una y media, no mucho después de que, a pedido de mi madre, Asa se subiera a la cama para sentarse detrás de su esposa mientras ella empujaba, mi madre notó la sangre. Aunque quiso restarle importancia, la sincronización y la cantidad del flujo le hizo latir el corazón de tal manera que se puso nerviosa. Junto con Anne acababan de poner una sábana limpia, varias veces esterilizada, sobre la cual esperaban recibir al bebé, y la mancha se esparció sobre el lienzo blanco como una copa de vino tinto sobre un mantel de hilo recién lavado.

Charlotte sorprendió a mi madre levantando el cuerpo con tanta fuerza que casi se cayó de la cama, y para cuando mi madre la tomó, diciéndole que lo estaba haciendo muy bien, la sangre había manchado los muslos y las nalgas de Charlotte, y también la palma de la mano con la cual había golpeado la cama del dolor.

Su sufrimiento parecía extremo, y cuando mi madre le tomó la presión, vio que le había disminuido en la última hora. La presión sistólica había bajado a ochenta y la diastólica, a sesenta. El pulso de Charlotte estaba en ciento veinte, luego en ciento treinta, pero los latidos del corazón del bebé eran infrecuentes y débiles, apenas noventa por minuto.

Mi madre decidió que no la haría pujar a Charlotte durante algunos minutos, mientras la controlaba. Si la presión sanguínea seguía bajando, si pensaba que la mujer corría peligro de caer en shock o si veía cualquier signo de problema con el feto, llamaría al equipo de rescate de la ciudad para que la llevara al hospital. Si por alguna razón no estaba disponible, ella misma la llevaría.

Tres minutos después la presión de Charlotte había bajado a setenta y cinco y cincuenta, y los latidos del corazón del bebé se habían reducido a sesenta o setenta por minuto. La hemorragia vaginal era ahora un pequeño goteo casi imperceptible, y luego se detuvo por completo... pero las sábanas mojadas demostraban el tamaño de la oleada anterior. Y entonces mi madre le dijo al matrimonio que por el bienestar de Charlotte y del bebé sería conveniente que diera a luz en el hospital. Dijo —y al parecer sus palabras fueron desapasionadas y preocupadas a la vez— que existía la posibilidad de que la placenta se estuviera desprendiendo de la pared del útero. Les explicó que esto significaba que el bebé podría no estar recibiendo el sustento necesario y que Charlotte podría estar sangrando.

Mi madre nunca tomaba rápidamente la decisión de que una de sus pacientes fuera al hospital, pero tampoco vacilaba en hacer que una paciente con complicaciones diera a luz con la protección de la red de seguridad de la medicina moderna. Por una razón u otra, Sibyl Danforth llevó al hospital aproximadamente a una de cada veinte de sus pacientes antes del 14 de marzo de 1981.

Tanto ella como Asa con posterioridad declararon que si las líneas telefónicas hubieran estado bien, las cosas podrían haber sido distintas. A diferencia de algunos padres que le habrían rogado a mi madre que siguiera intentando, padres a quienes les encantaba la idea del parto casero o que odiaban tanto los hospitales que querían seguir adelante a pesar del peligro, los Bedford aceptaron de inmediato ir a una de las camas mecánicas, de barandas de metal, en una sala quirúrgica esterilizada del hospital de la región norte de Newport.

Mi madre levantó el tubo del teléfono del dormitorio para llamar al equipo de rescate (en aquella época no había teléfonos digitales, de modo que había que discar) y descubrió que no había tono. Pensativa, apretó la horquilla y luego revisó la conexión del cable, tanto en el aparato telefónico como en el enchufe de la pared. Cuando vio que todo estaba en orden, le pidió a Anne que se fijara si funcionaba el teléfono de la cocina, en la planta baja. Un momento después, Anne le avisó desde abajo que el teléfono de la cocina tampoco funcionaba.

—¡También está mudo! —gritó Anne, y tanto mi madre como Asa percibieron pánico en el tono de voz de la joven, que esperaban que Charlotte no hubiera detectado. No obstante, lo hizo.

Hacía más de una hora que la lluvia y la escarcha golpeaban contra los vidrios de las ventanas del dormitorio, aunque mi madre dijo que tomó conciencia del ruido inmediatamente después de que Anne trasmitió la mala noticia desde el pie de la escalera. Cuando su asistente comprobó que no tenían teléfono, Charlotte enmudeció de terror. Entonces la insistencia de la lluvia y el hielo contra los vidrios —diría mi madre en el banquillo— "sonaba como si alguien estuviera arrojando puñados de tierra con todas sus fuerzas, con la intención de romper los vidrios".

Mi madre llamó a Anne para que fuera al dormitorio e hiciera compañía a Charlotte y Asa mientras ella salía a calentar el motor del auto. Su camioneta era más grande que el pequeño Sunbird de los Bedford o el diminuto Maverick de Anne, de modo que Charlotte estaría más cómoda allí.

¿Cuán resbaladizos estaban los caminos? Los esfuerzos de mi madre para trasponer la senda de baldosas hecha por Asa y luego los quince metros que faltaban para llegar al lugar donde había estacionado la camioneta habrían resultado cómicos de no ser tan dolorosos. Tres días después, el lunes, su abogado hizo fotografiar los moretones —todavía negros y azules y muy feos— en ambas piernas de mi madre. También sacaron fotos de los largos cortes en las manos y del tobillo hinchado que se había torcido y alrededor del cual llevaría vendajes durante semanas y semanas.

Se cayó cuatro veces, dijo mi madre, antes de llegar de rodillas a su automóvil y tener que tomarse de la manija de la puerta para poder incorporarse. No obstante, todavía planeaba llevar a Charlotte al hospital. Lo primero que hizo fue intentar acercar el auto a los escalones del frente de la casa —al diablo con el jardín y las baldosas— para que Charlotte no tuviera que caminar sobre la pista de hielo en que se había convertido la propiedad de los Bedford. Cuando apretó despacio el acelerador, las ruedas del auto giraron en el mismo lugar antes de irse para adelante y luego hacer un giro de trescientos sesenta grados. Resbaló hasta los restos de un banco de nieve, ahora hecho hielo, levantado por uno de los feligreses de Asa cuando despejaba el sendero en el invierno. Y aunque la camioneta no estaba dañada, mi madre sabía que sería imposible llegar al hospital.

Si mi madre se puso a llorar —y a mí me parece que tenía todo el derecho de hacerlo mientras abría la puerta del auto y rodaba hasta el suelo antes de emprender la vuelta a la casa— había dejado de hacerlo cuando se reunió con Charlotte, Asa y Anne. Pero dijo luego que lloró. Ya antes había traído al mundo bebés muertos al nacer, cositas que, según ella, se habían ido al cielo antes de que su carne conociera un mundo más grande que el útero, pero la experiencia no hacía que ese trance fuera menos triste. Siempre lloraba por esos bebés y por sus padres, y ahora temía que el bebé dentro de Charlotte muriera, y que los Bedford perdieran a su segundo hijo. (Más tarde, la investigación estatal revelaría que tres bebés habían muerto en partos atendidos por mi madre con anterioridad al 14 de marzo de 1981, o sea, casi en la misma proporción que sucedía con mujeres al cuidado de obstetras.)

Mi madre declaró que aunque el terreno estaba resbaladizo por el hielo, un espolvoreo de nieve cubría el pasto, y cuando vio eso imaginó la vernix caseosa que cubría el cuerpo del hijito sin respiración ni espíritu de los Bedford. Imaginaba que era un varón.

Sin embargo, aunque mi madre temía que perdieran al bebé, nunca se le cruzó por la mente que Charlotte Fugett Bedford moriría. Sabía que podría detener la hemorragia una vez que hubiera sacado al bebé (vivo o muerto), y con seguridad las líneas telefónicas serían restablecidas pronto. Sabía que la mujer tendría que perder alrededor de cuatro litros de sangre para que se produjera un paro cardíaco, y eso era mucha sangre.

Sabía también que en su valija tenía jeringuillas y frascos de Pitocin y Ergotrate, drogas que hacían contraer el útero y podían controlar la hemorragia interna. Por supuesto, era ilegal que ella tuviera estas sustancias reglamentadas, pero todas las parteras las llevaban consigo. Mi madre no era la única.

No obstante, la imagen de Sibyl Danforth circulando por el norte de Vermont con una valija llena de drogas de posesión ilegal y jeringuillas no resultaba beneficiosa en una corte de justicia.

Irónicamente, cuando mi madre volvió al dormitorio de los Bedford, Charlotte estaba mejor. La presión sanguínea se había normalizado, lo mismo que los latidos del bebé: cien, luego ciento veinte tranquilizantes latidos por minuto. Charlotte ya no sangraba y por cierto no exhibía síntomas de shock. No tenía la piel viscosa, su complexión estaba bien, su actitud lo mismo. No habría necesidad, después de todo, de oxígeno o de goteo intravenoso. Tampoco se necesitaría administrarle Pitocin.

—Creo que estoy bien ahora, Sibyl —dijo, y en el cansancio de su voz había una nota de esperanza.

Con sus palabras quizá Charlotte no quiso decir sino que por el momento su dolor se había vuelto tolerable. Soportable. Aguantable. Pero en el tono de Charlotte mi madre oyó algo más. En la voz de Charlotte mi madre oyó un amante testimonio del poder de la plegaria. Mientras mi madre se caía y se resbalaba afuera entre la lluvia y la escarcha, y con cada paso que daba sentía un dolor extremo, Asa y Charlotte y hasta Anne rezaban. Asa se había arrodillado junto a la cama de su esposa y había enlazado entre sus dedos los largos y pálidos dedos de Charlotte, y juntos habían rezado para que se detuviera la hemorragia y cesara su sufrimiento, para que el bebé que llevaba adentro viviera y para que sus vidas recibieran la bendición de la presencia de su hijo.

Anne dijo en el juicio que nunca había oído tanto amor en la voz de un hombre como la que oyó en la voz de Asa Bedford aquella madrugada.

Mi madre se sintió reconfortada y emocionada al mismo tiempo. Ya no temía un desprendimiento de la placenta.

—Bien —dijo con sencillez—, saquemos ese bebé.

Según la nota que garrapateó, eran las dos y tres minutos de la madrugada.

Mi madre hizo sentar a Charlotte entre las piernas de Asa y le pidió que se recostara contra su marido otra vez, con la espalda contra el pecho de Asa, mientras que Asa apoyaba la espalda contra el respaldo de la cama. Los brazos de Asa llegaban hasta la parte de adentro de los muslos de su mujer, y le mantenían las piernas separadas mientras ella empujaba, para que el bebé tuviera lugar para descender. Con la cabeza, el cuello y la espalda alineados, Charlotte estaba sentada sobre una almohada comprada hacía poco por mamá en una liquidación, que luego había lavado, de modo que el traste de Charlotte estaba unos cinco centímetros por encima del colchón.

Mi madre no creía que el bebé se hubiera dado vuelta en el descenso. En consecuencia, anticipaba que saldría con la cara hacia el cielo raso, en vez de hacia el suelo, y que su cabeza seguiría causando dolor a Charlotte a medida que transitaba el último viaje a través de la pelvis.

Charlotte ya había dado a luz una vez y había tomado clases de respiración con mi madre, de modo que sabía respirar y pujar. Sabía cómo sobreponerse a una contracción de la segunda etapa, y cómo sacarle el mayor provecho. Sabía cómo sostener el aire adentro y empujar, y cuándo relajarse y respirar superficialmente.

Durante una hora, Charlotte empujó con cada contracción, mientras mi madre y Asa le daban ánimos para que empujara un segundo o dos más cada vez.

—Puedes hacerlo, un poquito más, un poquito más, ¡un poquito más!

—¡Lo estás haciendo muy bien! ¡Perfecto!

—¡Otro segundo, otro segundo, otro segundo!

—¡Ay, sensacional, Charlotte! ¡Nadie mejor que tú!

—¡Puedes hacerlo, lo estás haciendo muy, muy bien!

—¡Vamos, vamos, vamos!

He visto a mi madre ayudar en muchos alumbramientos para saber que como entrenadora inspiraba confianza, daba energía y entusiasmo de un modo hipnótico. Y también he visto que la mayoría de los padres dejaban que mi madre transmitiera confianza verbalmente. Ella era muy buena para eso. Pero quién dijo que entre las dos y las seis de la mañana sería muy importante para el Estado y se insistió —y mi madre y su abogado defensor nunca lo negaron— en que fueron Asa y Anne los que dijeron todos esos "Lo estás haciendo muy bien", y mi madre quien repetía "Un poquito más" y "Otro segundo más".

Charlotte cerraba los ojos y apretaba los dientes mientras empujaba, y las líneas de la cara hasta las sienes se le marcaban. Como todas las madres a punto de dar a luz, Charlotte se esforzaba y luchaba y hacía toda la fuerza que podía. A veces la cara se le ponía azul cuando mi madre la instaba a que pujara más aún.

—¡Un segundo más, un segundo más, un segundo más!

—¡Ay, ay, lo estás haciendo muy bien, Charlotte! ¡Eres la mejor de todas!

Después de que Charlotte empujaba durante una hora, mi madre hacía que descansara veinte minutos. Charlotte otra vez tenía miedo de no poder tener a ese bebé. Mi madre le aseguraba que todo iba bien, tanto para ella como para el bebé.

Mi madre dijo en la corte que la cabeza del bebé había hecho progresos durante esa hora, aunque la autopsia no exhibiría nada concluyente. El forense no pudo estar seguro de cuánto llegó a descender el bebé y, por supuesto, le resultó totalmente imposible decir con seguridad en qué punto exacto estaba a las tres, a las cuatro o cinco de la mañana.

A las tres y quince, Charlotte reanudó su labor. Con la mandíbula bien apretada, pero los labios entreabiertos, siguió tratando de traer a su bebé al mundo con sus esfuerzos. Algunas veces recostaba la cabeza sobre el hombro de Asa, otras apoyaba el mentón sobre su propio pecho.

—¡Puedes hacerlo, un poquito más, un poquito más, un poquito más!

—¡Lo estás haciendo muy bien! ¡Perfecto!

Mi madre dijo que ella lo intentaba con todas sus fuerzas, mucho más que ninguna otra mujer que hubiera visto en su vida. Las contracciones le recorrían el cuerpo entero, y mi madre la convencía para que aprovechara cada una al máximo.

Y entre una y otra contracción Charlotte contenía la respiración, y luego volvía a intentarlo.

—¡Vamos, vamos, vamos, vamos!

Unos minutos después de las cuatro, mi madre hizo que Charlotte descansara por segunda vez. Podía ver que Charlotte estaba extenuada y también que la confianza le iba flaqueando.

Hay dos definiciones médicas generales que califican de prolongada una segunda etapa: cuando la segunda etapa dura dos horas y media o cuando la segunda etapa ha proseguido toda una hora sin que la cabeza descienda más.

Mi madre insistía en que el bebé había descendido durante el segundo esfuerzo de Charlotte. Para las cuatro de la mañana, dijo después, el bebé había pasado el isquion y la pelvis. Le faltaba pasar el pubis para asomar.

Cerca de las cuatro y treinta la urgencia de seguir pujando abrumó a Charlotte, y les dijo a mi madre y a su marido que quería intentarlo otra vez. Y eso hizo. Empujaba con todas sus fuerzas, con toda el alma, empujaba tanto que cuando por fin exhalaba el aire gruñía como una jugadora profesional de tenis en el momento en que su raqueta da un revés feroz a la pelota en la línea de saque.

Durante breves segundos mi madre alcanzaba a ver mechones del pelo oscuro del bebé, pero luego la cabeza volvía a entrar.

¿Pensó mi madre en darse por vencida, en volver a intentar lo que sabía que era probablemente imposible, es decir, transitar por los caminos helados hasta el hospital? Mi madre dijo que sí, aunque no se lo sugirió a Anne. Pero hasta Asa declaró que entre las cinco y las seis de la mañana mi madre fue cojeando hasta la ventana del dormitorio y apartó los visillos para mirar afuera.

—¿Fue ése el camión barrenieve que oí? —preguntó una vez durante esa hora, observación que, según sostuvo su abogado, demostraba que estaba soñando despierta, anhelando una operación cesárea realizada por un médico en Newport.

Pero desde la ventana del dormitorio de los Bedford sólo se veía el sendero, que seguía brillando a causa del hielo, y la lluvia mezclada con hielo que seguía cayendo. El auto de mi madre aún estaba contra el banco de nieve como un sombrío recuerdo del estado de los caminos, y mi madre sólo tenía que mirarse las manos y los cortes en las palmas para recordar lo difícil que era poner un pie en el suelo.

Y, señalaba Stephen Hastings, mi madre no había oído ningún camión barrenieve, pues ninguno se aventuró a andar por

Lawson o sus alrededores entre las dos y quince y las seis y treinta de esa mañana. E inclusive a las seis y treinta, según atestiguó Graham Tuttle, miembro de la cuadrilla de vialidad, los caminos "estaban en un estado desastroso. Yo me mantenía sobre la línea divisoria amarilla, y levantaba el hielo y echaba arena en un solo carril. No me atrevía a conservar mi mano en el camino, pues hubiera terminado en la zanja".

Obviamente Charlotte no tenía más opción que tratar de tener a su hijo en el dormitorio, así que aunque mi madre pudo haber deseado con todo el corazón ir al hospital, nunca se lo sugirió a Asa. No se refirió a la posibilidad de una cesárea en el hospital del condado porque sabía que no había esperanzas de poder llegar.

Además, mi madre realmente creía que Charlotte estaba haciendo progresos. El bebé estaba cerca, pensaba. Quizá se necesitaría una sola contracción más.

Y Charlotte volvió a esforzarse. Ya no empujaba mucho tiempo, ya no intentaba con ahínco en las contracciones que se sucedían, oleada tras oleada. Pero a medida que el Sol iba asomando en alguna parte, bien por encima de las hileras de nubes que traían hielo y lluvia a ese rincón de Vermont, mucho más alto que las cortinas de negro y gris que no se disiparían hasta cerca de las siete de esa mañana, Charlotte usaba todas las fuerzas que podía reunir para empujar al bebé más allá del pubis.

A veces mi madre cambiaba a Charlotte de posición. Por momentos, Charlotte pujaba en cuclillas, otras veces con la espalda erguida, aunque levemente apoyada sobre un costado.

—Puedes hacerlo, puedes hacerlo. ¡Puedes, puedes hacerlo!

A las seis y diez, en los primeros minutos de la cuarta hora que llevaba empujando, a Charlotte Fugett Bedford se le produjo un aneurisma cerebral —según estaba convencida mi madre— que en su mente calificó como un ataque cerebral. Creía que la presión intracraneal causada por el esfuerzo de Charlotte hizo reventar un vaso en el cerebro de la pobre mujer.

Hasta ese momento, Asa y mi madre seguían diciéndole a Charlotte que podía hacerlo, que podía traer a su bebé a ese dormitorio, con ellos.

—¡Ay, qué maravilla, Charlotte! ¡Eres la mejor de todas!

—¡Otro segundo, otro segundo, otro segundo!

Asa se había colocado entre las piernas de su mujer para recibir al bebé, mientras que Anne y mi madre estaban una a cada lado, sosteniéndola. Abruptamente, mientras se esforzaba en medio de una contracción, Charlotte levantó el mentón de su pecho mientras empujaba con la energía que le quedaba, abrió los ojos y exhaló un débil chillido. Su marido vio que ponía los ojos en blanco y luego los cerraba. Mi madre y Anne sintieron que el cuerpo se puso fláccido cuando Charlotte perdió el sentido.

Pareció irse rápido. El paro respiratorio se produjo casi inmediatamente después. Mi madre estaba tan bien entrenada como los voluntarios del equipo de rescate de la ciudad, y trató de revivir a Charlotte. Se arrodilló a su lado y sopló con todas sus fuerzas a través de la boca, intentando reanudar la respiración; le golpeó con fuerza sobre el pecho con los puños, gritando:

—¡Uno y dos y tres y cuatro y cinco y seis y siete y ocho y nueve y diez y once y doce y trece y catorce y quince!

Quince compresiones y dos respiraciones boca a boca. Quince compresiones seguidas de dos respiraciones.

No parecía tener pulso, y mi madre le rogaba a Charlotte mientras trabajaba. Lloraba mientras contaba en voz alta y le suplicaba que luchara por su vida.

—Puedes hacerlo, maldición. Sé que puedes, sé que puedes. ¡Por favor!

Anne dijo que mi madre hablaba exigiéndole a la muerta.

¿Completó al menos ocho o nueve ciclos, como dijo ella, o cuatro o cinco, como recordaba Asa? Ése era el tipo de detalles que se debatía. Pero en algún momento, minutos después de lo que mi madre calificaba como un ataque cerebral, y después de que llegó a la conclusión de que la resucitación cardiopulmonar no había logrado generar pulso ni respiración, pidió a gritos que Asa y Anne le trajeran el cuchillo más afilado de la casa.

Asa diría en el juicio que él hizo lo que ella le pedía sin tener la menor idea de lo que mi madre pensaba hacer con el cuchillo. Diría que en ese momento creía que mi madre iba a usar el cuchillo para tratar de salvarle la vida a su mujer, de alguna manera. Mi madre era partera y él, no; mi madre sabía practicar la resucitación cardiopulmonar y él, no. Mi madre estaba a cargo. Y él, no.

Quizás él estaría pensando en una traqueotomía. Quizá no. Quizás él sabía en realidad lo que ella iba a hacer. Quizá no.

Anne insistiría en decir que ella salió del dormitorio con Asa en distintas oportunidades, por razones diferentes. Una vez porque no soportaba quedarse en el cuarto con la mujer muerta. Otra vez, porque temía quedarse en el cuarto con mi madre. Mi madre de repente parecía estar loca.

Más allá de cuál fuera la razón, Asa y Anne juntos corrieron escalera abajo a la cocina, y Asa sacó del taco de madera sobre la mesada, lejos del alcance de Foogie, un cuchillo de veinticinco centímetros de largo, quince de los cuales pertenecían a la hoja de acero, redondeada en el filo como punta de flecha. El mango era de madera color verde oscuro, igual que el taco en el que estaba clavado el cuchillo.

Cuando volvieron al dormitorio, mi madre dijo en medio del llanto:

—No le vuelve el pulso. Asa, no puedo revivirla.

—¿No puede intentar otra vez con la resucitación cardiopulmonar? —le preguntó Asa, dejando caer el cuchillo al pie de la cama.

—Ay, Dios, Asa. Podría hacerlo durante años, pero seguiría sin vida. No vuelve.

Mi madre estaba sentada al lado de Charlotte, tendida de espaldas sobre la cama.

Como esa noche más temprano —la noche anterior, en realidad—, Asa se arrodilló junto a la cama. Apoyó la cabeza sobre el pecho de su mujer, y mirándola a la cara, le acarició el flequillo, todavía mojado por el sudor de sus esfuerzos. Musitó su nombre y mi madre le apretó el hombro una vez.

Y luego mi madre se movió con una precipitación repentina que asustó tanto a Asa como a Anne.

—Vamos —dijo, todavía llorosa—, no tenemos tiempo. —Con la misma mano con que había apretado el hombro de Asa segundos antes, levantó el cuchillo sobre las sábanas.

Lo que no hizo —y cuando el fiscal se ocupó de este tema con Anne en la sala del tribunal, el testimonio de la asistente me hizo dudar de mi madre, inclusive a mí, durante un instante— fue preguntarle a Asa qué quería hacer él. Nunca le preguntó al padre si quería que ella tratara de salvar al bebé. Si él le hubiera dicho que no, ella lo habría hecho de todos modos, si eso era lo que ella quería; pero si él le hubiera dicho que sí, al menos mi madre habría tenido su complicidad.

Y ella no puso el estetoscopio sobre el estómago de Charlotte para saber si aún había latidos en el feto. Por supuesto, se demostraría que el bebé aún vivía, pero ella no lo constató una vez más antes de hacer lo que hizo, y eso escandalizó inclusive a la partera novicia.

Y desde el momento en que Asa y Anne volvieron al dormitorio, hasta cuando mi madre empezó a cortar, nunca se aseguró de comprobar si Charlotte tenía pulso o si le latía el corazón. Quizá —como aseguró bajo juramento— lo hizo antes de que ellos entraran. Pero ni el padre ni la asistente vieron a mi madre asegurarse de que Charlotte estaba muerta antes de hundirle el cuchillo de cocina.

—¿A qué se refiere? —le preguntó Asa a mi madre cuando ella dijo que no tenían tiempo. Vio que se secaba los ojos, y él diría más tarde que algo en el movimiento de su mano le hizo pensar que mi madre estaba sufriendo una especie de colapso. Fue un gesto frenético, como si creyera que era posible desparramar las lágrimas por la habitación.

—¡El bebé sólo tiene unos minutos y hemos usado la mayor parte con Charlotte!

—¿Qué va a hacer?

—¡Salvar a su bebé! —La voz de mi madre era aguda, según pensaron Asa y Anne, y Asa dijo en la corte que no sabía si estaba histérica. Mi madre afirmó que si su voz era aguda, eso no se debía a que estuviera histérica, sino porque quería que Asa le prestara toda su atención.

—¿Salvar al bebé?

—¡Salvar a *su* bebé!

Mi madre ya había levantado hasta el cuello el viejo camisón que Charlotte tenía puesto al tratar de revivirla, de manera que no había ropa que quitar antes de realizar la cesárea. Asa se puso de pie y caminó hasta ponerse detrás de mi madre cuando ella encendió por primera vez la lámpara que estaba sobre la mesa de noche.

—¿Ella está muerta?

—¡Por Dios, Asa, sí! ¡Por supuesto!

¿Estaba muerta? Nunca lo sabremos con seguridad. El forense sería uno de los muchos testigos del Estado que diría que era médicamente posible que el corazón de Charlotte Fugett Bedford se hubiera detenido por un momento, pero la diligente resucitación cardiopulmonar de mi madre lo revivió y, por un momento, revivió a la mujer. Pero no había dudas en la mente de Asa o de Anne de que mi madre creía que Charlotte estaba muerta.

Cuando mi madre le dijo a Asa que sí, por supuesto, su mujer estaba muerta, él asintió, y mi madre lo interpretó como una aprobación. Por cierto, Asa no hizo ningún esfuerzo para detenerla. Caminó pesadamente hasta la ventana sin decir ni una sola palabra y miró el cielo, que parecía destinado a permanecer oscuro para siempre.

Mi madre diría más adelante que en las primeras horas de la mañana del 14 de marzo, ella practicó una operación cesárea de emergencia porque no podía tolerar que murieran dos personas. Simplemente, no lo toleraba. Y Charlotte estaba muerta, sin ninguna duda.

¿Estaba equivocada mi madre? Anne creía que sí, lo mismo que el forense, que opinaba que había espacio para la duda. Asa estaba de pie junto a la ventana cuando mi madre hizo la primera incisión, pero luego dijo —igual que Anne— que vio brotar la sangre.

Sangre que brotaba, según insistió el fiscal, bombeada por el corazón.

Pero Anne no dijo nada en ese momento: era demasiado joven para estar segura de lo que había visto. Pasarían horas antes de que levantara el tubo del teléfono, confundida, sin poder dormir, para llamar al médico que auxiliaba a mi madre cuando ella lo necesitaba. Anne diría más tarde que no creía posible que la sangre brotara así de una mujer muerta, pero el abogado de mi madre dijo que ella llamó al doctor Hewitt por otra razón: Stephen Hastings siempre consideró a Anne una rata nerviosa saltando del *Titanic*.

Hizo esa llamada crítica esa mañana tarde, mientras que a muchos kilómetros de distancia, en Burlington, el forense estaba en la mitad de su autopsia, tratando de encontrar —sin éxito— signos de un aneurisma cerebral.

Mi madre trazó con el índice una línea imaginaria entre el ombligo de Charlotte y el pubis. Le temblaban las manos.

Recordaba haber leído en alguna parte que un cirujano podía extraer al bebé de su madre durante una crisis en veinte o treinta segundos, pero eso no le parecía posible a ella. Tantas capas. Cortar a un ser humano. Sin cortar al feto. No parecía posible.

Aunque creía intelectualmente que no podía dañar a Charlotte, aun así procedió con cuidado, como si temiera lastimar un órgano. Tomó la línea trazada con el dedo como algo real y con fuerza hundió la punta del cuchillo a través de la piel de la mujer.

La sangre manó de Charlotte en el punto de la incisión con chorros rítmicos. Como dijo Anne, no eran los géiseres poderosos que se podrían esperar de un corazón que latía, saludable, sino pequeños espasmos, como de un corazón débil. No obstante, la sangre parecía latir en Charlotte, dijo Anne, y salía por donde mi madre había hecho el corte.

Cuando vio la sangre que salía y saltaba en el aire —manchando los dedos de mi madre—, empezó a formarse en la mente de Anne la idea de que mi madre estaba practicando una cesárea a una mujer viva.

Pero Anne no notó que se moviera el cuerpo de Charlotte ni vio un espasmo reflejo ni un crispamiento espasmódico. Y rápidamente cesaron las pulsaciones y la sangre simplemente fluyó. Apareció un hilo delgado, que luego se ensanchó. Mi madre hundió más el cuchillo, atravesó la piel y la grasa hasta la fascia, y empujó contra la capa de músculo, que era la única parte del cuerpo de Charlotte que se resistía a la intrusión del acero. Y después llevó el corte hacia abajo, hasta la vagina de Charlotte.

La sangre corrió por el abdomen de la mujer, cubriendo los pálidos muslos y las caderas, y se volcó sobre las sábanas de la cama, formando nuevas manchas.

Mi madre presionó la herida con una almohada por un momento para embeber parte de la sangre y poder ver adentro de la incisión. Mientras mantenía allí la almohada —dijo después—, llegó a la conclusión de que no había hecho algo que se asemejara a una incisión quirúrgica, sino más bien un agujero profundo e imposible de cerrar en el abdomen de Charlotte Bedford. De repente le pareció gigantesco, monstruosamente grande, y oyó que le castañeteaban los dientes antes de darse cuenta del origen del ruido. De alguna manera, estaba sudando.

Cuando retiró la almohada, vio un hemisferio como una pelota de béisbol color rosado salmón: la lisa y brillosa media valva del útero. Globular. Limpia. Casi como una fruta. Allí estaba, humeante entre una grasa luminosa y tiras carnosas de húmedo tejido musculoso. Mi madre no era propensa a la náusea, pero dijo que se sintió mareada al ver eso, no tanto por ser algo tibio y resbaladizo, sino porque era la vida en su aspecto más visceral. Más fundamental. La vida en el útero.

Pasó los dedos sobre el fondo del útero hasta que vio dónde estaba el bebé, y entonces levantó el cuchillo, que estaba sobre el colchón. Usando la punta como un alfiler, punzó el útero, como si fuera un globo, en un punto alejado del feto. Quedaba poco líquido amniótico y se dio cuenta de que su temor de que saltara por el aire y le cubriera los brazos y la cara y las manos no tenía sentido. Se acordó de que ya antes había roto el saco amniótico; ahora no quedaba nada que pudiera salpicarla.

Luego puso un dedo en el útero y lo desgarró suavemente con las dos manos, pues tenía miedo de romperlo con el cuchillo: el bebé estaba demasiado cerca.

Recordaría en la sala del tribunal que desgarrar el útero resultó tan fácil como trabajar con una masa húmeda de pan. No obstante, tenía dificultad en respirar mientras trabajaba.

Cuando la abertura fue lo suficientemente grande para su mano, la introdujo hasta sentir la cara del bebé. Rozó la nariz con la mano, y la pasó por el cráneo, el cuello, la espalda, hasta tocar uno de los regordetes muslos. Tocó la pierna hasta llegar al pie, y luego metió la otra mano para tocar el otro pie.

Entonces arrancó el cuerpo del cuerpo de la madre, y en el aire del dormitorio, al instante, el feto se convirtió en un infante ante los ojos de mi madre. Un muchacho. Y después de aspirar la mucosidad de su garganta con una jeringuilla de oído y de que la criatura lentamente fue cobrando vida, jadeando, luego respirando, por fin aullando, se convirtió para su padre en un recordatorio viviente de la vida y muerte y el atroz trance de Charlotte Fugett Bedford.

Parte II

Parte II

6

Eleanor Snow nació esta mañana, y es una cosita amorosa, sorprendentemente pequeña. Cuatro kilos, cincuenta centímetros. La naricita como un saltito con esquíes. Los diminutos rollitos de grasa de los brazos forman pulseras en las muñecas. Y el pelo, por lo menos esta mañana, es rubio fresa.

Sus ojos son grises hoy, pero creo que algún día serán azules.

El parto de Dottie Snow fue rápido: Anne y yo llegamos como a las seis y quince de la mañana, y Dottie ya tenía una dilatación de diez centímetros y estaba lista para el rock. No creo que haya pujado más de media hora, y la alegría en ese cuarto durante sus esfuerzos era simplemente increíble. ¡Increíble! Estaban dos de sus hermanas, su madre y, por supuesto, Chuck. Chuck también estuvo presente en el nacimiento de los dos primeros hijos, y es suave y maravilloso para dar ánimo. Él y Dottie se hacían arrumacos y se abrazaban entre cada contracción, y él no dejaba de masajearle los senos y los hombros. Esa clase de amor me entusiasma.

Pero lo que hacía que el aura en ese cuarto fuera tan poderosa era la combinación de amor entre marido y mujer, Dottie y sus hermanas, y Dottie y su madre. Las hermanas también la abrazaban, se abrazaban entre ellas, abrazaban a Chuck. Era algo magnífico. Ojalá pudiera haber embotellado las vibraciones en ese cuarto y reservarlas para un nacimiento solitario.

Los nacimientos solitarios son lo más triste del mundo. Pueden deprimirme días enteros.

El parto de Charlotte Bedford puede ser un nacimiento solitario. Por lo menos, en potencia. Charlotte no tiene familia cerca; sólo a Asa. Y Asa es un hombre agra-

dable, pero está tan involucrado con su congregación que al parecer no le queda energía para Charlotte.
 Y no conozco ninguna amiga de ella. Tampoco ningún amigo. Tienen pocas relaciones aparte de los feligreses, según me dice cuando hablamos, y ellos mantienen cierta distancia respetuosa porque ella es la esposa del nuevo predicador. Quizá yo sea su amiga más íntima. Sus visitas prenatales no terminan nunca.
 No hay duda: su parto será un nacimiento solitario. Y un posparto solitario. Espero que la parroquia de Asa se ocupe de ellos. Tengo esa esperanza, porque son buena gente. Pero ojalá yo conociera a más personas en Lawson o Fallsburg.
 Quizá conozca a alguien antes de que llegue el bebé. Quizás haga un esfuerzo por conocer gente.

del diario de Sibyl Danforth, partera

Mi madre no llegó a casa para el desayuno después del parto de Charlotte Bedford, y mientras mi padre y yo comíamos nuestros waffles tostados dijimos que, al parecer, Charlotte estaba en medio de uno de esos maratones de entre dieciocho y veinticuatro horas.

Hubo clases ese día, pero empezaron dos horas después para dar tiempo a que las cuadrillas viales convirtieran las pistas de hielo del noreste de Vermont otra vez en caminos. Así que mi padre se fue antes de que yo saliera para la escuela.

Charlotte Fugett Bedford y su hijo Veil tomaron distintos caminos poco después del nacimiento del niño. El cuerpo de Charlotte fue transportado a Burlington en el furgón del empresario de pompas fúnebres después de que el fiscal y el forense inspeccionaron el dormitorio y la policía estatal tomó esa clase de fotografías posteriores al parto que por suerte no son comunes. El forense le informó a mi madre que él haría la autopsia no bien llegaran a Burlington. Agregó que era la práctica acostumbrada y que no debía alarmarse.

Mi madre, Asa y Anne en realidad se fueron de la casa antes de que los uniformados, que seguían inspeccionando el colchón sangriento y guardando cosas —guantes de goma húmedos, hebras secas de té, una jeringuilla limpia, un repasador con sangre— en bolsas de plástico cuando Veil fue llevado al hospital North Country, en Newport, para que los pediatras lo examinaran cuidadosamente. Fue desde el hospital de donde llamó mi madre a mi padre en su oficina y le dijo lo ocurrido. Su plan era contármelo a mí en persona cuando yo volviera de la escuela.

Como todo lo demás en torno del nacimiento de Veil Bedford, no salió tal cual esperaba mi madre. La noticia de una muerte accidental, sobre todo cuando es espeluznante, viaja con rapidez en nuestro rincón de Vermont. Los choques entre camionetas y autos que causan fatalidades, los desastres forestales con sierras de cadena o camiones transportadores de troncos, los que se ahogan en las aguas profundas del desfiladero cercano son temas que despiertan interés. Cuando muere gente, la gente habla, sobre todo los adolescentes.

En consecuencia, yo me enteré de la muerte de Charlotte Bedford durante la clase de gimnasia, justo antes del almuerzo. Esa mañana habíamos jugado al voleibol.

Cuando me enteré de la noticia primero, la historia no involucraba a mi madre. Quizá si las extrañas maneras en que se relacionan el rumor y la realidad pudieran desligarse y las partes separadas analizarse minuciosamente, sus historias demostrarían que yo fui la persona que primero incorporó a Sibyl Danforth en el relato, al menos en mi escuela, al menos entre los adolescentes de nuestro condado.

Me estaba quitando los pantaloncitos de gimnasia y poniéndome los vaqueros cuando Sadie Demerest me dijo:

—Ese predicador extraño de Lawson, el que viene del sur, perdió a su esposa.

Su voz era natural y despreocupada, como si me estuviera contando sobre un error en la moda cometido por otra estudiante, como usar un suéter demasiado formal para la escuela o hacerse un mechón demasiado negro, que resultaba exageradamente punk.

—¿Murió? —le pregunté.

—Sí. Al dar a luz.

Y susurré en voz alta una idea que no creo que se le hubiera pasado por la cabeza a Sadie, aunque sí se le ocurriría pronto, de todas maneras.

—Me pregunto si mi madre estaría presente.

Sadie se quedó inmóvil en el banco frente a su ropero, con los vaqueros aún doblados sobre su falda.

—¿Tu madre fue la partera? —preguntó después de un largo momento, y yo asentí. Los ruidos del vestuario —el agua de las duchas a unos pocos metros, las risas de las otras chicas, el sonido metálico de las puertas de los roperos al abrirse y cerrarse— parecieron desaparecer mientras Sadie me miraba con fijeza. En ese momento yo no comprendía la magnitud del cambio a operarse en mi vida, pero las primeras, oscuras vislumbres empezaban a asomar.

Me di cuenta de que la idea de que mi madre pudiera haber estado presente asustó a Sadie y cambió su percepción de la historia de manera dramática. De pronto no se trataba de una tragedia con protagonistas anónimos, una historia horrenda lo suficientemente distante como para permitir una apreciación casual. Esta pequeña pesadilla involucraba a la madre de Connie Danforth. La madre de Connie Danforth estaba con la mujer muerta. La madre de Connie Danforth no sólo estaba con la mujer muerta, sino que la asistía en el parto.

Y no se suponía que las mujeres murieran al dar a luz, ni siquiera en nuestro rincón rural del Reino. Y por eso Sadie me hizo la pregunta que todos se harían en el condado durante meses, la pregunta que nadie pudo responder plenamente en el juicio y que nadie ha logrado responder de manera concluyente desde entonces. En el caso de Sadie, fue una pregunta retórica, algo que ella debía saber que yo no podría responder. Pero era una pregunta a la que ella —como todos los demás— no podía resistirse.

Retorciendo con las manos las piernas de los vaqueros, su piel palideció ante mis ojos.

—Connie, ¿qué pasó? —me preguntó Sadie.

Cuando llegué a casa de la escuela, mi padre estaba en la cocina. Mi madre estaba durmiendo.

—¿Cómo te fue en la escuela? —me preguntó él. Llevaba puestos los pantalones de vestir y la camisa que había usado en la oficina, pero se había sacado la corbata, quizá mucho antes de las tres y media de la tarde. Supuse que hacía horas que estaba en casa.

—Bien.

—Qué bueno —dijo con voz distante y monótona. Vi que alguien había hecho café, pero no me fijé si alguien había tomado algo.

—Deberás tratar con delicadeza a mamá durante un tiempo —agregó luego.

—¿Debido a lo que pasó?

Se sentó en la silla de madera de la cocina y cruzó los brazos sobre el pecho.

—¿Qué has oído?

—Oí que la señora Bedford ha muerto.

Él meneó la cabeza tristemente.

—¿Por qué no dejas los libros y me dices lo que sabes? Luego yo te contaré lo que sé yo.

—¿Los detalles?

—Si no los sabes ya.

Durante toda esa tarde, dos ideas me habían impedido oír ni una sola palabra de lo que dijeron la profesora de literatura o la de historia. La primera: que Foogie se había quedado sin madre, y no me imaginaba cómo ese niñito podría soportarlo. En ese momento de mi vida aún no conocía a nadie que no tuviera madre. La segunda era mi temor de que mi familia se empobreciera de repente.

A los trece años yo no entendía cómo funcionaban los detalles del seguro contra mala praxis, pero sí sabía que las parteras de Vermont no tenían seguro. No había compañías que se lo ofrecieran en el estado. Y también sabía que ésta era una cuestión importante para mis padres, que lo discutían cuando mi madre volvía a casa después de un caso complicado.

Creo que la tarde del día en que murió Charlotte Bedford ésta era la mayor preocupación de mi padre, además del temor a una demanda civil. No creo que se le hubiera cruzado por la mente la idea de que en cuestión de horas llegarían a nuestra casa los policías estatales.

—¿De modo que eso es lo que oíste? —me preguntó cuando me senté en la silla contigua—. ¿Qué dice la gente?

—Nadie sabe mucho. Nada más que murió la esposa del predicador sureño.

—¿Al dar a luz? ¿Saben que murió al dar a luz?

—Ajá.

—¿Saben que la atendía tu madre?

—Sí, lo saben. —No mencioné que yo era responsable de agregar ese detalle en la historia que circulaba por la escuela.

—¿Qué más?

—Nadie sabe si el bebé también murió. ¿Murió?

—No, el bebé vive y está bien. Es un varoncito.

—Eso es bueno, por lo menos.

—Sí, es verdad.

—¿Qué nombre le pusieron?

—El reverendo Bedford le dio el nombre de Veil —dijo mi padre—. ¿Qué más comentan?

—Como dije, nadie sabe mucho, en realidad. Todo lo que oí es que la señora Bedford murió en el parto, y que hubo mucha sangre. Pero yo sé que en los partos siempre hay mucha sangre, y nadie ha podido decirme por qué.

—¿Por qué...?

—Por qué hay tanta sangre.

Él jugó con una de sus patillas y luego volvió a llevarse la mano al pecho. Yo me di cuenta de que estaba sentada sobre mis manos.

—¿Quién te lo dijo? —preguntó.

—Sadie.

—¿Muchos chicos hablaban de ello?

—Sí. Al final del día, de todos modos.

—¿En el ómnibus de la escuela?

—Supongo que sí.

—¿Te hacían muchas preguntas los chicos?

—No, sólo una. Me preguntaban si mamá estaba presente.

—¿Y tú les decías que sí?

Asentí.

—¿Estuvo bien?

—Por Dios, Connie. Por supuesto. Por supuesto que estuvo bien. Tu mamá no hizo absolutamente nada malo. Nada. Algunas veces las mujeres mueren en el parto, lo mismo que algunas veces la gente se enferma y muere. No pasa seguido, pero pasa. La señora Bedford resultó ser una de esas mujeres. Es triste, muy triste, pero estas cosas pasan.

—Desgraciadamente.

—Sí. Desgraciadamente.

Miró la cafetera y pareció darse cuenta por primera vez de que estaba llena. Yo esperaba que se pusiera de pie y se sirviera un pocillo, pero no se movió de su silla.

—¿Hubo mucha sangre? —pregunté por fin.

Descansando el codo sobre la mesa y poniendo el mentón sobre la palma de la mano, asintió.

—Sí, hubo mucha sangre.

Podría haberme dicho entonces que mi madre practicó una cesárea, pero oímos pasos en el vestíbulo del piso superior.

Ambos nos dimos cuenta de que Sibyl estaba despierta, y a punto de bajar la escalera. Mi padre dejaría que ella me contara los detalles de lo ocurrido en el dormitorio de los Bedford esa mañana temprano.

Cuando mi madre entró en la cocina, con el pelo todavía revuelto después de dormir, tenía los ojos tan rojos que parecían dolerle. Llevaba puesto su camisón, algo desusado en la mitad del día, inclusive cuando tomaba una siesta después de un largo parto nocturno, y estaba descalza. Me pareció vieja, y no sólo porque cojeara o porque hubiera bolsas oscuras bajo sus ojos. No era sólo porque estuviera cansada.

Esa aura —para usar una de las palabras favoritas de mi madre— de entusiasmo ilimitado que parecía rodearla se había disipado. La energía —en parte optimismo, en parte paciencia, en parte alegría— que a veces parecía llenar todo el ambiente cuando ella entraba se había desvanecido.

Estaba claro también que mi madre no había dormido mucho, y que el poco sueño que le fue concedido no llegó a ser profundo. Aquellas noches en que el sueño llegaba con facilidad, esas tardes cuando se echaba una buena siesta, esas horas cuando los sueños eran serenos y despreocupados, se habían ido para siempre.

7

La madre de Clarissa Roberson, Maureen, es una mujer muy equilibrada. Fue una bebé de hospital, lo mismo que todos sus hijos (inclusive Clarissa, por supuesto).

Pero David Roberson nació en su casa, y él quería que sus hijos también lo hicieran. Así que allí estaba la pequeña Clarissa, con sus sesenta y cinco kilos de peso —¡sesenta y cinco kilos a los nueve meses y una semana!—, con los dolores del parto en la cama de su dormitorio, y su mamá estaba al lado, junto a David y a mí, atendiendo a su hija.

Y fue un parto largo, y Maureen debe de estar cerca de los sesenta ya. Pero estuvo espléndida. Incansable.

Y si bien yo he tenido a muchas madres presentes durante el parto de sus hijas, mirando cómo las hacen abuelas, nunca he visto a una que quisiera involucrarse tanto como Maureen. O involucrarse de una manera tan amorosa e inteligente y sustentadora. Algunas madres tienen náuseas o se ponen nerviosas en el parto de sus hijas, y yo creo que eso es totalmente comprensible. Las contracciones pueden asustar, lo mismo que la sangre. Creo que por eso es que muchas madres que ayudan a sus hijas se limitan a preparar el té o a darles ánimo desde la cabecera de la cama.

Pero Maureen no. Ella no se apartó de mi lado. En un momento, entre contracciones, puse la botella de aceite Johnson sobre la mesa para hacerle una pregunta a David, y cuando me di vuelta, Maureen estaba cubierta de aceite hasta los codos, masajeando el perineo de su hija.

Fue algo hermoso, increíblemente hermoso.

del diario de Sibyl Danforth, partera

Mi madre dijo muy poco en las horas que mediaron entre mi regreso de la escuela y la llegada de la policía estatal.

Se sentó con camisón sobre el diván en el cuarto de estar, con un edredón sobre los hombros. El cuartito olía a canela, por el té de hierbas que estaba tomando. Cada vez que sonaba el teléfono —y debe de haber sonado tres o cuatro veces esa tarde— contestaba mi padre y se libraba de quien llamaba.

Alrededor de las cinco y media de la tarde, asomó el Sol por una sola vez, no mucho tiempo antes de desaparecer para la noche en el horizonte occidental. Pero durante unos minutos la luz del Sol inundó el cuarto de estar, y el fuego que encendió mi padre en la salamandra de repente pareció innecesario.

Dos veces mi madre me preguntó cómo me fue en la escuela ese día, pero me di cuenta de que ninguna de las dos veces oyó mi respuesta.

En una oportunidad le pidió otra aspirina a mi padre para el dolor en el tobillo, y cuando él se la trajo, con un vaso de agua fría, tuvo que recordarle que ella se la había pedido.

—Tomemos una radiografía del tobillo mañana —sugirió mi padre.

—Sí. Hagámoslo —dijo mi madre. Raras veces miraba a mi padre o a mí. Tenía los ojos fijos en el fuego a través de las ventanas de la salamandra o en su tazón de té. Por momentos lo dejaba sobre la mesa junto al diván y se miraba los cortes en las manos.

—¿Fue Anne la que llamó? —le preguntó a mi padre una de las veces que él volvió, después de contestar el teléfono en la cocina.

—No. Era Sara. Quería ver si podías hacer una torta para la cena de los bomberos el fin de semana que viene.

—Para reunir fondos.

—Correcto.

—¿No estaba enterada?

—Aparentemente no.

Pero la mayor parte del tiempo los tres permanecíamos en silencio. Por alguna razón, yo tenía miedo de salir de casa, y tenía miedo de estar sola en mi cuarto, arriba. De modo que me quedé con mis padres en el cuarto de estar. Creo que todos sabíamos, de alguna manera, que estábamos esperando que pasara algo; todos teníamos la intuición de que algo fuera de nuestro control estaba a punto de ocurrir.

Mi padre y yo vimos el patrullero de la policía estatal entrando despacio por nuestro sendero ese viernes por la noche al oscurecer, y creo que lo vimos al mismo tiempo. No estaban encendidas las luces del techo, pero no creo que nadie vea detenerse en su casa un patrullero verde sin alarmarse. Especialmente la hija de los ex hippies Rand y Sibyl Danforth.

Yo estaba preparando la carne para hacer hamburguesas, y mi padre se encontraba a mi lado, buscando una sartén en el armario. Mi madre seguía en el cuarto de estar, callada y sin moverse, pero despierta.

—Veré qué pasa —me dijo mi padre con voz tranquila, quizá con la esperanza de poder ahuyentar a los policías como si fueran vendedores ambulantes.

Yo supuse que debía permanecer en la cocina, junto a la pileta, con la esperanza de oír al menos los detalles clave, pero mi madre oyó llamar a la puerta y se alarmó: dejó el tazón de té, se incorporó y estiró el cuello en dirección a la puerta. Cuando se dio cuenta de quiénes habían llegado a nuestra casa, se levantó de los almohadones entre los que estaba instalada, y de alguna manera encontró fuerzas para llegar al vestíbulo. Y yo también fui hasta allí.

—Realmente creo que esto puede esperar hasta mañana —estaba diciendo mi padre.

—Lo siento, pero no es posible —respondió uno de los oficiales, aunque su voz sugería que por cierto comprendía el deseo de mi padre de brindar a mi madre una noche de paz—. Pero le prometo —agregó— que esto no llevará mucho.

Los oficiales eran altos y ambos de mediana edad. Uno tenía un bigote canoso recortado con tanta severidad que parecía un tanto amenazador. El otro tenía esas arrugas profundas en la cara que yo asociaba con los granjeros, ese tipo de arrugas que se producen cuando hay que conducir un tractor en medio de los vientos de otoño días enteros. Se habían abotonado la chaqueta para protegerse del frío de marzo, subiéndose el cuello. Cuando el hombre que hizo el gasto de la conversación esa noche —el del bigote— vio que mi madre y yo nos acercábamos por el vestíbulo detrás de mi padre, se quitó el sombrero de alas anchas del uniforme de policía, y el otro hizo lo mismo de inmediato. Saludaron a mi madre con una inclinación de cabeza, como si la conocieran, y tuve la impresión de que quizá la habían visto en casa de los Bedford esa mañana. Eran apenas un poco más de las seis y media de la tarde, y habíamos encendido la luz del porche, que de vez en cuando hacía brillar sus chaquetas.

—En ese caso, ¿quieren pasar? —preguntó mi padre.

—Sí, gracias. Pero sólo unos minutos.

Mi padre les indicó que pasaran, y ellos diligentemente se limpiaron la suela de los zapatos en el felpudo cerca de la escalera. Yo traté de decirme que estos dos hombres poderosos no eran malvados, basándome en la manera cortés en que el del bigote le había hablado a mi padre. Ambos usaban alianzas, lo que significaba que tenían esposa, y si tenían esposa, probablemente también hijos. Y si tenían hijos, entonces eran padres. Como mi papá. Si les quitábamos los sombreros de policía y las pistoleras, los revólveres y las chaquetas verdes, eran tipos comunes y corrientes. No había razón para tenerles miedo.

Pero, por supuesto, yo les tenía miedo.

—Soy el sargento Leland Rhodes —dijo el del bigote—, y mi compañero es el cabo Richard Tilley.

—Rand Danforth —se presentó mi padre, extendiendo la mano primero a Rhodes y luego a Tilley. Cuando se dio vuelta, vio a mi madre y a mí en el vestíbulo, detrás de él.

—Connie, ¿por qué no subes? Esto no tardará —dijo con voz serena.

—Yo puedo terminar de preparar la cena —respondí.

—Podrías, pero no tienes que hacerlo —dijo él, y sentí la mano de mi madre sobre el hombro, empujándome con suavidad (pero claramente) en dirección a la escalera.

Mi madre les preparó café. Eso fue lo primero que me sorprendió: acababa de llegar al final de la escalera y la oí preguntarles a los oficiales si querían café o té de hierbas. Ambos escogieron café, y mientras mi padre los hacía pasar al cuarto de estar, mi madre fue a la cocina a preparar café.

Al día siguiente —supongo—, Stephen Hastings pensaría que ésa era una de las cosas más extrañas que había oído. "Café", dijo mi padre que el abogado repitió una y otra vez. "Les preparó café."

Los oficiales eran amables, y el sargento Rhodes empezó explicando que simplemente estaban reuniendo información esa noche sobre la tragedia presenciada por mi madre.

—Sólo queremos saber qué vio usted —dijo Rhodes, como si mi madre fuera una simple espectadora, alguien que vio por casualidad dos autos que chocaban en una intersección—. Queremos que nos cuente lo que pasó, mientras el recuerdo aún está fresco.

—No creo que mi recuerdo de anoche se borre nunca —respondió mi madre, y años después mi padre me diría que esa oración cambió enormemente lo que sucedió luego. Al parecer los ojos de mi madre se llenaban de lágrimas mientras hablaba, y mi padre temió que finalmente, y de repente, sufriera un colapso. Él se empezó a fijar tanto en ella, tan preocupado por su bienestar emocional, que dejó de interrumpir la entrevista cuando tuvo oportunidad, durante el siguiente intercambio de palabras, o de informarles, tanto a los oficiales como a mi madre, que la conversación no proseguiría a menos que estuviera un abogado presente. Me dijo que había empezado a formársele en la cabeza la idea de que necesitarían un abogado, pero para defenderse contra una denuncia civil, no contra una denuncia penal. No para la clase de felonía que llevaría a los policías estatales a nuestra casa un viernes por la noche.

—Eso probablemente sea verdad, señora Danforth, pero Bill Tanner y yo hemos visto todos estos años que algunos detalles son más... precisos cuando se habla de ellos en seguida —dijo Rhodes.

—¿Bill Tanner? —preguntó mi madre—. ¿De dónde conozco ese nombre?

—Es el fiscal del condado de Orleans. Lo conoció esta mañana —contestó el sargento.

Una vez que se marcharon los oficiales, mi padre le dijo a mi madre que no sabía que el fiscal había estado en casa de los Bedford esa mañana. O mi madre se había olvidado de mencionar ese detalle, o ella no se había dado cuenta de quién era Bill Tanner, o por qué se había unido al forense en casa de los Bedford.

Y por eso Rand Danforth formuló la pregunta que cualquier marido protector haría en esa situación, lo hizo con timidez y sin convicción:

—¿Debería estar presente nuestro abogado? —se preguntó en voz alta.

—Seguro, si lo prefiere. Pero lo que estamos haciendo ahora es llenar los blancos de la historia —respondió Rhodes con tono despreocupado y casual.

¿Habrían terminado las cosas de otra manera si mi madre hubiera permanecido callada en ese momento, o si mi padre hubiera insistido, quizás, en que pospusieran cualquier discusión con la policía estatal hasta que el abogado estuviera presente? Es posible, pero no probable. Para ser justos con mis padres, inclusive Stephen Hastings dijo que había poco que pudiera incriminar a mi madre en la porción de la declaración hecha aquella primera tarde. Los oficiales no estaban al tanto de lo que sucedía en un parto casero, de modo que no hicieron el tipo de preguntas que podrían haber provocado respuestas largas, informativas y comprometedoras. Después de que Asa trajo el cuchillo, ¿volvió a examinar a Charlotte por última vez, para asegurarse de que estaba muerta? ¿Constató que había latidos fetales antes de cortar? ¿Le pidió permiso a Asa para abrir en dos a su mujer?

En su mayor parte los policías se limitaron a permitir que mi madre relatara su versión de la historia, que presentara lo que había ocurrido, para ella. Sin embargo, Stephen cuestionó antes del juicio lo que denominó "el interrogatorio", pero también nos dijo antes de la audiencia en la que se discute la eliminación de pruebas que era posible que el Estado ganara, como de hecho sucedió.

Además, mis padres ni siquiera tenían un abogado a quien recurrir, esa noche. Habían acudido a un abogado dos veces en su vida: la primera, hacía casi quince años, para escribir su testamento unos pocos días antes de mi nacimiento, y luego, la segunda vez, cuando mi padre inició su propia empresa de arquitectura y quería legalizarla. Usaron el mismo abogado en ambas ocasiones, un anciano amigo de mi abuelo que vivía en St. Johnsbury y que murió poco después de ayudar a mi padre con los aspectos legales de su empresa.

Y el hecho de que los dos policías no alentaran en forma activa a que mis padres tuvieran un abogado presente le resultaría útil a Stephen cuando el caso finalmente fue a juicio: utilizó ese hecho para basar su argumento de que el Estado buscaba una venganza contra el nacimiento en la casa, y que estaba más interesado en sacar de en medio a las parteras que en proteger las libertades civiles de mi madre. Según el juez, los policías no tenían por qué en ese momento informarle a mi madre sus derechos; tampoco consideraba que hubiera nada ilegal en la manera en que le tomaron declaración. No obstante, Stephen logró sugerir que la manera en que se presentó esa noche Rhodes, como "un buen policía", era en el mejor de los casos moralmente ambigua.

De todos modos, mi madre les dijo, tanto a los dos policías como a mi padre, después de que éste hubiera traído a colación la idea de un abogado:

—No he hecho nada malo. —Su voz era incrédula, no defensiva, como si no pudiera creer que existiera la necesidad de un abogado en ningún momento. —Les diré exactamente lo que pasó. ¿Qué quieren saber?

En algún momento, poco después de que empezara a hablar mi madre, el cabo Richard Tilley se puso a tomar nota. Escribía rápido, para no quedarse atrás. Las pocas preguntas que formulaba su compañero por lo general eran para pedirle a mi madre que repitiera lo que acababa de decir.

Tilley llegó a completar once páginas de papel amarillo rayado, y la historia de mi madre abarcó desde el momento en que la llamó Charlotte Bedford, temprano por la tarde del jueves, con la noticia de que habían empezado las contracciones, hasta el viernes por la mañana, cuando mi madre se apoyó, exhausta, contra la cabina de un teléfono público en el hospital North Country y llamó a mi padre. Los oficiales estatales permanecieron en el cuarto de estar más de una hora, asintiendo y escribiendo y tomando el café de mis padres.

Un poco después de las siete y media de la tarde, el sargento Rhodes le echó un vistazo al bloc de su compañero.

—¿Y entonces se fue a su casa? —le preguntó a mi madre.

—No, entonces volví a casa de los Bedford. Debía buscar el auto.

—Ah, cierto. Seguía en el banco de nieve.

—En cierto sentido. La nieve había empezado a derretirse.

—¿Quién la llevó allá?

—¿A casa de los Bedford? No recuerdo su nombre. Un muchacho que trabajaba para el equipo de rescate.

—¿Su auto estaba bien?

—Estaba bien. Lo más difícil fue salir marcha atrás y esquivar el patrullero de la policía.

—¿Todavía estaba la policía en la escena?

—Supongo que sí. Uno de los patrulleros seguía allí.

—¿Habló usted con algún oficial?

—No vi a nadie con quien hablar.

—¿Se alarmó usted?

—¿Me alarmé? ¿Por qué iba a alarmarme?

Rhodes respondió a la pregunta de mi madre con una pregunta.

—¿De manera que usted no entró en la casa?

—No.

—Vino directamente a su casa.

—Sí. Vine directamente a mi casa. Y directo a la cama.

Se produjo un largo silencio. Finalmente, Rhodes tomó el bloc del cabo y se lo pasó a mi madre por encima de la mesita ratona.

—¿Por qué no lee esto, señora Danforth, y se asegura de que todo es correcto? —dijo, mientras Tilley le daba la lapicera a mi madre.

Mi madre leyó las páginas, pero luego dijo que no las leyó con cuidado especial. En muchas partes no podía descifrar la letra de Tilley, y estaba exhausta, de modo que cuando daba con una palabra o una frase incomprensible, la pasaba por alto y seguía. En general, Tilley había captado la esencia de lo que ella dijo y en ese momento le pareció que era lo único que importaba.

—¿Es correcto? —le preguntó Rhodes cuando ella terminó de leer—. ¿Se aproxima Richard a lo dicho? —agregó, sonriente.

—Es más o menos lo que pasó —respondió mi madre.

—Bien, bien —murmuró Rhodes. Luego le hizo un pedido a mi madre que finalmente llevó a mis dos padres a darse cuenta de que necesitaban un abogado y de que lo necesitaban de inmediato. No importaba que fueran las ocho de la noche de un viernes; no importaba que fuera el comienzo del fin de semana. Necesitaban un abogado, un abogado penalista. Y lo necesitaban de inmediato.

Asintiendo, como si se tratara de un pedido sin importancia, un pedido pequeño y protocolar, Rhodes miró las estanterías por encima del hombro de mi madre y le preguntó:

—¿Jura que todo es verdad, por favor? ¿Y luego lo firma?

8

Charlotte pasó media hora hoy mirando las fotos de los bebés y las madres en mi pared. Las había notado la primera visita, pero hoy fue la primera vez que realmente quiso verlas.

—Mira, Foogie —le dijo a su hijito, señalando la primera foto que le tomé a Louisa Walsh—. Quizá tu hermanita se parezca a ella.

—O quizá mi hermanito se parezca a éste —dijo Foogie, señalando la foto de otro bebé que habrá pensado que era un varón, pero no lo era. En realidad, estaba mirando a Betty Isham a las tres horas de edad, envuelta en una mantilla azul, porque eso es lo que tenían sus padres a mano. Por supuesto, no se lo dije a Foogie.

De cualquier manera, Charlotte dice que quiere una nena, Foogie dice que él quiere un varón y Asa sólo quiere un bebé sano. Charlotte me dice que eso es lo único por lo que reza Asa para el nacimiento: otro bebé sano. Eso es todo lo que importa, dice él. Un bebé sano.

Charlotte se está cuidando bien. Estoy segura de que el deseo se les realizará.

del diario de Sibyl Danforth, partera

Mi madre firmó la declaración. Mi padre trató de detenerla, diciéndoles a los oficiales:

—La firmará de buen grado una vez que la haya visto nuestro abogado.

No obstante, mi madre creía que ella no había hecho nada malo.

—La firmaré —le dijo a mi padre, y lo hizo, garrapateando

su nombre con letras grandes y orgullosas al final de la undécima página.

El sábado a la mañana mis padres se levantaron mucho antes que yo. Bajé con dificultad en camisón a alrededor de las ocho, y vi que mi madre y mi padre estaban totalmente vestidos, terminando el desayuno. A diferencia de la mayoría de los sábados, mi padre tenía puestos pantalones de vestir y corbata, y mi madre falda y blusa. Estaba sentada con la pierna derecha extendida, e inclusive debajo de sus gruesas medias de lana pude ver lo hinchado que tenía el tobillo.

—¿Cómo dormiste? —me preguntó mi madre con una voz que intentaba ser alegre.

—Bien —musité, notando a través de mi propia neblina matinal que ni ella ni mi padre parecían haber descansado bien. Imaginé que habrían dormido, aunque de manera intermitente en el mejor de los casos.

—¿Tienes planeado algo especial hoy? —me preguntó luego.

Sacudí la cabeza, tomando conciencia de pronto de que estaba de pie delante de ellos, junto a la heladera. Rápidamente busqué la leche y una caja de cereal y me senté con ellos a la mesa de la cocina.

En ese punto yo sabía lo fundamental de la agenda de mis padres ese día, aunque no los detalles. Sabía que irían a ver abogados, aunque poco más que eso. Mientras ellos sorbían su café, pude enterarme del resto.

El viernes por la noche mi padre había hablado por teléfono con los abogados de tres bufetes, dos de Montpelier y el tercero de Burlington. El par de abogados de Montpelier eran conocidos de la familia, la clase de personas que mis padres veían en las grandes fiestas de Navidad y en los picnics veraniegos de la ciudad, y de cuya compañía probablemente disfrutaban. Pero no éramos amigos íntimos, de modo que la llamada de mi padre la noche anterior los debía de haber tomado desprevenidos. No obstante, los dos abogados estaban dispuestos a recibir a mis padres y a tratar de ver si podían ayudarlos.

El tercer abogado era Stephen Hastings, un amigo de Warren Birch, que era uno de los dos abogados de Montpelier que mis padres iban a visitar esa mañana. Hastings era un socio joven de un bufete de Burlington, y Birch opinaba que era un excelente abogado penalista, algo que —sugirió Birch mismo— él no era.

De modo que el plan de mis padres era reunirse con los dos

abogados en Montpelier antes del almuerzo, y luego ver a Hastings en su oficina de Burlington por la tarde. Se fueron poco después de que terminé de desayunar. Pasé la mayor parte del día aturdida.

Tom Corts y yo andábamos de novios desde hacía cuatro meses, aunque no habíamos formalizado nuestra relación con nada simbólico, como una pulsera o ajorca identificatoria. En nuestra parte de Vermont, las pulseras identificatorias estaban pasadas de moda en 1981, y las únicas chicas que usaban cadenitas alrededor del tobillo eran un trío de muchachas un tanto ligeras de cascos, lideradas por una recién llegada de Boston.

Tom y yo teníamos planeado ir a un baile el viernes por la noche en la sede de la Legión Norteamericana en Montpelier. Ese invierno, los legionarios organizaban bailes (sin bebidas alcohólicas) viernes por medio para los chicos de la secundaria, con la esperanza de reducir la cantidad de jóvenes que consumían alcohol y que luego terminaban con el auto de sus padres en una zanja o estrellándose contra un árbol. Obviamente, me faltaban años esa primavera para llegar a manejar, y a Tom todavía cinco meses. Y, de todos modos, no teníamos edad suficiente para poder beber legalmente en ninguna parte de Vermont.

Pero los amigos de Tom de décimo y undécimo grado habían descubierto que si bien en los bailes no se expendían bebidas alcohólicas, en el salón de baile Espartano casi siempre había un obrero desempleado de la cantera de Barre o un operario tornero despedido de la fábrica de muebles de Morrisville revoloteando cerca del negocio de tabaco y bebidas, dispuestos a comprar un paquete de seis latas de cerveza si podían quedarse con una o dos. Así que nosotros, en grupitos, nos quedábamos en las sombras de la sede de los legionarios o del negocio de tabaco y bebidas, moviendo los pies para mantenernos en calor y sosteniendo cervezas heladas, aunque no tan frías como el aire de la noche a nuestro alrededor.

Por lo general, uno de mis padres o la madre de Rollie nos llevaba al baile aquel invierno, pero siempre uno de los hermanos mayores de Tom iba a buscarnos. Temíamos que el aliento o mi balbuceo revelaran que habíamos bebido. Yo nunca he tenido buena cabeza para el alcohol, y en octavo grado bastaba una cerveza y media para que empezara a reírme como tonta.

Sin embargo, ese viernes no fui al baile con Tom, porque ya en la escuela me di cuenta de que estaría mejor si me quedaba en casa esa noche. Para cuando todos empezamos a subir a los ómnibus para volver a casa a las tres de la tarde, Tom ya estaba enterado de que una de las madres de Sibyl Danforth había muerto. Hablamos de eso brevemente antes de que empezara la última hora, y su reacción fue de irritación y característicamente profética a la vez.

—Ese predicador debe de estar molesto, pero son los médicos los que arremeterán contra ella. Los doctores creen saberlo todo.

Hizo una larga pausa antes de volver a hablar.

—Me asustan los médicos. Son como animales de jauría. Lobos. Rodean a su presa y le buscan la garganta.

Tom me llamó ese viernes por la noche, tarde, cerca de las once, desde el teléfono público cercano al negocio de tabaco y bebidas junto a la playa de estacionamiento. Dijo que nuestra línea estuvo ocupada la mayor parte de la noche, y le expliqué que mi padre estaba hablando con abogados. Me di cuenta de que había estado bebiendo, aunque le faltaba mucho para estar borracho. Dijo que no podía ir a casa el sábado por la mañana porque le había prometido a un primo, mayor que él, ayudarlo a mudarse a un nuevo departamento en St. Johnsbury, pero que vendría por la tarde. Le dije que estaba bien.

Cuando mi madre y mi padre se fueron a Montpelier el sábado a la mañana, me dijeron que no volverían hasta tarde, y que debía ocuparme de las llamadas telefónicas. Como partera, mi madre fue una de las primeras personas del condado en adquirir un contestador telefónico, así que hacía años que lo usábamos, y yo tenía mucha experiencia en seleccionar las llamadas.

Estaban preocupados porque creían que llamarían periodistas, y sus temores resultaron bien fundados. *The Burlington Free Press*, el diario de mayor tirada del estado, fue el primero en llamar, pero el reportero sólo se adelantó al *Montpelier Sentinel* y al *Caledonian-Record* por minutos. Un tipo de Associated Press de Montpelier dejó tres mensajes, y creo que era él quien llamó cada diez minutos hasta el almuerzo y colgó cada vez que oyó el mensaje grabado en el contestador.

Pasé la mayor parte del día en un trance, escuchando los mensajes de los periodistas y amigos de la familia y de otras parteras, y esperando a que llegara Tom. Siempre que esperaba a Tom cuando mis padres no estaban en casa, anticipaba que de inmediato nos acostaríamos en el diván del cuarto de estar y nos besuquearíamos y manosearíamos hasta que Tom intentara subirme el suéter y yo debiera desacelerar los procedimientos. Ambos sabíamos que era sólo cuestión de tiempo para que yo por fin me quitara el suéter y le permitiera pelear con mi corpiño, pero aún no habíamos llegado a ese punto.

Sin embargo, el sábado en que mis padres fueron en busca de un abogado la idea de que Tom y yo pudiéramos ir directamente al diván nunca se me cruzó por la cabeza. Yo sabía que estaba contenta porque vendría Tom, y también sabía que estaba asustada, asustada como si uno de mis padres estuviera desesperadamente enfermo. Pero no llegaba a precisar cómo podrían superponerse las dos emociones cuando Tom por fin apareciera en la puerta de entrada. ¿Debía abrazarme o traerme una cerveza? ¿Iba a pedirme que le contara los detalles de lo que sabía o hablaría de varios temas, excepto el parto en la casa? Y si estaba en casa cuando volvieran mis padres, ¿sabríamos él o yo qué decirles, sobre todo a mi madre?

Justo antes del almuerzo vino Rollie, y durante una hora ella y yo escuchamos las llamadas que entraban en el contestador. Si mis padres se hubieran imaginado siquiera las docenas y docenas de personas que llamarían para acosarme, me habrían llevado con ellos y enviado de compras en Montpelier y Burlington mientras se reunían con sus abogados. Pero ninguno de nosotros esperábamos el diluvio que empezó justo después de las nueve.

—Buenos días. Mi nombre es Maggie Bressor. Escribo para *The Burlington Free Press*. Me gustaría hablar con la señora Sibyl Danforth tan pronto como llegue, por favor. Siento molestarlos, pero estoy escribiendo una nota sobre... el nacimiento en Lawson, y sólo necesitaré hablar con usted unos momentos, señora Danforth. Tengo un límite de tiempo, de modo que intentaré volver a llamarla esta tarde. Mi número de teléfono, aquí en Burlington, es 865-0940. Muchísimas gracias.

—Hola, Sibyl. Hola, Rand. Habla Molly. Me enteré de la... eh... tragedia, y pienso en ustedes. Travis y yo pensamos en ustedes. Llámennos cuando se sientan dispuestos. Y hágannos saber si hay algo que podamos hacer. Hasta pronto.

—Hola, quiero hablar con Sibyl Danforth. Habla Joe Meehan, del *Sentinel*. Me gustaría pasar a verlos. Volveré a llamar.

Para cuando llegó Rollie, yo había puesto un segundo casete para guardar los mensajes. Y la gente seguía llamando.

—¿Sibyl? ¿Estás allí? Si estás pero no quieres levantar el

tubo, ¡hazlo, por favor! Soy Cheryl. Tengo un archivo de material legal de la Alianza que quiero que veas. ¡Es enorme! Muy bien, no estás en casa. Te creo. Pero llámame cuando llegues. O a lo mejor te llevo las cosas. Inclusive hay nombres de abogados —en lugares como Maryland y Nuevo México, claro—, pero pueden darte un nombre en Vermont. De un buen abogado. Si lo necesitas. Volveré a llamarte.

Rollie estaba tomando un refresco y me preguntó qué era la Alianza.

—Es una de las asociaciones de parteras, del Medio Oeste —le informé. Luego me enteré de que se trataba de la Alianza de Parteras de Norteamérica, lo más cerca de una asociación profesional nacional que tenían las parteras entonces.

—Hola, amigos. Les habla Christine. Llámenme. Estoy preocupada por ustedes.

—Sibyl. Hola. Soy Donelle. Conozco a otra partera que quiere hablar contigo. Ella vio morir a una madre en un parto casero, de manera que entiende el dolor que debes de estar sintiendo. Vive en Texas, y sé que le encantaría hablar contigo y escucharte. Adiós.

—Soy Timothy Slayton, de Associated Press. Se me ocurrió intentar llamar otra vez.

En realidad, era interminable. Después de un rato hasta Rollie se cansó de escuchar las llamadas, y se fue a su casa como a la una y media de la tarde. Tom no llegó hasta cerca de las tres, y en la hora y media entremedio seguí contemplando el contestador y el ojito rojo que parpadeaba cuando llegaban los mensajes. Sólo una vez levanté el tubo para hablar. Fue cuando oí la voz de mi padre desde un teléfono en la oficina del abogado, en Burlington.

—¿Cómo van las cosas?

—Ah, muy bien.

—¿Qué has estado haciendo?

—Leyendo —mentí. Temía que mi madre se preocupara si sabía la verdad y me imaginaba sentada, sosteniéndome las rodillas con los brazos, transfigurada frente al contestador.

—¿Cosas de la escuela?

—Sí. Cosas de la escuela.

—Bien, es sábado, así que no trabajes demasiado. La vida continúa. ¿Has estado cerca del teléfono?

—Un poquito, supongo.

—¿Alguna llamada para tu mamá?

—Unas cuantas.

—¿Amigos o periodistas?

—Ambos.

—Muy bien. Cuando tu mamá y yo terminemos con el señor Hastings, tenemos una parada más que hacer. Como estamos en Burlington, de todos modos, iremos al hospital para que le tomen una radiografía del tobillo a tu mamá. —Intentaba restarle importancia a la visita al hospital, pues la sugerencia era que no se hubieran molestado en sacar la radiografía de no haber estado en Burlington, pero cuesta hablar a la ligera sobre una visita a la sala de emergencias.

—¿Le sigue doliendo? —le pregunté.

—Un poco —contestó.

Creo que la única vez que me moví entre el momento en que Rollie se fue y el momento en que llegó Tom fue cuando me levanté para ver qué eran unos ruidos sordos en la cocina. Resultó ser uno de los pequeños heraldos de la primavera: un petirrojo que había vuelto a uno de los comederos para pájaros junto a las ventanas de la cocina después de un invierno afuera, y estaba peleando con su reflejo contra el vidrio. Ese sábado, sin embargo, la vuelta al hogar del petirrojo fue sólo un motivo de irritación: para mí, un ejemplo más de la idiotez del mundo natural en que los pájaros se estrellaban contra el vidrio y las madres morían al dar a luz.

Es probable que al abrirle la puerta a Tom mi aspecto fuera el de uno de los condenados del octavo círculo del infierno. Yo era tan vanidosa como cualquier chica de casi catorce años, pero no me peiné ni una sola vez ese sábado, y no creo que me acordara de cepillarme los dientes. Me vestí poco antes de que llegara Rollie, pero por cierto no me vestí para Tom Corts. Tenía puestos unos vaqueros demasiado sueltos y un suéter hippie de mi madre, tejido por ella misma, para el que había usado quizás once lanas de distinto color. Si bien se suponía que su efecto fuera psicodélico, hasta ella misma solía decir que había resultado caótico, como si los colores hubieran sido escogidos por un niño de preescolar.

Pero si Tom se sintió decepcionado al verme cuando le abrí la puerta, se guardó la decepción para sí mismo. Y yo me alegré realmente de verlo. Pasó un brazo alrededor de mi cintura, me acercó a él y me dio un beso en los labios tan suave y casto como la primera vez que nos besamos, hacía un año, en el barro del pequeño potrero de la familia McKenna.

Y después me meció un rato largo, de una manera torpe pero que era justo lo necesario en ese momento. Apoyé la frente contra su camisa de algodón, que asomaba por la campera, cuyo cierre relámpago había subido a medias, y me sentí si no tranquilizada, al menos adormecida. No recuerdo cómo separamos nuestros cuerpos por fin y entramos en la casa, pero de alguna manera él logró hacerlo sin traumatizarme.

Resultó evidente desde el comienzo que Tom, igual que yo, no tenía idea de cuán poco o cuán mucho debería hablar de la muerte de la señora Bedford o de lo complicada que estaba mi madre en el asunto. Comprendía que un abrazo sería bueno, pero debería improvisar en lo referente a la expresión verbal de los sentimientos.

—Mi primo vive en una pocilga —fue lo primero que me dijo una vez que entramos en la cocina—. Es testarudo como un asno, de modo que no hay manera de que cambie de idea. Pero, por Dios, se ha mudado a una casucha horrible.

—¿Qué tiene de malo?

—Aparte del hecho de que tiene dos ventanas como agujeros, nada. Excepto que hay dos cuartos y un baño, y el piso del baño está podrido. Y en todo el lugar sólo encontré un enchufe.

Mientras atravesábamos la cocina para ir al cuarto de estar, se detuvo frente a la heladera.

—¿Puedo tomar un refresco?

—Seguro.

—No sé en qué piensa mi primo —siguió diciendo mientras abría la Kelvinator y sacaba una Coca-Cola.

—¿El departamento está en la ciudad o afuera?

—Está en un edificio al lado de la compañía de jarabe de arce, la que enlata el que viene de Quebec.

—¿Un lindo edificio?

—¡Ja! Espantoso. Oscuro y viejo, y necesita un buen trabajo de carpintería o que lo parta un rayo.

Se sentó en el piso, en un rincón junto al estéreo, y se puso a mirar los álbumes de discos y los casetes a un costado.

—¿Cómo está tu mamá hoy? —me preguntó, mirando con atención la tapa de un disco, y no a mí.

—Me parece que el tobillo le duele más de lo que quiere reconocer.

—¿El tobillo?

Le dije que, además de todo lo que tuvo que soportar en casa de los Bedford, se lastimó el tobillo.

—¿Eligió ya un abogado?

—No sé.

—¿Cuántos van a ver tus padres?

—Tres.

Asintió, aprobando.

—Mi primo dijo que suponía que tus padres ganan demasiado dinero para que los represente un defensor público. Él tuvo uno bueno, una vez, me dijo también.

No teníamos buena recepción para ver televisión en Vermont, pero no obstante yo había visto suficiente televisión para saber lo que era un defensor público.

—¿Sí?

—Sí, en St. Johnsbury. Me dijo que era un tipo muy listo.

—¿Qué hizo?

—¿Mi primo o el abogado?

—Supongo que los dos —dije, encogiéndome de hombros.

—Mi primo estaba borracho y robó un auto para salir de parranda y se estrelló contra un poste de teléfono. Hizo pedazos el auto.

—¿De quién era?

—De un tipo de Boston. Un Saab. El problema fue que era la segunda vez que se emborrachaba y se llevaba un auto ajeno. Así que terminó pasando treinta días en Windsor. Pero dijo que habría sido mucho peor que treinta días si su abogado no hubiera sido tan convincente.

—¿Por robar un auto borracho dan treinta días? —le pregunté.

—Eso es lo que le dieron a mi primo.

Sonó el teléfono en la cocina y cuando no hice el gesto de atender, Tom me miró y se ofreció para contestar.

—Deja que se encargue el contestador —le dije, y le expliqué que hasta hacía quizás una hora había estado sonando sin parar. No era extraño que se tratara de otro periodista.

—Saldrá mucho en los diarios de mañana, ¿no? —observó Tom.

—Supongo.

—¿Ha hablado tu mamá con los diarios ya?

—No lo creo.

Suspiró y miró el paquete de cigarrillos en el bolsillo de su camisa. Me di cuenta de que tenía ganas de fumar, pero no tenía permitido hacerlo dentro de la casa.

—¿Crees que debería? —le pregunté.

—No sé. A lo mejor. Explicar su versión.

—¿Su versión? ¿Qué quieres decir con su versión?

Volvió a colocar un álbum entre los discos sostenidos entre la pared y uno de los parlantes, y se puso las manos enlazadas detrás del cuello.

—Mira, Connie, yo no sé mucho de estas cosas. Así que podría estar equivocado. Pero hay una cosa: ha muerto una señora. Y murió cuando tenía a su bebé. No murió por un rayo ni porque su auto se estrelló contra una roca ni porque se le incendió la casa en la mitad de la noche. No murió del corazón porque era demasiado gorda o porque se quebró el cuello andando en una moto de nieve. Murió por algo que pasó mientras tenía a su bebé.

—¿Y?

—Y van a tener que echarle la culpa a alguien. Piensa en los periodistas que han estado llamando.

Oí el ruido del petirrojo en la ventana, que otra vez le daba picotazos a su reflejo. Traté de concentrarme por un momento en lo que acababa de decir Tom, pero no podía dejar de pensar en su primo y en el tiempo que pasó en Windsor. Se empezaba a formar en mi mente la oración, como un problema en la clase de matemática:

Si un hombre roba un auto y le dan treinta días en la cárcel, ¿cuánto tiempo le darán a una partera cuando una de sus madres muere en su casa durante un parto?

—¿Quién era el defensor público de tu primo?

—No me acuerdo del nombre.

—¿Pero fue en St. Johnsbury?

—Sí.

Si un hombre roba un auto y le dan treinta días en la cárcel, ¿cuánto tiempo le darán a una partera cuando una de sus madres muere en su casa durante un parto? El hombre está borracho, la partera, sobria.

—¿No en Newport?

—No en Newport.

—¿Crees que Newport tendrá su propio defensor?

—Es un condado diferente. Es probable.

Si un hombre roba un auto y le dan treinta días en la cárcel, ¿cuánto tiempo le darán a una partera cuando una de sus madres muere en su casa después de un parto? El hombre está borracho, la partera, sobria. Cuando resuelvan el problema, no se olviden de que la partera abrió de un corte a la mujer después de que murió.

—La señora Bedford murió en Lawson. La gente que fue a su casa ayer por la mañana era toda de Newport.

—Mira, estoy seguro de que el tipo de Newport debe de ser bueno, también.

—Así espero.

—Además, aunque tu mamá termine necesitando un abogado, tus padres son la clase de gente que elegirán el abogado. Probablemente uno de los que fueron a ver hoy.

—Y eso si mi madre termina necesitando uno —agregué, esperanzada.

Él asintió.

—Sí, eso es —dijo—. Si es que llega a necesitarlo —agregó, pero me di cuenta de que en su interior estaba convencido de que lo necesitaría. A nuestras espaldas volvió a sonar el teléfono, y esta vez Tom ni siquiera levantó los ojos. Siguió mirando con fijeza las rodillas de sus vaqueros azules, mientras otra voz desconocida le pedía a mi madre que llamara al regresar.

9

Hace quince años, siempre pensaba que algún día me arrestarían. Marché en manifestaciones contra la guerra, les dije "cerdos" a oficiales de la policía, fumé marihuana hasta el cansancio.

Pero supongo que nunca me enfurecí del todo ni me drogué tanto como para cometer un disparate. Quizá lo habría hecho, de no mediar la bendición del nacimiento de Connie. Sabía que muchas chicas le hacían señas obscenas a un policía con una mano mientras sostenían a su bebé con el otro brazo. Pero yo no. Mi bebé fue siempre demasiado precioso para mí como para exponerme así.

Recuerdo que a Rand se lo llevaron una vez y lo metieron en un celular. Fue uno entre docenas y docenas de tipos arrestados en una protesta en Washington DC, y probablemente yo habría estado con él si no hubiera estado embarazada de cinco meses en aquel momento. Pero estaba embarazada de Connie, y lo último que quería hacer era pasar un día en un ómnibus atestado de gente yendo de Vermont a Washington, y luego otro día en medio del calor de la capital, vociferando con millares de personas muy, muy enojadas.

Creo que Rand sólo pasó una noche en el calabozo, y no lo acusaron de nada.

Y, a diferencia de mí, nunca le pusieron las esposas.

Esta tarde, cuando Stephen se estaba asegurando de que yo no tendría que ir a la cárcel, el juez y el fiscal —Tanner— me hicieron sentir como si le hubiera disparado a alguien mientras robaba en su casa. Stephen dijo que no era más que una formalidad, pero yo no creo *que nadie que ha visto a la policía llegar a su casa a arrestarla diga que las esposas son una "formalidad". Y si bien yo esperaba a los oficiales, por cierto no esperaba las esposas.*

—No creo que eso sea necesario, ¿no? —les preguntó Stephen a los dos oficiales.

—No tenemos opción, Stephen, y tú lo sabes —le contestó el tipo del bigote, el que creo que se llama Leland.

Así que allí, en la propia entrada de mi casa, me hicieron extender los brazos para ponerme las esposas.

No sé cómo los delincuentes se acostumbran a las esposas. No me ajustaban, pero supongo que no tengo mucha carne en las muñecas. Cada vez que movía el pulgar, los huesos de la muñeca rozaban el acero. Si lo hubiera repetido, creo que me habría sacado la piel.

Lo más extraño que tenían las esposas era una goma que alguien puso alrededor de la cadena entre ellas, algo como una manguera de jardín de quince centímetros de largo. Diseñan esos feos, dolorosos y atemorizantes grilletes de metal para las muñecas de la gente, y luego ponen una manga de goma alrededor de la cadena.

Eso me pareció la parte más surrealista de una experiencia totalmente surrealista. Yo iba sentada en el asiento trasero del patrullero, con un vestido primaveral con un diseño de lirios azules, con las manos cruzadas con modestia sobre la falda porque tenía esposas con una manguera en el medio.

del diario de Sibyl Danforth, partera

Stephen Hastings no había defendido a mucha gente en nuestro frío y remoto rincón del estado. Por lo general trabajaba en Burlington, donde era más probable que ocurriera el tipo de delitos que necesitarían la intervención de un abogado fuerte. Stephen había defendido al ejecutivo de la compañía de electricidad acusado de ahogar a su esposa en el lago Champlain y al profesor de literatura de la secundaria acusado de tener relaciones sexuales con dos de sus alumnas, chicas de quince años. Con la defensa de Stephen, ambos fueron declarados inocentes.

Y si bien perdió tantos casos de mucha resonancia como los que ganó, el solo hecho de ganar alguno lo hacía un abogado requerido por muchos. Después de todo, nadie creía que tuviera la menor posibilidad con el administrador hospitalario que virtualmente decapitó al tenedor de libros que al parecer había descubierto su malversación por cientos de miles de dólares. ("La forma y el carácter horripilante de la muerte indicaban premeditación", nos dijo Stephen que le comentó el juez una noche después de que terminó el juicio.) Todos en el estado sabían también que el propietario del motel de Shelburne sería condenado por traficar drogas, y que la mujer que dejó que sus hijitos mellizos se congelaran en la montaña sería considerada culpable de asesinato en primer grado.

Aunque los juicios de Stephen que tenían que ver con asesinato, violación y drogas recibieron más atención de la prensa, él también defendió al presidente de un Banco que alteró el informe sobre los activos y los pasivos de su institución, un empresario que robó dinero de sus inversores y un par de funcionarios de Vermont que aceptaron sobornos de una compañía constructora en la licitación de un complejo de oficinas gubernamentales. Vermont rara vez tiene más de una docena de asesinatos por año, y la mayoría son homicidios relacionados con drogas o pesadillas domésticas que van a parar al defensor público. En consecuencia, era natural que un bufete como el de Stephen —y Stephen mismo— manejaran también casos con menor cobertura periodística y menos espeluznantes.

Stephen raras veces actuaba en la sala del tribunal del condado de Orleans en Newport; sin embargo, conocía al fiscal de ese condado bastante bien. Vermont es un estado pequeño, y Stephen y Bill Tanner se encontraban en ocasiones formales del colegio de abogados en Montpelier y en recepciones informales en la facultad de derecho en Royalton. Tenían amigos comunes en Burlington y Bennington, y en una oportunidad pasaron un sábado esquiando juntos en Stowe.

Por lo tanto, la escena que presencié inadvertidamente una mañana durante el juicio no debería haberme sorprendido. Sin embargo, me sorprendió. Yo veía a Bill Tanner como un villano casi psicótico, un tipo empecinado en destruir a mi madre y a mi familia por razones que no llegaba a entender. Me resultaba más amenazador aún por ser tan afectado.

De cualquier forma, una mañana antes de que empezara el juicio ese día, yo estaba junto a las dos puertas de madera laqueada que conducen del pasillo del tribunal a la sala misma. Todavía era muy temprano, pero a través de las ventanas de vidrio como ojos de buey vi que Stephen, Tanner y el juez Dorset ya estaban adentro, juntos. Dorset no tenía puesta su toga, y la corbata —que aún no se había anudado— le colgaba alrededor del cuello como una bufanda.

Tanner estaba comiendo una banana y Stephen masticaba cereal: su mano desaparecía periódicamente dentro de una caja grande de cartón. Los tres hombres revoloteaban alrededor de la mesa de la defensa, y Tanner se sentó en la silla que mi madre ocupaba por lo general. Todavía no habían hecho entrar al jurado ni habían llegado el alguacil ni el relator del tribunal. Tampoco estaban los periodistas ni habían ingresado los espectadores: amigos y partidarios de mi madre, curiosos miembros de la Junta Médica Estatal, y la familia de Charlotte Bedford, un grupito a la vez inconsolablemente triste y furiosamente enojado. Las otras dos personas que vi en la galería en ese momento eran dos adultos jóvenes que, a juzgar por los gruesos tomos de estatutos que leían y los marcadores amarillos que usaban para destacar pasajes, eran estudiantes de derecho.

En ese momento, mi madre estaba en el baño de otro piso, y mi padre la acompañaba, posiblemente paseándose por el pasillo frente al sanitario.

Algo en los dos abogados y el juez juntos me impidió irrumpir en la sala como de costumbre. La acústica de la sala era buena, y a través del delgado espacio entre las dos puertas pude oír la conversación.

—Ay, Dios, casi me reí fuerte cuando vi el diario esta mañana —decía Tanner con una risita apenas perceptible.

—¿Meehan estaba en el mismo juicio que nosotros? —preguntó Stephen, y me tomó un momento recordar por qué yo conocía el nombre Meehan. Era el tipo flaco y rubio que cubría el juicio para el *Montpelier Sentinel*, el hombre que siempre parecía cansado.

—No tenía idea de que iba tan bien, Stephen —siguió diciendo Tanner, empujando la cáscara amarilla y negra de la banana dentro de una taza de café de plástico vacía.

—Meehan es un idiota —dijo Dorset—. Ustedes dos lo saben.

—Quizá. Pero si hasta ahora el jurado ha visto las cosas igual que él, estoy frito —dijo Stephen.

—Nadie ve las cosas como Meehan —comentó Dorset.

—Así lo espero. De lo contrario, mi amiga Sibyl va a padecer durante un largo período —dijo Stephen, meneando la cabeza con fingido dramatismo.

—Pero con una deliberación muy breve —agregó rápidamente Tanner, y le dio un golpecito a Stephen en el brazo.

Creo que lo que más me afligió en ese momento no fue la idea de que Stephen temiera que el juicio saliera mal, aunque estoy segura de que eso contribuyó a las náuseas que sentí durante la mayor parte de esa mañana. Quizá tampoco encontré muy perturbadora la manera en que el abogado que se suponía debía proteger a mi madre fraternizara con el enemigo.

No, retrospectivamente, lo que creo que me trastornó más ese día fue la manera casual y festiva en que los tres hombres hablaban y bromeaban. Este juicio se había convertido en todo lo que importaba para mi familia, nuestra vida misma. Ocupaba nuestra mente cada minuto del día, mientras estábamos despiertos, y no creo que mi madre se evadiera en sueños. Sé que yo no. La pena por homicidio involuntario era de uno a quince años en prisión, y el implacable ataque de Tanner contra mi madre nos daba a entender con claridad que, si la hallaban culpable, el Estado pediría la pena máxima. (Yo hice los cálculos matemáticos al instante la mañana en que se hicieron los cargos contra mi madre: si la encontraban culpable y la enviaban a la cárcel por una década y media, yo tendría veintinueve años para cuando saliera, y mi madre, cerca de cincuenta.)

Para Stephen Hastings y Bill Tanner, sin embargo, y para el juez Dorset, este juicio no era más que su trabajo. Como una casa más para un constructor o un vuelo más para el piloto de una aerolínea o un bebé más para un obstetra o una partera. Para mi familia había mucho en juego, pero para los hombres que discutían sobre la capacidad y el carácter de mi madre, sólo era una mañana más en la oficina, otra tarde en la corte.

Yo no estaba enamorada de Stephen Hastings, pero habría sido comprensible si lo hubiera estado. Me imagino que muchas chicas en mi situación se habrían enamorado locamente del hombre, considerando que era lo más cercano a un caballero andante u oficial de caballería que llegaría a tener mi familia, alguien que acudía a nuestra ayuda y rescate. Y, por supuesto, mis hormonas eran la misma mescolanza química que las de todas las chicas de trece y catorce años, una combinación explosiva de elementos con una tendencia a la combustión en los lugares más inesperados, como una camioneta con una pila de ropa o frazadas viejas arrojadas sobre una cama en forma casual. Las hendeduras musgosas y ocultas que se encuentran en los ríos que zigzaguean a través de los bosques. Los cementerios.

Quizá debido a que se extrae tanto granito de las canteras en Barre y Proctor, muchos muchachos adolescentes en Vermont terminan creyendo obstinadamente (aunque se equivocan) que los cementerios y las lápidas sepulcrales afectan a las chicas adolescentes como afrodisíacos.

Rollie muchas veces me embromaba, diciéndome que estaba enamorada de Stephen, pero yo creo que eso se debía a que ella se sentía atraída por el hombre. Eso no me sorprendía entonces, y tampoco me sorprende ahora.

Stephen tenía la misma edad que mi padre aquel verano y otoño en que defendió a mi madre, y era dos años mayor que Sibyl. Los hombres tenían treinta y seis años, y la mujer que era toda mi vida, treinta y cuatro.

Yo casi no leía los diarios antes de que el nombre de mi madre empezara a aparecer en ellos en forma regular, de modo que no había oído hablar de Stephen antes de que entrara en la vida de nuestra familia, pero pronto me di cuenta de que la mayoría de los adultos a mi alrededor lo conocían. Si no de nombre, reconocían su cara al verlo. Era fotografiado con frecuencia. En aquel entonces las cámaras no eran permitidas en la sala del tribunal durante un juicio, de modo que las típicas fotografías de Stephen Hastings eran con "abrazos y sonrisas", como se refirió a ellas él una vez, con su defendido en la escalinata del tribunal después de un triunfo, o "solitarios ceños de justa indignación" cuando anunciaba la inevitable apelación después de una derrota.

El pelo le empezaba a encanecer en las sienes y en el par de graciosos bumeranes que hacían las veces de cejas. Era más negro que castaño, y él lo peinaba y arreglaba con la disciplina propia de un veterano de la fuerza aérea. Asomaban unas pequeñas arrugas en las comisuras de su boca, pero en otro sentido su cara era delgada y angulosa. Como yo lo veía sobre todo al final de la tarde o durante la noche, siempre tenía una sombra de barba, un toque que, según lo sugiere mi recuerdo, me hacía considerarlo como un hombre sabio y trabajador.

Tendría la misma altura que mi padre, un metro ochenta aproximadamente, y era un poquito más pesado: gordo no, de ninguna manera, pero no había perdido la musculatura que se le formó mientras se entrenaba para Vietnam.

Acababa de divorciarse cuando conoció a mi madre y a mi padre, pero el casamiento no había durado mucho ni había dejado hijos. Mi madre decía que cuando estaba preocupado, a veces se tocaba con el pulgar y el índice de la mano derecha el dedo de la mano izquierda donde había usado la alianza, pero yo nunca lo vi hacer eso.

Quizá porque yo era una adolescente con un lógico interés por la ropa, me daba cuenta de que Stephen siempre estaba vestido ligeramente mejor que los hombres a su alrededor: si estaba rodeado por abogados con saco durante una deposición los martes a la mañana, él llevaba puesto un traje; si en la reunión social de un sábado por la noche los hombres tenían puestos pantalones color caqui, los de él eran grises; inclusive en un picnic ese verano, antes del cual todos los adultos parecían haber decidido por unanimidad usar vaqueros, él apareció con pantalones beige de sarga bien planchados.

—Un escaloncito más arriba —nos respondió ese día a mi padre y a mí, poniendo los ojos en blanco y riéndose de sí mismo después de que mi padre le hizo un comentario acerca de su hábito de vestirse un poquito mejor que el mundo a su alrededor—. Para ganar en lo que hago —y, reconozcámoslo, cobrar lo que cobro—, hay que vestirse exactamente un escalón más arriba que el resto. No dos escalones, porque entonces parecería un idiota. Uno. Un escaloncito me hace parecer costoso. Y, espero, merecedor de lo que cobro.

—Así también lo espero —convino mi padre, con un tono que traicionaba la tensión que sus palabras ocultaban.

Stephen nunca me trataba como a una niña, algo que a esa edad significaba mucho para mí. Dos veces me trajo de una disquería de Burlington álbumes de música punk que tardarían meses en llegar a las tiendas del Reino del Noreste. Otra vez, después de enterarse de que Tom Corts estaba interesado en el oeste estadounidense, le regaló una monografía con grabados de Ansel Adams. Siempre parecía enormemente interesado en el trabajo de mi padre, y creo que para cuando empezó el juicio sabía tanto sobre partos caseros que podría haber ayudado en un nacimiento él solo.

Sé que algunas veces mi padre consideraba excesiva la manera en que Stephen se había convertido en parte de nuestra vida familiar, pero a mí me parecía un precio razonable si se lograba la absolución de mi madre. Retrospectivamente, creo que Stephen llegó a la conclusión —o como suelen suceder estas cosas en realidad—, *descubrió* que sentía afecto por mi madre, y por lo tanto pasaba con nosotros todo el tiempo posible. Creo que sus obsequios eran bienintencionados y sus abrazos, amistosos y sinceros.

Apenas transcurrirían cuarenta y ocho horas entre el sábado que mis padres conocieron a Stephen Hastings en Burlington y la tarde del lunes en que apareció en nuestra casa de Reddington con un fotógrafo, y me lo presentaron. Al parecer mis padres habían quedado prendados de Stephen el día en que lo conocieron, y él aceptó en el acto representar a mi madre si —según dijo— resultaba necesario. Y mientras el Estado conducía su investigación en marzo, y todos teníamos la esperanza de que Bill Tanner decidiera no hacer una acusación formal, Stephen insistía, inflexible, en que mis padres debían prepararse para lo peor: una acusación de homicidio involuntario provocado por la imprudencia o extrema negligencia de mi madre.

—Bill inclusive puede alegar que fue intencional —advirtió Stephen aquel sábado a la tarde.

—¿Qué significa eso? —preguntó mi padre.

—En la práctica no significará nada. Pero como el funcionario estatal número uno en Orleans, Bill necesita proceder como si fuera un vaquero recio —explicó Stephen antes de hacer girar su sillón y dirigirse específicamente a mi madre—. Si llega a sugerir que usted procedió de manera intencional, significa que puede ganar con una acusación de homicidio voluntario, no meramente involuntario. Inclusive hasta asesinato en segundo grado.

Mi madre se limitó a asentir en silencio, me dijo mi padre mucho después, y a él no se le ocurrió qué decir. De manera que extendió el brazo y cubrió la mano de ella con la de él.

Por suerte, Stephen prosiguió hablando sin hacer una pausa.

—Por supuesto, no llegará a eso. No creo que Bill encuentre un precedente para eso. Sólo le advierto que puede intentarlo desde temprano.

Stephen quería empezar a preparar una defensa de inmediato —por las dudas— y mis padres estuvieron de acuerdo. Quería fotografías de los arañazos y moretones recibidos por mi madre en el hielo esa madrugada del viernes en Lawson, y del tobillo recalcado. Quería examinar los registros prenatales de Charlotte Bedford con un médico, y dijo que quizás iniciara una investigación de inmediato. Y le dio consejos a mi madre:

—No hable de esto con nadie, absolutamente con nadie. No cuente nada, ni me diga todo a mí. Yo le preguntaré lo que necesite saber a medida que avancemos. Y trate de no preocuparse. Sé que lo hará, pero no debería. En mi opinión, el Estado haría muy bien en otorgarle una medalla por salvar la vida del bebé, y no amenazarla como si fuera una bandolera.

Por supuesto, hubo señales desde el principio que deberían haber indicado con claridad y concisión a mis padres que cualquier esperanza en el sentido de que el Estado no hiciera una acusación formal era infundada y cualquier optimismo, injustificado. El fin de semana siguiente a la muerte de Charlotte mi madre esperaba ansiosamente que llamara Anne Austin. Le preocupaba la posibilidad de que su joven aprendiz hubiera quedado tan lastimada por lo que vio que abandonara sus planes de llegar a ser partera algún día. En consecuencia, mi madre la llamó por teléfono el sábado a la mañana, antes de ir a ver a los abogados con mi padre, y otra vez cuando volvieron, al fin del día. Volvió a llamarla el domingo por la mañana y luego por la noche.

Igual que nosotros, Anne tenía contestador telefónico, y mi madre le dejó un mensaje cada vez que la llamó. Como Anne seguía sin contestar para la hora de la cena el domingo, mi madre se preguntó en voz alta si no se habría ido a Massachusetts a visitar a sus padres, poniendo así distancia —literal— entre su persona y la casa donde murió Charlotte Bedford.

—Quizá trató de comunicarse contigo una docena de veces y el teléfono siempre le dio ocupado —sugirió mi padre.

Los diarios del domingo también deberían haber sido una indicación clara de que el Estado la acusaría. El sábado por la mañana no hubo más que un par de artículos breves, uno en *The Burlington Free Press* y el otro en el *Caledonian-Record*, en los que se decía que una mujer llamada Charlotte Fugett Bedford había muerto en un parto en su casa, pero no se mencionaba a Sibyl Danforth. El que leyera cualquiera de los dos artículos supondría, por los términos de la noticia, que si bien el cuerpo de la mujer había ido al forense, no se trataba más que de algo de rutina y que no había razón para sospechar que la muerte no fuera por causas naturales.

Las notas del domingo, sin embargo, eran muy diferentes: extensas, más detalladas y espeluznantes. Carecían, además, de la perspectiva de mi madre sobre aquella larga noche en el dormitorio de los Bedford, porque ella había optado por no devolver las llamadas de los periodistas. Y si bien Stephen les explicó a mis padres que deberían dirigir a él toda pregunta de la prensa, ellos no lo sabían el primer día que lo vieron, de modo que tampoco había comentarios provenientes de Stephen Hastings en las notas del domingo.

En consecuencia, los artículos del domingo no eran sólo sensacionalistas, sino que además de ser parciales estaban equivocados. Incluían citas de médicos y parteras que no habían estado en el dormitorio con mi madre, personas dispuestas a hacer conjeturas sobre lo que "debió de haber pasado" o lo que "podría haber ocurrido". El obstetra del hospital North Country que vio a Veil al poco tiempo de haber nacido habló de buen grado de lo que sabía (que el bebé estaba muy bien) y de lo que no sabía (por qué la madre no). "A todos se nos ha tranquilizado con el cuento de que un parto es tan seguro como arreglar una caries o entablillar un brazo quebrado", les dijo el doctor Andre Dumond a los periodistas. "Obviamente no lo es, como demuestra este accidente. La nómina de todo lo que puede salir mal en un parto casero es tan espeluznante como interminable. Por eso es que los médicos preferimos el respaldo tecnológico e institucional de un hospital."

Al leer esto, inclusive a los trece años, recuerdo que yo pensé que, personalmente, no me haría arreglar un diente o entablillar un brazo roto en mi dormitorio, pero aun así comprendí su intención. Y supe que lo mismo sucedería con otras personas que leyeran sus declaraciones.

El periodista de Associated Press también le preguntó a Dumond si Charlotte Bedford hubiera muerto en caso de atenderse en el hospital, y la respuesta del médico debería quizá ser estudiada por ejecutivos de relaciones públicas y estudiantes de leyes que comprenden el papel que juegan los medios en un juicio:

"En este punto no tengo idea de si la pobre mujer habría muerto en el hospital. No conozco todavía todos los detalles de lo que pudo haber pasado. ¿Le habrían abierto el abdomen con un cuchillo de cocina? Por supuesto que no. ¿Habría tenido que soportar una cesárea sin anestesia? Por supuesto que no."

De la media docena de médicos que podrían haber recibido a mi madre y a Veil cuando llegaron al hospital North Country, Dumond fue el peor, desde la perspectiva de mi familia. Mi madre y Dumond se conocían, y no simpatizaban entre sí. No tengo dudas de que Dumond era un muy buen obstetra, pero tenía cincuenta y tantos años entonces, y era la clase de médico que las parteras calificaban, eufemísticamente, de "intervencionista". Él creía que el parto era un asunto peligroso, que exigía una monitorización constante y gran cantidad de medicamentos. Mi madre y las otras parteras lo llamaban "el viejo doctor fórceps" o "el hombre Electrolux", esto último una referencia al procedimiento de aspiración —como el de una aspiradora Electrolux— que los médicos como Dumond aplicaban al cráneo del infante para extraerlo de la vagina. El procedimiento era muy rápido y hacía que el cráneo del bebé se asemejara luego a un nabo.

Mi madre pensaba que era totalmente ridículo (pero predecible) que Dumond convenciera a un pediatra de que mantuviera a Veil en el hospital ese fin de semana, en observación. Los dos médicos llegaron al extremo de colocar al saludable bebé de más de cuatro kilos en lo más próximo a una unidad de cuidado intensivo neonatal con que contaba el hospital: un cuarto especial, hermético, junto a la guardería, con oxígeno, monitores, una incubadora y luces para la ictericia. Acostaron al bebé en un colchón con un reloj especial que sonaría en caso de que dejara de respirar.

En algunos artículos, un funcionario anónimo de la oficina del fiscal, posiblemente Bill Tanner mismo, explicaba que el Estado de Vermont estaba investigando la muerte. "No sabremos por un tiempo si existe una base para una acusación penal, o si se trata sólo de un asunto civil", decía la fuente, sugiriendo que aunque el Estado no hiciera una acusación, mi madre podía esperar ser demandada y tener que responder hasta con el último centavo que tuviera.

Sólo el periodista del pequeño *Newport Chronicle* entrevistó a Asa Bedford para sacarle una pequeña declaración. El reverendo no se estaba ocultando, pero había llevado consigo al pequeño Foogie para pasar la noche del viernes y los días siguientes en casa de uno de sus feligreses. El sábado a la mañana o a la tarde le dijo al autor de la nota periodística que aún estaba en estado de shock, en cierto sentido, y que no tenía nada que decir de mi madre o del parto de su esposa.

"Estoy muy, muy agradecido de que se me haya otorgado la bendición de otro hijo. Pero no sé ni siquiera cómo empezar a soportar mi dolor por la muerte de Charlotte. No encuentro las palabras. Lo siento. No debería decir nada más."

No ofició el servicio religioso el domingo por la mañana. Ni siquiera estuvo en la iglesia. De hecho, no volvió a predicar en esa iglesia. Asistió a servicios un par de veces más, pero para comienzos de mayo se fue de Vermont y regresó a Alabama, donde tenía familia.

Algunas semanas después la expresión: "No debería decir nada más" adquiriría vida propia para mi padre. Durante un tiempo se convenció de que Bill Tanner o alguno de esos abogados que andan tras los accidentes de tránsito le aconsejó a Asa que dijera eso, para asegurarse de que el reverendo no comentara nada que pudiera perjudicarlo cuando llevara a los Danforth a juicio. E inclusive si ningún abogado le aconsejó decir eso a Asa, el domingo cuando lo leímos en el diario debimos darnos cuenta de que —junto con las observaciones del doctor Dumond y la fuente de la oficina del fiscal— significaba que mi madre iría a juicio.

Mi madre y yo casi nunca preparábamos juntas la comida y, sin embargo, irónicamente, eso estábamos haciendo el lunes por la tarde cuando Stephen Hastings y su fotógrafo tocaron el timbre. Mi madre estaba sentada ante la mesa de la cocina, pues intentaba estar de pie lo menos posible. A pesar de las vendas alrededor de tres de sus dedos, hacía lo posible por quitarles la piel a los tres pimientos que habíamos asado, mientras yo picaba verdura sobre la tabla, junto a la pileta de la cocina.

Eran apenas las cuatro y media de la tarde, de modo que mi padre no volvería hasta por lo menos dentro de una hora.

Mi madre sabía que vendría su abogado en cualquier momento a conversar con ella y a llevarse toda información de sus registros que considerara importante. Quizá debido a que la policía estatal había enviado a dos hombres a nuestra casa el viernes por la noche, uno para que hiciera preguntas y el otro para que tomara nota, acudí a abrir la puerta esperando encontrar a un hombre de aproximadamente la edad de mis padres, luciendo un traje formal, y a una persona mucho menor —probablemente vestida de manera más casual— cuya única responsabilidad sería registrar la conversación en papel.

En cambio, vi a un hombre de pantalones y chaqueta deportivos, sin corbata, y a otro mayor, de vaqueros, camisa de franela y chaleco acolchado. Como un animal de carga, el tipo de vaqueros tenía bolsos con equipo fotográfico colgando de cada hombro, y en las manos, rollos de cables y un par de reflectores.

Tuve miedo de que la prensa hubiera decidido caer sobre nosotros debido a que mi madre se negaba a contestar sus llamadas.

—No creo que mi madre quiera hablar con ustedes —dije, alta y erguida en medio de la puerta.

El fotógrafo se volvió hacia el otro hombre, y aunque su barba era tan gruesa como lana de acero, vi que fruncía el rostro. Levantó los hombros de tal manera que las correas de sus bolsos se deslizaron hacia su cuello, y lanzó un hondo suspiro, disgustado.

El hombre de la chaqueta me extendió la mano y sonrió.

—Tú eres Connie, ¿no?

No acepté su mano, pero asentí. Me gustó su voz y su tono —seguro y sereno, sin afectación—, pero lo último que quería era involucrarme en una extensa conversación con periodistas cuando el abogado de mi madre podría llegar en cualquier momento.

—Soy Stephen Hastings —siguió diciendo—. Estuve con tu madre y tu padre el sábado a la tarde. Éste es Marc Truchon. Ha venido conmigo a tomar unas fotos.

Truchon asintió, mientras yo, reflexivamente, le daba la mano a Stephen.

—Pensé que eran periodistas —dije, e intenté reírme, pero me salió más bien como un gruñido. Inclusive hasta hoy no sirvo para disimular mis metidas de pata, y como adolescente —tan torpe y llena de odio hacia mí misma como todos los adolescentes— solía ponerme colorada como si estuviera a punto de asfixiarme. Mientras acompañaba a los dos hombres hasta la cocina, la humillación de ese momento posiblemente había hecho que mi piel pareciera cocinada como después de pasar una semana bajo los rayos del Sol.

Mi madre se levantó de su asiento cuando entramos, sosteniéndose sobre el respaldo de otra silla para apoyarse.

—Por Dios, Sibyl, no se levante —dijo Stephen, indicando con un gesto, como si estuviera dirigiendo el tránsito, que volviera a sentarse. Cuando ella se sentó, él sonrió. —Pensándolo mejor, ¿por qué no se pone a saltar un rato? Hagamos que ese tobillo se hinche como un pomelo.

Durante casi treinta minutos, el señor Truchon fotografió a mi madre en la sala, tomando partes de su cuerpo contra un fondo blanco que había traído consigo. Documentó las heridas en la palma de la mano izquierda, incluyendo un corte que iba desde el dedo anular, a la altura del anillo de casamiento, hasta el pulgar. Tomó fotos de las abrasiones y los moretones, muchos de éstos con docenas y docenas de puntitos, debido a las costras que se estaban formando.

Al principio me sorprendió que Marc empezara por los brazos y las manos de mi madre, ya que sus piernas estaban más lastimadas y llenas de moretones. Sin embargo, cuando le pidió que preparara las piernas, Stephen se retiró a la cocina, murmurando algo acerca de un vaso de agua. Entonces entendí. Esa tarde mi madre llevaba puesta una falda larga de paisana, de lana, que le llegaba hasta el suelo, y ahora debería subírsela hasta las caderas. Además de su tobillo dislocado, tenía magulladuras en ambas piernas, incluyendo una fresa en el muslo que le dolía tanto que no se podía poner vaqueros, una contusión tan profunda que era mucho más negra que azul.

Rápidamente, seguí a Stephen a la cocina para dejar solos a mi madre y al fotógrafo. Por otra parte, no quería seguir viendo los moretones de mi madre.

—¿Dónde guardan los vasos, Connie? Querría tomar un poco de agua —dijo Stephen mientras limpiaba sus anteojos con un pañuelo blanco.

Abrí la puerta del armario y busqué dos vasos. Luego, recordando que mi madre siempre ofrecía a la gente café o té de hierbas, tomé la caja de metal en la que guardaba los saquitos.

—¿No prefiere café? ¿O té de hierbas?

—¿Tu familia tiene acciones en alguna compañía de café o de té?

—No lo sé —respondí, sin darme cuenta hasta después de abrir la boca de que era una broma.

—No —prosiguió—. Agua sería lo mejor ahora.

Llené los dos vasos de agua de la canilla.

—Octavo grado, ¿no? —preguntó.

Asentí.

—¿Envían el ómnibus hasta aquí o te tienen que llevar y traer tus padres?

—Ah, no, hay un ómnibus de la escuela.

Él sacudió la cabeza.

—Debe de ser difícil en la temporada del barro.

—Al ómnibus le cuesta detenerse.

—¿Conoces a Darren Royce?

—¿Al señor Royce, el profesor de biología?

—Exactamente.

—Seguro que lo conozco.

—¿Es uno de tus profesores o sólo sabes quién es?

—Es mi profesor de biología. Una clase semanal de cincuenta minutos, además de laboratorio.

—¿Es buen profesor?

Me di cuenta mientras hablábamos de que me había enderezado, como una reacción al hecho de que la postura de Stephen era perfecta. Me aparté de la mesada, donde estaba apoyada, y saqué pecho.

—¿Son amigos ustedes? —le pregunté.

—Ah, respondes a una pregunta con otra. Muy perspicaz.

—Ah, responde una pregunta con un cumplido. Muy perspicaz.

—Sí, somos amigos.

—Sí, es buen profesor.

—¿Te cae bien?

—Seguro. ¿Cómo se conocieron?

—En la fuerza aérea. ¿Quieres divertirte a sus expensas?

—Quizá.

—La próxima vez que lo veas, dile que L-T le manda saludos de la Letrina del Campamento.

—¿L-T?

—Él entenderá.

—Y Letrina del Campamento. ¿Así llamaban a la base?

—A la fuerza aérea, sí.

—¿Esto fue en Vietnam?

—Sí.

Desde la sala oíamos por momentos la voz de Marc o de mi madre, y luego el chasquido de la cámara cada vez que él tomaba una foto. La puerta estaba entrecerrada, de modo que cada vez que se encendía el flash la cocina se iluminaba, como si afuera relampagueara.

—¿Tu padre está en casa? —preguntó Stephen.

—No ha llegado todavía. Por lo general llega a casa a alrededor de las cinco y media o las seis.

Miró los pimientos pelados sobre la mesa de la cocina y las verduras sobre la mesada, algunas ya cortadas en cuadrados.

—La cena parece que va a estar buena. ¿Qué estás cocinando?

—En realidad no estoy haciendo nada. No soy buena cocinera. Estoy cortando lo que mamá me pide. Creo que será una especie de *stroganoff*.

—Pues espero que no demoremos demasiado a tu madre.

—¿Qué harán a continuación?

Sacó un grabador del tamaño de una tarjeta postal de uno de sus bolsillos.

—Le haré unas cuantas preguntas. Nada demasiado difícil esta noche.

—¿No va a tomar nota?

—Dios, no.

—Eso hizo la policía. Mis padres dicen que los de la policía tomaron notas.

Él abrió el grabador y me mostró el casete más diminuto que había visto en mi vida, no más grande que una estampilla de correo.

—Pues la policía tiene sus métodos, y yo tengo los míos. ¿Y sabes una cosa?

—¿Qué?

—Los míos son mucho mejores.

Quizá fue por la manera en que hablaba, con mucha seguridad y confianza, o quizá por la manera erguida y rígida en que se mantenía de pie. Quizá fue por la forma de vestir, y esa chaqueta elegante. O quizá por todas esas cosas juntas. Pero esa noche me fui a dormir absolutamente convencida de que si mi madre de verdad necesitaba un abogado —y, para nosotros, eso todavía no era algo seguro— entonces tenía el mejor de todo Vermont.

10

Connie tomó una taza de café con el desayuno ayer. La primera vez, pero me parece que se convertirá en algo regular. No le pregunté si le gustó porque eso habría sido demasiado típico de una madre. Y no se lo impedí, aunque la idea se me cruzó por la mente. Todavía ni siquiera tiene catorce años.

Recuerdo lo que yo hacía a esa edad. Cosas mucho peores que tomar café, y de alguna manera llegué a los quince años. De modo que me dije que esta cuestión del café estaba bien, que ella sabía lo que quería, y traté de apaciguarme.

Le debe de haber puesto dos sobres enteros de edulcorante. Y apuesto a que el café no estaba tan dulce como ella al mirarme. Todavía tenía puesto el camisón, y esa especie de chinelas que son una combinación de medias de lana gruesa con suelas de cuero. Rand ya se había ido. Hasta que pase esta cosa horrible, creo que el único momento que tiene para trabajar es antes de que se despierte el resto del mundo. Connie entró en la cocina arrastrando los pies, cruzó hasta donde están las tazas en sus ganchos junto a la tostadora, y empezó a servirse café.

Creo que debo de haberla mirado fijo, por la manera en que se detuvo por la mitad y me devolvió la mirada.

—¿Está bien si me sirvo una taza? —preguntó.

Y fue entonces cuando esta frase realmente extraña se me formó en la cabeza, el tipo de frase que puedo oír a mi madre preguntándome: "¿No te parece que eres un poco joven para eso?".

Así que me limité a asentir, como diciendo, "sabes, no es nada del otro mundo". Y si por una parte es así —no es más que café, y ella ve a su papá y a su mamá prácticamente inyectándose la sustancia como una droga—, por otra parte sí lo es. Un paso más que da mi niña.

Quiero escribir "niñita", pero hace años ya que no es una niñita. Probablemente ni siquiera debería pensar en ella como una niña. La persona de camisón y chinelas-medias es una mujer joven. (Por Dios, ¿no era apenas ayer que hablaba como una chiquita? Tal vez no. Tal vez ya ha pasado media década de eso.) Y no quiero decir que es una mujer joven físicamente, aunque se ve claramente debajo del camisón que su cuerpo ha cambiado. En altura. En las caderas. En los pechos.

Me refiero a que se ha convertido en una mujer joven emocionalmente. Siempre ha sido muy madura para su edad, pero estos días tiene momentos en que me parece totalmente adulta. Todavía suena como una chiquita cuando habla por teléfono con Tom Corts, y a la distancia luce como una chiquita cuando pasea el caballo de los McKenna junto con Rollie. Pero la manera en que hace frente a las cosas más importantes ahora me parece sorprendente. En esos momentos es cuando me parece una personita crecida. Como cuando leía esas horribles notas periodísticas el domingo a la mañana. Prácticamente las analizaba como si fuera uno de esos comentaristas en los noticiarios de la televisión.

O anoche, cuando conoció a mi abogado. Ése es un ejemplo perfecto. Cuando conoció a Stephen. Se portó como una diplomática, asegurándose de que él tuviera todo lo que necesitaba, haciéndole preguntas realmente buenas y contándole historias graciosas.

Hasta le preguntó si quería quedarse a comer. Como una pequeña diplomática. Pequeña no, joven. Y si bien él no se pudo quedar a comer anoche, tengo la sensación de que comerá con nosotros otras veces esta primavera. Connie lo verá con frecuencia, lo que es una desgracia debido a lo que él hace, no debido a quién es.

Sé que Connie está asustada. Sé que estoy asustada. No sé qué hacer al respecto en ninguno de los dos casos. He aquí lo que haré con respecto al café. Puede tomar café por la mañana antes de la escuela, pero no después de comer. Si quiere empezar el día con una taza de café, eso está bien. Pero nada de café antes de irse a la cama, porque todavía está creciendo y necesita dormir bien. Así voy a manejar este asunto del café.

del diario de Sibyl Danforth, partera

Cuando Charlotte Fugett Bedford murió, las parteras se asustaron. Las parteras no diplomadas, esto es, las que no tenían entrenamiento médico, las que atendían partos caseros. No las parteras enfermeras: éstas trabajaban con los médicos y traían a los bebés al mundo en los hospitales, de modo que ellas no tenían ninguna razón para asustarse.

Pero las parteras legas temían —con razón, como se demostraría— que la comunidad médica trataría de usar la muerte de esta mujer como una acusación contra los partos caseros en general. A medida que el invierno poco a poco daba paso a la primavera, sin embargo, y se acusaba a mi madre de un delito y se la trataba como a una criminal, al enterarse las parteras de las condiciones de la libertad bajo fianza de mi madre, su temor rápidamente se transformó en enojo. En furia, para hablar con mayor precisión. Y si bien las parteras que he conocido en el transcurso de mi vida tienen muchos, muchos puntos fuertes, no se cuenta entre ellos la habilidad de mantener una discusión desapasionada sobre las bondades del parto en la casa en oposición al parto en el hospital, ni la disposición de hablar de la conducta de una colega con nada que se asemeje a objetividad. Además —como decía Tom Corts—, si los médicos son animales predadores de jauría, como los lobos, entonces las parteras son animales de rebaño, como los elefantes: si se ataca a una, las demás correrán hasta el animal herido y harán todo lo posible para defenderlo.

Durante los meses posteriores a la muerte de Charlotte Fugett Bedford, nuestra casa se llenó de parteras. A veces llegaban con comida, como si hubiera muerto alguien en nuestra familia; otras veces traían flores. Cuando llegó mayo, nuestra casa se llenó con el aroma de los lirios; en junio, el comedor y la cocina olían a madreselva y narciso. Algunas veces traían los nombres de otras parteras en el país que también habían sufrido "una mala consecuencia": tal era el eufemismo que usaban para cualquier fatalidad, deformidad o deformación grotesca. Otras veces traían los nombres de los abogados de esas mujeres, gesto que, al principio, supuse que Stephen Hastings consideraría una amenaza. Me equivoqué, pues le encantó.

Ya temprano le pidió a mi madre que compartiera con él los

nombres de las parteras y sus abogados para poder hablar con ellos sobre sus juicios y estrategias de defensa. De un abogado de Virginia obtuvo el nombre de uno de los patólogos forenses que llegaría a atestiguar en defensa de mi madre; de una partera de Seattle se enteró de la historia de una partera de California que había sido juzgada por ejercer la medicina sin matrícula después de inyectarle Pitocin y Ergotrate a una mujer durante el parto.

Las parteras que nos visitaban venían de toda Nueva Inglaterra y del norte del estado de Nueva York, y algunas viajaban desde lejos para tener la oportunidad de conocer y consolar a mi madre, lo que me sorprendió. Cuando se publicaron notas en los diarios y las agencias de noticias las enviaron por cable, las parteras de lugares tan distantes como Arkansas y Nuevo México se enteraron de la difícil situación de mi madre, y una de cada uno de esos estados se aventuró a viajar a Reddington como muestra de solidaridad.

Estas mujeres, sin importar si provenían de un rincón rural del norte de New Hampshire o de un vecindario urbano de Boston, sin importar si conocían o no a mi madre, siempre la abrazaban. Nunca le daban la mano al conocerla: la abrazaban. Hacían lo mismo con mi padre, si daba la casualidad de que estuviera en casa, y lo mismo hacían con Stephen Hastings. Los abrazaban también a ellos. No se trataba de esos débiles abrazos que se daban las jóvenes que se presentaban en sociedad o las señoras elegantes en un club social o en un gran baile en Manhattan, sino de abrazos efusivos, como los de los osos, de una duración impresionante. Eran de ese tipo de saludos que empiezan con los brazos abiertos como alas y luego se cierran sobre la persona como una camisa de fuerza. No quiero ni pensar cómo les habría quedado la ropa si mi madre hubiera usado maquillaje.

Las parteras de Vermont, todas las cuales conocían a mi madre, se agruparon alrededor de ella como agentes del Servicio Secreto en torno a un presidente que ha sido herido de un balazo. Le traían platos de carne y verduras, y guisados. Dejaban en la cocina soperas enormes de gazpacho, escabeche o sopa de arvejas y espinaca. Horneaban pan de varios cereales y bollitos de arándano, galletitas de jengibre y tentadoras tortas de chocolate. Componían poemas para mi madre. Escribían cartas que publicaban en los diarios de Vermont o enviaban a legisladores y al fiscal del Estado. Para explicar cómo era un parto casero dieron clases abiertas en la biblioteca pública de St. Johnsbury y Montpelier. Cheryl Visco y Donelle Folino organizaron una venta de acolchados para reunir dinero para el fondo de la defensa legal de mi madre, mientras que Molly Thompson y Megan Blubaugh escribieron cientos de cartas pidiendo donaciones. La hermana y el cuñado de la partera Tracy Fitzpatrick eran dueños de un restaurante vegetariano en Burlington, y Tracy los convenció para que hicieran una cena especial para recolectar fondos una noche, y todo el dinero fue para la defensa de mi madre.

Algunas parteras dedicaban los partos en que intervenían a mi madre, y no creo que naciera ningún bebé en un hogar de Vermont durante los seis o siete meses siguientes sin que su foto llegara a manos de Sibyl, para levantarle la moral. *Esto es lo que estás defendiendo*, decían las fotos de niños y niñas nacidos en dormitorios y salas. *Por esto es que debes luchar.* Conozco por lo menos tres mujeres jóvenes que viven en Vermont que se llaman Sibyl —todas nacidas en su casa en el verano de 1981— en señal de homenaje a mi madre.

Y, por supuesto, una vez que el Estado le exigió que dejara de practicar, al menos en forma temporaria, como una de las condiciones de su fianza, las otras parteras ayudaron a mi madre aceptando sus pacientes embarazadas como clientes. Muchas veces llevaban a cabo la instrucción prenatal en la casa de la paciente para evitarle la carga extra de tener que viajar, cosa que agravaría el trauma de haberse quedado sin su partera.

Creo que por lo general mi padre se alegraba al ver que mi madre recibía tanto apoyo de las parteras. Le quitaba un poco de presión. A veces también le levantaba el ánimo. Y la familia realmente comió muy bien esa primavera y ese verano. Sin embargo, había momentos en que mi padre se irritaba, cansado de ver su casa convertida en un café para un mundo de mujeres New Age, con sandalias y coloridas faldas de algodón. Creo que Cheryl Visco le resultaba especialmente molesta.

El día posterior a la muerte de Charlotte, apenas unos momentos después de que mis padres regresaron de haber pasado el sábado entero con abogados y médicos de guardia en la sala de emergencias, Cheryl se presentó en casa con un sobre color marrón que reventaba de información legal que durante años le había enviado la Alianza de Parteras de Norteamérica: nombres de mujeres que habían ido a juicio por una u otra razón, y el resultado del juicio; malas fotocopias de antiguos artículos periodísticos; listas de compañías de seguros; bufetes de abogados.

En las semanas siguientes, cuando se iba haciendo cada vez más evidente que el Estado estaba preparando un caso contra mi madre, Cheryl venía casi todos los días, aunque no fuera más que para brindar apoyo moral. A veces aparecía con una flor o con una tarjeta que le había parecido graciosa. Otras veces traía el título de un libro que debería leer mi madre y otras veces se presentaba con el libro mismo.

Cuando venía tarde los días de semana, se quedaba a comer. Cuando llegaba por la mañana los fines de semana, se quedaba a almorzar. Los días se iban alargando a medida que marzo se iba convirtiendo en abril, pero —según decía mi padre— cuando estaba Cheryl parecían eternos.

Cheryl tendría unos cincuenta y tantos años entonces, pero todavía era una mujer hermosa. Tenía el pelo gris y magníficamente largo. Le caía como un velo sobre la espalda. Solía usar un suéter negro, apretado, o un vestido negro, de mangas largas, igualmente ceñido al cuerpo. Cheryl medía casi un metro ochenta, era más delgada que la mayoría de las mujeres a quienes doblaba en edad y el centro de toda clase de chismes y rumores. Se decía que tenía tres hijos de tres padres diferentes, aunque se había molestado en casarse sólo con uno de ellos. Mientras que algunas personas creían que las relaciones habían fracasado por la misma razón que fracasaba el matrimonio de muchas parteras —horas de trabajo ridículamente largas y un horario por completo impredecible—, otras lo atribuían al hecho de que Cheryl tenía una moral casquivana y una escala relajada de valores. Habría tenido un marido y dos novios más o menos permanentes en todos esos años —decían los chismes—, pero por cierto que había habido treinta amantes más. O quizá trescientos.

Personalmente, yo creo que sus matrimonios no duraron por su verdaderamente sorprendente capacidad de hablar durante horas sin detenerse a respirar. Era capaz de relatar historias enteras sin recobrar el aliento y de narrar anécdotas interminables sin hacer una sola pausa. Eso enloquecía a mi padre y probablemente ahuyentó a todos los otros hombres de su vida. Según mi experiencia, los hombres no saben escuchar, y estar con Cheryl durante un tiempo requería paciencia, pasividad y un interés insaciable en la vida de Cheryl Visco.

Por supuesto, Cheryl adoraba a mi madre, y en aquellas

semanas en que mi madre todavía se sentía aturdida por lo sucedido, Cheryl fue la amiga perfecta: estaba presente sin exigir nada y su compañía no requería ningún esfuerzo. Mi madre simplemente podía quedarse sentada, escuchando; quizá sólo bastaba con que asintiera de vez en cuando para que todo estuviera bien.

—La palabra más rara del mundo es *azar*, ¿no? —decía Cheryl, hablando despacio al principio pero cobrando ímpetu como un adolescente obeso cuando esquía—. Dos sílabas apenas. Un sustantivo. Al adjetivo se le agrega un sufijo y es un adverbio: *azarosamente*. Asusta horriblemente a la gente. Es algo que quieren evitar a toda costa. No viaje a Medio Oriente estos días: azarosamente algo malo podría suceder. No se involucre con ese tipo que acaba de mudarse a la calle Creamery: azarosamente oí decir que se descubrieron cosas horribles sobre él después de su divorcio. No tenga su bebé en su casa: azarosamente puede ocurrir una desgracia. No haga esto, no haga lo otro. Por las dudas. ¡Pues así no se puede vivir! No se puede una pasar la vida entera evitando el azar. Está allí, es inevitable, es una parte del alma del mundo. No existen cosas seguras en el universo, y es absolutamente ridículo tratar de vivir como si existieran. No hay nada que me enfurezca más que oír decir a la gente que un parto casero es azaroso, irresponsable, riesgoso. Por Dios. ¿Y qué? Claro que, en mi opinión, no lo es. ¿Qué se consigue tratando de eliminar la casualidad o tratando de mejorar las posibilidades? ¿Un pequeño mundo esterilizado con brillantes luces de hospital? ¿Un mundo en que los fórceps reemplazan a los dedos? ¿Donde a las mujeres se las inyecta por vía intravenosa y les dan anestesia epidural en vez de hierbas? Seguro, podemos reducir el riesgo, pero también reducimos el contacto y las caricias y la conexión humana. Nadie ha dicho que vivir no sea azaroso, Sibyl. Nadie sale de aquí con vida.

Aunque Cheryl vivía en Waterbury, a más de una hora de viaje, a veces se quedaba hasta las diez de la noche. Yo solía subir para hacer mis tareas o llamar a alguna amiga a eso de las ocho u ocho y media, y ella seguía pronunciando una conferencia ante mis padres. Oía que papá escapaba pronto; subía la escalera pesadamente con la excusa de estar cansado. Más tarde, cuando Cheryl por fin se iba a su casa y mi madre también subía con esfuerzo, oía comentar a mi enojado padre algo acerca de que Cheryl siempre prolongaba en exceso su visita.

Algunas noches su tono era más cáustico que otras, o hablaba en voz más alta.

Cuando estaba más tranquilo simplemente decía:

—No le duran los maridos porque no puede cerrar el pico.

Cuando estaba disgustado o había tomado un whisky de más durante la cena, lo oía levantar la voz.

—-¡Ya tenemos suficientes tensiones en la vida sin ella! —exclamaba—. La próxima vez que venga y no se vaya cuando debe, llámame y avísame. ¡Me quedaré a dormir en la oficina!

Mi madre cerraba entonces la puerta del dormitorio, y yo me quedaba sentada en silencio ante el escritorio, escuchando, preguntándome si esa noche habría una pelea.

El lunes por la noche nos enteramos de lo que pasó con Anne Austin, la aprendiz de mi madre. No nos enteramos porque ella misma llamara, devolviendo las llamadas de mi madre, o porque por fin levantara el tubo una de las veces que la llamó. No nos enteramos porque ella viniera a casa, o porque la encontráramos por casualidad en el supermercado.

Nos enteramos porque B. P. Hewitt —el doctor Brian Hewitt— llamó desde el hospital durante la cena y dijo que quería pasar por casa cuando terminara sus visitas. Gran parte de la conversación, mientras terminamos de comer, giró en torno de por qué quería venir a casa el médico que respaldaba a mi madre. Por lo que yo sabía, sólo había venido una vez, hacía tres años cuando —según me pareció entonces— la mitad del condado estuvo en nuestro jardín para una especie de fiesta de "graduación" que dio mi madre para Heather Reed, una aprendiz que trabajó con ella durante por lo menos media década y que estaba a punto de iniciar su propia carrera.

—¿Cuánto sabe él? —preguntó mi padre, empujando con el tenedor sobre el plato la cáscara de una papa asada.

—¿Acerca de Charlotte? —preguntó mi madre.

—Sí —dijo mi padre, después de inhalar hondo y despacio para no contestarle con una grosería. Pero su tono decía claramente: *Por supuesto. ¿Por qué otra cosa va a llamar?*

—Le conté lo que recordaba. Lo básico.

—¿Cuándo hablaste con él? ¿Fue el sábado o el domingo? ¿O fue hoy?

—En realidad, fue el viernes. El viernes por la mañana. Lo

llamé desde el hospital antes de venir a casa. ¿Por qué? ¿Tú crees que tiene importancia cuándo lo llamé?

—A lo mejor. No sé. Me estaba preguntando si oyó la historia de ti, o de... ese imbécil que estaba en la sala de emergencias cuando llegaste con el bebé. El que dijo todas esas cosas ridículas a los diarios. Dumond. El *doctor* Dumond. —Dijo la palabra *doctor* como si pensara que el hombre había obtenido su título de médico por correspondencia.

—Se enteró por mí. —Categórica, pero a la defensiva. Con un tono que caracterizaría cada vez más las observaciones de mi madre ese año. Y si bien esta vez era totalmente comprensible, la combinación de seguridad absoluta, testarudez e indignación hizo que sus palabras sonaran como un gemido.

Yo sabía que el nombre de pila del doctor Hewitt era Brian, pero siempre oí que se referían a él como B. P., nunca como Brian. Aunque era más de diez años mayor que mis padres, todavía usaba el sobrenombre que le pusieron cuando estudiaba medicina. Su pelo —de un color parecido al del camello— siempre le caía sobre la frente o sobre las orejas. No recuerdo haberle visto nunca una arruga en la cara. Tenía cuatro hijos, dos de los cuales eran más o menos de mi edad, por lo que era común que yo viera al médico seguido. Mentalmente, todavía lo veo con una gorra de béisbol o un casco de bicicleta, o con el sombrero de paja que se puso una vez para ir a una feria campestre en Orleans. Siempre me pareció apropiado que fuera un médico obstetra.

B. P. traía a los bebés al mundo en el hospital, por supuesto, y aseguraba creer que los hospitales eran el lugar más seguro para que naciera un bebé. No obstante, también decía que entendía que algunas mujeres dieran a luz a sus bebés en su casa, a pesar de lo que él opinara, y con mucho gusto respaldaba a "la clase correcta de partera".

Al parecer mi madre era la clase correcta de partera. Como médico de respaldo, aceptaba que lo llamara para que fuera al hospital cuando mi madre transfería allí a una de sus pacientes. Como mi madre llevaba a las mujeres al hospital cuando temía una complicación —una dificultad que se iba manifestando lentamente, como un parto que no progresaba, o algún problema repentino, como sufrimiento fetal— eso significaba que la mayoría de las veces que B. P. veía a mi madre en el hospital era porque debía hacer una cesárea.

En los nueve años que B. P. respaldó a mi madre, los archivos demostrarían que mi madre transfirió a sus pacientes al hospital en veintiocho oportunidades. De estas veintiocho oportunidades —pocas veces, en realidad, pero, por supuesto, siempre existieron el terror y la decepción de veintiocho mujeres que eran transportadas, en una ambulancia o un auto, del calor de su hogar a un hospital desconocido mientras temían que con cada movimiento (o pausa) dentro de su útero su bebé podía morirse—, B. P. estuvo disponible veintiséis veces. Y en esas veintiséis oportunidades —días o noches— en que se encontró con mi madre en el hospital, veinticuatro veces condujo a la parturienta —por lo general en silencio, abrumada por el miedo, aunque nunca, nunca inerte— a la sala de operaciones y quirúrgicamente extrajo el bebé.

Todas las veces, excepto una, el bebé nació bien. En una, nació muerto.

Nunca murió la madre.

Y esa vez en que el bebé nació muerto, B. P. y el médico forense estaban completamente seguros de que el bebé —un varón al que sus padres querían llamar Russell Bret— habría nacido muerto aunque su madre hubiera hecho el trabajo de parto en el hospital. Si alguien creía que los padres de Russell Bret cometieron un error al tratar de que su hijo naciera en su casa, no creo que nadie lo dijera. Al menos públicamente. Y, por lo que sé, nadie sugirió que pudiera echarse la culpa a mi madre por nada.

Cuando B. P. llegó a casa ese lunes por la noche, parecía cansado y preocupado. Me asaltó de repente la idea de que no era el padre alegre y despreocupado que yo veía en las gradas de la escuela, observando cómo uno de sus hijos jugaba al béisbol, o el padre sereno que andaba en bicicleta con sus otros hijos por la calle Hallock. Cuando mi padre lo hizo pasar a la sala, me sonrió, aunque con una sonrisa que más bien era una mueca desesperada y que, sé ahora, es una precursora de malas noticias. Siempre he imaginado que quienes necesitan muchas veces recurrir a esa clase de sonrisa —además de los médicos— son los contadores, los mecánicos y los abogados que defienden a los condenados a muerte.

Mientras él les decía a mis padres por qué había ido, yo me puse a lavar los platos, cuidándome de hacer suficiente ruido para que mis padres creyeran que estaba concentrada en los platos, aunque no tanto como para no poder oír lo que decían los adultos.

—Ella me llamó una hora después de usted, Sibyl. O unos cuarenta y cinco minutos después —dijo el médico.

—¿El viernes por la mañana? —preguntó mi madre.

—Sí. El viernes por la mañana.

—¿Estaba preocupada?

—Evidentemente.

—¿Por qué no me llamó a mí?

—¿No lo hizo?

—No.

—¿Ustedes dos no han hablado desde... desde el parto?

—Sibyl ha intentado hablar con ella desde hace tres días —dijo mi padre—. Estos tres últimos días, Sibyl debe de haber dejado media docena de mensajes en el contestador de esa mujer.

Cerré la canilla hasta reducir el agua a un goteo y me sequé las manos con el repasador junto a la pileta. Empezaba a sentirme mareada, como si acabara de levantarme después de estar arrodillada mucho tiempo. Me di cuenta de que estaban hablando acerca de Anne, la nueva aprendiz de mi madre. La mujer que había estado con mi madre en el parto.

Me apoyé con las dos manos sobre la mesada y me incliné hacia adelante, tratando de soliviarme.

—¿Ustedes dos no han hablado, ustedes dos no se han visto? —Otra vez la voz del médico. Tenía un tono como de sorpresa o de preocupación. Preocupación por mi madre.

—No —respondió ella—. No hemos intercambiado ni una sola palabra.

—Yo le pedí que la llamara. Que hablara con usted —siguió diciendo el médico.

—No lo hizo.

—¿Está aún en Vermont? —preguntó mi padre.

—Eso creo.

—Entonces la veré mañana —le dijo mi madre a B. P.—. Tengo exámenes prenatales toda la tarde, y Anne me ayudará. Podremos hablar de este asunto entonces.

—Ah, no lo creo, Sibyl —dijo lentamente B. P., y yo supuse que la razón por la que había empezado a hablar más despacio era porque quería ganar tiempo y encontrar las palabras correctas para lo que intentaba decir—. Si Anne no la ha llamado ya, yo no la esperaría mañana.

—Exactamente, ¿qué le dijo Anne? —preguntó mi padre con recelo.

—Díganme algo antes. Si no les importa. ¿Conoce bien a Anne? —preguntó el médico, y me di cuenta de que dirigía la pregunta a mi madre.

—Yo creo conocerla bien.

—Pero no hace mucho que es su aprendiz.

—No, no hace mucho.

—¿Unos seis meses?

—Ni siquiera tanto. Tres meses. Quizá cuatro. Empezamos a trabajar juntas en diciembre.

—B. P., usted está esquivando la cuestión. ¿Qué le dijo la muchacha? —le preguntó mi padre. Se le estaba terminando la paciencia.

B. P. suspiró.

—Cuando usted hizo esa incisión en la señora Bedford para rescatar al bebé —dijo, por fin—, ella afirma que vio brotar sangre. Dos veces. Dice que cree que la señora Bedford estaba viva.

Hay expresiones para manifestar el silencio; hay viejos clisés. Hay invenciones ideadas por la imaginación poética. Un silencio hondo como la muerte, un silencio profundo como la eternidad. Se habla del silencio de los espacios infinitos, el silencio en el que se mueven las mentes.

Después de que habló B. P., ¿reinó tanto silencio en la sala que era posible oír la caída de un alfiler? Suele haber silencio en los cuartos, y el piso de la sala era de madera. Podríamos oír la caída de un alfiler, tanto de noche como de día. No, la quietud que abrumó a los tres adultos y a mí, la quietud que se apoderó de la casa era algo muy diferente del silencio. No era como el silencio del pensamiento, la quietud de la meditación. No era el silencio que nace de la serenidad, que florece cuando la gente está en paz.

Era la quietud de la espera. De la preparación. De la anticipación teñida —no, no teñida, sino abrumada—, abrumada por el abatimiento.

El tiempo que permanecimos inmóviles —los adultos, en la sala; yo, en la cocina— probablemente fue distinto en la realidad de lo que se me antoja ahora a mí en el recuerdo. Sé que fue largo. Me apoyé sobre la pileta durante un tiempo que me pareció larguísimo. Pero estaba tan mareada que temí descomponerme y, en realidad, el silencio quizá duró unos segundos apenas. Una pausa en la conversación... aunque se trataba de una pausa en la que todos los presentes entendieron que la noticia de B. P. acababa de cambiar la realidad, que nuestras vidas antes y después de sus palabras serían diferentes.

Y luego se rompió. La quietud provocada por las palabras fue quebrada por las palabras.

—Si a usted le parece —dijo simplemente mi madre—, hablaré con Anne mañana y pondré fin a esto.

—Ella no estará aquí mañana, Sibyl.

—¿Por qué está tan seguro? ¿Le dijo ella algo en ese sentido?

—No tuvo necesidad de hacerlo. Pero está claro. Está claro por el hecho de que ella no se ha comunicado con usted desde... desde que murió la mujer. La está evitando.

—Me está evitando. —Lo dijo más como una afirmación que como una pregunta. Mi madre sonaba más incrédula que preocupada.

—La está evitando, sí.

Yo inhalé varias veces para tratar de calmarme, para asentar el estómago, pero se me aflojaron las rodillas y yo cedí, dejé que el cuerpo se me deslizara hasta el piso de la cocina. Me caí despacio, como si me estuviera sumergiendo serenamente bajo el agua, apoyando la espalda contra el armario debajo de la pileta a medida que me derrumbaba.

—¿Qué le dijo usted a Anne cuando lo llamó? —oí preguntar a mi padre, y por un instante las voces sonaron tan alejadas que temí desmayarme, pero el momento pasó.

—Le dije que dudaba de que lo que me decía fuera verdad. Le dije que ya había hablado con usted y con Andre, y mi impresión era que ella probablemente hubiera visto mucha sangre, lo que la habría asustado. Pero que ella no la había visto abrir con el cuchillo a una mujer que estaba viva. Que no era posible, considerando quién es usted.

—Quién soy yo —murmuró mi madre. Un eco.

—Sí. Una partera con experiencia. Una mujer con excelente entrenamiento médico para emergencias.

—¿Y entonces? —Otra vez mi padre.

—Ella pareció entender, y yo esperaba que allí terminara todo. Le sugerí que la llamara a usted y se sacara ese peso de encima. Que hablara claramente con usted y que lo arreglaran entre las dos.

—Pero ella no me llamó nunca —dijo mi madre, y en su voz oí que estaba tan asustada como lastimada.

—Al parecer, no. Pero ese mismo día, más tarde, ella llamó al reverendo Bedford.

—¿Llamó a Asa?

—Y después llamó a la oficina del fiscal del Estado.

—¿Y les dijo que ella creía que esa mujer estaba viva cuando Sibyl hizo la incisión? —preguntó mi padre.

—Eso parece. Lo que probablemente dijo en la oficina del fiscal —y por eso es que yo quería venir esta noche— es que ella y Asa, los dos, vieron manar la sangre cuando usted hizo la incisión. Según ella, el corazón de la mujer latía cuando usted empezó la operación.

—Entonces, ¿por qué no dijo nada? —preguntó mi madre, levantando la voz por primera vez esa noche—. ¡No, ella sabía que Charlotte estaba muerta, y Asa también!

Mi madre no estaba frenética, pero su tono sugería que entendía perfectamente que la percepción que tenía Asa de la tragedia afectaba todo. Mi padre, quizá por la misma razón, pareció temer que fuera posible que mi madre se pusiera frenética, porque preguntó en seguida:

—B. P., ¿por qué vino esta noche? ¿Ahora? ¿Pasó algo hoy?

—Fui entrevistado. Supongo que ésa es la palabra justa. Entrevistado. Un par de policías estatales me entrevistaron hoy. Querían una declaración. Y, basándome en sus preguntas, tuve la clara impresión de que todos —el fiscal, el forense, el padre— creen que alguien ha muerto porque una partera le practicó una cesárea en un dormitorio a una mujer que estaba viva.

Esa noche, más tarde, mi madre golpeó la puerta de mi dormitorio y preguntó si estaba despierta. Es probable que lo supiera, porque pudo ver la luz debajo de la puerta, y yo no soy de las que se quedan dormidas leyendo. A través del piso podía oír a mi padre abajo, agregando un último tronco a la estufa para que no se apagara el fuego durante la noche.

—Pasa —dije, rodando por la cama para enfrentar la puerta y arrojando la revista que estaba leyendo sobre la mesa de luz.

Me sorprendía que mi madre todavía no se hubiera cambiado para dormir. B. P. se había ido hacía horas; ya sería cerca de la medianoche. Pero mi madre aún tenía puesta su falda suelta de paisana y el pelo sostenido por una hebilla. Atravesó el cuarto cojeando y se sentó sobre el borde de la cama. Por la ventana se veía la Luna, enorme, un faro ovalado al que le faltaba una astilla para ser Luna llena.

—Es tarde para que estés despierta —dijo.

—Es por el café —le contesté, para hacer una broma. Esa mañana noté cómo me miraba cuando decidí poner a prueba uno de mis límites. Había sido una exploración totalmente espontánea, sin planear. Lo que pasó fue que vi el café y mis manos hicieron el resto.

Ella tomó la revista, que era una de esas para mujeres de veinte y tantos años, y la hojeó. Ese número tenía artículos sobre shorts de verano cortísimos y sobre los pros y los contras de los salones para broncearse artificialmente, además de una sección especial, coleccionable, sobre el control de la natalidad. En todo Vermont no había una mujer con una figura tan perfecta como la de la rubia de Texas de la tapa, ni tampoco con tanto pelo.

—¿Algo interesante aquí?

Mi madre sabía exactamente cuáles eran las partes de la revista que yo encontraba interesantes.

—Hay unos shorts que me gustan en la página 186 —le respondí. No era una mentira total, pero tampoco la verdad.

Ella asintió, sonriendo.

—Te quedarían bien.

—Sí. Pero son como para usar en un yate —dije, aunque no era exactamente lo que quería decir—. Me parece que hay que vivir en el océano para poder usarlos.

—Es probable.

—O ser la amante de un tipo rico —agregué. Era una broma privada. Cada vez que veíamos a una joven de Vermont que nos parecía excesivamente elegante para nuestro pequeño estado, una de nosotras decía: "Seguro, es la amante de algún tipo rico", exagerando la erre: *rrrico*.

—Ah, qué bien, hay un artículo sobre cómo elegir el salón de bronceado apropiado. Eso debe de ser muy, muy conveniente.

—Ahora hay uno en Burlington, sabes.

—No, no lo sabía.

—Así es.

—Nos estamos poniendo muy en onda aquí en las montañas.

—Me gusta ver las propagandas, para saber lo que está de moda.

Ella miró rápidamente los titulares y las leyendas debajo de los dibujos en la sección sobre control de la natalidad.

—¿Cómo andan tú y Tom?

—Muy bien.

—¿Fue extraño no ir con él al baile el viernes por la noche?

—¿Extraño?

—¿Lo echaste de menos?

—Hablamos por teléfono. Y él vino el sábado a la tarde, sabes.

—Sí, lo sé. Pero apuesto a que no es lo mismo que estar con él en un baile.

—No. No exactamente.

Volvió a mirar la revista, y con los ojos fijos en la sección sobre diafragmas, dijo:

—No te olvides. Cuando creas que es tiempo, me lo dices. Iremos directamente a la clínica.

La clínica era nuestra manera de referirnos a Maternidad Planeada.

—Lo haré.

—¿Lo prometes?

—¡Mamá! —exclamé, poniendo los ojos en blanco.

Ella también puso los ojos en blanco y echó la cabeza hacia atrás, histriónica.

—¿Lo prometes? —me volvió a preguntar, refiriéndose al juramento que me había hecho hacer cuando yo tenía trece años: si existía la posibilidad, por más remota que fuera, de tener una relación sexual en un futuro predecible —aunque la posibilidad fuera estadísticamente tan lejana como que a una la alcanzara un rayo a fines de diciembre— yo se lo diría, y juntas iríamos a Maternidad Planeada a averiguar sobre diafragmas. Con la excepción de vender heroína a nuestros compañeros de escuela o matar a un profesor, yo creo que lo único que Tom y yo podríamos haber hecho ese año que habría decepcionado a mi madre hubiera sido tener la clase de revolcón que trae como resultado un embarazo inesperado.

Cuando les conté a mis amigas acerca de esta promesa —a Rollie y a Sadie—, ellas opinaron que no había en el planeta una madre mejor que la mía. La mayoría de las madres ni siquiera dirían la palabra *diafragma* delante de sus hijas de trece años, y mucho menos las llevarían a la clínica a que les dieran uno. Para mis amigas, en casos así las ventajas de tener por madre a una partera compensaban con creces los inconvenientes de las largas horas de trabajo y las ausencias por partos nocturnos.

—Te lo prometo —dije.

—Gracias. —Hizo un rollo la revista y la dejó prolijamente sobre su falda como si fuera un diploma.

—De nada. ¿Cómo está tu tobillo?

—Mejor. —Se encogió de hombros. —Por los analgésicos.

—¿Surten efecto?

—Seguro.

—¿Qué quería el doctor Hewitt?

—¿No estabas escuchando?

—No pude oír todo.

—Es un buen amigo —dijo, en vez de responder a mi pregunta. No creo que se tratara de una evasiva consciente, pero en seguida siguió hablando: —Creo que estaré sola mañana para los exámenes prenatales.

—Anne no hace mucho, de cualquier manera, ¿no?

—Hace su parte. Está aprendiendo.

—Suena como si todavía tuviera mucho que aprender.

Mi madre me miró un largo rato, y yo me esforcé por mantener el contacto visual. Creo que se dio cuenta en ese momento de todo lo que yo entendía muy bien: que había cosas que ella necesitaba compartir conmigo, y otras que no. No parpadeó, pero apenas movió la cabeza, como asintiendo. *Sí, eso es verdad*, pareció contestar.

Abajo mi padre agregó agua a la pava sobre la salamandra y luego le puso la tapa de hierro. Yo conocía muy bien ese ruido metálico. Un segundo después, mi madre y yo oímos el breve siseo causado por las gotas de agua que se resbalaban por los costados de la pava sobre la superficie de esteatita de la estufa, lo suficientemente caliente como para convertir el agua en vapor al instante. Luego tiró de la cadena para apagar la lámpara de lectura junto al sofá y supe que se disponía a subir.

Por fin bajé los ojos y miré el borde de mi acolchado, incapaz de seguir sosteniendo la mirada de mi madre.

—Duerme bien, tesoro —dijo—. Dulces sueños.

—Tú también, mamá —respondí, y de alguna manera de su interior pudo sacar la mentira de decir que así sería.

11

25.000 dólares. Un dos, un cinco y tres ceros. No mucho menos de lo que nos costó comprar esta casa no hace tantos años. El costo de dos años de universidad para Connie. El costo de toda la educación universitaria de mi nena, si decide ir a la Universidad de Vermont.

Hasta hoy, Rand y yo nunca habíamos escrito un cheque tan grande. Técnicamente, supongo, yo todavía no lo he hecho. Fue Rand quien buscó una lapicera en el cajón de la cocina y escribió en letras: "Veinticinco mil dólares" en la línea que los cheques tienen debajo de "Páguese a la orden de". Luego escribió el dos y el cinco y esos ceros.

Y esos 25.000 dólares son sólo el comienzo. "El anticipo para hacer que empiece a andar el reloj", dijo Stephen Hastings. "El dinero para alimentar el parquímetro." Y ahora el parquímetro ha empezado a correr.

Yo me sentí muy perturbada por la cantidad al principio, y deseé poder tener derecho a un defensor público, pero no es el caso. No hacía más que oír esas palabras en mi cabeza, esta frase: "Un montón de plata, hombre". Cualquier cosa costaba un montón de plata para nosotros. La hierba o un auto —usado o abollado o arruinado por una pintura anaranjada realmente espantosa que alguien pensó que era psicodélica— o un par de parlantes para el estéreo.

Le dije a Rand que era demasiado dinero, sobre todo porque vamos a necesitar mucho más si las cosas se alargan. Es casi el total de nuestros ahorros de toda la vida, casi todo el dinero que hemos acumulado como ardillas durante más de una década para la universidad de Connie o nuestro retiro, o ambas cosas.

Además, yo no he hecho nada malo. Así que le dije a

Rand que a lo mejor no teníamos el mejor abogado que pudimos encontrar o el mejor que se podía pagar. No es como si me hubieran sorprendido asaltando un Banco con una ametralladora.

Pero Rand no estuvo de acuerdo, y dijo que no importaba si yo no había hecho nada malo: ése no era el punto. El punto era que había muerto una mujer mientras se hacía algo que el Estado aborrece, que es un parto casero. Y por eso alguien debía hacerse responsable.

En el pasado, por supuesto, habríamos llamado al Estado el "establishment".

Mentalmente veo a Rand meneando la cabeza y lo oigo decir, como antes: "Hombre, va a costar un montón de plata vencer al establishment, pero hay que pagar". No lo dijo, por supuesto. Ya no diría esas cosas, hoy.

Lo que dijo fue: "Queremos lo mejor, y aparentemente Stephen Hastings es lo mejor. No debe sorprendernos que sea el más caro".

Rand probablemente tenga razón. Pero dado quién soy y lo que hago, Stephen Hastings es una elección muy irónica. En el mundo de la ley, Stephen es el más costoso. Es refinado y de alta tecnología y muy, muy relamido. Mientras tanto, en el mundo de los bebés, yo soy lo menos costoso que se puede conseguir, apenas una fracción del costo de un obstetra. Y hago todo lo posible por ser lo menos refinada y lo menos alta tecnología pero sí... terrestre.

Y parece que Stephen estuvo en Vietnam, por algo que le dijo a Connie. Eso me parece extraño, también. Imaginemos esto: es un día cualquiera de hace catorce años. En un extremo del planeta, yo estoy en Plattsburgh en una campaña por "Arrojen drogas, no bombas", con una remera, poniendo margaritas en el cerco de alambre alrededor de la base aérea y en los cañones de los fusiles de los soldados, que no hacen más que decirnos que dejemos de hacerlo. Y en alguna parte del otro extremo del planeta es de noche, y está un tipo de Vermont llamado Stephen Hastings metido hasta las caderas en un pantano o en un arrozal. Y ahora ese tipo me está defendiendo a mí.

Yo creo que todo esto saldrá bien al final, al menos en parte, porque Stephen parece ser muy buen abogado.

Pero también porque yo trataba de hacer lo mejor posible cuando decidí salvar a Veil.

Stephen parece entender eso. Puede ser refinado y relamido y muy alta tecnología, pero puedo verme trayendo al mundo al bebé de su esposa o de su novia algún día. Quizá Stephen sea mi primer papito abogado. Eso sería fenómeno.

Sé que todavía no ha tenido hijos, y que ya no está casado. Me pregunto si tendrá una novia allá en Burlington.

del diario de Sibyl Danforth, partera

¿**H**asta qué altura salta un chorro de sangre de un corazón que late? Para mi madre, la pregunta perdió su floreo retórico o teórico, y en cambio se convirtió en algo referido a un detalle patológico y clínico. En su mente, existía una conexión tangible, quizá matemática, inclusive, entre la potencia del pulso y la altura del géiser en el punto de incisión.

Para Stephen Hastings, sin embargo, la cuestión era sólo de puesta en escena e iluminación: logística, no patología. A él no le importaba hasta qué altura podía un corazón latiente formar un arco de sangre en el aire, o si la medialuna roja era angosta o robusta, si era un chorro como el de una pistola de agua o el regüeldo de un globo de agua pinchado por un alfiler. Aunque la suerte de mi madre dependería en gran medida, por cierto, de quién ganara la batalla de los expertos que Stephen libraba con Bill Tanner —sus médicos contra los del Estado, sus parteras contra las de la fiscalía—, sobre esta cuestión en particular a él no le preocupaba demasiado el testimonio médico. Se preocupaba, en cambio, acerca de dónde estaban parados Asa Bedford y Anne Austin cuando mi madre tomó el cuchillo de la cocina y perforó por primera vez la piel de Charlotte.

STEPHEN HASTINGS: ¿Y entonces usted preguntó si su mujer estaba muerta?

ASA BEDFORD: Sí, señor.

HASTINGS: ¿Y Sibyl le dijo que sí?

BEDFORD: Correcto.

HASTINGS: Entonces, ¿qué hizo usted?

150

BEDFORD: No hice nada.

HASTINGS: Creo, reverendo Bedford, que ya hemos establecido que usted fue hasta la ventana. Corríjame si estoy equivocado.

BEDFORD: No, no entendí la pregunta. Creí que usted quería saber si yo hice algo... médico.

HASTINGS: ¿Usted fue hasta la ventana?

BEDFORD: Sí.

HASTINGS: ¿Para mirar afuera?

BEDFORD: Supongo.

HASTINGS: Miró afuera por la ventana. ¿Vio nevar?

BEDFORD: No recuerdo, pero probablemente sí. Al menos por un segundo o dos. Pero luego volví a mirar a Charlotte.

HASTINGS: Desde la ventana.

BEDFORD: Sí, señor.

HASTINGS: (indica un caballete con un dibujo del dormitorio de los Bedford, *prueba 8 del Estado*, para su identificación) ¿A qué distancia está la ventana de la cama?

BEDFORD: No está lejos. A medio metro.

HASTINGS: ¿A medio metro?

BEDFORD: No, un poco más.

HASTINGS: ¿Noventa centímetros?

BEDFORD: No.

HASTINGS: ¿Un metro y medio?

BEDFORD: Quizá. Podría ser más.

HASTINGS: ¿Dos metros?

BEDFORD: No sé. Nunca la he medido.

HASTINGS: ¿Pero cree usted que puede haber una distancia de dos metros?

BEDFORD: O quizá de un metro y medio.

HASTINGS: (señalando el caballete) Usando el diagrama del Estado y la escala del Estado, la distancia desde la ventana a la cama es de un metro ochenta y cinco. ¿Le parece correcto?

BEDFORD: Suena... bien.

HASTINGS: Gracias. ¿Había salido el Sol?

BEDFORD: No, señor, todavía estaba oscuro afuera.

HASTINGS: Así que miró afuera.

FISCAL DEL ESTADO WILLIAM TANNER: Objeción. Eso ya ha sido preguntado y respondido.

JUEZ HOWARD DORSET: Ha lugar.

HASTINGS: ¿Todavía era de noche?

BEDFORD: Todavía estaba oscuro. No era de noche. Estaba oscuro debido a la tormenta. A las nubes.

HASTINGS: ¿De manera que la única luz del cuarto provenía de las lámparas?

BEDFORD: Sí, pero podía ver a Charlotte.

HASTINGS: (señala el diagrama) ¿Estaba encendida la lámpara de pie? ¿La del rincón?

BEDFORD: Sí. Estuvo encendida toda la noche.

HASTINGS: ¿Y la de la mesa de luz?

BEDFORD: Sí. Esa también estaba encendida. Sib... La señora Danforth la encendió no bien ella inició... la operación.

HASTINGS: ¿Dónde estaba parada Sibyl durante la operación? ¿De qué lado de la cama?

BEDFORD: Del lado más apartado. Más alejado de mí.

HASTINGS: ¿Aquí?

BEDFORD: Sí, señor.

HASTINGS: (pone un punto azul brillante sobre el dibujo junto a la cama) Ésta es Sibyl. (Pone un punto rojo en el dibujo al lado de la parte interior de la ventana) Y éste es usted. ¿Es esto correcto?

BEDFORD: Creo que sí.

HASTINGS: En otras palabras, su esposa estaba en la cama, y la cama estaba entre usted y Sibyl.

BEDFORD: Exacto. Desde la ventana yo tenía una visión sin obstrucciones.

HASTINGS: (pone un punto amarillo encima de la mesa de noche detrás de la acusada) ¿Y ésta es la luz que encendió Sibyl justo antes de rescatar a su bebé?

BEDFORD: Sí.

HASTINGS: (pone un segundo punto amarillo en el rincón del dormitorio detrás de la acusada) ¿Y ésta es la luz que estuvo encendida la mayor parte de la noche?

BEDFORD: Correcto.

HASTINGS: ¿Es una luz brillante?

BEDFORD: No, es tenue. Y sólo tenía una lamparita de bajo voltaje, razón por la cual la usamos para el parto. La señora Danforth quería una luz tenue.

HASTINGS: Y la lámpara al lado de la cama. ¿Era ésa una luz brillante?

BEDFORD: En mi opinión, sí. Es nuestra luz de lectura.

HASTINGS: ¿Lo suficientemente brillante para proyectar una sombra?

TANNER: Objeción. Conduce a la especulación.

DORSET: No ha lugar. El testigo puede responder.

BEDFORD: Supongo que sí.

HASTINGS: ¿Una lamparita de cien vatios?

BEDFORD: Por lo general.

HASTINGS: ¿Por lo general?

BEDFORD: Si la lamparita se quemaba y teníamos otra de cien vatios en la casa, la poníamos. Si no, usábamos la que hubiera. Quizás una de setenta y cinco vatios.

HASTINGS: La noche que nació Veil, ustedes tenían una lamparita de cien vatios. ¿Es esto correcto?

BEDFORD: Sí, creo que sí.

HASTINGS: ¿Daba una luz intensa?

BEDFORD: Sí, señor.

HASTINGS: (en el diagrama del Estado, aprieta un dedo sobre el punto que representa a la señora Danforth y otro dedo sobre el punto que indica la lámpara sobre la mesa de luz) ¿Y estamos de acuerdo en que éste es el lugar correcto para la lámpara en el cuarto y el lugar correcto para Sibyl?

BEDFORD: Sí.

HASTINGS: ¿Y la lámpara estaba encendida?

BEDFORD: La lámpara estaba encendida.

HASTINGS: ¿Dónde estaba la sombra?

BEDFORD: ¿La sombra?

HASTINGS: Una lámpara con una luz lo suficientemente fuerte para leer siempre proyecta una sombra. ¿No es así?

BEDFORD: Supongo.

HASTINGS: Pues, Sibyl tenía una lámpara con una lamparita de cien vatios detrás de ella, y cuando se inclinó sobre su esposa —con la parte superior del cuerpo exactamente entre esa lámpara y su esposa— tuvo que haber una sombra. ¿Correcto?

BEDFORD: Eso parecería.

HASTINGS: La noche en que nació su hijo —Veil—, ¿dónde habría proyectado su sombra la lámpara de cien vatios detrás de Sibyl?

BEDFORD: Sobre la cama.

HASTINGS: Por favor, mire el diagrama del dormitorio. ¿Dónde, sobre la cama, habría caído esa sombra? (Pone el dedo en la mitad de la cama) ¿Aquí?

BEDFORD: Probablemente.

HASTINGS: ¿Dónde está mi dedo?

BEDFORD: Sobre la cama.

HASTINGS: ¿Qué parte de la cama?

BEDFORD: El medio.

HASTINGS: ¿Qué había en el medio de la cama la noche en que nació su hijo?

BEDFORD: Mi esposa, por supuesto. Es allí donde ella...

HASTINGS: ¿La sombra de la lámpara caía sobre su esposa?

BEDFORD: Sí.

HASTINGS: ¿Sobre su torso?

BEDFORD: Supongo.

HASTINGS: Gracias. ¿Recuerda lo que tenía puesto Sibyl esa noche?

BEDFORD: Creo que tenía un suéter y vaqueros. Un suéter abrigado.

HASTINGS: ¿Un suéter para esquí?

BEDFORD: Yo nunca he esquiado.

HASTINGS: Pero, ¿un suéter abrigado?

BEDFORD: Sí.

HASTINGS: ¿Recuerda de qué color era?

BEDFORD: No, señor.

HASTINGS: (muestra una prenda de vestir al fiscal y al juez Dorset. Se admite el suéter como prueba) Su Señoría, prueba número tres de la defensa, para su identificación. ¿Es éste el suéter que tenía puesto Sibyl?

BEDFORD: Creo que sí.

HASTINGS: ¿De qué color es?

BEDFORD: Azul marino. Y los copos de nieve alrededor de los hombros y del cuello son blancos.

HASTINGS: ¿Pero prevalece el azul marino?

BEDFORD: Sí.

HASTINGS: (muestra el suéter al jurado y lo pone sobre el carro de las pruebas). Hemos establecido que Veil nació en algún momento entre las seis y quince y las seis y veinte de la mañana. ¿Correcto?

BEDFORD: Correcto.

HASTINGS: ¿Durmió usted la noche anterior?

BEDFORD: No, no dormí.

HASTINGS: ¿Durmió la siesta el día anterior? ¿Un momento en la tarde, quizá?

BEDFORD: No.

HASTINGS: ¿Recuerda a qué hora se levantó el día anterior? ¿El jueves?

BEDFORD: No exactamente. Pero probablemente a alrededor de las seis y media.

154

HASTINGS: ¿De modo que usted había estado levantado toda la noche cuando nació su hijo?

BEDFORD: Es correcto.

HASTINGS: En realidad, hacía veinticuatro horas que usted estaba despierto.

BEDFORD: Sí.

HASTINGS: ¿Tenía la vista cansada?

BEDFORD: No recuerdo que fuera así.

HASTINGS: ¿Podría haber sido así?

TANNER: Objeción.

DORSET: Permitiré la pregunta.

HASTINGS: Después de estar despierto veinticuatro horas, ¿podría haber tenido la vista cansada?

BEDFORD: Es posible.

HASTINGS: Gracias. Bien. Usted le ha dicho a la corte que piensa que pudo haber visto este poco de sangre que brotaba, a pesar del hecho de que estaba a casi dos metros de distancia cuando sucedió. ¿Estoy en lo cierto?

BEDFORD: Sí.

HASTINGS: Y a pesar del hecho de que el estómago de su esposa estaba cubierto por la sombra. ¿Correcto?

BEDFORD: Sí.

HASTINGS: Y a pesar del hecho de que usted habría visto esta sangre contra el telón de fondo de un suéter de esquí azul marino. ¿Correcto?

BEDFORD: Sí, pero...

HASTINGS: Y a pesar del hecho de que había estado despierto toda la noche. No, no sólo toda la noche. No, no sólo toda la noche. Un total de veinticuatro horas. ¿Es ése el testimonio que usted quiere que crea el jurado?

BEDFORD: Yo sé lo que vi.

DORSET: ¿Tiene el abogado de la defensa más preguntas para el testigo?

HASTINGS: Sí.

DORSET: Proceda entonces, por favor.

HASTINGS: ¿Creía usted que su esposa había muerto cuando fue hasta la ventana?

BEDFORD: Ah, sí.

HASTINGS: ¿La amaba usted?

BEDFORD: Por supuesto.

HASTINGS: ¿Se puso triste?

BEDFORD: ¡Buen Dios, sí!

HASTINGS: ¿Se puso usted muy triste?

BEDFORD: Sí.

HASTINGS: ¿Y fue en ese estado de ánimo que creyó ver el chorro de sangre?

BEDFORD: Sí, pero no estaba histérico. Le digo que sé lo que vi.

HASTINGS: Y, sin embargo, ¿hizo usted el intento —cualquier intento— por detener a Sibyl cuando vio la sangre?

BEDFORD: No. Como le dije al señor Tanner, creía que era normal. Supuse que mi Charlotte había fallecido, y que esto era... lo que le pasa al cuerpo...

Mientras discutían esta estrategia la noche anterior, Stephen les dijo a mis padres que el testimonio de Asa tenía dos aspectos: lo que el hombre podría haber visto y lo que el hombre había visto. Stephen estaba firmemente convencido de que ningún marido en un estado de cordura habría podido presenciar que hundieran un cuchillo en el vientre de su esposa muerta, y por eso fue que Asa caminó hasta la ventana. Pero primero —les dijo a mis padres— crearía dudas sobre lo que Asa podría haber visto desde la ventana esa mañana.

El interrogatorio de Stephen al reverendo empezó justo después del almuerzo y prosiguió hasta que se levantó la sesión hasta el día siguiente. Hubo momentos esa tarde —breves pero emocionantes— en que me convencí, con la seguridad de una adolescente, de que Stephen había persuadido a todos los que estaban en la sala de que no era lógico creer que Asa Bedford pudo realmente presenciar la cesárea de su mujer, y que era improbable que viera el chorro de sangre, aunque hubiera prevalecido lo ilógico. Ningún hombre en la situación de Asa, me dije, podría estar absolutamente seguro de lo que había visto y —quizá más importante aún— podría haber estado dispuesto a mirar.

Pero cuando terminó el interrogatorio, aún persistía el hecho de que Asa Bedford era un clérigo. En nuestro rincón del Reino en 1981, esto significaba que sus palabras tenían peso. Mucho peso, a pesar de las excentricidades del dogma de su iglesia. Yo pensaba que el interrogatorio de Stephen había sido maravilloso, pero cuando todos nos separamos para ir a comer, cada uno en su casa, yo temía sin embargo que un interrogatorio —por bueno que fuera— no pudiera contrarrestar una semana entera de testimonios médicos perjudiciales y el recuerdo del pastor.

* * *

Cuando las niñas son pequeñas, sus muñecas suelen ser bebés por lo general, no muñecas Barbie.

Eso decía Stephen Hastings. Stephen, por supuesto, no tenía hijos. Pero esto no le impedía tener opiniones formadas sobre lo que pensaban los niños y lo que creían. Después de todo, dijo una noche cuando mi padre lo desafió, él había sido niño también. Stephen estaba dispuesto a reconocer que no tenía ni la menor idea de cómo criar a un niño —cómo disciplinarlo, recompensarlo o simplemente ahogarlo de amor—, pero insistía en entender bien la lógica de la mente infantil. De una niña lo mismo que de un niño.

Y Stephen estaba convencido de que las niñitas amaban los muñecos bebé, infantes de plástico que no exigían mantenimiento. No había que mecerlos ni alimentarlos ni cambiarlos ni vigilarlos. No daban trabajo. Sus aullidos sólo eran fingidos, sus cólicos, de juguete, lo mismo que sus punzadas de hambre. Los pañales sucios eran imaginarios, lo mismo que la caca. Con el tiempo, decía él, los muñecos bebé desaparecían de la pantalla de radar de su niña dueña. Las muñecas mayores podían o no desaparecer, dependiendo de si la niña dueña descubría a Barbie o a Skipper o a Ken. Pero los bebés de plástico —y el deseo instintivo de nutrir algo pequeño y cargado de necesidad— sí desaparecían. Algunas niñas volvían a adquirir el virus de la maternidad al comenzar la pubertad, y cuidaban a niños como un sustituto. Otras no redescubrían el deseo de ser madres hasta ser adultas, y la necesidad primordial de hacer a un lado el diafragma y continuar la especie se sobreponía a toda razón.

Y luego, por supuesto, estaban esas niñas que se convertían en parteras: eran niñas que necesitaban más y más bebés pequeños —recién nacidos—, niñas que se convertían en mujeres que se deleitaban con el magnífico aunque sucio y desordenado proceso del nacimiento.

A medida que la primavera daba paso al verano y Stephen se empapaba de la cultura del parto casero, llegó a la conclusión de que la principal diferencia entre la mujer que estudia para ser ginecóloga y obstetra y la que se convierte en partera tiene menos que ver con la educación o la filosofía o la crianza y más con la profundidad de su aprecio por el milagro del alumbramiento y por la vida en el momento de su surgimiento. Las mujeres que estudiaban medicina se consideraban primero profesionales médicas, y luego obstetras y ginecólogas. Stephen opinaba que cuando estas niñas empezaban a pensar en serio en lo que querían ser cuando crecieran —cuando estaban en la secundaria o la preparatoria universitaria— probablemente decidían al principio que simplemente deseaban ser médicas. Luego, quizás en la facultad de medicina, empezaban a pensar en la obstetricia.

Las muchachas que se convertían en parteras, por el contrario, sabían que querían serlo desde una edad temprana o —como sugería el camino de mi madre— tenían una profunda experiencia que les cambiaba la vida, relacionada con un nacimiento, que era lo que las impulsaba. Stephen era inflexible en su convencimiento de que las mujeres obstetras amaban a los bebés tanto como las parteras, pero pertenecían al tipo que de jóvenes mostraron la tendencia de cambiar las muñecas que vestían para la cuna por muñecas que vestían para una ocasión formal.

Por cierto, Stephen estaba en lo cierto con respecto a mi caso, por lo menos en lo que a muñecos se refería. Mis muñecos siguieron siendo bebés hasta después de que fui a primer grado; ese año, casi de la noche a la mañana pasaron a ser un mundillo de muñecas Barbie obsesionadas por la ropa y los autos y el color del pelo. Inclusive llegué a tener una Barbie enfermera, aunque para decir la verdad se pasaba la mayor parte del tiempo con Ken, ambos sin ropa.

No obstante, ¿llegué a ser obstetra simplemente porque quería ser médica y dio la casualidad de que crecí en una casa en la que estaba cómoda con el terreno anatómico? Lo dudo. Y después de ver cómo algunos obstetras y ginecólogos despedazaban a mi madre en la sala del tribunal —usando la tercera persona como si ella no estuviera sentada nada más que a algunos metros— es posible que hubiera desarrollado tal antipatía visceral hacia toda esa profesión que podría haber sido cualquier otra cosa menos una médica de recién nacidos.

Hasta el día de hoy, algunas amigas de mi madre piensan que la he traicionado al ser ginecóloga y obstetra. Hay dos parteras en Vermont que no me dirigen la palabra, ni a mí ni a las parteras que recurren a mí como médica auxiliar. Pero como les he dicho a todas esas parteras de la generación de mi madre de quienes he seguido siendo amiga, o a las parteras de mi generación de quienes soy amiga, la elección de mi profesión no fue ni una crítica a la profesión de mi madre ni una bofetada a sus acosadores. Evidentemente su cruz fue un factor en mi decisión —todas mis cesáreas han sido practicadas a mujeres que indiscutiblemente estaban vivas, todas anestesiadas correctamente y preparadas para el procedimiento—, pero como dice una amiga mía que es psiquiatra, los motivos no importan. La mayor parte del tiempo ni siquiera sabemos cuáles son nuestros motivos. Y si bien aprendí de mi madre que la manera en que llegan los bebés a este mundo importa mucho, aprendí de sus detractores el hecho ineluctable de que la mayoría de los bebés llegan a este mundo en hospitales. En mi opinión, yo hago mucho bien en las salas de parto y en los quirófanos, y si es verdad que no uso una hierba como la de San Cristóbal, nunca hice un examen prenatal que durara menos de media hora. Yo llego a conocer muy bien a mis madres.

Stephen trajo pronto a los especialistas, inclusive antes de que mi madre fuera acusada de un crimen. Además de un fotógrafo para mostrar los cortes y moretones que recibió mi madre arrastrándose por el hielo hasta su auto, inmediatamente trajo a un experto en reconstrucción de accidentes para que examinara la cuesta y el ancho del sendero de acceso a la casa de los Bedford. Quería asegurarse de que no quedaría duda en la mente del jurado de que mi madre había hecho todo lo humanamente posible para tratar de transferir a la señora Bedford al hospital la noche en que murió, pero el sendero era intransitable, lo mismo que los caminos. Mi madre hizo lo que hizo porque no le quedaba otra opción.

Y es probable que Stephen se pasara días enteros en el teléfono durante las primeras semanas, localizando a parteras de todo el país que habían sido llevadas a juicio por una u otra razón —por ejercer la medicina sin matrícula o por posesión ilegal de medicamentos reglamentados— y entrevistando a sus abogados. Encontró patólogos forenses y obstetras que podían atestiguar como nuestros expertos, en caso de ser necesitados. Algunos estaban dispuestos a venir desde lugares tan distantes como Texas.

Y aunque Stephen pudo no haber estado particularmente interesado en los detalles específicos de la manera en que puede brotar la sangre, había cuestiones médicas que le interesaban mucho, entre las cuales se contaba, por supuesto, la causa de la muerte de Charlotte Fugett Bedford. Stephen quería estar seguro de que tuviéramos nuestra explicación de por qué murió la mujer, sobre todo después de que se completó la autopsia y estuvo claro que el Estado iba a alegar que no había habido un aneurisma cerebral y que, por ende, la causa de la muerte era Sibyl Danforth.

Con la ayuda de sus especialistas, en aquellas primeras semanas Stephen empezó a confeccionar listas: largas letanías de las complicaciones que pueden ocurrir en cualquier parto, ya sea en la casa o en un hospital; anécdotas de la historia profesional de mi madre que demostraban que poseía un nivel de atención increíblemente elevado; incidentes que sugerían que la comunidad médica estaba ensañada con el parto casero, y que mi madre no era más que un chivo expiatorio, trágico, pero conveniente.

Sin embargo, la especialista que se involucró más con nosotros como una familia en realidad al principio sabía tanto del parto casero como Stephen. De hecho, ella más bien sabía un poco de todo, ya que su especialidad era obtener información. Patty Dunlevy era investigadora privada, la primera en el estado. Stephen Hastings la eligió como su investigadora, sobre todo —según dijo— porque ella era, sin ninguna duda, la mejor de Vermont. No obstante, dada la situación del caso de mi madre, todos comprendimos que el hecho de que fuera mujer no haría ningún daño.

Patty rápidamente se convirtió en una especie de modelo para Rollie McKenna y para mí. La conocimos juntas, un miércoles por la tarde, menos de una semana después de la muerte de Charlotte Bedford. Nosotras dos estábamos aseando a Witch Grass en la parte del corral de los McKenna que está más cerca del camino cuando el auto blanco de Patty —un vehículo extranjero, compacto pero elegante, cubierto de barro endurecido, con una buena abolladura en una puerta y una rajadura como una telaraña en el parabrisas— se detuvo, haciendo rechinar los frenos, en el sendero de barro junto a la cerca. La mujer que conducía se inclinó sobre el asiento vacío del acompañante, se quitó los anteojos de sol espejados que tenía puestos, bajó la ventanilla y nos preguntó si alguna de nosotras sabíamos dónde vivía alguien llamado Sibyl Danforth.

Las nuevas paranoias mueren con mayor dificultad que los viejos hábitos (sobre todo cuando la paranoia está basada en la realidad), y sentí de inmediato el temor de que la mujer fuera periodista. Por eso, y a pesar del error cometido hacía sólo dos días, cuando Stephen Hastings se presentó ante la puerta de casa, respondí a la pregunta de esta mujer con otra pregunta.

—¿Ella sabe que usted viene a verla? —inquirí, con cautela.

—Seguro que sabe. Tú debes de ser su hija.

—¿Por qué cree eso?

—La estás protegiendo. Yo soy Patty Dunlevy. Trabajo con Stephen Hastings, el abogado de tu madre.

La mujer tendría alrededor de cuarenta años, pero su pelo todavía conservaba un tono rubio rojizo casi eléctrico. Esa tarde llevaba puesta una vincha verde como el pasto de un campo de golf para que el pelo no le tapara la cara y tenía una de esas chaquetas de cuero negro tan bien hechas que una espera verla en una joven de sociedad de Park Avenue y no en un motociclista del Hell's Angels. Sin embargo, pronto nos daríamos cuenta de que Patty era camaleónica, hecho que explicaba, en parte, por qué era tan buena en lo que hacía. Cuando entrevistaba a las pacientes de mi madre o de otras parteras esa primavera y ese verano se ponía unas amplias faldas de paisana o vaqueros remendados; cuando visitaba a los médicos o administradores de hospital, sobre todo a los hostiles, usaba faldas de colores brillantes, zapatos de tacos bajos y frescas blusas bien planchadas. A Patty evidentemente le gustaban sus anteojos de sol espejados y su chaqueta de cuero negro, pero comprendía también que podían ser un estorbo ocupacional con algunas de sus fuentes de información, por lo que tenía cuidado de causar una primera impresión que fuera perfecta.

Y una vez que supe que Patty Dunlevy no era una periodista, me gustó en el acto. Tanto a mí como a Rollie. Su auto era un reflejo de su ética profesional: el estilo templado por el trabajo. Al mismo tiempo, era un centro de gravitación inexorable. No me limité a indicarle cómo llegar a casa, sino que subí al auto y oficié de copiloto en los quinientos metros que separaban a los McKenna de los Danforth.

—¿Cómo está tu mamá? —me preguntó ella, mientras que Rollie y Witch Grass se iban haciendo más pequeñas en el espejo retrovisor.

—Creo que bien.

—Qué pesadilla. No sabes lo mal que me siento por lo que le pasa.

—¿Qué hace con el señor Hastings? ¿Es abogada, también? —le pregunté, acomodándome en el asiento del auto.

—No. Soy investigadora.

—¿Detective?

—Más o menos. Trabajo con abogados para obtener la información que ellos no pueden conseguir.

Pasó por mi mente una imagen de Patty Dunlevy sentada en su autito compacto en la playa de estacionamiento de uno de los moteles cerca del aeropuerto de Burlington. Estaba usando una cámara con una lente gruesa como una bazuca para fotografiar a amantes ilícitos a través de los resquicios de polvorientas persianas.

—¿Qué clase de información? —le pregunté.

Su respuesta sugería que había detectado la aprehensión en mi voz.

—Ah, de todas clases. Podría ser algo increíblemente mundano, como conseguir la confirmación de un corte de energía por parte de una compañía de electricidad. Unos registros de llamadas telefónicas. O podría ser algo más interesante, como información básica sobre un testigo hostil. El tipo de cosas que podrían llegar a desacreditarlo. Pero te diré directamente lo que les digo a todos: no me ocupo de adulterios ni de divorcios.

—¿Qué va a hacer... por mi madre?

Sonrió.

—Bien, por empezar, voy a pedirle que me dé los nombres de todas las personas en este planeta que puedan decir algo bueno de ella si las llamamos a atestiguar. Después empezaremos a ver exactamente qué haré por ella.

—Tendrá una lista larga, sabe.

—¿De personas que la quieren? Fenomenal. Siempre es una maravilla cuando Stephen me hace trabajar para los buenos.

No soy supersticiosa, ni lo era en 1981. Para mí es sólo irónico —no simbólico— que los dolores de parto de Charlotte Fugett Bedford comenzaran el 13 de marzo, y que el informe con los resultados de la autopsia llegaran el primer día de abril, el día de los inocentes. El primero es un día de mala suerte; el segundo, de bromas pesadas.

El 1º de abril cayó martes ese año, y mis padres, por tratar de dar a nuestra vida algún viso de normalidad, insistieron en que me uniera al equipo de atletismo escolar, tal cual había-

162

mos planeado desde el invierno. Yo siempre me tuve por buena atleta, y confiaba en mis piernas, fuertes después de tantos años de montar a Witch Grass. No sabía aún si correría carreras de resistencia o de velocidad. Lo que sí me gustaba era cómo me quedaban los shorts.

Las pruebas de aptitud empezaron ese martes, así que no llegué a casa hasta cerca de la hora de la cena. No obstante, desde la muerte de Charlotte Fugett Bedford habíamos hablado hasta el cansancio acerca de la inminente presentación del informe de la autopsia, y cuando llegué me di cuenta al instante, por el silencio de mis padres y la presencia de una botella de whisky en la cocina, de que la conclusión final de la autopsia traía malas noticias.

Cuando mi madre se levantó de su asiento y empezó a servir la comida —un guiso de carne que ninguno de los tres probó, a pesar de que sabíamos que sería el último del invierno—, mi padre me contó lo que yo ya sabía. El forense no había hallado signos de un ataque cerebral. ¿La causa inmediata de la muerte? Un shock hemorrágico debido a una operación cesárea durante un parto casero.

12

El nacimiento es un gran milagro prefigurado por una cantidad de milagros pequeños. La concepción. Piernitas y bracitos. El lanugo. Los huesos duros. El movimiento del feto. La vuelta que da. El descenso.

Nunca olvidaré los primeros movimientos de Connie. Tenía trece o catorce semanas. Yo estaba envuelta en ese suéter monstruoso que me colgaba hasta las rodillas. Lacey Woods lo había traído de alguna parte de Centroamérica, y tenía un águila vagamente azteca en la espalda. Era hermoso y tan pesado que me mantenía abrigada aun a la intemperie en ese día helado de diciembre en que Connie se hizo conocer.

Yo estaba sentada en el patio trasero de la casa de mamá y papá, en una roca enorme, de esas que hay en Mount Republic, frente a la pista de esquí. Para entonces, Rand y yo ya habíamos decidido casarnos, pero la chiquita en mis entrañas no era la razón. Ella —aunque entonces todavía no sabíamos su sexo; no teníamos ni idea de si seríamos bendecidos con un varón o una niña— fue sólo la señal de que era mejor que nos casáramos más bien pronto.

El Sol ya estaba detrás de la montaña, aunque todavía no eran las cuatro de la tarde, y estaba haciendo mucho frío. Ya había nevado un poco en la pista de esquí, pero aparte de eso el suelo todavía era color marrón, y la montaña parecía como un volcán con una extraña lava en la cumbre.

Yo no trepaba a esas rocas desde la escuela secundaria, y estar allí sentada me hacía sentir como una niñita. Y luego, de pronto, sentí ese revuelo un poquito más abajo del ombligo. Un renacuajo chasqueando apenas la cola. Una onda, una ola. En el acto la imagen del renacuajo —imagen que probablemente había sacado de un libro de texto de biología de la secundaria— se cambió por la de un bebé recién nacido. Yo sabía que en ese momento mi bebé no se parecía en nada a un recién nacido, pero eso fingí ver moviéndose dentro de mí. Una personita psicodélica nadando pecho en medio de la lava. Una burbuja saltando, eufórica, pero en cámara lenta, alrededor de mi vientre. Vi los deditos regordetes de un bebé recién nacido moviéndose rápidamente en el líquido amniótico y haciendo un ruidito como un silbidito, vi pequeños pies salpicándome en mi interior con mi propia agua, y me envolví el cuerpo con los brazos y abracé a mi bebé a través de mi vientre.

¡Ay, Dios, qué feliz era! Recuerdo que me quedé sentada en esa roca disfrutando de esa personita —mi personita— en mi interior. De todos los pequeños milagros que llevan al gran milagro, el nacimiento mismo, mi favorito es el momento en que el bebé se mueve por primera vez. Todas las emociones y expectativas, todos los sueños que despierta el bebé nos cubren entonces como el oleaje.

En ese despertar que es el primer movimiento, esa aceleración de vida, nos late el corazón con una enorme prisa, y el ritmo del embarazo cobra vuelo.

Hay madres que sienten el primer movimiento ya a las doce semanas; otras, mucho después. Dieciséis semanas es el promedio en mi experiencia, pero algunas mujeres no lo sienten hasta bien entrada la decimoctava semana. No importa, excepto que las mujeres que deben esperar tanto se preocupan. Es inevitable: no hay nada que una madre pueda hacer. Una desea sentir a su amigo, saber que está allí.

Por supuesto, debe de ser más excitante sentir tardíamente el movimiento. Después de tanta ansiedad, debe de ser increíble lo que se siente cuando por fin llega. Algo absoluta, increíble y atrozmente asombroso.

del diario de Sibyl Danforth, partera

Abril en Vermont no es ni del todo primavera ni del todo invierno. Es común que haya neviscas e inclusive que hasta se acumulen unos cuantos centímetros de nieve un día, y luego salga un Sol cálido y haga quince grados al día siguiente. Emergen las flores de azafrán y los tulipanes, soportan el clima esquizofrénico y todo lo demás (florecen, cuelgan, exánimes, y vuelven a avivarse). Se las ve azules o amarillas contra el pasto marrón, que al día siguiente es verde.

Los residentes de Vermont no manifiestan sus reacciones ante los cambios abruptos del clima con el mismo dramatismo que las flores, pero los sentimos por dentro y los exteriorizamos. Quizá no nos molestemos en quitar la nieve de la vereda o del sendero después de una nevada de abril —la nieve se derrite pronto entonces—, pero sí despejamos el porche o los escalones de entrada. La idea de salir con una escoba en medio de las blancas sábanas que cubren el terreno cuando el resto del mundo ya está en plena primavera hace que hasta los más adaptables a los cambios meneen la cabeza, fastidiados. Y con excepción de los que hacen azúcar, que abrigan esperanzas de una última y frenética racha de jarabe de arce, todos suspiramos cuando nos despertamos y vemos que los techos se han vuelto a cubrir de nieve mientras dormíamos. Para media mañana las cortinas blancas se van deslizando de los techos de pizarra o de metal, formando avalanchas que caen por los declives y forman ventisqueros que nos atormentan durante días.

Sin embargo, cuando los rayos del Sol son fuertes y el aire está tibio, nos saludamos a los gritos de casa a casa o desde la ventanilla del auto al pasar; mantenemos la cabeza en alto cuando caminamos, mirando el cielo con los ojos entrecerrados y una amplia sonrisa en el rostro. Inspiramos hondo el aire veraniego, pero al exhalarlo no lo hacemos en forma de suspiro, sino con una suerte de ronroneo o un gemidito, como si nos rascaran la espalda.

Ya no estamos abatidos, ya no refunfuñamos. Rebosamos de energía.

Aunque mi familia entendió ese primer día del mes que mi madre sería acusada de un crimen, no fue sino hasta más entrado el mes cuando el Estado decidió cuál sería el crimen, o crímenes, en realidad. En consecuencia, durante la primera semana y media de abril nuestras emociones anduvieron a los saltos, como en una montaña rusa de ascensos y descensos pronunciados que ni siquiera nuestro malévolo y caprichoso clima era capaz de emular.

Stephen les había advertido a mis padres el día mismo en que se conocieron que el Estado podría llegar a sugerir que mi madre había asesinado a Charlotte Bedford intencionadamente, por lo cual sería acusada de asesinato en segundo grado. La diferencia entre asesinato en segundo grado y homicidio involuntario no era mínima: el asesinato en segundo grado implicaba una década en prisión si es que existían factores mitigadores para el acusado, y hasta una condena de por vida si no existían tales factores. El homicidio involuntario —que era la acusación que Stephen creía probable— simplemente significaba que mi madre había actuado con negligencia injustificable o grave, pero sin la intención de matar a nadie. Asesinar a Charlotte Bedford no era su intención en este caso; fue sólo un accidente desgraciado, y por lo tanto podía recibir una pena entre uno y quince años detrás de rejas y una posible multa de tres mil dólares.

Sin embargo, sobre el delito menor nunca hubo ninguna duda: el de ejercer la medicina sin matrícula. Eso era inevitable, decía Stephen.

No obstante, a pesar de la advertencia de Stephen —y su afirmación de que una acusación de asesinato en segundo grado era improbable—, la primera vez que Bill Tanner sugirió que el Estado podría tratar de fortalecer el caso para demostrar que los actos de mi madre fueron intencionales, mi padre se puso furioso, mi madre se asustó, y ambos terminaron en una gran confusión. Yo me senté en la escalera de casa una noche y los escuché cuando hablaban por teléfono con Stephen, mi madre por el aparato de la planta baja, mi padre por el del piso de arriba.

—Ya sé lo que significan para una persona normal las palabras *intencional* e *involuntario* —decía mi padre—. Quiero saber qué diablos significan para los abogados... ya veo... ¿Un precedente? ¿Me está diciendo que esto ha sucedido antes...? Ah... ¡La mujer ya estaba muerta, por Dios! ¿Por qué iba a ocurrírsele a Sibyl que una cesárea podría matarla?

Un momento después mi madre agregaba, casi histérica:

—¿Cómo pueden decir eso? ¡Yo ya le había dicho a Asa que ella había muerto!

Creo que Stephen no pudo responderle, porque mi padre volvió a interrumpir:

—Yo creía que cuando se mata a alguien se tiene un motivo... Pero no existe ninguna maldita razón por la que ella habría "querido causar la muerte" de esa mujer. ¡No hay ninguna razón! Eso es estúpido, es lo más estúpido que he oído... Pues sigue siendo estúpido. Espero que digan eso, porque no tendrían ni la más puta posibilidad de ganar. ¿No? ¿No?

Cuando se hizo evidente que la conversación estaba a punto de terminar, abandoné mi puesto en la escalera y fui a la sala, fingiendo haber estado leyendo mi libro de biología todo el tiempo. Casi de inmediato mi padre bajó y se reunió con mi madre en la cocina.

—Siento haber perdido la paciencia —dijo, y lo oí abrir el armario donde guardaban las botellas.

—No pudiste evitarlo —dijo mi madre con voz suave—. Probablemente a él le pasa lo mismo todo el tiempo.

—¿Que la gente estalle?

—Supongo.

—No pareció importarle.

—No.

La puerta del freezer se cerró de un golpe, y los cubitos de hielo chocaron contra los costados del vaso antes de hundirse en el whisky y llegar al fondo.

—Veamos si lo entendí bien —dijo mi padre. Y retiró una de las sillas de la mesa de la cocina, arrastrándola sobre el piso con un sonido agudo—. Van a decir que mataste a Charlotte Bedford a propósito...

—Podrían decirlo. Al parecer, no lo han decidido.

—Muy bien, podrían decir que mataste a Charlotte Bedford a propósito.

—Supongo.

—Para salvar al bebé.

—Sí. Podrían decir que yo pensaba que Charlotte se iba a morir, pero que debía saber perfectamente bien que estaba viva cuando hice la cesárea.

—Debías saber...

—Debía saberlo. No podría ganarme la vida como lo hago sin distinguir entre la vida y la muerte. No hay posibilidad de que pudiera haber cometido tal... error.

—Y lo hiciste para salvar al bebé...

—¿La cesárea? Sí. Eso es lo que creen.

Un largo silencio. Luego, un eco de mi padre:

—Sí. Eso es lo que creen.

Yo no alcanzaba a ver a ninguno de los dos desde mi lugar en el sofá, pero imaginé a mi padre haciendo girar el vaso en la mano, y a mi madre sentada totalmente inmóvil con los brazos cruzados sobre el pecho. Yo conocía bien esos actos y esas poses.

—¿Sib? —dijo mi padre después de otro silencio.

—Sí.

—Quiero preguntar algo.

—¿Sobre Stephen o sobre mí?

—Sobre ti. Y sólo te lo preguntaré esta vez, y nunca más. Pero debo saberlo. Tengo que preguntártelo...

—Ni lo pienses. Ni se te ocurra preguntármelo. No puedo soportar que tú también dudes de mí.

—Ya has respondido. Eso es todo lo que quería oír.

—No dudes de mí, Rand.

—No dudo.

Mi madre había pasado días y noches interminables trayendo vida a este mundo. A mí no me parecía justo que su juicio girara alrededor de la idea de que pudiera llegar a confundirla con la muerte.

He aquí cómo funcionaba nuestra montaña rusa. No bien mis padres afloraban de la desesperación y de la enervante duda inspiradas por la posibilidad de una acusación de asesinato en segundo grado, Stephen les aseguraba que la acusación era improbable. En lugar de tardar días en subir a la parte superior de la montaña rusa, ascendían abruptamente a la cumbre. Aquella vez lo hizo primero mi madre, después de ver a Stephen durante la tarde, y luego mi padre, al volver del trabajo esa noche.

Casi como si se nos hubiera diagnosticado una enfermedad terminal, la noticia que una vez podría habernos consternado nos parecía excitante. Se ha producido una remisión: ¿puedo tener dos años más de vida? ¡Eso es maravilloso! ¿Sólo homicidio involuntario? ¡Ay, qué cosa tan maravillosa!

Una tarde que llegué a casa de practicar para las pruebas atléticas más tarde que de costumbre me sorprendí al encontrar a mi madre y a Stephen sentados en el porche de entrada de casa. Era un día maravilloso de abril, en que el Sol se reflejaba sobre el suelo frío, todavía mojado por la nieve derretida, y hasta las cinco de la tarde era posible permanecer sentado afuera en el porche o una galería que mirara al oeste.

Mi madre y Stephen estaban sentados, recostados cada uno sobre sendos postes blancos que sostenían el techo del porche, las piernas dobladas en las rodillas como pirámides. Dejaron de hablar y me sonrieron al verme a la entrada de nuestro sendero, y presentí que el abogado había llegado con buenas noticias.

¿Me sorprendió que Stephen hubiera viajado desde Burlington para hablar personalmente con mi madre —un viaje más cerca de los noventa minutos que de la hora— en lugar de llamar por teléfono? Sí, por un momento me sorprendió. Y fue esa noche, durante la cena, cuando mi padre hizo el primero de muchos comentarios maliciosos sobre Stephen que terminé por lamentar. Pero mi primera reacción al ver a Stephen sentado allí fue que era un buen amigo de mi madre, y que haría todo lo posible por protegerla. Si abrigaba hacia ella algún sentimiento que la mayoría de los abogados habría considerado poco profesional, eso sólo nos hubiera beneficiado.

Ambos se levantaron cuando llegué al final del sendero, y mi madre se adelantó como para besarme cuando llegué a los escalones. Sin embargo, se detuvo de pronto, como si temiera que yo me turbara si ella me besaba delante del señor Hastings. Estaba en lo cierto: me habría turbado. No obstante, lo mismo me sentí molesta por la manera en que ella bajó la cabeza con una sacudida rápida, como un pavo salvaje, y casi habría preferido que me besara.

—¿Cómo te fue hoy, querida? —me preguntó, refiriéndose a la práctica.

—Bien. Muy bien.

—¿Te duelen las piernas?

—No. En absoluto.

—Tu mamá me contó que participarás en el equipo de atletismo —dijo Stephen.

—Sólo en el de la preparatoria —le contesté, una aclaración que para mí significaba mucho.

—En octavo grado, aun así es un gran logro —dijo él.

Asentí y me miré las zapatillas, algo que hacía entonces cuando aceptaba un cumplido.

—El señor Hastings vino a informarnos acerca de lo que está pasando —explicó mi madre.

—¿A nosotros? ¿Papá está en casa? —Volví la mirada hacia el sendero, pensando que quizás había pasado junto al jeep de papá sin darme cuenta. No era así: el jeep no estaba allí. El único vehículo era el Volvo gris de Stephen, distinguido pero cuadrado como una caja.

—No, todavía no. Me refería a que vino a informar a la familia.

—Ah.

—El señor Hastings dice que no estoy tan complicada como pensamos la otra noche. —Me dedicó una pequeña sonrisa que me pareció sincera y valiente al mismo tiempo, pero creo ahora que probablemente era irónica. Mis padres habían intentado explicarme, lo mejor que pudieron, la diferencia entre asesinato en segundo grado y homicidio involuntario, un asesinato intencional en oposición a un comportamiento imprudente y contrario a la ley. Si bien gran parte de lo que me dijeron tenía sentido, había mucho que me resultaba totalmente insondable en aquellas primeras semanas de abril, y yo seguía resumiendo la situación de mi madre a una visión fundamental: Juana de Arco quemada en la hoguera. La imagen exacta provenía de un dibujo de nuestra enciclopedia, y era horrenda: una mujer hermosa, un poco más joven que mi madre, con un vestido de paisana, parecido al que podría usar una partera, el rostro estoico —heroico de una manera casi sobrehumana— de pie en medio de llamas amarillas y rojas que se iban ennegreciendo. La piel de Juana no había empezado todavía a ampollarse, pero el calor de las llamas la hacía sudar. Muchos entre la multitud se habían subido encima del caballo muerto de Juana para tratar de ver mejor su muerte.

Mi madre no era una santa ante mis ojos, ni siquiera entonces: todavía me molestaba que sus madres embarazadas siempre estuvieran antes que yo. Sin embargo, yo creía que ella no había hecho absolutamente nada malo en el caso de Charlotte Bedford, y por cierto no merecía ser consumida por el fuego que de repente la rodeaba. Y por eso cuando me dijo que parecía estar en una situación no tan difícil —tanto como para justificar que Stephen cubriera toda esa distancia para llegar a nuestra casa en Reddington— de inmediato supuse que la habían perdonado por completo y que estaban apagando la fogata. Ese hombre llamado Bill Tanner había recobrado la sensatez. Asa Bedford había recobrado la sensatez. Esa Anne Austin —mujer despreciable, mentirosa, traicionera— había recobrado la sensatez.

—¿Qué pasó? —pregunté, y la alegre expectativa en mi voz era tan evidente que al instante los dos adultos empezaron a menear la cabeza para calmarme.

—Es una buena noticia, Connie, no nos interpretes mal —respondió rápidamente mi madre—, pero ninguno de nosotros debería ponerse a hacer saltos mortales en el pasto.

Hacía cinco o seis años que no hacía un salto mortal y supongo que hacía al menos diez años en el caso de mi madre, pero no dije nada. Quizá si Stephen no hubiera estado presente, se me habría ocurrido algo petulante, pero él estaba allí, de modo que me limité a asentir y a esperar a que prosiguiera.

—Todavía hay muchos que están más espantados por la muerte de Charlotte que nosotros, si eso es posible, pero al menos parece que no creen que tu mamá es una... —Hizo una pausa para reunir el valor que necesitaba para pronunciar la palabra y agregó: —Asesina.

Y de repente sonrió, antes de agregar con sarcasmo:

—Sólo creen que tu madre es una pésima partera.

Stephen se inclinó para sacar una suciedad de sus elegantes y bien lustrados mocasines negros.

—Sibyl —dijo—, no creo que nadie piense eso.

—Perdón. Sólo piensan que no sé distinguir cuando una mujer está viva o muerta.

—Piensan que esta vez —una sola vez— cometió un error.

—Un error grosero. Un error imprudente.

Stephen miró con fijeza a mi madre, y me di cuenta por su expresión de que estaba tratando de poner freno a sus emociones, de calmarla por mí. Luego se volvió hacia mí, con las manos detrás, sobre la espalda, siempre apoyado sobre el poste.

—Suponiendo que esta desagradable situación llegue a la sala del tribunal —dijo—, no sería para un juicio por asesinato. Ésa es la noticia.

Pensé un instante. Las palabras *asesinato, homicidio* e *intencionado* se confundían en mi mente. Traté de recordar todas las distinciones.

—¿Qué clase de juicio será? —pregunté por fin, dándome por vencida.

—Homicidio involuntario. Al menos, en este momento eso parece que será la acusación.

—¿Entiendes lo que eso quiere decir, querida? —me preguntó mi madre.

—Más o menos.

—¿Más o menos, pero no del todo?

—Sí.

—Eso quiere decir —explicó Stephen— que el Estado dirá que tu mamá es responsable por la muerte de la señora Bedford y que actuó de manera ilegal al practicar esa operación cesárea. Pero fue un accidente. Ella no tenía intención de lastimar a nadie.

—Si creen que fue un accidente, ¿por qué se molestan en hacer un juicio?

—Sólo porque algo sea accidental no significa que no sea un delito.

—Ésa es la cuestión del homicidio, ¿no?

—La cuestión del homicidio involuntario, sí.

Quince años. Por un accidente. Me quedé ahí parada, tratando de absorber una cantidad de años superior a todos los que yo había vivido.

—¿Cuándo empezará el juicio? —pregunté.

—Dentro de meses. Ojalá que años —dijo Stephen.

—¿Años?

—Si es que va a juicio.

—Stephen, yo no quiero que esto se prolongue durante años —dijo mi madre.

—La demora es nuestra amiga, Sibyl.

—¿Por qué?

—Un caso como éste —dijo, encogiéndose de hombros— siempre empieza con un montón de energía por parte de la fiscalía, y siempre pierde ímpetu con el transcurso del tiempo. Es un hecho de la naturaleza. Bill tiene que concentrarse en perseguir a los tipos realmente malos, no a una agradable señora partera como Sibyl Danforth. Y todos esos médicos que ahora parecen tan enojados tendrán otras cosas de que ocuparse. Supongamos que ninguna otra mujer muere en un parto casero: con el tiempo, perderán interés. Con el tiempo, la prensa perderá interés. Además, cuanto más esté usted bajo fianza sin ningún problema, lo más probable es que salga en libertad condicional, en el caso de que la encuentren culpable.

—Fianza —murmuró mi madre, no tanto como una pregunta sino como dándose cuenta por primera vez de que junto con la acusación se produciría un arresto.

—Es una de esas verdades absolutas que ningún abogado entiende por completo, pero la demora siempre beneficia a la defensa. De verdad. Lo que menos queremos es ir a juicio antes de Navidad, o siquiera antes de la próxima primavera.

Mi madre tomó largas hebras de su pelo rubio sucio entre los dedos, contempló su color como si le disgustara y se acercó las puntas a los ojos.

—Probablemente no comamos hasta tarde, tesoro, así que, ¿por qué no entras y te preparas algo?

Yo nunca he tenido problemas de peso, pero como muchas chicas de mi edad cuando comía fuera de hora optaba por productos de bajas calorías o sin ellas. Así que tomé una bebida cola dietética y un tazón de cereal de pocas calorías y los llevé a la sala, la mejor habitación para escuchar una conversación en el porche. Sólo porque mi madre no quería que yo oyera lo que ella y Stephen decían no quería decir que yo no quisiera escuchar.

Las contraventanas todavía estaban aseguradas para el invierno, pero había un lugar, junto al armario de bibelots, donde podía sentarme y oír claramente la conversación de los adultos a través de las dos capas de vidrio.

Me senté contra la pared con mi tazón de cereal en la falda, cuidando de mantener la cabeza debajo del antepecho de la ventana.

—¿Qué le hace pensar que quizá no vayamos a juicio? —preguntó mi madre cuando me acomodé.

—Quizá no tengamos que hacerlo.

—Por supuesto que iremos a juicio.

—¿Qué le hace pensar eso?

—He traído demasiados bebés al mundo en todos estos años y he fastidiado a muchos médicos al hacerlo. No me van a perdonar eso.

—Después de todo, Bill Tanner tiene un carácter fuerte. No procede sólo porque algún obstetra le tenga rabia a usted...

—No estamos hablando de *algún* obstetra, estamos hablando de muchos. Estamos hablando de la comunidad médica en pleno.

—Eso lo entiendo. Sé que hay algunos médicos que no aprueban el parto casero...

—O a las parteras.

—O a las parteras. Pero más allá de lo que piense acerca de Bill Tanner, no es del tipo que arremete si no cree honestamente que se ha cometido un crimen. No está haciendo todo esto sólo porque crea que usted ha molestado a algunos médicos.

—Pero eso es un factor.

—En el mejor de los casos, muy pequeño. Pueden haberle dicho que para ellos existe un problema, pero es su decisión seguir adelante.

—Entonces, ¿por qué cree que quizá no vayamos a juicio?

—Quizá podamos arreglar las cosas antes.

Bajaron la voz, y yo me quedé con la cuchara en el aire. Tenía miedo de que supieran que yo estaba escuchando, y yo no quería que el ruido de la cuchara contra el tazón me delatara. Pero entonces habló mi madre, y me di cuenta de que estaba tratando de digerir la idea de un arreglo.

—¿Qué significa eso? —preguntó—. ¿Pago una multa y sigo con mi vida?

—No, es más complicado que eso.

—Cuénteme.

Oí reír a Stephen, una especie de risa ahogada y modesta.

—Usted quiere saber demasiadas cosas demasiado pronto. Se mueve demasiado rápido para mí.

—Quiero entender mis opciones.

—Es demasiado pronto. Ni siquiera sé cuáles serían sus opciones. Depende del caso que tenga el Estado. Del caso que tengamos nosotros.

—Déme un ejemplo, entonces.

—¿Un ejemplo? ¿Un ejemplo de qué?

—De un arreglo.

—Arreglo es un término civil, no penal.

—Usted lo usó, abogado.

—Si lo hice, lo siento. Pero creo que sólo dije "arreglar".

—Ustedes, los abogados, son todos iguales —dijo mi madre jovialmente—. Discuten por detalles pequeños.

—Por Dios, espero que no haya tratado a muchos abogados en su vida para poder generalizar con precisión.

—Ah, con algunos. Aunque por lo general sólo ha sido para defenderme cuando he matado a alguien por error.

—En serio, ¿necesitó antes a un abogado penalista?

—Le dije que no el día en que nos conocimos.

—Sólo le pregunté si había sido condenada antes, no si usó los servicios de un abogado penalista.

—¡Por Dios! ¡Por supuesto que no! ¿Cuándo pude haber necesitado un abogado penalista?

—No lo sé. Por eso se lo pregunto.

—No, Stephen, ésta es una nueva experiencia en mi vida, se lo aseguro.

—Yo soy el primero.

—Usted es el primero.

—Me halaga.

—¿Una vieja como yo puede halagarlo? Por Dios, está divorciado desde hace demasiado tiempo.

—¿Cuántos años tiene?

—Treinta y cuatro.

—Nada más que una niña.

—Ah, no lo creo. Soy demasiado vieja para usar así como así expresiones como "esa vieja" y "ese viejo" como lo hacía antes.

—Creo que son las expresiones las que han envejecido, no usted.

—Usted es parcial.

—¿Porque usted me gusta?

—Porque usted no fue exactamente una parte de la contracultura.

—¿Usted no cree que yo fui un revolucionario?

—De ninguna manera.

—¿Un hippie?

—¿No es horrorosa esa palabra? No puedo creer que alguna vez la usáramos seriamente.

—No lo hicimos, Sibyl. Al menos yo no lo hice.

—Apuesto a que entonces usted realmente odiaba a los hippies. Apuesto a que lo poníamos furioso.

—Yo no odiaba a los hippies. Ni siquiera conocí a ningún hippie. ¿Por qué se le ocurre que los odiaba?

—Porque usted es tan increíblemente convencional. Fíjese en sus zapatos.

—No soy convencional.

—¿Usted lo cree?

—Lo creo.

—Muy bien, veamos. ¿Alguna vez fumó marihuana?

—Sí.

—¿Muchas veces?

—No me gustó. Así que no volví a hacerlo.

—Así que fumó una vez.

—O dos, quizá.

—¿En Vietnam o en Vermont?

—En Vietnam.

—Eso no cuenta.

—¿Por qué?

—Siempre he imaginado ese lugar como tan, tan horrible que había que fumar hierba como si fuera aire, para sobrevivir.

—Era horrible para el que estaba en la jungla. Yo no estuve en la jungla.

—¿De modo que no tuvo que fumar marihuana?

—Bien, al menos no para sobrevivir.

—Pero usted no quería fumar.

—A mí me parece, señora Danforth —dijo él con seriedad profesional— que cualquier movimiento que usa drogas ilegales como parámetro principal para reclutar a sus miembros es un movimiento al que no vale la pena unirse.

—Muy bien. He aquí algunas fáciles. ¿Alguna vez pasó una semana en una comuna?

—Gracias a Dios, no.

—¿Ha dormido en un camión?

—No.

—¿Ha andado descalzo?

—Por supuesto.

—¿Durante días seguidos?

—Horas, quizá.

—¿Ha usado collares de cuentas?

—No.

—Muy bien. Vayamos a preguntas más serias. ¿Alguna vez intentó conectarse con los Panteras Negras? ¿Quizás ayudó como voluntario a lanzar un programa para servir desayunos a familias hambrientas en Boston?

—¿Usted hizo eso, supongo?

—Sí. ¿Alguna vez ayudó a preparar folletos con información prenatal para mujeres pobres de Vermont, y fue de puerta en puerta y de casa rodante en casa rodante para asegurarse de que le llegaban a la gente?

—¿Hizo eso también, eh?

—Sí. ¿Y qué hay de sentir el amor más increíble y asombroso por la gente —por toda la gente— nada más que porque son seres humanos y, por lo tanto, sorprendentemente mágicos? ¿Sintió eso alguna vez?

—Probablemente no estando sobrio.

—¿O desear que al mundo dejaran de importarles las co-

177

sas? ¿Las posesiones? ¿La posición social? ¿Desear que todos dejaran de juzgar a los demás según lo que se posee?

—A mí me gustan las cosas que poseo, Sibyl —dijo Stephen, tratando de tomar su pasión a la ligera, e inmediatamente después lo oí gritar de dolor—. ¿Siempre les pega a sus abogados?

—Eso no pudo dolerle —dijo mi madre, riendo.

—Créame que me dolió.

—Yo hice todas esas cosas, sentí todas esas cosas —continuó mi madre, sin prestarle atención—. Estuve con personas como Raymond Mungo y Marshall Bloom. Yo creía realmente que la guerra era una equivocación.

—Le creo.

—Nací en Vermont, no en el condado de Westchester o en alguna casa elegante de Back Bay. Conocí a muchos muchachos que estuvieron en Vietnam. Muchos. La mayoría de mis compañeros de clase de la secundaria fueron a la guerra. Para mí, protestar contra la guerra no era una moda. Estaba preocupada por muchachos que conocía bien —a algunos muy bien—, lo mismo que por aldeanos a quienes no había visto nunca.

—Muchachos como yo.

—Sí, muchachos como usted. Ser hippie no tenía que ver sólo con ir de un lugar a otro sin corpiño, o acostarse con muchachos a los que apenas se conocía. Es fácil hoy rememorar esos años y reírse de nosotros por la ropa o las drogas o los tontos carteles. Pero en gran medida, toda... la época tuvo que ver con querer hacer que el mundo fuera un lugar que diera menos miedo.

Una tabla del piso rechinó cuando uno de los dos adultos se puso de pie. Una sombra pasó por el antepecho, y la voz de Stephen se oyó más cerca.

—No era mi intención reírme de las cosas que hizo usted —dijo.

—Usted no se rió de nada. Sólo le estaba contando.

Luego oí que la madera rechinaba bajo el peso de mi madre, y ella se puso de pie al lado de él. Los dos guardaron silencio un rato largo y los imaginé contemplando la puesta del Sol, o mirando las sombras con la forma de cucuruchos de helado proyectadas por la hilera de abetos azules en el borde oeste de nuestro jardín.

—Nunca me dijo cómo podríamos arreglar —dijo ella, por fin.

—No lo hice, ¿verdad?

—No.

—Muy bien, veamos —empezó diciendo Stephen, y esas primeras palabras siguieron a un largo suspiro—. Aquí es donde la idea del Vermont pueblerino se hace más real para mí. Bill y yo nos conocemos, y conocemos el sistema. Cuando usé la palabra *arreglar*, quise decir negociar. O pactar. Según en qué base el Estado su caso, si es que lo basa en algo, puedo imaginarme reuniéndome con Bill en algún momento en esta primavera y decirle: "Bill, los dos sabemos que podemos arreglar esto ahora, o complicarnos la vida y hacerla terriblemente difícil con un juicio durante seis meses".

—¿Qué se negociaría?

—Quizá la acusación. Y si nos ponemos de acuerdo sobre eso, podría ser la sentencia.

Di un respingo al oír la palabra *sentencia*, y pude oír que mi madre también.

—¿La sentencia? —dijo, con un ápice de inconfundible temor en su voz—. ¡No he hecho nada malo!

—Todo lo que estoy diciendo es pura conjetura, Sibyl. Esto no es más que... una conversación. ¿Entendido?

—Me parece que no me gusta esta clase de conversación.

—Pues, quizá no se trate de una sentencia. Así que no hablemos de eso ahora. ¿Estamos?

—No, quiero que continúe.

—¿Está segura?

—Por supuesto que estoy segura. La idea de que ya me estén sentenciando me asustó por un segundo, pero ya estoy bien.

—He aquí una manera en que podríamos arreglar. Nos declaramos culpables ante una acusación de ejercer la medicina sin matrícula —un delito menor— y pagamos una multa. Nada importante, al menos en el gran esquema de las cosas. Después por la acusación de homicidio involuntario, aceptamos una sentencia diferida. Digamos dos o tres años y otra pequeña multa, pero sin condena al final de la postergación. ¿Cómo suena eso? —preguntó Stephen, y me di cuenta de que creía haber descripto un escenario maravilloso para mi madre que le devolvería la confianza y el buen ánimo.

—Dígame qué significa una sentencia diferida —dijo ella simplemente.

—Usted se declara culpable de homicidio involuntario. Por

lo general, eso implicaría prisión de uno a quince años. No en este caso. Una sentencia diferida es una postergación de la sentencia durante dos o tres años, al menos en mi ejemplo. Si al cabo de ese tiempo usted satisface todas las condiciones para la postergación, no hay cárcel ni prontuario. Sólo una multa.

—¿Cuáles son las condiciones? ¿Algo así como arresto domiciliario?

—¡Por Dios, no! Usted circularía como quisiera. Su vida sería perfectamente normal. Quizás haría algún servicio comunitario. Pero, sobre todo, no debería quebrantar ninguna ley durante la postergación ni —y esto me parece inevitable— trabajar como partera.

—¿Y después de dos o tres años?

—Sería como si nada hubiera pasado.

—Nunca, nunca será así. Bajo ninguna circunstancia.

—Quiero decir ante los ojos de la ley.

—¿Quiere decir que si no ejerzo mi profesión durante algunos años el Estado se echará atrás? ¿Es así?

—Es una... posibilidad.

—¿Y no habría prontuario?

—Si la acusación es homicidio involuntario. En el guiso que acabo de cocinar, usted se ha declarado culpable de ejercer la medicina sin matrícula.

—¿Y eso es un delito?

—Por más que parezca sorprendente, sí.

—Y este guiso, ¿es... probable?

—No lo sé todavía.

—Pero usted no lo cree, ¿no? —dijo mi madre. Ambas habíamos notado la duda en la voz de Stephen.

—Sibyl, no lo sé. Por lo que sé, es posible. Quizás otra posibilidad sea la libertad condicional...

—¿La libertad condicional?

—Supongamos que el Estado tiene un caso perfecto, y que nosotros no podemos ganar. No hay ninguna posibilidad. A cambio de no ir a la cárcel nosotros nos declaramos culpables, usted recibe una sentencia suspendida y un par de años de libertad condicional. En este caso su vida sigue más o menos como siempre, sólo que hay un oficial que debe ver de vez en cuando, y abandona la profesión de partera.

Mi madre le respondió despacio, con un tono que sonaba como si estuviera drogada pero inconmoviblemente decidida. Cada sílaba de cada palabra era una declaración en sí misma.

—Ésa no es una opción, Stephen. Yo jamás abandonaría eso. Nunca lo haré.

El Sol ya estaba bien debajo de los árboles y la habitación en la que yo me encontraba se iba oscureciendo.

—Dudo de que llegue a eso —murmuró Stephen después de un minuto.

—Usted no lo cree. Usted cree que llegará a eso.

—No lo sé. Y no lo sabré durante los próximos meses.

—Meses...

—Quizá más. Como le dije, la demora nos ayuda a nosotros más que a ellos.

—No quiero que esto se prolongue mucho tiempo.

—Lo entiendo.

—Y no dejaré de traer bebés al mundo.

Oí el ruido que hacía el jeep de mi padre al llegar a nuestro sendero y luego al apagar el motor.

—Creo que va a tener que hacerlo, Sibyl. Al menos por un tiempo.

—¿Hasta el juicio?

—O hasta que arreglemos con el Estado.

—Y usted dijo que podría tardar meses.

—Por lo menos.

La portezuela del jeep se cerró de un golpe y vi la sombra del brazo de mi madre que saludaba a mi padre.

—Por favor, Stephen —dijo ella, en voz baja, como para que no la oyera mi padre—. Termine con esto cuanto antes. Lo más rápido posible.

—Cuanto más tarde...

—Por favor, Stephen —volvió a decir ella—. Rápido. Por mí y por mi familia. Termine con esto cuanto antes.

Años después, cuando a mi madre le diagnosticaron cáncer de pulmón —un adenocarcinoma, la clase que tienen con mayor frecuencia los que no fuman—, vi a mi padre prodigarle una atención exquisita. Vi emerger de su interior a una persona tierna. Le compró una licuadora y le preparaba jugos de bróculi y de zanahoria todas las tardes. Mi madre me dijo que cuando ella ya no pudo, él se encargaba de todo el lavado de la ropa y de las compras del supermercado, y vi cómo llenaba la casa de fruta. Sé que él la llevaba a las tiendas de Burlington a comprarle turbantes y sombreros y pañuelos. Y, hacia el fin, a veces lo vi sentado pacientemente a su lado mientras ella hacía palabras cruzadas en la cama, acompañándola, sereno y activo a la vez, tanto en casa como en el hospital.

Puedo decir sin reservas ni salvedades que fue excepcional en su papel: en parte enfermero, en parte dietista, en parte compañero y amigo del alma. En parte Knute Rockne.

Pero, por supuesto, a mi madre no le diagnosticaron un cáncer en 1981; en ese año, fue acusada de un delito. Fue acusada de tomar una vida, cuando se suponía que debía facilitar la llegada de otra.

En consecuencia, mi madre no necesitaba un enfermero ni un dietista ni alguien que la preparara para convivir con un cáncer; necesitaba un abogado. Y por eso creo que era natural que, en gran medida, su cuidado recayera sobre los hombros de Stephen Hastings y no de mi padre, y que mi padre estuviera celoso. Él quería ayudar. Quería tener responsabilidades. Quería más cosas que hacer.

Observé a mis padres con atención la noche en que Stephen llegó con sus noticias, y se hizo evidente que mi madre había perdido de vista lo bueno de las noticias para fijarse en lo malo. Indudablemente, se sentía aliviada por el hecho de que fuera probable que el Estado la acusara de homicidio involuntario y no de asesinato en segundo grado, pero la idea de tener que dejar de traer bebés al mundo durante algún tiempo —quizá para siempre— eclipsó la parte positiva.

Retrospectivamente, me doy cuenta de que la reacción de mi madre no debería haberme sorprendido. Una acusación criminal era algo abstracto para ella, algo que no podía entender plenamente, pero ser partera era su vocación, lo que había escogido hacer en la vida. La idea misma de tener que dejar de serlo —aunque fuera temporalmente— le causaba una ansiedad que oscurecía el alivio que podría haberle traído la noticia del abogado sobre la acusación.

—¿Qué se supone que debo hacer, decirle a alguien como May O'Brien que no puedo asistirla cuando llegue su bebé? —le preguntó a mi padre esa noche mientras revolvía la comida sobre su plato.

—Supongo que deberás recomendarle otra partera —dijo mi padre—. Quizá Tracy Fitzpatrick.

—Tracy vive en Burlington, por amor de Dios. Demasiado lejos para la mayoría de mis madres.

—¿Y Cheryl?

—Cheryl Visco no tiene ni un momento para respirar. No podría atender otra paciente más. Además, ella también vive demasiado lejos.

—¿Y qué hay de...?

—¡Y tengo una relación personal con todas esas mujeres, y eso es lo que cuenta! Ellas confían en mí, no en Cheryl o Tracy. Ni siquiera conocen a Cheryl o a Tracy. ¿Y qué hay de alguien como Peg Prescott? Ella espera para el mes que viene. ¿Qué se supone que debo decirle? "Bien, Peg, no es nada importante. Ve directamente a la sala de partos del hospital, y un médico a quien no has visto nunca se ocupará de ti muy bien. No es nada del otro mundo." Se espantará.

—¿Qué dijo Stephen que deberías hacer? —preguntó mi padre, sin levantar la mirada del plato.

—No me dio una solución.

—¿En serio?

—En serio.

—¿Nos equivocamos?

—¿Qué se supone que quiere decir eso?

—Estoy sorprendido, eso es todo. Yo creía que nuestro abogado de cien dólares por hora tendría una solución para todo.

—¿Hay algo que no sé? ¿Te dijo algo Stephen hoy que te fastidió?

—¿Sueno fastidiado?

—Sí, suenas fastidiado.

Traté de hacer notar mi presencia antes de que la pelea empeorara, levantándome de la mesa con el pretexto de buscar otro vaso de leche descremada. Les pregunté si alguno de los dos quería algo de la heladera.

—Honestamente, ¿dijo algo Stephen que no te gustó? —prosiguió diciendo mi madre después de contestar que no necesitaba nada. Mi padre guardó silencio.

—No.

—Entonces, ¿por qué este tono?

—Yo sólo creo que... es raro que viajara hasta aquí esta tarde.

—¿Qué tiene eso de raro? Es nuestro abogado.

—Quizá *raro* no sea la palabra adecuada —dijo mi padre—. Sólo que me parece que no tendría que haber viajado hasta aquí para darte una información que podría haberte dado por teléfono. Me parece irresponsable financieramente. Parece que tira el dinero. Nuestro dinero.

—A lo mejor los abogados no cobran por usar el auto.

—Y quizá los chanchos vuelen.

—Si yo trabajara en Burlington, saldría de allí cada vez que pudiera —dije yo al volver a mi asiento. No es que lo creyera de verdad. De hecho, a esa edad, yo pensaba que trabajar en Burlington era atractivo, pero me pareció que era algo que a mis padres les gustaría oír y que quizás ayudara a que mantuvieran la calma.

—¿Sí? —me preguntó mi madre. Sonrió apenas. Era evidente que no me creía.

—Sí. Para alejarme de tanto ruido. Y de todos esos autos.

—Y todas esas tiendas de discos —dijo ella—. La galería comercial de la calle Church, con toda esa ropa.

—No estoy diciendo que una ciudad sea algo malo —expliqué—. Sólo que si uno está allí todos los días, probablemente sea divertido venir aquí de vez en cuando.

—Estoy de acuerdo —dijo mi madre, tocándome la mano con afecto.

Mi padre trató de fulminarme con la mirada, pero valoró mis intenciones lo suficiente como para no enojarse conmigo por estar de parte de mi madre. Sonrió, también, y levantó una ceja.

—Muy bien, entonces. Quizá su visita de esta tarde no nos ha costado ni un penique.

—Es obvio que nos costó algo —dijo mi madre.

—Ah, a lo mejor no —dijo mi padre, con un dejo de sarcasmo en el tono. Se inclinó por encima de la mesa y besó a mi madre en la frente.

—Quizás el lodo de abril sea un gran atractivo para un poeta como nuestro abogado. Quizá lo seduzca. Quizá fue sólo la belleza del barro lo que trajo a Stephen hasta aquí.

Mientras mi padre y yo mirábamos televisión juntos después de la cena, oímos a mi madre en el teléfono con una de sus amigas parteras de la parte sur del estado. Al parecer una de las pacientes nuevas de mi madre, una profesora universitaria al final de su primer trimestre, fue incapaz de esconder su incomodidad y nerviosismo durante su visita prenatal de esa mañana. Su presión sanguínea era mucho más alta que la vez anterior, un mes antes.

Después de una larga charla —mi madre usó la palabra

interrogatorio por teléfono— sobre todo lo que podría salir mal en un parto casero, la paciente empezó a hacerle preguntas específicas acerca de lo ocurrido en Lawson. Siguiendo los consejos de Stephen, mi madre se negó a hablar del tema. Al parecer, mi madre y la profesora quedaron en que debería reconsiderar su decisión de tener el bebé en su casa, y ver si no estaría más contenta de tenerlo con un médico en un hospital.

Recordar esta conversación con su amiga por teléfono entristeció a mi madre, y mi padre y yo oímos que le temblaba la voz. Cuando colgó, mi padre fue a la cocina y la meció en sus brazos un rato largo.

13

Hago las compras en el supermercado, como si nada hubiera ocurrido. Es surrealista. Empujo el carrito por los pasillos, y saludo con la cabeza a la gente, y la gente me saluda. Elijo fruta, algo que no es fácil en esta época del año, y trato de buscar cosas que le gusta comer a Connie. Ayer Rand y yo clasificamos las cuentas del mes y las pagamos. Nos aseguramos de que quedara suficiente dinero en la cuenta bancaria, como si la vida todavía fuera completamente normal y nuestra mayor preocupación fuera que no rebotara un cheque.

Y hoy encargué un par de arándanos del vivero y Rand encargó leña. Dijo que esperaba recibirla a tiempo para apilarla a principios de julio. Así es Rand: el único hombre que conozco que apila la leña del invierno a comienzos del verano.

En realidad, hacer las compras en el supermercado es un poco diferente ahora: no parece que consumiera más tiempo, pero sé que hoy pasé más tiempo en el supermercado que en varios años. No fue intencional, sólo sucedió. Entré en la playa de estacionamiento alrededor de la una y media, y para cuando salí eran casi las tres. Una hora y media. Creo que por lo general tardo cuarenta y cinco minutos.

No es que las filas fueran largas o que me quedara conversando con la gente. En realidad, parecería que la gente hiciera todo lo posible por no detenerse a charlar. Me saludan con la cabeza cuando me ven, y luego fijan la mirada con gran intensidad en la etiqueta de la lata de arvejas o de chauchas que tienen en la mano para no tener que hacer más contacto visual conmigo que el necesario o para no tener que conversar. Es extraño.

Así que no sé exactamente por qué hacer las compras

*me llevó tanto tiempo hoy. Hice lo de siempre, pero su-
pongo que mis movimientos fueron increíblemente len-
tos. Yo y mi carrito, avanzando despacio entre los pasillos del supermercado. Pero tengo una teoría. Una vez
leí en alguna parte que un trabajo insume el tiempo que
uno le dedica. Si uno le dedica treinta minutos a un
trabajo, entonces lo hace en treinta minutos. Pero si uno
le puede dedicar una hora, lo hace en una hora. Eso
tiene sentido. Y creo que es lo que me pasó hoy en el
supermercado. Normalmente, habría hecho las compras
en menos de una hora porque tendría que volver a casa
para las sesiones prenatales. Tendría a dos o tres madres entre, digamos, las dos y media y las cinco, y debería ir a constatar el peso y la orina y escuchar los latidos
del corazón del feto. Debería volver a medir barrigas y
ver si hay edemas.*

*No, hoy no, ya no más. Por lo menos, no mientras esté
—y me encanta esta expresión— "condicionada". Qué concepto. Totalmente serio, como si me estuviera explicando
un código impositivo, o algo parecido, el juez puso cinco
condiciones para mi "libertad". Primero, dijo, debía aceptar comparecer ante la corte y debía mantenerme en contacto con mi abogado. Ésas dos tienen sentido.*

*Pero después, como si fuera una delincuente empe-
dernida y anduviera asaltando tiendas semanalmente,
dijo que no debería cometer otro delito (como si ya hubiera cometido un primer delito) y que no podía involucrarme con drogas ilegales (lo que no creo que fuera una
referencia al hecho de que pueda fumar marihuana cuando no estoy ejerciendo mi profesión, sino una forma más
de meter púas).*

*La única condición que realmente me molesta —no,
no me molesta, me enfurece y me asusta al mismo tiempo— es que no se me permite trabajar como partera hasta que haya terminado este juicio. Eso es lo que me duele. No se me permite traer bebés al mundo. No se me
permite atender madres.*

*Así que hoy, en vez de enterarme de si May O'Brien
había sentido una patadita o comprobar el espesor del
cuello del útero de Peg Prescott, fui a hacer compras.
Compré remolachas. Miré botellas de aderezos de en-*

salada. Compré refrescos con azúcar para Rand, y refrescos sin azúcar para Connie.
Y supongo que hice todo eso con el ritmo de una persona muerta.

del diario de Sibyl Danforth, partera

Mi madre fue acusada de homicidio involuntario y de ejercer la medicina sin matrícula el miércoles 9 de abril, un poco más de una semana después de que el forense presentara el informe de la autopsia. Supimos el martes por la noche que la arrestarían al día siguiente, y el miércoles por la mañana pasé la clase de francés y la mayor parte de la de álgebra visualizando lo que estaría ocurriendo en ese momento en mi casa o en el patrullero de la policía o en la sala del tribunal en Newport, al norte.

Stephen volvió a venir a casa el martes, esta vez al final del día. Se quedó a comer. Dada la razón de la venida de Stephen desde Burlington y la gravedad de su noticia, mi padre parecía menos preocupado que la semana anterior por el hecho de que el taxímetro del abogado siguiera corriendo. Además, esa noche pudo hacernos recorrer, paso a paso, el proceso que debería soportar mi madre al día siguiente, haciéndolo parecer una serie de formalidades, tediosas pero comunes y corrientes, y no un cúmulo de indignidades que con el tiempo terminarían en la cárcel.

No obstante, la idea de que estaban arrestando a mi madre alimentó los resquicios más oscuros de mi imaginación de adolescente, al mismo tiempo que aterrorizó la parte de mí que todavía era una niñita. Por un momento me imaginaba a mi madre sometida a la misma clase de brutalidad policial violenta que veía en los noticiarios de televisión, y al siguiente me visualizaba a mí misma como una niña sin madre, o una solitaria hija de padres obreros abandonada a su suerte.

Como hija de una partera, por supuesto, yo había pasado largas horas y tardes enteras sola, de manera que la idea de una madre ausente no debería haberme aterrorizado. Sin embargo, esa mañana en la escuela me sentí aterrorizada, sobre todo debido a que mi madre les había prohibido terminantemente, tanto a Stephen como a mi padre, que la llevaran a Newport para entregarse. A pesar de que Stephen le aseguró que entregarse no implicaba culpa, ella insistió en que el Estado debía ir a Reddington a buscarla.

—Si quieren arrestarme, tendrán que venir por mí —dijo el martes por la noche, sin levantar los ojos del plato de comida, en la cual no demostraba ningún interés.

En consecuencia, para impedir que las visiones más horrendas me nublaran la mente por completo el miércoles por la mañana, repasaba una y otra vez el escenario que nos presentó Stephen, tratando de concentrarme en los sucesos banales que mi madre estaría experimentando en ese momento.

Un patrullero de la policía estatal de Vermont, del cuartel de Derby, se dirigía a nuestra casa en Reddington por la ruta 14, atravesando Coventry, Irasburg y Albany. Las luces del techo centelleaban, pero la sirena no sonaba. Iba pasando los autos que circulaban respetando el límite de velocidad de ochenta kilómetros por hora, y las camionetas y los camiones con leche que iban a sesenta. Aminoró la marcha al pasar junto a la tienda de ramos generales y la iglesia en el centro de Reddington, y luego entró en nuestro largo sendero de tierra, que llegaba hasta la puerta de entrada, se detuvo detrás de la camioneta de mi madre y al lado del pequeño jeep de mi padre. Dos oficiales de uniforme verde bajaron del patrullero y cubrieron el trecho del sendero hasta la puerta de entrada, quizá los mismos hombres que se presentaron en nuestra casa el mes anterior, Leland Rhodes y Richard Tilley. Cortésmente, le explicaron a mi madre con exactitud por qué se la arrestaba, citando fechas específicas y acusaciones formales.

Por breves momentos miraba a mi profesor de francés y el pizarrón detrás de él, pero pronto desaparecía y mentalmente yo volvía a los acontecimientos que se desarrollaban en mi casa. Uno de los dos oficiales le ponía las esposas a mi madre, y el otro la conducía al asiento posterior del patrullero. A mi padre y a Stephen Hastings no se les permitía viajar con ella a Newport, y debían seguir el patrullero en sus propios vehículos.

Llegaron a la estación de policía durante mi clase de álgebra. A medida que las hileras de X e Y en el papel frente a mí se transformaban como por encanto de variables y vectores en dibujos abstractos, a mi madre le pintaban los dedos de tinta, le tomaban las huellas digitales y las guardaban en su prontuario, y le fotografiaban la cara de frente y de perfil. Con las puntas de los dedos todavía manchadas de azul, la llevaban a la sala del tribunal para comparecer ante el juez. A Stephen se le permitía permanecer a su lado, pero mi padre debía sentarse en una de las filas de bancos que formaban dos sectores cuadrados a espaldas de ella.

Yo imaginaba al juez detrás de un escritorio que no era sólo inmenso sino que estaba elevado por encima del resto del mobiliario de la sala del tribunal de una manera absurda, típica de un dibujo de una tira cómica. Lo veía mirando con fijeza al abogado, que lucía un traje de calle, y a la mujer de labios pintados, con un vestido estampado con flores azules. Siguiendo la sugerencia de Stephen, mi madre se había esforzado por parecer como un ama de casa de un barrio residencial, lo menos amenazadora posible, y tenía un collar de perlas y lápiz labial. Parecía ataviada para una ocasión especial, como una boda o una cena de Año Nuevo.

La noche anterior, durante la cena, Stephen se había esforzado por aclararnos que mi madre no iría a la cárcel al día siguiente ni por un instante, así que ese miércoles por la mañana al menos me veía librada de tener visiones de rejas de acero y celdas. Pero sí oía la voz del juez tanto como la voz de mi profesor de matemática, y era una voz severa, la clase de voz que puede oírse desde un alto púlpito, anunciando que todos los habitantes de Nueva Inglaterra son pecadores en las manos de un dios iracundo. Lamentablemente, no veía al juez como una especie de árbitro, bondadoso e imparcial, alguien que —esto era concebible— podría de hecho llegar a ser un aliado de Sibyl Danforth. En cambio, yo imaginaba un juez a quien sólo le interesaba condenar y castigar, de manera que cuando hablaba sólo era para estar de acuerdo con el irrazonablemente maligno Bill Tanner, o para arengar a mi madre por terminar con la vida de una paciente.

El único pedacito de conversación que yo oía en la mente y que sabía que reflejaba la realidad de lo que estaba ocurriendo en Newport era la respuesta a la pregunta del juez: "¿Cómo se declara?". Stephen debía hablar en lugar de mi madre, de manera que él sería el que respondería: "Inocente". Mi madre no diría absolutamente nada ese día en el drama del que era renuente protagonista.

En este punto, suponía yo, mis padres y Stephen se irían de la sala del tribunal, y mi padre llevaría a mi madre a casa.

La realidad, según me enteré luego, fue un tanto mejor que mis fantasías, aunque en cierto sentido mucho peor. ¿Mejor? El juez Howard Dorset no era una especie de predicador calvinista que describía a mi madre, desde su posición superior, el pozo llameante que se abría a sus pies. Meses después, durante el proceso, yo misma llegaría a darme cuenta de que me agradaba la voz del juez Dorset, sobre todo su acento de Vermont, que prolongaba las palabras.

No obstante, mi madre tuvo que soportar un momento increíble para el cual Stephen no la había preparado: las condiciones de su libertad. Stephen le había aclarado que debía dejar de ejercer como partera hasta que terminara el juicio, pero en otro sentido le había dado a entender que la discusión de la fianza no sería contenciosa.

Por el contrario, lo fue.

Bill Tanner sostuvo que "una partera, por su propia naturaleza, demuestra un desprecio temerario por la autoridad y por las normas médicas establecidas de nuestra sociedad. Una partera es por naturaleza una proscripta, alguien que con toda arrogancia pone en peligro a mujeres y a bebés por ninguna otra razón que una aversión insensata y retrógrada hacia los protocolos de la medicina moderna". Mi madre era un buen ejemplo: una ex hippie irresponsable de una pequeña ciudad de las montañas, que recorría el norte de Vermont en una destartalada camioneta. Una mujer carente de formación médica, que no obstante transportaba jeringuillas e hilo quirúrgico, drogas como Ergotrate y Pitocin, mientras simulaba poseer la clase de experiencia que los médicos tardaban años en adquirir.

—Sibyl Danforth tiene un largo historial de desafío contra el Estado, primero por manifestar en contra de la guerra y ahora como partera —declaró Tanner—. Considerando ese historial, y el hecho de que ahora se enfrenta a quince años de prisión si se la declara culpable, el Estado cree que existe un peligro real y significativo de que pueda huir.

—Su Señoría, todos sabemos que no hay riesgo de huida. En absoluto. Mi cliente vive en la misma casa desde hace casi una década, y en la misma ciudad desde casi toda su vida —dijo Stephen.

—Además, la señora Danforth se enfrenta a la pérdida de su trabajo —agregó Tanner.

—Y no olvidemos que es madre. Tiene una hija en la escuela, aquí en Vermont, a quien ama mucho. Y tiene un marido, que es un arquitecto conocido. Aquí es donde está su vida, aquí es donde sus raíces se han aferrado. La señora Danforth no irá a ninguna parte.

—No tiene trabajo, Su Señoría, y su carrera se desmorona.

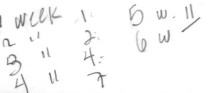

Su reputación ha quedado manchada de manera irrevocable. Tiene tantas razones para marcharse del Reino del Noreste que estamos seguros de que hay un riesgo muy grande de huida. Y por eso querríamos que su fianza lo refleje. El Estado pide que la fianza se fije en treinta y cinco mil dólares.

—Eso es absurdo —dijo Stephen—. Totalmente ridículo.

—De ninguna manera. Su Señoría, treinta y cinco mil dólares es, aproximadamente, la mitad del valor estimado de la propiedad de los Danforth. Creemos que es una suma suficiente para asegurarnos... de que nada pase con esas profundas raíces.

El juez Dorset —me dijo mi padre— miró a Bill Tanner alzando los ojos hasta que parecieron confundirse con sus cejas, con lo que en mi familia denominamos "una mirada peluda".

—Una tragedia nos ha traído a todos aquí —dijo el juez—, y probablemente estemos a punto de iniciar un largo camino juntos. Personalmente, no tengo por qué tolerar términos hiperbólicos como "proscripta" a estas instancias iniciales del proceso, sobre todo porque todavía espero oír expresiones más grandilocuentes y dramáticas más adelante. Tengo la impresión de que el abogado de la defensa está en lo cierto cuando nos dice que la señora Danforth no tiene planes de irse, y no veo razón para imponer una condición monetaria sobre su libertad.

Luego, con una voz que sugería que él hacía este tipo de cosas todo el tiempo —que la mayoría de las condiciones eran de rutina y que podía recitarlas de memoria—, Dorset especificó los términos de la libertad de mi madre.

Fue un verano colmado de movimientos. Mi madre fue arrestada y acusada a principios de abril, pero las ruedas de la justicia se mueven en verdad con lentitud —como una máquina barrenieve que avanza colina arriba en una ventisca— y no fue sino hasta principios de julio cuando la actividad de Stephen y de Patty Dunlevy pareció tomar una dirección.

En julio y agosto, sin embargo, los movimientos del Estado y los contramovimientos de Stephen cobraron ímpetu, y de pronto la máquina barrenieve se desplazaba colina abajo sobre caminos completamente despejados y secos. Justo después del fin de semana del 4 de julio, Stephen presentó una moción para que se desechara el caso, argumentando que aunque todas las pruebas se examinaran a la luz más favorable para el Estado, en realidad no existía un caso. Dijo que esa moción no prosperaría —cosa que sucedió—, pero que le daría la oportunidad de oír los argumentos de Bill Tanner y de escuchar a algunos de sus expertos.

Dos semanas después de eso, Stephen presentó una moción para que se suprimiera del proceso la declaración de mi madre esa noche que vinieron a casa los oficiales, declaración a la que el Estado se refería con júbilo como "su confesión". Stephen dijo que era probable que también perdiéramos esto, pero que creía que al menos existía una pequeña posibilidad de que lográramos que sus primeros recuerdos formales de la muerte de Charlotte Fugett Bedford no constituyeran una prueba. Los oficiales, insistía Stephen, dominaron por completo la atmósfera de la casa, pero no le aclararon a mi madre que debía tener presente a un abogado antes de abrir la boca.

Si mi madre hubiera sugerido la presencia de un abogado esa noche de marzo en vez de mi padre, podríamos haber ganado; si mi padre lo hubiera sugerido antes de que mi madre estuviera a mitad de su declaración, podríamos haber ganado. Ninguna de estas dos cosas sucedió, y las palabras de mi madre pasaron a formar parte del caso del Estado.

Después Stephen presentó una moción para obtener la historia clínica de Charlotte Bedford desde su infancia en Mobile, Alabama, y sus años con Asa en Blood Brook y Tuscaloosa. Esta moción la ganó.

Y argumentó también que debíamos tener acceso a la correspondencia de la mujer con su madre y su hermana durante ese invierno, además de a las grabaciones que hizo Asa de sus servicios religiosos para los parroquianos que no podían asistir al templo debido al clima o a una enfermedad. Después de hablar con miembros de la iglesia de Asa, Patty llegó a la conclusión de que Charlotte estaba más enferma de lo que le había dejado entrever a mi madre; Stephen no estaba seguro de si esta información sería pertinente o no y, en caso de serlo, cómo la usaríamos llegado el momento, pero era una información que le resultaba importante, y quería pruebas. En esas cartas o en esos servicios religiosos —cuando Asa o un parroquiano pedía que se rezara por los enfermos o los necesitados— podría haber un indicio del tipo de problema de salud que Charlotte le ocultó a mi madre.

Stephen triunfó también con esta moción, y Patty pasó un

fin de semana en agosto escuchando las cintas de Asa Bedford —feroz fundamentalista— y de su congregación.

Y luego estaban las negociaciones para llegar a un acuerdo con la fiscalía, aunque los dos lados estaban tan distantes que nunca pareció que un arreglo o una concertación pudieran llegar a ser posibles. En un momento dado Stephen logró que mi madre aceptara declararse culpable de homicidio involuntario si el Estado le ofrecía una sentencia diferida durante cinco años. La idea de que mi madre dejaría de ejercer durante cinco años me dejó alelada, pero les pareció razonable a mi padre y a Stephen, y la convencieron para que la aceptara. Sin embargo, presionado por los médicos y aguijoneado por airados obstetras, el Estado no llegó a ofrecer la postergación de sentencia.

No obstante, Bill le sugirió a Stephen que el Estado estaría dispuesto a aceptar un año en prisión y luego una sentencia en suspenso con libertad condicional —quizá seis años más— si mi madre estaba dispuesta a pagar multas extra, cumplir con un servicio a la comunidad y no volver a ejercer como partera.

No bien el Estado reiteró su exigencia de que mi madre abandonara la partería, por supuesto, las negociaciones inevitablemente se interrumpieron. No era el espectro de la prisión lo que imposibilitaba cualquier avenencia, sino la negativa de mi madre de renunciar a su vocación.

—Tú no pareces entenderlo, Stephen: una mujer ha muerto —nos decía nuestro abogado que le recordaba el fiscal.

—No lo he olvidado, Bill —decía Stephen que le contestaba—. Y mi cliente está sumamente apenada por ello. Pero mi cliente no la mató.

Algunas veces Bill le daba a entender a Stephen que la rabia que percibió su cliente el día que compareció ante el tribunal no era absolutamente nada en comparación con lo que tendría que soportar durante el juicio. Stephen hizo todo lo posible para asegurarse de que mi madre lo entendía.

—Los médicos son una tribu extraña. No aprueban que alguien sin título de médico traiga bebés al mundo —dijo Stephen una cantidad de veces ese verano, siempre como una preparación a su advertencia de que el Estado diría cosas sorprendentemente indignas sobre la partería y sobre mi madre. Para septiembre su expresión "los médicos son una tribu extraña" se había convertido en una broma en casa, una especie de ejemplo de humor negro a medida que el juicio se iba acercando.

Para todos nosotros, por supuesto, el humor ocultaba tanto temor como enojo. En julio empecé a sentir unos dolores terribles en la parte izquierda de la espalda que todavía me acosan, que a veces hacían imposible que montara a Witch Grass o que nadara en el río con Tom Corts. Pero dado el hecho de que Sibyl Danforth era "esa partera que hizo la cesárea" a mí no me parecía posible confiar en ningún médico ese verano, y no quería someter a mi madre a la tensión (según imaginaba yo) de tener que llevarme a uno.

Siempre me han gustado las historias que terminan con los padres abrazando a sus hijos, o arropándolos para dormir al final del día. Son muchas, y variadas.

Yo anhelaba que me arroparan antes de dormirme ese verano en que cumplí catorce años, un deseo extraño sólo debido a que hacía por lo menos diez años que no sentía esa necesidad, pero algo totalmente explicable cuando meditaba acerca de la pérdida de mi madre y la disolución de nuestra familia.

Cuando estaba sola en casa por la tarde, ponía el estéreo tan fuerte como lo soportaban los parlantes y mis oídos. Me hacía un capullo protegido por la música; el ruido y las vibraciones me libraban de mis peores temores. La música rock nunca ha sido una forma especialmente sutil de expresión, pero ruidosa es y, también, propensa a la ira. Ese verano, en muchos sentidos, yo estaba más cerca de ser una mujer que una niña. Sumergirme en oleadas de ira y de ruido era lo que más se acercaba a que me arroparan antes de dormirme.

Pasaba mucho tiempo con Tom, mucho más que durante el año escolar. Estábamos juntos por la noche, cuando él regresaba del complejo de esquí donde estaba trabajando nuevamente, y tardes enteras en sus días libres. Nadábamos juntos en el río, muchas veces con Sadie Demerest y Rollie McKenna y los muchachos que ese verano pasaron por sus vidas. Un camino corría a la par del río, pues los constructores y pavimentadores optaron por alinear la cinta de asfalto con el agua, pero el río no se veía desde el camino porque estaba oculto por las orillas que formaban un terraplén empinado de seis metros de alto y por espesos muros de arces, pinos y fresnos. En los días de calor éramos treinta chicos de la escuela tomando sol en las rocas que afloraban en el medio del río, o flotando en las piletas profundas que se formaban entre las grandes rocas. En una tarde fresca o nublada, habría sólo cuatro o cinco de nosotros, dependiendo de si Rollie o Sadie habrían llevado a un chico con ellas ese día.

En un momento dado de ese verano, yo podía estar probando un delineador con Rollie o marihuana junto con media docena de amigas en uno de los lugares al borde del bosque o en un rincón alejado de las praderas sin cultivar, que era uno de nuestros puntos de reunión.

Tom cumplió dieciséis años a principios de agosto y empezó a manejar autos, cosa que, según creo, aterrorizó muchísimo a mis padres ese verano, porque ahora podíamos ir solos al cine o a uno de los restaurantes cerca del complejo de esquí. Tom no tenía su propio auto, pero una de las ventajas de pertenecer a una familia con un taller y cementerio de automóviles era que siempre había uno a su disposición. Algunos eran mejores que otros, pero todos andaban.

Si bien mis padres no habían alcanzado un punto en que anhelaran tener a Tom como yerno algún día, habían pasado de meramente tolerarlo a quererlo sinceramente. Una vez que empezamos a ser novios durante el año escolar, mucho antes de que muriera Charlotte Bedford, Tom empezó a venir a casa con cierta frecuencia. Por lo general, mi madre estaba atareada con alguna paciente en la parte de la casa que cumplía las funciones de consultorio, o trayendo a un bebé al mundo, de modo que siempre estábamos solos para besuquearnos y escuchar discos. Creo que habla bien de Tom Corts el que siguiera viniendo inclusive después de la muerte de Charlotte Bedford. En la primavera y el verano, entre el momento en que acusaron a mi madre y el comienzo del juicio, venía más seguido que nunca, tanto porque se daba cuenta de que yo lo necesitaba como porque quería demostrar su alianza con nuestra familia. Sé que mis padres valoraban su gesto. Mi madre llegó a hacerle una torta la noche antes de que cumpliera dieciséis años.

Y demostrar su alianza con mi familia revelaba una madurez y determinación nada desdeñables. La actividad de mi madre siempre tuvo la virtud de despertar en la gente reacciones fuertes y extrañas, que iban desde padres que no permitían que sus hijitas jugaran en casa cuando yo era niña porque temían que mi madre de repente nos llevara a todas a un parto, hasta mis amigas adolescentes que suponían —con equivocado optimismo— que entre las hierbas alternativas que mi madre usaba regularmente se encontraban la marihuana y el hachís. Después de que murió una de las pacientes de mi madre, todas las pequeñas comunidades en que yo habitaba —mi pueblo, mi escuela, mi círculo de amigos— se dividieron. Algunos padres veían la muerte de Charlotte Bedford como una denuncia contra la partería en general y de la irresponsabilidad de mi madre en particular: *Era inevitable que pasara una cosa así*, decían sus miradas cuando se encontraban con la mía ante el mostrador de la tienda de ramos generales o en el vestuario, mientras me vestía después de una carrera. Otras personas se esforzaban por demostrar su apoyo a mi familia mientras soportábamos lo que ellas consideraban un verdadero linchamiento: *Todos ustedes están permanentemente en nuestro pensamiento y en nuestras oraciones*, me decían, algunas veces en la pizzería de St. Johnsbury —acompañando sus palabras con un fuerte abrazo— o en el vaciadero municipal, cuando yo ayudaba a mi padre a tirar la basura.

Este segundo grupo, lamento decir, era considerablemente más reducido que el primero. Pasé la mayor parte de aquel año calendario bajo la mirada crítica de profesores de gimnasia, empleados públicos, encargadas de guardar paquetes en los supermercados, hombres que trabajaban en las estaciones de servicio y —con mucha frecuencia— los padres de las chicas que yo consideraba amigas mías o los padres de los chicos a quienes cuidaba mientras ellos salían. Nunca pude probarlo, pero creo íntimamente que la señora Poultney de repente dejó de llamarme para que fuera a cuidar a Jessica la última semana de marzo debido al papel que ella creía que había desempeñado mi madre en la muerte de otra mujer.

Tom Corts, sin embargo, nunca falló, y algunas tardes yo soñaba despierta con que él me arroparía al fin del día, o que estaría sentado en la mecedora grande junto a mi cama toda la noche, mientras yo dormía. Retrospectivamente, esos ensueños me han hecho preguntarme en ocasiones si serían parte de una peculiar tentativa por obstruir una relación sexual adulta con Tom, pero sé que no es así. Ese verano fuimos mucho más allá del entusiasmado toqueteo debajo del suéter y la camisa que marcó nuestra primavera, pero Tom no me presionó para que me acostara con él, y yo tampoco sentí una urgencia especial para hacerlo.

Creo, en cambio, que soñaba despierta con que Tom me cuidaba de una manera vagamente paternal porque mi padre ya no podía protegerme de esa manera. Cuando Tom cumplió los dieciséis ese verano, yo cumplí catorce, y eso significaba que mi papá ya no podía abrazarme y mimarme como antes. Yo habría usado la palabra *extraño* para describir un deseo así de mi parte o una demostración de afecto de parte de él, plenamente consciente de que se trataba de una palabra imprecisa. Pero en el lenguaje de la necesidad, la precisión es imposible a los catorce años, y yo temía que cualquier cosa que pudiera decir fuera interpretada erróneamente o, peor aun, que reflejara una desviación en mí, peligrosa y malsana a la vez.

El hecho es que, a pesar de la ira que dominaba a mi padre en los momentos en que se veía abandonado por su esposa, la partera, fue mi padre, cuando chiquita, quien me enseñó a peinarle el pelo rosado eléctrico a uno de mis juguetes, un gnomo. Fue mi padre el que estaba allí un sábado cuando me herí con la estaca de una carpa y necesité diecisiete puntos en la mejilla. Fue sobre las rodillas de mi padre donde pasé horas y horas mirando las imágenes borroneadas de *Plaza Sésamo* por el televisor. Mi padre pertenecía a una generación que desconocía la profunda importancia de los abrazos frecuentes, pero él se arrodillaba para abrazarme relativamente seguido, y recuerdo cómo me alzaba para sostenerme cuando era una niñita. Hasta el día de hoy no me molesta que me abrace un hombre con barba incipiente en las mejillas.

Para el cumpleaños de Tom, usé dinero ganado cuidando niños, ahorrado durante semanas, y compré un par de entradas para un concierto de rock en Burlington. Fuimos poco tiempo después de su cumpleaños, esa vez solos los dos, y pasamos horas juntos en el viaje de ida y vuelta en un auto gigantesco, un Catalina. Subí el volumen del estéreo, que colgaba debajo de la guantera, y me senté sobre el asiento con las piernas dobladas. El asiento del Catalina era como la heladera de la tienda de ramos generales, pero Tom estaba cerca, y la música era fuerte, y el viaje de ida y vuelta a Burlington dentro de aquel auto me proporcionó la clase de escape vagamente similar a la protección del útero que yo tanto anhelaba.

Como íbamos a Burlington, mi madre nos pidió que le dejáramos un sobre a Stephen Hastings y recogiéramos una caja con información que él hacía meses que tenía. Él ya había fotocopiado el material que necesitaba.

Mi madre probablemente esperaba que yo mirara lo que había adentro del sobre y yo no la defraudé. Le estaba devolviendo a Stephen copias de la historia clínica de Charlotte

Bedford, parte de lo que Stephen le había solicitado ver a la corte. Mi madre había garrapateado lo que pensaba con una lapicera azul en algunos de los documentos, y ahora que soy médica y que ha pasado el juicio, las cosas que ella subrayó tienen sentido. Aquella tarde en el auto, sin embargo, el hecho de que Charlotte hubiera sido tratada por anemia y deficiencia de hierro significaba poco, lo mismo que la receta de un médico de Mobile, Alabama, en 1973, para un medicamento que entonces no pude pronunciar: hidroclorotiazida, un diurético poco costoso usado para controlar la hipertensión.

Al parecer, mi madre había tratado la anemia de Charlotte mientras ella estuvo bajo su atención, pero no la había tratado por presión alta; parecía que su presión no era lo suficientemente alta para alarmarla. Tampoco parecía que Charlotte hubiera compartido con mi madre el hecho de que ya había sido tratada por hipertensión en el pasado.

El estudio de abogados de Stephen ocupaba dos casas victorianas que compartían el sendero de entrada, en el borde del campus de la Universidad de Vermont. Los edificios estaban en las colinas de Burlington, en un sector de calles elegantes y amaneradas, bordeadas de árboles, en la cumbre de la colina con vista al sector comercial de la ciudad. En el siglo xix, cuando Burlington era un próspero puerto maderero y de potasa, sobre el lago Champlain, los comerciantes más ricos y los hombres de negocios exitosos construyeron sus casas en la colina, sobre la ciudad.

Yo no esperaba ver a Stephen al llegar. Suponía que simplemente le dejaría el sobre a la recepcionista, buscaría la caja y me iría. Pero después de explicarle a la mujer quién era, ella dijo que Stephen se decepcionaría al no verme y no poder saludarme. Dijo que estaba en la mitad de una reunión con un investigador, pero que había durado toda la tarde. Cuando ella subió a avisarle, yo volví al auto a buscar a Tom para que no tuviera que quedarse solo esperándome y preguntándose dónde estaría yo.

Stephen estaba reunido con Patty Dunlevy, y los dos bajaron a saludarme. Stephen tenía puesto un traje color azul marino y Patty, sandalias y esa clase de vestido de paisana lleno de volados que yo asociaba por lo general con las amigas parteras de mi madre. Como me pareció raro que la mujer que cuando la conocí usaba anteojos espejados y una chaqueta negra tuviera puesto ahora un vestido suelto carente de estilo, debo de haberla mirado fijo. Con un brazo ella me tomó de un codo con aire de conspiradora e indicándome el vestido con el otro dijo:

—¿No es esta cosa horripilante? Lo compré en una tienda de segunda mano en North End. Pero pasé la mañana con una de las mamás de tu mamá, y me pareció que debía caracterizarme en forma apropiada.

—¿Caracterizarse? —pregunté.

—Ya sabes, vestirme de una forma apropiada para un parto casero: paz, amor, batik. Medicina alternativa. No tengo dinero, de modo que compro ropa de segunda mano. No le puedo pagar, pero mi marido es carpintero, y si usted trae a mi bebé al mundo, él puede hacerle las estanterías de libros más bonitas que haya visto.

Hablaba rápido y había alegría en su voz.

—Usted debería haber sido actriz —le dijo Tom.

—Querido, soy actriz.

Stephen nos llevó de gira por el edificio en que estábamos, y hubo momentos en que yo esperaba encontrar cordones de terciopelo protegiendo algunas de las relucientes mesas de más de cien años y los altos bargueños de madera que ahora hacían las veces de ficheros, o que me dijera que allí se había sentado George Washington o algún otro patriota. Había divanes elegantes de felpa que invitaban a que una se acostara a dormir en ellos. Las sillas detrás de los escritorios eran de cuero; las lapiceras en los tinteros sobre los secantes eran de plata o de oro. Las computadoras no eran comunes entonces, pero parecían estar en todas partes.

Por fin pasamos al sector de las salas de reuniones, donde habían estado trabajando Stephen y Patty. No creo que tuviera la intención Stephen de hacernos pasar, pero en aquella ocasión no me di cuenta de eso. Los dos adultos iban unos pasos detrás de nosotros y, como la muchacha torpe de catorce años que era, me metí en la sala de paredes de madera, y Tom me siguió. Iluminada por una araña con tulipas del tamaño de pomelos, la habitación parecía como si originalmente hubieran sido dos dormitorios separados. Había una mesa ancha y larga en el centro, tapada de pilas de blocs de papel amarillo, ficheros y recortes de diarios. Las paredes de madera estaban cubiertas por papel blanco sobre el cual Stephen y Patty habían escrito comentarios y nombres con un marcador. Había por lo menos dos o tres docenas de estas hojas colgando de las paredes, sujetas con cinta adhesiva.

Antes de que Stephen o Patty pudieran empezar a explicarnos lo que estaban haciendo, o llevarnos a Tom y a mí de vuelta al pasillo, me asaltaron desde las paredes palabras y frases y nombres de personas que yo conocía. Reconocí los nombres de parteras en una de las hojas, y los de las familias cuyos hijos mi madre había traído al mundo en otra. Había una hoja llena con los nombres de médicos, y otra al lado con un solo nombre: el del médico de respaldo de mi madre, Brian "B. P." Hewitt. Había una hoja titulada "Patólogos", y otra con una extraña palabra, que se me antojó ominosa: "vagal". Y mientras se me cruzaba por la mente que la palabra podría ser una especie de abreviatura de *vaginal*, algo acerca de las palabras debajo de ella —bradicárdico, desmayo, resucitación cardiopulmonar, cesárea— me llevaron a la conclusión de que no lo era.

—Connie, no digas nada de todo esto, ¿puede ser? —me pidió de pronto Stephen al darse cuenta de que yo estaba leyendo.

—Ah, seguro.

Y nos sacó tan rápida y casualmente como Tom y yo habíamos entrado en la sala por error.

—Mantuvimos la cocina abajo. Es agradable trabajar en un lugar que tiene cocina. ¿Sabes lo que quiero decir?

Después de que mi madre terminó la cesárea, se tomó el tiempo para coser el cuerpo de Charlotte Bedford. Esto es algo que siempre me ha impresionado. Sin embargo, en el diario de mi madre, especialmente en las anotaciones largas que escribió en las semanas posteriores a la muerte de Charlotte, cuando intentaba comprender lo sucedido, hay una sola oración sobre ese momento específico de la tragedia: "*Su cuerpo era demasiado grande para envolverlo en una frazada, así que lo cosí lo mejor que pude*".

Leída sola, independiente del resto de las anotaciones en el diario, la oración parece algo peculiar: ni ilógica ni demente, pero sí ligeramente extraña. Como si mi madre hubiera hecho alguna conexión comprensible sólo para ella. Como si faltara un enlace o una cláusula entre frazada y sutura.

El enlace aparece en una anotación del diario escrita casi tres años antes, una anotación acerca de padres diferentes y un nacimiento diferente:

Su bebé nació muerto, y esa pobre, pobre cosa era la criatura más deformada que he visto jamás. Los intestinos estaban afuera. Pero, por supuesto, sus padres querían verlo. De modo que lo envolví en una frazadita de bebé que le había hecho una de sus tías, envolví a ese bebito de los pies a la nariz porque —por si todo lo demás no fuera ya malo de por sí— también le faltaba la mitad inferior de la mandíbula. No lloré cuando lo sacaba de su madre, porque hacía algunas horas ya que sabía que nacería muerto, pero sí lloré cuando lo envolví y se lo mostré a su mamá y a su papá. Parecía en paz y tan feliz. De repente, me puse a llorar.

En algún momento después de sacar a Veil, mi madre volvió junto al cuerpo de Charlotte. No fue inmediatamente después, porque primero tuvo que ocuparse del bebé, al principio una cosa pálida y fláccida que parecía a punto de morir. Como dicen algunas parteras, tuvo que "trabajar duro en ese bebé": frotarle vigorosamente la espalda, succionar el moco, pegarle en la planta de los pies, succionar más moco, hablarle, pedirle al padre que le hablara.

Me imagino a mi madre dirigiéndose a Asa: "Dígale algo. Necesita oír su voz. ¡Háblele!".

Sin embargo, ni Asa ni Anne mencionaron nunca estas palabras durante sus declaraciones o en el juicio y mi madre tampoco me lo contó.

No obstante, es evidente que en los primeros minutos después del nacimiento de Veil mi madre se concentró sólo en hacer que el bebé respirara. Y es obvio que lo consiguió.

Y cuando estuvo claro que el bebé viviría, entregó a Veil a su padre y empezó a ocuparse de él. Abrazó a Asa, primero de pie, luego cuando lo hizo sentarse. Los dos adultos —Asa con su hijo en brazos— se deslizaron por la pared hasta dejarse caer en el piso junto a la ventana, apoyando la región lumbar contra el zócalo. Los brazos de mi madre nunca soltaron al pastor.

Anne dijo que oyó que mi madre le decía a Asa, una y otra vez, que el bebé era hermoso. Quizás un par de veces dijo, también: "Está bien. Shhhh. Está bien".

Asa lloraba, y se le sacudían los hombros mientras trataba de respirar en medio de sus sollozos.

Y en algún momento, sobre la cama, el cuerpo de Charlotte dejó de sangrar. Cuando se llevó a cabo la autopsia, el forense encontraría sólo setecientos cincuenta mililitros de sangre en la cavidad peritoneal. Imaginemos casi un litro de leche. Y luego estaban las innumerables olas de sangre que brotaron de la incisión —y se derramaron desde el interior del abdomen— y cayeron sobre la cama, empapando las sábanas y el colchón y la almohada que mi madre usó como esponja, hasta que la ropa blanca de cama pareció vino borgoña.

Cuando por fin mi madre se puso de pie y volvió a esa cama y al cuerpo sobre ella, nadie miró el reloj ni vio la hora en el reloj sobre la mesita de luz. Pero dado el hecho de que Asa y Anne y mi madre estuvieron todos de acuerdo en que eran las seis y diez cuando algo pasó —cuando Charlotte levantó el mentón mientras empujaba, y Asa vio que su mujer ponía los ojos en blanco—, todos convinieron en que fue probablemente entre las siete menos veinte y las siete menos cuarto cuando mi madre se quedó de pie un rato largo, frotándose la nuca y observando el cuerpo brutalmente tratado de Charlotte.

Si he interpretado correctamente la anotación en el diario de mi madre, se le pasó por la mente la idea de envolver el cuerpo en una frazada. Quizás antes habría plegado la piel para tapar la herida. Quizá no. Pero quería cubrir el cuerpo; no lo quería dejar expuesto y frío y tan abierto.

Pero en la mente de mi madre el cuerpo era demasiado grande para ser envuelto en una frazada y por eso lo cosió. Todavía había toallas dobladas sobre una silla en un rincón del dormitorio, y mi madre tomó una y secó la zona alrededor de la incisión. La esterilidad ya no importaba. Después puso la toalla en una esquina del colchón, al pie de la cama, y fue hasta su maletín de partera a buscar un poco de catgut. Sus pinzas. Su aguja comba.

Y empezó a trabajar. Sellar la herida consumió tres paquetes de suturas absorbibles.

Cuando atestiguó el forense, observó que mi madre no se había preocupado por reparar el daño del útero; no cosió el lugar donde lo desgarró para abrirlo. El forense no presentó esta información como indicación de que el trabajo de mi madre fuera chapucero, ni para transmitir la idea de que no era respetuosa con los muertos. Por el contrario, dijo que las suturas de mi madre eran "profesionales y tirantes. Su trabajo era perfectamente idóneo".

Lo que quería indicar él —y el Estado— era simplemente

que mi madre no intentaba salvar la vida de Charlotte cuando cosió el cuerpo; ella tenía entendido que Charlotte estaba muerta. A mi madre sólo le interesaba la cosmética.

Cuando mi madre dio su propio testimonio, Stephen le preguntó por qué se molestó en coser el cuerpo si sabía que ella estaba muerta.

—No podía dejarla así —contestó mi madre—. No hubiera sido justo con ella, y no hubiera sido justo con la familia.

—¿La familia? —preguntó Stephen esperando que ella aclarara que se refería al marido de Charlotte o, quizás, al marido de Charlotte y a la familia de ella en el sur.

—Asa y Veil —respondió mi madre, empezando así uno de los muchos diálogos entre ella y Stephen en que él creía saber exactamente lo que ella iba a decir, mientras que mi madre suponía que cualquier cosa que ella dijera sería totalmente inofensiva. A veces estaba en lo cierto, otras no.

—Pero sobre todo Veil. La manera en que venimos a este mundo significa más de lo que ninguno de nosotros es capaz de entender —prosiguió mi madre—. Así que yo quería asegurarme de que Veil viera a su madre. Quería asegurarme de que él tuviera una imagen, para el resto de su vida, de lo increíblemente dulce y bonito y apacible —sorprendentemente apacible— que era el rostro de su madre. Inclusive entonces. Inclusive después de todo lo que había soportado. Inclusive en el fin.

Parte III

14

Stephen y Rand me quieren "*vigorizada*". "*Energizada.*"
"*Preparada psicológicamente.*" Quieren que esté lista
para una pelea.

Yo creo que hablan así porque es la temporada de
fútbol americano y oímos esas expresiones todo el tiempo. Pero suena muy extraño viniendo de Rand, porque a
él nunca le ha gustado mucho el fútbol americano. Como
yo, siempre lo ha visto como una forma totalmente grotesca de violencia organizada.

Pero él es un hombre, y por eso creo que es el único
lenguaje que tiene para inspirarme; ésas son las únicas
palabras que conoce.

Por supuesto, el fútbol americano de repente está en
todas partes, o así parece en esta región del país. El equipo de fútbol en la escuela de Connie ha ganado sus tres
primeros partidos este otoño, lo que no sería nada del
otro mundo en algunas regiones, pero lo es aquí. Alguien
me ha dicho que es un equipo que no gana nunca, y de
pronto gana tres partidos seguidos, y los ha ganado muy
bien.

Stephen hace hincapié en que me "prepare psicológicamente", quizá porque ve gente asustada como yo todo
el tiempo. Es parte de lo que el hombre hace para ganarse
la vida. Tiene que impedir que me desmorone, así que
parece saber exactamente hasta dónde puede empujarme
con preguntas cuando estamos juntos, y exactamente
cuándo retroceder y darme un poco de espacio para respirar.

También tiene algo de mimo. Ésa no es la palabra, en
absoluto, porque hace parecer que es un loro o un mono.
O alguna especie de artista de variedades. Todo lo que
quiero decir es que me escucha con mucho cuidado, y no

sólo lo que digo. Escucha cómo digo algo, las palabras exactas que uso. Y luego, unos minutos más tarde, oigo que una de mis palabras o expresiones vuelven a mí.

Estuve en su oficina esta mañana, y le estaba explicando lo que, en mi opinión, sucede en la primera etapa del parto. Le dije cómo cada oleada tiene el potencial de cambiar a una madre, y que una de ellas hará exactamente eso: cambiar. Le dije que en esa etapa una mujer puede cambiar. Una persona totalmente serena, en contacto con todo lo que la rodea, puede pasar a ser un animal frenético consciente de nada excepto su propia realidad psíquica. Sus oleadas. La forma en que cambia su cuerpo. Y eso es parte de lo que pasa, el dejar todo de lado —absolutamente todo— excepto las exigencias del parto. El cuerpo de una mujer sabe lo que hace, le dije. Sólo tiene que dejarlo hacer lo que debe.

Quizá diez o quince minutos después estamos hablando de este obstetra que realmente cree en el parto casero —por supuesto, ejerce lejos de Reddington, o sería mucho pedir— y de lo que va a decir en el estrado. Y Stephen me dice: "Es un hombre totalmente sereno. A usted le va a gustar". Y luego, un par de minutos después, cuando estamos hablando sobre el tiempo que ha dedicado a la investigación relacionada con mi caso, dice: "He hecho esto tantas veces que sé instintivamente hasta dónde puedo escudriñar los hechos e instintivamente cuándo terminar. Es sólo que hago lo que debo".

¿Lo hace Stephen a propósito? Realmente, no lo sé. Pero me gusta, me hace sentir bien. Y es mucho mejor que esta cuestión del fútbol americano a la que él recurre, igual que Rand, sobre todo ahora que el juicio está a punto de empezar y teme que yo no esté lo suficientemente "energizada".

Quiero decirles —a él y a Rand— que es difícil "energizarse" cuando la mayor parte del tiempo vivo aterrorizada. Pero creo que en ese caso lo que harían sería preocuparse por mí todavía más de lo que se preocupan, y tratar de "vigorizarme". Prepararme para luchar o devolver el golpe o hacer lo que hacen los que juegan al fútbol.

Además, creo que si les dijera lo asustada que estoy, se abrirían las compuertas. De repente les diría que ten-

208

go miedo de ir a la cárcel. Que tengo miedo de verme obligada a abandonar mi trabajo como partera. Y —este temor no era tan fuerte en la primavera, me ha empezado a acosar el mes pasado— a veces tengo miedo de haber cometido un error en marzo. Es posible. ¿Y si Charlotte Bedford estaba realmente viva todavía?

del diario de Sibyl Danforth, partera

Newport está situada en la punta meridional del lago Memphremagog, un lago angosto y frío que se extiende por cincuenta kilómetros de norte a sur. Quizás un tercio del lago está en los Estados Unidos, mientras que el resto está al norte del límite en Canadá.

Antes de que empezara el juicio de mi madre, yo odiaba ese lago. Para cuando terminó, lo aborrecía.

De niña tenía algunas razones obvias para no quererlo. La ortografía era difícil y la pronunciación, imposible. Ahora sé que es un término abenaki que significa "aguas hermosas", pero para mí en la escuela primaria era meramente una larga cadena de sílabas, incomprensible y desagradable a la vez.

Sin embargo, inclusive como adolescente, cuando ya no me sentía intimidada por la fonética de la palabra, el lago me disgustaba. Siempre me parecía ser esa clase de lago que se tragaba enteros a los nadadores y a los pequeños botes. Las pocas veces que me llevaron a nadar allí con mis amigos, sus aguas me parecieron más frígidas que las de los lagos vecinos —sobre todo pequeños lugares acogedores como los lagos Crystal o Echo— y la corriente, más peligrosa.

Y no creo haber visto nunca ese lago sin el agua agitada.

Había también mitos alrededor del Memphremagog, algunos referidos a un lagarto gigantesco más amenazador que el monstruo benigno que, según algunos, nada en el lago Champlain, y otros a una cosa horripilante que vivía con igual comodidad en la playa como debajo de esas aguas oscuras, y era capaz de mutar y adoptar la forma de su presa: pez o perro o cervatillo. Así era como los mataba. Aunque yo nunca creí esas historias, igualmente reforzaban en mi mente la convicción de que el lago era un lugar desgraciado que yo no quería ni ver.

Sin embargo, la mayoría de la gente no es como yo; a la mayoría le gusta el lago Memphremagog. Y la mayoría de la gente que asiste alguna vez a la sala del tribunal de justicia del condado de Orleans se alegra de que la ciudad de Newport esté sobre ese lago. El palacio de justicia está sobre la barranca, en la calle principal, y la sala del tribunal está en el piso más alto —el segundo piso— del edificio cuadrado de piedra y ladrillo de un siglo de antigüedad. La sala tiene tres ventanales monstruosamente grandes que dan al lago, apenas a tres cuadras hacia el norte. A los miembros del jurado se les concede el privilegio de la vista panorámica de las aguas y, a lo lejos, las formas y cumbres de las montañas llamadas Owl's Head y Bear. Me imagino que en juicios menos tensos y notorios que el de mi madre los jurados deben de adormilarse contemplando esas aguas.

Inclusive durante el juicio de mi madre, sin embargo, los jurados de vez en cuando usaban el lago Memphremagog como un lugar donde fijar la mirada cuando querían evitar todo contacto visual con mi madre o cuando se exhibía alguna prueba excepcionalmente espeluznante. Para mí, esto constituía una razón más para aborrecer ese lago.

Como acusada, mi madre tenía una vista espectacular de las aguas. Ella y Stephen compartían una mesa junto a la ventana, y Stephen siempre ocupaba el asiento hacia el centro de la sala, de modo de poder ponerse de pie y caminar sin tener que hacer un rodeo en torno de mi madre o dirigir hacia ella una atención innecesaria. Y como hija de la acusada yo me sentaba en el primer banco —inmediatamente detrás de ella—, lo que significaba que el lago era una presencia inevitable también para mí. Inclusive cuando mi padre ocupaba "el asiento de la ventana", yo vislumbraba la sombra del lago, pues los ventanales eran altos y anchos, y los vidrios siempre estaban limpios.

Afortunadamente, mi madre no compartía mi aversión por el lago Memphremagog. Con una percepción clara del enfoque que le daban los medios al juicio y el papel que desempeñaba la imagen en su historia, una noche cuando nos íbamos del palacio de justicia nos dijo algo —a mi padre, a Stephen y a mí— que indicaba que para ella el lago no era simplemente un testigo imparcial de los acontecimientos que ocurrían en el segundo piso de un edificio a unas pocas cuadras de su orilla, sino una especie de aliado para ella. El Sol ya estaba bajo mientras caminábamos hasta el auto, pero todavía no se había puesto. Probablemente serían cerca de las cinco y media.

—Miren dónde está parada —dijo mi madre, indicando a una periodista de la agencia de la CBS en Burlington que en ese momento estaba hablando ante una cámara de televisión—, y fíjense el trasfondo que ha elegido. Allí es donde se paran todos. ¿No se han dado cuenta? Día tras día, todos ellos, sin excepción. Hasta esa señora del canal de televisión de Boston, que sólo estuvo aquí una tarde. ¿No es notable? Todos se ponen en el mismo lugar.

Nosotros no lo habíamos notado —o yo, por lo menos—, pero al instante todos comprendimos lo que quería decir mi madre: la mujer estaba parada en la calle de enfrente al palacio de justicia, en lugar de en el edificio mismo, sobre la escalinata. Alguien —o la periodista misma o su compañero, el de la cámara— había decidido aparentemente que querían el lago como trasfondo en lugar del palacio de justicia del condado de Orleans.

—Todos los que no están aquí y piensen en esto recordarán el agua —siguió diciendo mi madre—. Todos los que lo vean por televisión. Mañana o la semana que viene, o cuando sea, eso es lo que recordarán cuando visualicen el juicio. Ese lago. Ese sorprendente y misterioso lago.

Cualquier esperanza que pudo abrigar Stephen de que el juicio no comenzara antes de Navidad se evaporó a medida que se iba acercando septiembre y el fin de semana largo del Día del Trabajo, el primer lunes del mes. Todos sabíamos que sería un acontecimiento del otoño. Y apenas dos días después del Día del Trabajo, el primer miércoles de septiembre, recibimos la información de la fecha del juicio. Comenzaría el lunes 29 de septiembre, y Stephen creía que duraría dos semanas. Quizá tres.

Durante ese verano, excepcionalmente cálido y árido —un julio que marchitó temprano las flores de los jardines y atrofió los cereales, y un agosto que secó muchos de los pozos de varios de nuestros vecinos— el caso nunca perdió lo que Stephen denominó una vez la "energía por parte de la fiscalía".

Por el contrario, esa persona cuyo apellido era Tanner parecía más furiosa que nunca a medida que llegaba el otoño; estaba tan interesado en acosar a mi madre como en enjuiciarla. Y si bien retrospectivamente sé que se trata de la percepción de una adolescente que no entendía que "deposición" no es más que el término legal para referirse a un hostigamiento sancionado por la corte, ni veía que la manera de comportarse tanto de la defensa como de la fiscalía contribuye a influir sobre la publicidad anterior al juicio, sé que había validez en mi paranoia: Bill Tanner estaba realmente furioso. Bill Tanner quería sacar sangre.

Ni Tanner ni su personal podían creer que mi madre hubiera rechazado la oferta del Estado de sólo un año en prisión (del cual probablemente sólo cumpliría seis o siete meses) y seis años de libertad condicional a cambio de declararse culpable de homicidio involuntario. Si seis años de libertad condicional sonaban como mucho tiempo, aun así ellos pensaban que se trataba de una oferta tremendamente magnánima y clemente: a pesar de que Charlotte Bedford había muerto, mi madre iría a la cárcel nada más que medio año. Sí, se esperaba que renunciara a la partería, pero para ellos eso era un precio menor. No era posible nada mejor, pensaban ellos. Ningún trato podía ser más benigno.

Mientras tanto, cuando el rumor de la oferta de Tanner circuló por la comunidad médica, muchos doctores —sobre todo obstetras— se pusieron lívidos. La noción misma de que una partera hippie hubiera matado a una mujer en su dormitorio al practicarle una cesárea (y en sus diatribas ésta era la situación básica) y pudiera ir a la cárcel sólo por unos pocos meses enfureció a muchos médicos hasta el paroxismo. A mí me parecía que muchos de ellos pasaban más tiempo escribiendo editoriales o cartas a los diarios que dedicándose a la medicina, y Stephen empezó a llamar al cuerpo médico del estado "las Furias", referencia cuya validez hasta yo entendía.

Retrospectivamente, aún me parece sorprendente que hubiera tantos médicos que claramente se negaran a seguir su propio consejo sobre el estrés.

Desde la ventana del dormitorio de mis padres, que daba al patio posterior y —a lo lejos— al Chittenden, observaba yo a mi madre y Stephen sentados en sendos sillones en un rincón del jardín, junto al porche. Habían corrido los sillones de modo tal que estaban uno al lado del otro y podían ver ponerse el Sol a través del húmedo aire otoñal.

—Ser bonita puede ser una desventaja con el jurado —estaba diciendo Stephen, y estiró las piernas sobre las hojas que cubrían el suelo.

—Usted piensa demasiado. Piensa demasiado sobre toda clase de cosas.

—Ése es mi trabajo.

—Pues a mí me parece que no debemos preocuparnos por si ser bonita es una desventaja.

—Será un factor en el *voir dire*. Esto es lo que digo.

—¿El qué?

—La selección del jurado.

—Es increíble cómo funciona su mente.

—Espero que se trate de un cumplido.

—No estoy segura. Me parece increíble, nada más.

—¿Mi mente?

—Este proceso. La sola idea de que porque usted crea que soy bonita...

—Me refiero a que el jurado pensará que usted es bonita. Lo que piense yo no es pertinente.

—¡Ah!

—Así será, Sibyl. Innegablemente, usted es una mujer bonita. Innegablemente. Y con algunos miembros del jurado, eso será una ventaja. Con otros, será un problema que tendremos que vencer.

Los brazos de mi madre y de Stephen colgaban a ambos lados del sillón, y con los dedos acariciaban el pasto entre las hojas caídas, que se habían empezado a secar. A veces las puntas de los dedos se tocaban; a veces, el dorso de la mano de uno rozaba la del otro. Quizá —pensé— disfrutaban de esos breves, breves segundos cuando la piel de uno tocaba ligeramente la del otro.

—¿Realmente vas a dejar que Connie asista al juicio? —le preguntó mi abuela a mi madre un sábado de mediados de septiembre, como si yo no estuviera almorzando con ambas en la cocina.

—Realmente dejaremos a Connie asistir al juicio —respondió mi madre.

Me imagino que en su juventud mi abuela habría sido una mujer tolerante en extremo. Su hija, después de todo, había abandonado la universidad para irse a vivir con un hombre mayor a Cape Cod, y luego pasó un invierno con los Panteras

Negras en Boston. Cuando Sibyl volvió por fin a Vermont, quedó embarazada antes de casarse, cuando era muy joven. Y aunque todo esto había ocurrido en "los años 60" —un rótulo que abarcaba toda suerte de excesos y excusas para comportamientos antisociales— era posible esperar una cierta tensión entra madre e hija. No obstante, ellas siempre insistían en que nunca hubo tensión, un aspecto de la historia familiar que, según dice mi padre, él mismo puede corroborar al menos desde el momento en que ingresó en la vida de mi madre.

Para cuando murió Charlotte Fugett Bedford, sin embargo, mi abuela se había vuelto más conservadora. Su propio marido, mi abuelo, había muerto hacía diez años, y una década de vivir sola la había hecho levemente asustadiza, cautelosa, siempre lista a desaprobar y a criticar. Y, por supuesto, la mujer que veía a su hija ante un juicio era considerablemente mayor que la mujer cuya hija había abandonado la universidad. Entre los cincuenta años y los sesenta y tantos había envejecido, y no estaba más exenta de la ansiedad de la edad que el resto de nosotros.

No obstante, mi Nonny —como yo la seguía llamando, inclusive a los catorce años— seguía siendo una mujer cálida y enérgica mientras yo crecía. La tendencia de mi madre a abrazar a sus amigos era en parte genética, y yo nunca perderé mi amor por el perfume vagamente floral, vagamente antiséptico, del spray que usaba mi Nonny en el pelo: lo aspiraba con cada abrazo que me daba.

De todos modos, cuando estuvo claro que las acusaciones contra mi madre no se arreglarían sin un juicio, Nonny hizo todo lo posible por convencer a mis padres de que me mantuvieran lejos de la sala del tribunal. Ella pensaba que sería una experiencia que dejaría en mí cicatrices indelebles, y si bien había personas que asistían al juicio que habrían estado de acuerdo con ella —sobre todo a la luz de mi subsiguiente colapso—, mis padres sabían con cuánta desesperación yo quería estar presente. Además, creo que se daban cuenta de que sería igualmente traumático para mí enterarme de detalles por vía indirecta, en el baño de chicas de la escuela. Y por eso no importaba que perdiera dos (o quizá tres) semanas de clase; no importaba que viera toda clase de pruebas aterradoras; no importaba que oyera decir cosas verdaderamente terribles sobre mi madre, ni que tuviera que presenciar a varios testigos llorar en el estrado.

Después de todo, nadie esperaba que Asa Bedford mantuviera su compostura a lo largo de todos los procedimientos, ni que Anne Austin soportara sin lágrimas lo que Stephen mismo describió como un interrogatorio "riguroso e implacablemente salvaje, con intención de destruir, agostar, quemar". Y yo creo que tanto mi padre como Stephen habían empezado a dudar, para septiembre, de si podría soportarlo mi madre. Todos nos dábamos cuenta de que se estaba volviendo callada y malhumorada —no tanto abatida como cansada más allá de los poderes rejuvenecedores del sueño— y ambos, cada uno a su manera, intentaban constantemente levantarle el ánimo.

Pero absolutamente nada de esto importaba, porque mis padres entendían cuánto anhelaba yo presenciar el juicio. A mí me parecía que tenía la responsabilidad moral de estar presente; para mí, mi presencia representaba una demostración de solidaridad con mi madre.

Además, Stephen quería que yo estuviera presente.

—Stephen cree que Connie va a ayudar estando allí —le dijo mi madre a su madre, y me dio un apretoncito en un brazo. *No te preocupes por Nonny*, decía ese apretoncito. *Tú irás.*

—¿Ayudar? ¿Ayudar cómo?

—Connie será un recordatorio constante para el jurado de que no soy sólo una acusada anónima. No soy sólo una partera cualquiera. Soy una madre. Tengo una hija, una familia.

Nonny había usado las últimas zanahorias de su huerta para preparar una ensalada con pasas de uva y nueces, y si bien se suponía que las zanahorias debían servirse ralladas, la licuadora de mi abuela tenía más años que yo, y la ensalada estaba llena de burujos de zanahoria. Vi cómo Nonny masticaba metódicamente uno de los pedazos mientras pensaba sobre la explicación de mi madre, y noté que tenía una mancha en uno de los puños de su suéter celeste. De su jardín, pensé. Probablemente había cortado las zanahorias que estábamos comiendo esa misma mañana.

Con un tono de voz más intrigado que dudoso, más inquisitiva que airada, Nonny preguntó, por fin:

—¿Y eso significa que mostrarán clemencia?

—¡Esto no se trata de clemencia! —le espetó mi madre.

—Se trata de...

—Yo no necesito clemencia.

—Entonces, ¿qué quiere ese abogado tuyo? ¿Por qué quiere tanto que Connie esté presente?

—¿Ese abogado tuyo? Madre, ¿debes expresarte así? Suena horrible. Como si pensaras que es una especie de charlatán.

Nonny suspiró y se restregó los bulbos artríticos en sus dedos largos. Mi madre y yo sabíamos las dos que Nonny no pensaba que Stephen era un charlatán. ¿Por qué razón? Si disminuir a Stephen Hastings a "ese abogado tuyo" significaba algo, era quizás una vaga aprensión causada por la manera en que la voz de mi madre parecía subir cada vez que decía la palabra *Stephen*, la manera en que esa palabra se cargaba de promesa y se coloreaba de esperanza cuando afloraba de sus labios.

—Yo no creo que Connie deba asistir —dijo Nonny después de un momento, doblando las manos sobre la falda—. Si no necesitas... clemencia o compasión o algo así, no veo por qué vas a llevar a una chica de catorce años a la sala de un tribunal.

—Hace que mamá sea una persona real —intervine yo, parafraseando un comentario que le había oído decir a Stephen esa misma semana—. Y hace más difícil que la condenen. A los jurados no les gusta condenar a personas de carne y hueso que podrían ser sus vecinos.

Las dos adultas me miraron.

—Tú no estabas haciendo tus tareas el miércoles a la noche, ¿no? —preguntó mi madre, tratando de parecer severa.

—Hice mis tareas el miércoles a la noche.

—Sí, hiciste tu tarea después de que se fue Stephen —dijo. Luego se volvió hacia mi abuela. —Connie estará conmigo porque la amo y porque yo quiero que esté allí, siempre que ella quiera. Ha llegado hasta aquí con nosotros, y es mejor que vea todo hasta el fin.

Me desperté en medio de la noche unos días antes del juicio, y a través del regulador de la entrada de aire en el piso pude ver la luz encendida abajo en el cuarto de trabajo. Eran casi las dos de la mañana. Por un momento pensé que mi madre o mi padre se habrían olvidado de apagar la luz antes de subir, y si bien ése no era un comportamiento típico en ninguno de ellos, éstos eran tiempos distintos. Todos teníamos la mente en otra cosa.

Me di vuelta, esperando volver a dormirme en seguida, pero

me pareció oír un ruido en el cuarto de trabajo. Algo tan intangible como un crujido, tan imperceptible como una corriente de aire. Un remolino de viento, quizá, subiendo en espiral desde el subsuelo a través de las grietas entre las tablas del piso. ¿Habían temblado los visillos? ¿O habría alguien exhalado el aliento como un débil temblor?

Bajé de la cama y me agazapé junto al regulador de aire en camisón. Si había alguien en el cuarto de trabajo, no estaba en el sofá, que —junto con la mesa ratona y parte del hogar de leños— era todo lo que yo alcanzaba a ver a través de la rejilla de hierro.

No estaba asustada ni tenía frío, pero cuando decidí bajar, me puse a temblar: Connie Danforth actuaba igual que la heroína de una de esas ridículas películas de suspenso que mis amigos y yo siempre veíamos, como la de la idiota consejera de campamento que fue al bosque sola una noche iluminando su camino con una linterna y prácticamente llamando al asesino psicópata de la máscara de hockey a que fuera a matarla.

La escalera seguía sumida en el silencio mientras bajaba, sobre todo debido a que yo sabía exactamente dónde pisar para evitar sus idiosincrásicos chirridos y quejidos. Me dije que estaba bajando para ir a buscar un vaso de leche. Si alguien me preguntaba qué estaba haciendo —¿y por qué iban a hacerlo, si yo estaba en mi casa?— diría precisamente eso: voy a buscar un vaso de leche.

Las luces estaban apagadas en el comedor y en la cocina. Vi también que el cuarto que denominábamos "fangal" estaba a oscuras. Quizá mis padres realmente habían dejado la luz encendida. Quizá yo no había oído más que una de las extrañas brisas que soplan a través de una vieja casa de Vermont cuando cambian las estaciones o el aire del norte se vuelve frío.

Hice una pausa justo entre la cocina y el cuarto de trabajo, rozando la heladera con la espalda y sintiendo la vibración del motor contra mi columna vertebral. Esperaba oír una voz llamándome. Me pregunté si, de pronto, estaba oyendo un diálogo entre dos personas en el cuarto. Al no oír nada de esto, me aparté de la heladera y me volví en dirección al cuarto de trabajo.

Allí vi a mi padre, solo, con una docena de pilas pequeñas de papeles abrochados desparramadas a su alrededor sobre un rincón del piso. Fotocopias de alguna clase. Todavía tenía puesta la camisa de salir que usó para la oficina ese día y los

217

mismos pantalones gris claro. Estaba apoltronado en la mecedora junto a la lámpara de pie de bronce.

—¿Qué estás haciendo, tesoro? —me preguntó al verme en el vano de la puerta. Parecía preocupado debido a que estaba despierta.

—Vine a buscar un vaso de leche.

—¿No podías dormir?

—No. Quiero decir, me desperté. Y tuve ganas de tomar un vaso de leche.

Asintió.

—¿Sabes una cosa? Me parece que voy a acompañarte con un vaso de leche. Y luego debería irme a acostar.

—¿Estás trabajando? —le pregunté, indicando los montones de papeles sobre el piso, rodeándolo.

—¿Esto? No, de ninguna manera. Son precedentes. Precedentes legales. Son algunos de los casos que el abogado de tu mamá ha encontrado mientras preparaba su defensa.

Levanté una de las pilas de papeles abrochados, unas nueve o diez páginas tituladas *"El Estado contra Orosco"*. Leí el largo subtítulo, una oración incompleta que me pareció una jerigonza: "Preguntas certificadas con respecto a si la información y la declaración jurada en el caso de homicidio involuntario eran insuficientes después de la denegación de mociones para descartar y suprimir declaraciones".

—¿Has estado leyendo esto? —le pregunté, alelada de que quisiera castigarse de esa manera.

—Sí.

—¿Por qué?

Se encogió de hombros.

—Porque amo a tu madre. Y quiero entender lo que hará Stephen para defenderla.

Se puso de pie y juntos fuimos a la cocina, donde yo había estado hacía unos momentos, con la cabeza cargada de sospechas inimaginables, y sacó de la heladera un envase de leche de cartón.

15

Yo no creía que fuera a estar asustada cuando empezara esta cosa, pero lo estoy. Creía que todo temor se disiparía una vez que llegara aquí, una vez que me ubicara en mi asiento. Me equivocaba. O quizá me estuve engañando estas últimas semanas.

El día entero trataba de concentrarme en las cosas pequeñas de la sala del tribunal para que me distrajeran de las cosas grandes, aunque sé que se supone que debo prestar toda la atención del mundo.

Sin embargo, había momentos en que no podía hacerlo, momentos en que no podía prestar atención. O quizá debería decir que no quería hacerlo, que había momentos en que no quería prestar atención. Algunos momentos me era más fácil no pensar en nada excepto la increíble araña de la sala antes que en la idea de que yo podría estar presa en alguna parte mientras mi amorosa hija está en la universidad o tiene a su primer hijo.

Yo quiero tanto estar presente cuando ella tenga a su primer hijo.

Quiero estar presente cuando tenga a todos sus hijos.

Y cuando se me cruza por la mente la idea de que podría perderme algo como eso, alejo el pensamiento tan rápido como puedo y me concentro en otra cosa. En cualquier otra cosa, como esa araña. Yo había visto antes la sala del tribunal, cuando me acusaron en la primavera, pero ese día no miré a mi alrededor, así que no había notado la araña. Después de todo, lo único que hice aquella mañana fue entrar vivamente con mi vestidito primaveral y oír decir a Stephen: "Inocente, Su Señoría". Eso llevó dos segundos.

Pero hoy vi la araña; era imposible perdérsela. Y es una belleza, verdaderamente. Una enorme cosa de hierro forjado que cuelga del centro mismo del cielo raso. Las bombitas están dentro de unos delicados tulipanes de cristal, y el trabajo de metalistería es una serie de volutas y remolinos sorprendentemente elegantes. Muchas veces me resultaba más fácil grabarme en la cabeza esos tulipanes o esas volutas que las caras de las personas a quienes les hacían toda clase de preguntas acerca de partos caseros y partería. Stephen y Bill Tanner deben de haber hablado con treinta o treinta y cinco personas hoy, y todavía no se han puesto de acuerdo sobre quién estará en el jurado, y quién no.

Como dijo Stephen: "Volveremos a hacer esto mañana otra vez". No lo puedo creer.

Se me ocurre que había allí cuatro o cinco personas hoy que me odiaban sin conocerme siquiera. Eso no me habría preocupado en otra ocasión. Antes de que muriera Charlotte, no creo que me perturbara en absoluto conocer a una persona que me odiaba por lo que yo hacía. Creo que lo veía como un problema de esa persona, y no era nada que me quitara el sueño. Más bien, era cosa de ella. "Es tu viaje, no el mío."

Pero hoy eso me asustó. Realmente, me atemorizó terriblemente.

Desde mi asiento puedo ver el lago Memphremagog, y de vez en cuando esta tarde, cuando un posible miembro del jurado explicaba que todos sus hijos habían nacido en el hospital porque es más seguro, yo trataba de ver el agua mentalmente. Entonces podía mirar con fijeza al tipo y hacer como que estaba escuchando, cuando en realidad estaba viendo el lago.

Apuesto a que el agua está fría ahora, increíblemente fría.

Ésta no es una buena época del año para un juicio como éste. Al menos para mí. Todo se está secando o poniéndose marrón. Antes no me molestaba el otoño. Este año, sí. Ésa es otra cosa que parece diferente para mí desde que murió Charlotte. De pronto me disgusta el otoño.

Hubo momentos hoy cuando me sorprendí mirando el agua en el lago y sintiendo un escalofrío al pensar dónde estaré yo cuando se hiele.

del diario de Sibyl Danforth, partera

Los médicos no protestan, cabildean. No son la clase de personas que se paran afuera de un palacio de justicia con carteles y anuncios sobre el pecho y la espalda, o se toman de la mano y entonan canciones. Las parteras, por el contrario, sí. Las parteras son precisamente la clase de personas que utilizan el espectáculo público para hacer valer una proposición política.

Y por eso, si bien los médicos hicieron sentir su presencia en una variedad de formas poderosas antes y durante el juicio de mi madre —les encantaba atestiguar—, nunca se reunieron sobre las escalinatas del palacio de justicia del condado de Orleans.

Esa responsabilidad les quedaba a las parteras.

El lunes que empezó el juicio de mi madre, vimos al llegar a Newport entre sesenta y setenta personas, contando a las parteras y a sus clientes. Había mujeres cuya cara reconocí, como Cheryl Visco y Megan Blubaugh, Molly Thompson y Donelle Folino, y muchas mujeres y muchos hombres que no había visto antes pero que, al parecer, creían con pasión en el derecho de una mujer de alumbrar en su propio dormitorio. También estaban algunas de las pacientes de mi madre, caras que yo recordaba de exámenes prenatales en casa, algunos tan recientes como el invierno anterior. Adentro, como pronto descubrimos, había más clientes de mi madre, tejiendo o alimentando a sus hijos en los tres bancos de atrás.

Vimos a los partidarios no bien llegamos a la calle principal esa mañana, de pie como una falange a ambos lados de la escalinata de la corte y en largas filas sobre el pasto que se extendía desde el sendero hasta la puerta principal. Fuimos a Newport en la vieja e idiosincrásica camioneta de mi madre, de manera que nos reconocieron en el acto. Se oyeron grandes vivas cuando entrábamos en la playa de estacionamiento entre el palacio de justicia y el lago.

—¡Libertad a Sibyl! ¡Vida a los bebés! —fue el primer canto que oímos del grupo, y lo oímos en el momento mismo en que bajamos del auto. De todos los cantos que oiríamos durante las semanas siguientes (y serían muchos), éste era el que menos me gustaba. Implicaba que mi madre no era libre; sugería prisión y confinamiento y la destrucción de mi familia.

Lamentablemente, hasta hoy es el que oigo con mayor frecuencia en mi cabeza. Los otros, que identificaban a los hospitales con laboratorios, o cánticos que elevaban el parto casero a un rito religioso, vuelven a mí cuando pienso en esas semanas, pero no surgen como malas canciones pegadizas cuando estoy viendo a una paciente o haciendo café.

Como estaba planeado, Stephen y un joven asociado de su bufete ya nos estaban esperando en la playa de estacionamiento cuando llegamos. La noche anterior había helado, de modo que aunque el Sol ya estaba arriba a las ocho y media, el aire era frío, y se podía ver el aliento de Stephen cuando hablaba.

—Tiene algunos admiradores —dijo, indicando a los manifestantes enfrente.

—¿Está usted detrás de esto? —le preguntó mi madre, sonriendo.

—¡Por Dios, no! Nos aseguraremos de tener algunos amigos adentro una vez que estemos en la sala —amigos tranquilos—, pero todo este campamento vino por su cuenta. No me interprete mal. Me alegra que estén aquí, pero yo no tuve nada que ver con esto.

Todos los adultos se dieron la mano, y Stephen me presentó a su asociado, un hombre varios años menor que él, llamado Peter Grinnell. Peter carecía del refinamiento de Stephen, y era evidente que le gustaban las frituras y los sándwiches de salchichón, esas especialidades epicúreas de las ferias de zonas urbanas y rurales de Vermont que empiezan a principios de agosto y continúan hasta la primera semana de octubre. El pelo le empezaba a ralear, tenía una piel poco saludable y necesitaba perder entre quince y veinte kilos.

No me podía imaginar cómo encajaba este tipo en el estudio de abogados —que de tan señorial que era intimidaba— que yo había llegado a ver por un momento aquel día en Burlington. Me sorprendía que alguien como Stephen quisiera que trabajara allí siquiera. Peter llevaba puesto un sobretodo, de modo que no le podía ver el traje, pero deseé que estuviera —como diría Stephen— "un escaloncito más arriba" que el de Bill Tanner.

—¿Cómo se siente, Sibyl? —le preguntó Stephen.

Mi madre se encogió de hombros.

—Puedo sentir que el corazón me late bastante ligero. Pero creo que estoy bien.

—¿Energizada?

—No, Stephen, usted sabe que no —dijo ella, meneando la

cabeza y sonando casi resignada—. No soy la clase de mujer que se energiza.

—Ellas sí —dijo él, señalando con el pulgar, como quien hace autostop, al grupo de parteras y sus clientes a nuestras espaldas.

—Ellas no son yo.

—Bien, usted luce bien… —Stephen se interrumpió a mitad de la oración de una manera a la vez torpe y nada característica. —Parece que está preparada —dijo por fin.

Lo que Stephen quería decir —como siempre he supuesto— era que mi madre lucía hermosa. O heroica, tal vez. O valiente. Porque así lucía para mí mi madre. Parecía cansada y estaba pálida, pero creo que entiendo, de una manera retorcida, por qué al menos una de las convenciones de la belleza decimonónica era que la mujer debía ser vagamente tuberculosa, lo que explicaba por qué, hasta el fin mismo Lucy Westenra y Mina Harker, las heroínas del *Drácula* de Bram Stoker, eran consideradas encantadoras. Mi madre tenía una hebilla celeste sosteniéndole el pelo rubio, y llevaba puesta una modesta falda escocesa verde, casi como de colegiala, comprada especialmente para la ocasión. A diferencia de las otras parteras, tanto afuera como adentro del tribunal, tenía mocasines de cuero y medias.

Pero yo creo que Stephen se interrumpió porque mi padre estaba presente. Era probable que, de estar solos ella y él, le hubiera dicho exactamente cuán atractiva estaba.

—Seguro, estoy preparada —dijo mi madre—. No tengo otra opción ahora, ¿no?

—No, supongo que no.

Mi madre asintió, y mi padre puso un brazo sobre sus hombros.

—Hace frío aquí —les dijo a los abogados y a mí—. Entremos.

—La abuela no ha llegado todavía —dije yo, dirigiéndome a nadie en particular.

—¿Tu abuela es la clase de persona que podría entrar sola? —preguntó Stephen.

Antes de que yo pudiera contestarle, mi padre dijo que nos acompañaría hasta la puerta de entrada del tribunal y luego esperaría allí a la abuela. Y así, entre el olor a pintura fresca y a la madera que sostenía los carteles, los cinco nos abrimos camino entre el pequeño mar de mujeres con faldas floreadas y pañolones sobre la cabeza, hombres de barba hasta la mitad del pecho y docenas y docenas de pies de hombres y mujeres calzados con medias abrigadas de lana y sandalias.

Yo no sabía que Charlotte Fugett Bedford tenía una hermana y un cuñado. De alguna forma había perdido el detalle de que tenía una madre.

Y nadie me había dicho que los tres viajarían desde Alabama a Vermont para sentarse en el banco detrás de Bill Tanner y su asistente para observar el juicio a mi madre.

Sin embargo, no bien entré en la sala me di cuenta de quiénes eran. Nadie tuvo que decírmelo. Las dos mujeres tenían más que un parecido débil a su parienta muerta, y la manera en que la mujer más joven se inclinaba sobre el hombre en busca de apoyo sugería que estaban casados. Los tres llevaban ropa demasiado veraniega y delgada para Vermont en la última semana de septiembre.

Yo los vi antes de que ellos me vieran, y así aquella primera mañana pude apartar los ojos cuando nuestras miradas se encontraron, y no tuve que comprobar la tristeza que les marcaba el rostro. Aunque creo que nunca consideré a los Fugett o a los Bedford como la encarnación del mal, como a Bill Tanner, de alguna manera ese verano logré olvidar o pasar por alto que mi madre no era la víctima en esta tragedia, o que —ante los ojos de la gente— ella no era la única que sufría.

El alguacil había hecho sentar a veintiocho posibles jurados en cuatro hileras de siete: dos de esas hileras estaban en la tribuna misma del jurado, y las otras dos estaban formadas por sillas con almohadones inmediatamente delante de la tribuna. Eso hacía que las dos primeras filas fueran más bajas que las otras dos, y por eso esa parte de la sala me parecía algo así como un cine, con asientos en distintas alturas.

Además, otra docena más de posibles jurados ocupaban los dos bancos más próximos a la tribuna del jurado, y a medida que transcurría la mañana y Bill Tanner formulaba un número aparentemente interminable de preguntas, algunos tomaban el lugar de sus pares en las filas a lo largo del costado de la sala del tribunal.

El objetivo era encontrar doce jurados y dos suplentes que les resultaran aceptables tanto a Stephen Hastings como a Bill Tanner. Cada uno podía rechazar hasta seis candidatos sin darle una razón al juez, lo que significaba que si se producían sólo una o dos recusaciones con causa —la eliminación de un posible jurado por razones tan dramáticas como un prejuicio reconocido o tan pedestres como una cita con el médico durante el juicio que no podía ser postergada— podía llegar a constituirse el jurado con el primer grupo de veintiocho personas.

Por supuesto, rara vez sucedía eso, y el juicio a mi madre no fue una excepción. Una gran cantidad de jurados podían ser recusados con causa, y los abogados de ambas partes parecían muy buenos para aducir razones y eliminar candidatos sin tener que recurrir a los seis preciosos rechazos sin justificación.

Quizás en algún lugar de los archivos en el subsuelo del palacio de justicia del condado de Orleans o en un disquete o en una computadora en una de las oficinas del primer o segundo piso del edificio existen los nombres de las docenas de mujeres y hombres que formaron parte del plantel original allá a fines de septiembre. Quizá no. Muchos de los nombres de los primeros veintiocho (y de los refuerzos que se les unieron, a medida que Stephen o Bill Tanner rechazaban a uno después de aducir otra razón por la cual esa persona en cuestión no podía juzgar a mi madre ya fuera por razones objetivas o logísticas) se han confundido en mi mente con los nombres de los catorce definitivos.

No los rostros, sin embargo: todavía conozco los rostros y los rasgos de los catorce finales muy bien. Lo que es más, sé —o al menos creo saber— exactamente con cuáles estuvo satisfecho Stephen para que ocuparan su sitio en el jurado durante dos semanas, y exactamente con cuáles no.

—¿Les gustaría tener en el jurado a personas a quienes les encanta la idea de un parto casero, o a personas que opinan que es un concepto increíblemente descabellado? —nos preguntó Stephen a mis padres y a mí el jueves por la noche, antes de que empezara el juicio. Stephen nos había invitado a cenar a un restaurante francés en Stowe, la clase de lugar que me obligó a sacar faldas y blusas del ropero durante cuarenta minutos hasta encontrar la combinación que me pareció apropiadamente elegante y satisfactoria. Stowe estaba un poquito más cerca de Reddington que de Burlington, pero más o menos equidistante entre ambos lugares, y me imagino que Stephen suponía que una cena le levantaría el ánimo a mi madre antes de que el juicio comenzara finalmente.

Habíamos terminado de comer y los tres adultos estaban

sorbiendo su café cuando Stephen sacó el tema de la configuración del jurado. Como si fuera un profesor de leyes y la familia Danforth un grupito de estudiantes, prosiguió:

—¿Qué les parece? ¿Desearían a un grupo que cree que el parto casero es una propuesta perfectamente segura, o a un grupo que cree que es más riesgoso que aterrizar con un avión en un huracán?

—Supongo que preferiría a los que aprueban el parto casero —contestó rápidamente mi padre—. Tendrían mayor compasión.

—¿Mayor compasión hacia Charlotte o Sibyl?

—Hacia Sibyl —respondió mi padre, y al instante empecé a temer que la conversación tomara uno de esos rumbos que me espantaban. Yo no sabía si la respuesta de mi padre estaba equivocada, en cuyo caso su error lo avergonzaría —y luego lo pondría furioso— o si la discusión se deterioraría simplemente debido a que el tema era tan volátil. Lo que sí sabía era que no me gustó la manera en que Stephen dejó su pocillo de café y se encogió de hombros al oír a mi padre pronunciar el nombre de mi madre.

—Quizás ésa sea la clase de personas que necesitemos —dijo Stephen despacio—, o quizá no. Obviamente mis asociados y yo pensamos igual que usted. Personalmente, quiero ver el jurado formado por personas que creen que un parto casero es una manera razonable de tener un hijo. Pero tengo dos asociados que suenan muy convincentes cuando argumentan que debería tratar de conseguir un grupo que crea que la idea de tener un hijo en el dormitorio es algo terriblemente estúpido, un grupo que...

—¿Un grupo que qué? —preguntó mi madre cuando Stephen se interrumpió.

—Perdóneme, Sibyl —dijo Stephen, inhalando hondo antes de terminar su pensamiento—. Un grupo que piense que la idea de un parto casero es tan... peligrosa que Charlotte Bedford recibió lo que se merecía.

Mi madre inclinó la cabeza y se tocó la nuca con los dedos de una mano. Recuerdo que todas las mesas del restaurante —llenas esa noche con la clase de parejas mayores y acaudaladas que llegaban a Vermont a ver cómo las hojas de los árboles se teñían de amarillo y de oro y de fantásticos tonos de rojo— parecieron quedarse en silencio a nuestro alrededor, y de pronto dejé de oír la música clásica que acompañaba nuestra comida. Oí un zumbido agudo en los oídos, y no supe qué pasaría primero: ¿se echaría a llorar mi madre o mi padre le contestaría a Stephen con una grosería?

Me equivoqué: no sucedió ni lo uno ni lo otro. Creo que mi padre estuvo a punto de decirle a Stephen que sus observaciones estaban fuera de lugar, pero mi madre habló primero. Aunque cansada, incapaz de cobrar en una forma física y visible el vigor que los dos hombres querían, mi madre era aún una mujer fuerte.

—Yo no creo que eso sería muy sagaz —dijo con voz suave pero firme—. No creo que nos beneficie hacernos parecer como idiotas a mis madres y a mí.

Stephen asintió, y la música y la conversación y el sonido de la platería sobre la porcelana volvieron.

—Estoy de acuerdo. Sólo les estoy contando lo que creen algunos de mis pares —dijo Stephen.

—De modo que yo tenía razón —dijo mi padre, echándose hacia atrás en su silla—. Llenarán el jurado de personas que creen en el parto casero.

—Dudo de que lo llenemos. Pero si encuentro a personas que parecen opinar de esa manera, trataré de conservarlas. —Volvió el rostro hacia mi madre antes de proseguir. —Lo siento. Simplemente esperaba transmitirles lo complicado que es todo esto, inclusive para mí.

—Inclusive para usted —dijo mi padre—. Me lo imagino.

—Como abogado, Rand. Eso es lo que quiero decir.

—Entiendo.

—Probablemente haya abierto demasiado la boca —dijo Stephen suspirando—. Pero correré el riesgo de abrirla un poco más todavía y les diré otra cosa: en este momento preciso quizá sepa un poco mejor a quién no quiero en el jurado que a quién quiero.

—¿Cómo es eso? —le preguntó mi padre.

—Bien, veamos. Antes que nada, voy a tratar de mantenerme lejos de mujeres en edad de tener hijos. No estoy seguro de que puedan tomar distancia de la víctima. Y no quiero ni enfermeras ni médicos ni paramédicos. Ni voluntarios de escuadrones de rescate urbano. Y, por supuesto, no habrá en el jurado ni un alma que haya tenido una mala experiencia con un parto, ni que haya visto u oído nada referido a una mala experiencia con un alumbramiento. Eso se lo aseguro.

—¿Quiere más hombres o mujeres? —preguntó mi padre. Mi madre aún tenía los dedos en la nuca, y si bien miraba de frente a Stephen —probablemente desde que él se disculpó un momento antes— yo no creo que lo viera. Estoy segura de que en algún nivel estaba escuchando, y estoy segura de que habría participado en la conversación si hubiera resultado necesario desactivar una bomba humeante entre su marido y su abogado; de lo contrario, sin embargo, parecía contenta sentada allí tranquilamente, dejando que los dos hombres conjeturaran y gastaran energía.

—No es tan sencillo como una cuestión de hombres o mujeres; ojalá lo fuera. Creo que en este caso es mucho más importante conseguir personas inteligentes.

—¿Debido a los expertos?

—Sí. Una persona inteligente escuchará con atención cuando haya testimonios sobre algo como niveles de cuidado y atención. O sobre lo que indica la autopsia, o lo que deja de indicar. Y las personas inteligentes no supondrán automáticamente que los médicos o expertos del Estado tengan mayor credibilidad que los nuestros.

Y por eso cuando los abogados empezaron a constituir el jurado —haciendo una pregunta tras otra a los granjeros y empleados de tienda y leñadores de cierta edad que estaban entre los candidatos—, yo sabía a quiénes queríamos y a quiénes no. Yo estaba sentada en la primera fila de bancos, inmediatamente detrás de mi madre, Stephen y Peter Grinnell, con mi padre de un lado y mi abuela del otro, e hice mentalmente una lista de los que quería que quedaran al final como jurados.

Sentados con nosotros en el banco estaban un par de empleados del bufete de Stephen y Patty Dunlevy, pero los tres miembros de la familia de Charlotte tenían un banco sólo para ellos.

Los bancos de las familias Danforth y Fugett estaban en la misma fila, pero separados por un pasillo ancho, la investigadora privada y los empleados. Sólo cuando yo estudiaba el grupo de jurados sentados en la parte más cerca de la puerta existía el riesgo de que un integrante del contingente de Alabama pudiera volver la cabeza y sorprenderme mirándolos, de modo que yo tuviera que apartar de inmediato la mirada para evitar lo que —según imaginaba— serían unos ojos cargados de odio.

Sin embargo, una de las pocas veces que observé a los Fugett, un momento después de que ocuparan sus asientos los pertenecientes al grupo original de veintiocho candidatos, me di cuenta de que faltaba una parte importante de la familia.

Me incliné por encima de mi abuela y le pregunté a la empleada que estaba a su lado, una mujer joven llamada Laurel:

—¿Dónde está el reverendo Bedford?

—Él va a atestiguar —susurró—, de modo que está reclui-
do. No vendrá a la sala hasta que oigamos los alegatos finales.

—¿Y Foogie vendrá?

—¿Foogie?

—El hijito —respondí, recordando de pronto que ahora
había dos—. El mayor —agregué.

—Te refieres a Jared, ¿verdad? No, él no vendrá. Al menos,
no lo creo.

Me apoyé sobre el respaldo del asiento, aliviada. Ya era
bastante malo tener que estar sentada a diez o doce metros de
la hermana y la madre de Charlotte; habría sido casi insopor-
table ver a un viudo solitario con uno de sus dos hijitos, a quien
ahora se veía obligado a criar solo.

—Ésta no es una pequeña distinción —dijo Bill Tanner al
grupo de candidatos a integrar el jurado, paseándose lentamente entre su mesa y el alto estrado detrás del cual estaba
sentado el juez—. Una parte importante de sus funciones será
entender la diferencia entre duda razonable y duda concebible
—hay diferencia— y de acuerdo con ello llegar a un veredicto.

Yo no tenía idea de si Tanner pescaba con mosca, pero sabía, sí, que muchos hombres de Reddington pescaban, así que
en esa época imaginé que él también lo hacía, pues caminaba
como si estuviera vadeando charcos de agua, levantando los
pies y moviéndose con cautela. Era alto y delgado, y frente al
jurado hablaba como un abuelo. Parecía paciente y metódico,
la clase de tipo que colocaría una mosca con meticuloso cuidado y luego permanecería de pie felizmente arrojando la línea
durante horas.

Yo había oído la voz de Tanner dos veces en el noticiario de
televisión, pero esa mañana fue la primera vez que la oí en
vivo, y la primera vez que lo oí hablar un rato largo. Era difícil
creer que este hombre agradable fuera capaz de decir las cosas
terribles sobre mi madre que ya había dicho o que pronto diría, mucho perores aun.

Tenía el pelo casi todo gris y la cara llena de arrugas profundas. Muchas veces, cuando hablaba, sostenía con una mano los
anteojos por una patilla, dejando al descubierto hondas manchas rojas a ambos lados de la nariz, donde los apoyaba. Supuse

que tendría cincuenta y tantos años, cerca de los sesenta.

—¿Y qué hay de usted, señor Goodyear? ¿Cree usted que debería tener el ciento por ciento de seguridad con respecto a la culpabilidad de una persona antes de condenarla, o bastaría la eliminación de toda duda razonable para hacerlo? —preguntó.

—Nada en este mundo es ciento por ciento seguro —respondió el hombre. Antes había dicho que trabajaba como tipógrafo para una imprenta de Newport. Tenía las puntas de los dedos manchadas por la tinta.

—Excepto los impuestos —dijo Tanner. Sostenía los anteojos en una mano, y un pedazo de papel cuadriculado en la otra. Los posibles jurados estaban localizados por fila en el papel cuadriculado, así que Tanner podía identificarlos por nombre.

—¿Tiene usted hijos, señor Goodyear?

—Dos muchachos.

—¿De qué edad?

—Uno tiene diez y el otro, siete. No, ocho. Va a cumplir ocho. La semana que viene.

—¿Está usted casado?

—Sí. Desde hace doce años.

—¿Qué hace su esposa?

—Trabaja dos días a la semana en la cafetería de la escuela. Y el resto del tiempo se ocupa de criar a los muchachos.

—¿Creció usted en esta zona?

—Sí.

—Usted es un hombre afortunado —dijo, suspirando—. Tenemos aquí una de las partes más bonitas del estado.

—Eso creo.

—¿Dónde nació?

—En Newport.

—¿En esta misma ciudad?

—Sí.

—¿En el hospital?

—Ajá.

—¿Y sus chicos? ¿Dónde nacieron ellos?

—En el mismo hospital.

—¿North Country?

—Sí.

Actualmente, visualizamos a los abogados sobre un estrado, usando un micrófono. En aquella época, en nuestro rincón rural de Vermont, no era así. Como actores en un escenario, los abogados hablaban en voz alta para que se los oyera, y lo hacían sin que pareciera que elevaban la voz. Sostenían sus apuntes en la mano cuando hablaban, y si necesitaban un lugar donde dejar los papeles, usaban la mesa.

—¿Fueron partos fáciles? ¿Difíciles? ¿Entre fáciles y difíciles?

—Fueron fáciles para mí —respondió el señor Goodyear—. Yo estaba en la casa de la hermana de mi mujer cenando la primera vez, y en la sala de espera con nuestra familia la segunda vez.

—¿Fueron fáciles para su mujer?

—Supongo que sí. Tuvimos dos buenos muchachos.

—¿Usted o su esposa pensaron en algún momento tener a sus hijos en su casa?

—¿En lugar de en el hospital, quiere decir?

—Sí. Eso es exactamente lo que quiero decir.

Goodyear sonrió.

—No, señor. No creo que esa idea se nos cruzara por la mente.

—Veamos —dijo Tanner—. No he conversado con Golner. Julia Golner. ¿Cómo está usted esta mañana, señora Golner?

—Muy bien.

—¿Trabaja usted, señora Golner? ¿O se ha jubilado?

—Ah, dejé de trabajar hace siete años. Tengo sesenta y ocho años, señor Tanner.

—Su marido, ¿trabaja?

—Él falleció.

—Lo siento. ¿Sucedió hace poco?

—No. En 1975.

—¿Tiene hijos?

—Siete —respondió, rebosando de alegría—. Y quince nietos. Mi número de la suerte.

—¿Nació usted en Vermont?

—Sí.

—¿En un hospital?

—No. Yo nací en 1913. Nací antes de las guerras mundiales. ¡De las dos!

—¿De modo que nació en su casa?

—Nací en el dormitorio de mi madre y de mi padre, en la granja donde vivieron durante años y años, en el condado de Orleans.

—¿Y sus hijos? ¿Ellos también nacieron en su casa?

—No. Algunos sí. Pero no todos.

—¿Me quiere contar eso?

En una saga de nacimientos y pérdidas que habría durado sin interrupción durante dos décadas si su marido no se hubiera alistado en el ejército en 1943, la señora Golner brindó una historia informal del parto en el Reino del Noreste entre 1932 y 1951 y del paso del hogar al hospital. Le dijo a la corte que tuvo cuatro de sus hijos antes de la Segunda Guerra Mundial, en su dormitorio, y por lo menos igual número de abortos. Luego tuvo tres hijos después de la guerra, y otras dos "almas" que nunca pasaron el primer trimestre de vida.

Esos bebés de posguerra nacieron en el hospital.

—No sé por qué fue eso —dijo—. Supongo que todos decidimos después de la guerra que era mejor así. Más seguro, supongo.

—Pasé tres años en el Pacífico. Luché en Iwo Jima.

—¿Fue herido?

—No. Tuve suerte —le contestó el señor Patterson al fiscal. Era un hombre corpulento, con una remera de cuello alto y un suéter azul pegado al torso como una segunda piel, y estaba sentado con los brazos cruzados desafiantemente sobre el pecho.

—Estuvo todo ese tiempo en el Pacífico. ¿Por eso es que dice tener poca… paciencia con la gente que se opuso a la Guerra de Vietnam?

—No. Aunque no hubiera tenido la oportunidad de luchar por mi patria, habría esperado que otros dieran un paso adelante cuando los llamaban. Y ambos sabemos que muchos no fueron.

—No dieron un paso adelante.

—Así es.

—En la década de 1960 y a principios de la de 1970.

—Sí.

—Suponga que hubiera un testigo que a usted no le gusta, señor Patterson. Personalmente. ¿Podría ser justo?

—¿Qué quiere decir?

—Pues, digamos que una parte o la otra presenta un testigo que a usted no le cae bien. ¿Escucharía su testimonio de una manera imparcial?

—Sí. Me parece que tendría que hacerlo. Sería mi deber

—contestó el señor Patterson, pero antes de terminar de hablar ya supe que Stephen tacharía el nombre de ese tipo.

Cuando salimos de la sala para almorzar, pasamos junto a una fila de mujeres en el último banco que empezaban a amamantar a sus bebés. Mi madre no había traído al mundo a los más pequeños, pues había dejado de trabajar hacía casi seis meses. Entre ellos, sin embargo, había dos bebés que mi madre trajo al mundo semanas o meses antes de la muerte de Charlotte Bedford, chicos más grandes, entre seis y nueve meses de edad. Los observé mamar por un momento antes de notar algo infinitamente más interesante para mí: algunos de los periodistas, inclusive mujeres, estaban tratando desesperadamente de hablar con miembros del grupo durante el receso sin bajar los ojos más allá de la frente de las madres. Era como si trataran de entrevistar a la pared detrás de ellas.

Mi madre comió pan tostado con canela y un chocolate caliente para el almuerzo en una cafetería, e insistió en que nos detuviéramos en la florería de la calle principal para ver los arreglos florales de otoño en exhibición. Cuando habló, se refirió al follaje de ese año y a las hileras de autos con chapas de otros estados estacionados aquí y allá. Dijo que le parecía que los arces tenían un rojo más vibrante que de costumbre, y esto evidentemente le agradaba.

Stephen y su pequeño equipo de colaboradores no salió del tribunal, excepto la empleada llamada Laurel. Ella vino con nosotros, y me pareció que su responsabilidad principal era la de ayudarnos a apartar a los periodistas y decirles con una sonrisa que no teníamos nada que declarar.

—Me parece que lo están haciendo muy bien —nos dijo cuando nos detuvimos por un momento frente a la vidriera de la florería—. Han hecho una muy buena presentación como familia.

A mi abuela esto le encantó. Mi madre asintió, como si encontrara un gran significado en la observación de Laurel. Le sonrió de esa nueva manera que había adoptado en el último medio año, una sonrisa que tenía una parte de incredulidad y otra parte de paciencia.

—Pues, sabe —dijo, con un tono de absoluta seriedad—, hemos necesitado muchos años para llegar a eso.

* * *

Una vez, semanas antes, miré por la ventana del dormitorio de mis padres para ver a mi madre saludar a Stephen cuando él llegó al fin del día. Había oído un auto, de modo que hice a un lado mi tarea escolar y crucé la casa hasta la ventana que daba al frente. Durante el desayuno, mi padre había dicho que no volvería hasta las siete o siete y media de la tarde, y yo quería ver quién era el que llegaba a las cinco de la tarde.

Era Stephen. Para cuando llegué a la ventana, mi madre ya estaba afuera, caminando por el sendero para ir a su encuentro. Se movía despacio, con paso de sonámbula o alguien en extremo preocupado. No obstante, me sorprendió el hecho de que hubiera salido de la casa para ir hasta el auto. Quizá no tenía el paso aturdido de una joven muchacha enamorada, quizás estuviera un tanto abrumada por la espera del juicio, pero todavía le quedaba algún deseo de dar expresión a las pocas chispas agradables que le deparaba la vida.

Cuando Stephen bajó del auto, mi madre ya estaba allí. Dejó que él le tomara las dos manos, y se quedaron un momento ante la puerta abierta del auto. El acero gris obstruía para mí la proximidad de sus piernas.

—¿Quién tiene la carga de la prueba? —le preguntó Stephen a Lenore Rice, una mujer joven que trabajaba en la estación Grand Union en Barton. Lenore tendría unos seis o siete años más que yo, pero no lo aparentaba. Era una chica pequeña, con rasgos también pequeños, apenas pubescentes.

—No sé lo que es eso —respondió.

—La carga de la prueba es un término legal —empezó a decir lentamente Stephen, aunque sin condescendencia—. Hay dos partes en esta sala, la defensa y el Estado. Yo represento a la defensa, y quien está sentado allí, el señor Tanner, representa el Estado. Uno de nosotros deberá probar algo dentro de estas paredes en las próximas semanas, y el otro no. ¿Soy yo quien deberá probar algo?

—Pues, sí —dijo ella—. Por supuesto.

—¿Y qué es lo que debo probar?

—Que su cliente es inocente.

Stephen asintió, y se sentó por un momento en el borde de la mesa de la defensa. Peter le entregó el papel cuadriculado con la distribución de los posibles jurados antes de que se lo pidiera.

—Señor Anderson, ¿está usted de acuerdo con la señorita Rice? —preguntó Stephen después de consultar el papel—. ¿Está usted de acuerdo en que yo debo probar algo en este procedimiento?

—No.

—¿Por qué no?

—Una persona es inocente hasta que se demuestre lo contrario.

—Por cierto —dijo Stephen, caminando hacia la primera fila del panel—. Eso es totalmente cierto. ¿Qué hace usted, señor Anderson?

—Soy electricista.

—Gracias. No se vaya, hablaremos en un momento. Señorita Rice, ¿qué piensa usted acerca de lo que acaba de decir el señor Anderson? ¿Ha cambiado usted de parecer?

—¿Sobre qué?

—Sobre si yo debo probar que mi cliente es inocente.

—Pues él dice que no.

—De hecho, no es el señor Anderson quien lo dice, sino toda nuestra filosofía de la jurisprudencia. Nuestro sistema de justicia. En este país, una persona es inocente —absolutamente inocente— hasta que se prueba que es culpable. Si usted es jurado, debe empezar el juicio con la presunción de que la acusada es inocente. ¿Acepta eso, señorita Rice?

Se miró la falda.

—No lo sé —musitó.

—¿No lo sabe?

—A mí me parece que alguien no estaría aquí si no hubiera hecho algo malo.

Stephen se volvió hacia el juez Dorset.

—Su Señoría, ¿puedo acercarme al estrado?

El juez asintió, y tanto Stephen como Bill Tanner se pararon delante de la alta barricada de madera y susurraron con Dorset un largo rato. Cuando terminaron, el juez le dijo algo al alguacil en voz baja. Tanner se dirigió entonces a su asiento, y Stephen volvió al borde de su mesa.

—Señorita Rice, está usted excusada. La corte le agradece mucho su disposición a venir el día de hoy —dijo el juez Dorset.

La joven se puso de pie, con aspecto más recalcitrante que aliviado, y el alguacil llamó al candidato a jurado número treinta y dos a que se acercara desde uno de los bancos posteriores para ocupar el lugar de la señorita Rice. Ésta era la cuarta persona que ni Stephen ni Bill Tanner querían entre los catorce jurados finales y que habían logrado eliminar con una causa.

—Está hecho de porotos de soja orgánicos —dijo Nancy Hallock.

—¿Y usted lo usa en vez de leche? —preguntó Stephen.

—Sí. No tenemos productos o subproductos animales en casa.

—¿Carne no?

—Por Dios, no. —La mujer se estremeció.

—¿Todos en su familia son vegetarianos estrictos?

—Bien, mi marido y yo lo somos. No tenemos hijos.

—¿Puedo preguntarle la edad?

—Sí. Tengo cuarenta y un años.

—¿Piensan tener hijos?

—Creo que ya hay bastante gente en este planeta, ¿no cree usted? Si decidimos tener hijos, los adoptaremos.

Cuando fui a la oficina de mamá a darle un beso antes de irme a dormir después del primer día de la selección de jurados, la encontré sentada ante su escritorio, escribiendo en su diario personal. Nunca había ocultado el hecho de que hacía años que llevaba un diario, y los cuadernos de hojas sueltas que usaba —gruesos, con tres anillos, de tapa azul, iguales a los míos— llenaban el estante inferior de una biblioteca detrás del escritorio. Confiaba en que mi padre y yo respetaríamos su propiedad privada.

—¿Quieres más agua caliente antes de que suba? —le pregunté, indicando su jarro de té, que estaba por la mitad.

—No, estoy bien —contestó, dejando la lapicera y recostándose sobre la silla—. Estuviste muy callada durante la comida esta noche. ¿Todo está bien?

—Supongo que sí —le contesté, encogiéndome de hombros.

—¿Qué te pareció el primer día de tu mamá en la corte? Bastante aburrido, ¿no? —dijo, con la esperanza de restarle importancia a lo que yo estaba presenciando.

—Me pareció fenomenal.

—A tu edad —dijo, sonriendo—, se supone que sólo los conciertos de rock y los muchachos apuestos lo son.

236

—Ellos también son fenomenales.

—¿Hablaste con Tom esta noche?

—Ajá.

—¿Le contaste acerca de hoy?

—Sólo lo que Stephen dijo que estaba bien mencionar —contesté, mintiendo. En realidad, le había contado a Tom todos los detalles que recordaba.

—¿Estás contenta de asistir?

—Sí, lo estoy.

Estiró los brazos sobre la cabeza y los puso detrás de la espalda, hasta rozar la biblioteca con los dedos. Además de su diario personal, la biblioteca tenía tratados sobre nacimientos —libros con títulos como *Partería espiritual* y *Corazón y manos*— y las carpetas en que mi madre guardaba los registros médicos de sus pacientes. Yo sabía que había más registros en el armario de madera al lado de la biblioteca, muchos de los cuales se los había llevado el Estado mediante una orden.

—Apuesto a que te dan ganas de ser abogada cuando crezcas —dijo, y puso los ojos en blanco.

—O partera.

—Correcto. O partera.

Desde donde estaba podía ver renglones y renglones de tinta azul que corrían como olas sobre las páginas blancas. Ella escribía de los dos lados de la hoja, de manera que cuando el cuaderno estaba abierto el efecto que daba recordaba vagamente a un libro muy grande.

—¿Crees que esto terminará pronto? —le pregunté.

—Ah, creo que sí, tesoro —respondió mi madre, con una nota de preocupación por mí en la voz—. Stephen dice que el juicio debería durar sólo dos semanas.

—Y estoy segura de que ganaremos —afirmé, esperando darle la impresión de que tenía tanta confianza que, encima de todo lo demás, no debía preocuparse por su hija de catorce años.

—Ah, yo también estoy segura —dijo.

—Y luego todo volverá a la normalidad.

Abrió la boca para hablar, y yo oí el eco en mi mente —*Seguro, Connie, seguro. Luego todo volverá a la normalidad*—, pero no le salieron las palabras, ni siquiera un murmullo. En cambio, asintió, pero ambas sabíamos en lo más hondo que la muerte de Charlotte había cambiado todo para siempre. Para mi madre, nada volvería a ser normal jamás.

16

Por fin terminaron de seleccionar el jurado esta tarde. Creo que los abogados habrían seguido haciendo preguntas hasta el miércoles, pero el juez había oído bastante para la hora del almuerzo hoy, y ambas partes convinieron en hacer su selección para las tres.

Vermont es un estado pequeño, y Stephen estaba seguro de que muchos de los candidatos serían excusados porque me conocían a mí o a Charlotte, pero esto sucedió sólo una vez. Y no fue que el hombre conociera a alguna de las dos. Había visitado la iglesia de Asa un domingo para ver si podría ser una buena congregación para su familia —decidió que no— y le había estrechado la mano al pastor cuando él saludaba a los feligreses a la salida, después del servicio.

Hay dos personas en el jurado definitivo que nacieron en su casa, pero eso se debe sólo a que tienen más de sesenta años. Nacieron cuando todavía era raro que las mujeres fueran al hospital para tener hijos.

También había dos mujeres entre los candidatos del principio que tuvieron sus hijos en la casa, y estoy casi segura de que una de ellas tuvo como partera a Molly Thompson, pero ninguna fue seleccionada. Detrás de mí, lo oí maldecir en voz baja a Rand cuando vio que no las seleccionaron ("¡Maldición!", dijo), pero estoy segura de que sólo Peter y yo lo oímos. Lo mismo, me di vuelta para guiñarle un ojo, como diciéndole: Está bien, no tiene importancia.

Pero por supuesto que sí la tiene.

Stephen no quiere que me dé vuelta para guiñarle un ojo a alguien de mi familia o para mirar a la gente que está detrás, pero aun así lo hago a veces. No puedo evitarlo; es como un reflejo. A veces tengo que ver a Connie. A

*ella también le guiñé el ojo una vez hoy. Sin ninguna
razón.*

*Ojalá Connie fuera chiquita otra vez. Ojalá yo fuera
joven y ella chiquita, quizá no como recién nacida, aunque me gustaba envolverla cuando era una cosita tibia,
increíblemente diminuta, que gorgoteaba. Ojalá Connie
tuviera quizá dos o tres años, cuando era una personita
maloliente y hermosa a la que le encantaba bailar y dar
vueltas y treparse al sofá como si fuera una montaña, y
no hacía más que cantar canciones con la letra que Rand
y yo inventábamos: "Brilla, brilla, estrellita, brilla para
la Connie chiquita".*

*A Connie le encantaba dar abrazos a los dos años.
Le encantaba. Me rodeaba el cuello con los dos bracitos,
y apretaba y apretaba. "¡Un abrazo, mami!" ¡Eso me
gustaba tanto!*

*Y cuando Connie tenía dos años, todo esto por lo que
hago sufrir a mi familia estaba tan lejos. Ojalá que todo
volviera a ser igual. Ojalá mi vida no fuera como este
álbum de canciones que alguien me dio y que está casi
por terminar y en el que sólo las dos primeras canciones
fueron buenas.*

*¿Eso suena egoísta? Lo siento si es así, porque no
quiero sonar egoísta, o como una víctima patética que
ha sido engañada por un discjockey cósmico o por un
productor de discos. Sé cuáles son los errores que he cometido. Sé cuándo he metido la pata.*

*Esta semana, en algún momento, también me he dado
vuelta para mirar a la familia de Charlotte, a su hermana y a su madre. La hermana de Charlotte se come
las uñas, igual que Charlotte. Mantiene los dedos derechos y tiesos. Hicimos contacto visual un par de veces
hoy, y pensé que estaba a punto de echarse a llorar.*

*Verle la cara y estar sentada tan cerca de ella me
hace sentir cargada de culpa. Siento crecer la culpa dentro de mí, como un embarazo. A veces pienso que si me
toco el vientre con la mano izquierda voy a sentir que se
mueve. Una patadita. Uno de esos hipos.*

*La hermana de Charlotte me desprecia. Tanto ella
como su madre me desprecian. Es terrible sentirse des-
preciada, y sola en mi cuarto cuando el mundo duerme
—al menos mi mundo— me parece que me lo he ganado.*

Y sin embargo lo más extraño es que la familia de Charlotte probablemente no me odiaría tanto si no hubiera tratado de salvar a Veil. Sobrino de una, nieto de la otra.

Stephen dice que para cuando todo esto termine, la gente lo entenderá. Dice que él se asegurará de que todos vean que yo pude haber dejado morir a ese bebé allí adentro de su madre, y entonces nadie estaría donde todos estamos ahora. Él les mostrará que habría sido una tragedia peor porque habrían muerto dos personas en vez de una, y sin embargo nadie estaría sentado en la sala de un tribunal el día entero, señalando con el dedo.

No he visto a Veil desde que nació. ¿Él también me despreciará cuando crezca? ¿Él también me echará la culpa por matar a su madre?

del diario de Sibyl Danforth, partera

Todo el verano y principios del otoño había temido que Bill Tanner enviara a mi madre a prisión y destruyera a mi familia. Pero no fue sino hasta la mañana del primer miércoles del juicio cuando miré por la ventana de la sala del tribunal y vi esas nubes gris plomo que llegaban desde el noreste que empecé a temer que el hombre fuera lo suficientemente poderoso como para controlar el clima también. El cielo se oscureció y la sala también cuando se embarcó en su alegato inicial, y hasta el día de hoy los abogados estatales del condado de Orleans menean la cabeza y se ríen cuando cuentan cómo Bill Tanner hizo coincidir el resumen de su caso contra Sibyl Danforth con un trueno.

Afuera de la sala del tribunal, por supuesto, para los que hacían las compras en la calle principal de Newport o para los que recorrían los caminos rurales, contemplando los colores de las hojas, no era más que otro día lluvioso de otoño. Fue sólo para los que estábamos en esa sala del segundo piso, con la vista panorámica del lago y las montañas al norte, que nos pareció que tenía un apabullante significado sobrenatural.

—Nadie les dirá que Sibyl Danforth es una persona maligna. Nadie les dirá que es una asesina a sangre fría —dijo Tanner—. Por el contrario, le oirán decir a la defensa que es

240

una persona excelente... una persona notable. Se me ocurre que les dirán que es una madre excelente, una esposa perfecta. Quizá lo sea. Quizá no. Para nuestro propósito, sin embargo, nada de esto cuenta. Nada de esto.

"Se acusa a Sibyl Danforth de ejercer la medicina sin matrícula, y se la acusa de homicidio involuntario. No estamos diciendo que haya asesinado a nadie. Pero mató a alguien, sí. Eso es un hecho, y eso es lo que importa.

"Una mujer joven ha muerto y está enterrada en un cementerio de Alabama por causa de Sibyl Danforth, y un padre se enfrenta a la difícil tarea de criar solo a dos hijos pequeños. Imagínense: el pequeño Jared Bedford disfrutó del amor único de su madre durante sólo siete años. Siete breves años. Lo que es peor, su hermanito, Veil —un bebé que, misericordiosa y milagrosamente, sobrevivió tanto a la incomprensible negligencia de la señora Danforth como a su arrogante uso de un cuchillo de cocina— nunca jamás conocerá a la mujer que debería haberlo criado: Charlotte Fugett Bedford.

Tanner meneó la cabeza y suspiró antes de proseguir.

—Charlotte Fugett Bedford ha muerto a causa de Sibyl Danforth. Innegablemente. Indisputablemente. Incontrovertiblemente. Una mujer de veintinueve años ha muerto a causa de la imprudencia criminal de Sibyl Danforth. Y si bien la señora Danforth no es la clase de persona que tomaría un revólver para matar a uno de ustedes por dinero o por drogas... o en un crimen pasional, es sobre sus hombros que recae la culpa de la muerte de Charlotte Bedford. Sibyl Danforth la mató. Pura y sencillamente: Sibyl Danforth la mató. Por eso es que estamos aquí ahora.

El pescador con mosca miraba a jurados específicos mientras hablaba, como si estuviera ensalzando un río en el que una vez habían pescado juntos y que ahora estaba seco o contaminado y no podía usarse. Para dar énfasis a sus palabras, hacía ocasionalmente una pausa y miraba las nubes de tormenta por la ventana, pero siempre parecía volverse hacia el jurado cuando quería decir algo particularmente dramático.

—La defensa tratará de convencerlos de que éste es un caso complicado con muchas zonas grises, y tratará de hacer desfilar por esta sala una serie de supuestos expertos que probablemente nunca antes hayan puesto un pie en Vermont. Nunca. Pero ustedes verán pronto que este caso no es tan complicado.

"Nosotros les demostraremos que desde el momento en que Charlotte y Asa Bedford se reunieron con Sibyl Danforth a discutir sobre la posibilidad de tener a su hijo en su casa, la señora Danforth procedió con esa clase de grosera irresponsabilidad que sólo podía terminar en tragedia.

"¿Debería habérsele permitido a Charlotte Bedford tener a su bebé en su dormitorio, en primer lugar? Demostraremos que otras parteras —lo mismo que probablemente todo médico razonable en este planeta— habrían dicho que no. El riesgo era demasiado grande.

"¿Entendían este riesgo Charlotte y Asa? Está claro que no. O bien la señora Danforth no percibió el riesgo o decidió no compartir su conocimiento del riesgo con sus clientes; en uno u otro caso, en ningún momento les advirtió a los Bedford sobre los peligros de su decisión.

"El día que a Charlotte Bedford le empezaron los dolores de parto, ¿demostró Sibyl Danforth tener el sentido común de tomar en cuenta el clima? No, no lo hizo. Una mujer nacida y criada aquí en Vermont, una mujer que debía conocer la terquedad y los caprichos y la total inseguridad del clima de Vermont, ¿discutió con los Bedford la posibilidad de que podrían quedar atrapados en su casa en caso de que algo saliera mal? No. No lo hizo.

La lluvia no había empezado todavía a repiquetear contra los espesos vidrios de la ventana opuesta a la tribuna del jurado, pero noté que algunos de los jurados miraban por detrás de Bill Tanner el cielo ominoso. Yo no pude evitar hacer lo mismo.

—Y luego, esa noche —continuó—, cuando se dio cuenta de que, debido a su propia y sorprendente falta de previsión, ella y una parturienta estaban encerradas en un dormitorio a kilómetros y kilómetros de la ayuda que podría haber proporcionado un hospital, ¿qué hizo la señora Danforth? Hizo que Charlotte pujara… y pujara… y pujara. Horas después de lo que cualquier médico habría permitido, hizo que Charlotte pujara. Horas después de lo que cualquier mujer saludable podría haber resistido, hizo que pujara. Sin anestesia. Sin calmantes. Hizo que pujara.

Mi madre se movió poco durante el ataque. De vez en cuando, se volvía para mirar el lago, y quizás a observar las cabrillas que formaba la tormenta en el agua, pero permanecía sentada, impasible, las manos sobre la mesa, los dedos entrelazados. Ocasionalmente, Stephen o Peter escribían algo, pero mi madre nunca usó la lapicera. Era como si estuviera anestesiada o se hubiera endurecido contra el odio. Aunque mi padre y yo nos poníamos rojos de rabia, ella parecía estar por completo en otro lugar.

—¡Sibyl Danforth la hizo pujar tanto tiempo a la pobre mujer que creyó que la había matado! Creyó realmente que había hecho pujar tanto tiempo a una de sus madres, como en una larga pesadilla, que la mujer se murió. La hizo pujar hasta matarla, en otras palabras. ¿La ironía? Sibyl Danforth no la había hecho pujar hasta la muerte. Casi lo hizo. Pero no del todo. Charlotte Bedford no murió por pujar. Se necesitó un cuchillo de veinticinco centímetros con un brilloso filo de quince centímetros para matarla.

"Todos ustedes verán —y no tengo palabras para expresar cuánto lamento decir esto—, cuando hayamos terminado, que una mujer ha muerto porque la que está allí sentada tomó un cuchillo de cocina y brutalmente abrió en dos el estómago de Charlotte Bedford en el propio dormitorio de la pobre mujer, y lo hizo mientras la mujer aún respiraba.

Miró a mi madre y luego, asqueado, sacudió la cabeza. Mi madre no se movió, pero a mi lado mi padre dio un respingo. Cruzó las piernas, las descruzó y volvió a cruzarlas.

—Este crimen es pasmoso por muchos motivos, pero en especial encontrarán exasperantes dos de ellos: Charlotte Bedford no se habría muerto en un hospital. Esto está claro. Y Charlotte Bedford no se habría muerto si un médico la hubiera tratado durante todo su embarazo. Obviamente, Sibyl Danforth no es médica. Es una partera. Y si bien las mujeres que se llaman a sí mismas parteras aducen poseer toda suerte de conocimientos arcanos, si bien alegan poder traer bebés al mundo, en realidad saben poco más de medicina que ustedes o yo. Sibyl Danforth nunca ha ido a la facultad de medicina. Nunca ha estudiado enfermería. No tiene matrícula para ejercer la medicina. En realidad, su entrenamiento médico, de cualquier tipo, es tan escaso, que entre las seis y las seis y treinta de la mañana del 14 de marzo, ¡ni siquiera supo distinguir entre una mujer viva y una mujer muerta! Enfrentemos los hechos: ¡Sibyl Danforth está tan capacitada para traer bebés al mundo como la mujer del quiosco que me vendió el diario esta mañana o el adolescente que me llenó el tanque de combustible!

Tanner hizo una pausa para permitir que la imagen cobrara vida en la mente de los jurados: un adolescente con acné y una gorra de béisbol y manos mugrientas trayendo un bebé a la vida.

En el momentáneo silencio, sin embargo, oí el sonido de un bebé a punto de mamar en la parte posterior de la sala, y eso me alegró. Un adolescente engrasado era una imagen poderosa, pero me pareció que palidecía comparada con un recién nacido que era amamantado. El bebé lloró de hambre un instante, luego hizo un sonido arrullador cuando su madre se abrió la blusa y vio el pecho del que iba a alimentarse.

Cuando Tanner siguió hablando, se mantuvo de pie, erguido, apoyando una mano sobre la barandilla del banquillo de los testigos, entonces vacío.

—La defensa puede insistir en que este juicio tiene que ver con la manera en que la profesión médica ha robado el proceso del nacimiento de las mujeres, a quienes les pertenece por derecho —dijo, y su voz se fue animando a medida que se iba acercando a lo que yo pensaba que sería una suerte de crescendo—. Pues eso es un disparate. Puede decir que este juicio tiene que ver con el derecho de las mujeres embarazadas a optar por tener sus hijos en su casa. Eso también es un disparate.

"Este juicio tiene que ver con una cosa, y solamente con una cosa: la irresponsabilidad y los errores de juicio de Sibyl Danforth, que inevitablemente condujeron a la equivocación que le costó la vida a Charlotte Bedford. La definición de homicidio involuntario en Vermont es clara —la han oído del juez— y el caso ante ustedes es un ejemplo horripilante pero perfecto: Sibyl Danforth se mostró groseramente negligente. Sibyl Danforth puso de manifiesto una conducta que involucró un alto grado de riesgo de muerte. Y en la mañana del 14 de marzo de 1981, ella causó la muerte de Charlotte Fugett Bedford. Como dice la ley, de "otro ser humano".

Tanner podría haber dicho algo más, pero la tormenta le ahorró el esfuerzo. Como siguiendo una indicación, quizás un segundo después de citar la ley, una ráfaga de viento lanzó una cortina de agua contra los ventanales a sus espaldas con tanta fuerza que pareció como si un trueno sacudiera los vidrios.

Yo fui sólo una entre los muchos hombres y mujeres en la sala que se quedó sin aliento por el asombro.

En mi escuela secundaria, se nos permitía estar ausentes de la sala de estudio hasta tres veces en un trimestre si teníamos una excusa válida, como una visita al médico o —al parecer— el juicio por homicidio involuntario de la madre de una condiscípula. Al estar ausente de la sala de estudio antes del almuerzo y, después, de la clase de historia, Tom pudo conseguir casi tres horas consecutivas para ir a Newport y sorprender a la familia Danforth cuando salíamos de la sala del tribunal. Mis padres lo invitaron a almorzar con nosotros en un restaurante, pero él había traído unos sándwiches y refrescos y la intención de un picnic para dos, de manera que nos dieron permiso para apartarnos una hora.

—No hablen con ningún periodista —nos dijo Stephen cuando nos íbamos—. Por favor. En realidad, no hablen con nadie. Por favor.

Seguía lloviendo a cántaros, así que Tom y yo comimos los sándwiches en el asiento delantero de un Sunbird oxidado que su hermano mayor acababa de reparar, pero que su dueño no buscaría sino hasta el fin de semana. Estacionó en doble fila junto a la biblioteca de Newport, un austero edificio de ladrillos que casi como un monolito imponente se levantaba sobre la calle principal, enfrente del palacio de justicia.

Durante la mayor parte del almuerzo no hablamos del juicio, aunque no creo que ninguno de los dos evitara el tema explícita o conscientemente. Me había preguntado cómo iba no bien nos sentamos en el auto, y le dije que Bill Tanner era un maligno hijo de perra, pero luego pasamos a hablar de otras cosas. Hablamos del hecho de que Sadie Demerest iba a romper con Roger Stearns. Del temor de que nuestro equipo de fútbol perdiera el viernes a la noche contra St. Johnsbury, una escuela mucho más grande que —suponíamos— tendría un equipo mejor. De que Chip Reynolds estaba experimentando con ácido que le traía su hermano desde Montreal, y nuestra creencia de que se metería en dificultades.

La tormenta de esa mañana llegaba desde el norte, y Tom me contó sobre los ejércitos de gansos canadienses que había visto volando al sur antes de la lluvia: imaginé a las grandes formaciones en V en el cielo, graznando al volar, oleada tras oleada de gansos. Tom me contó que su tío había cazado su primera perdiz del año esa mañana de un tiro certero en Gary Road antes del desayuno, y se rió del orgullo de su tío por matar un ave que "probablemente pesaba tanto como una barra de chocolate".

Antes de separarnos, mientras yo hacía un bollo el papel manteca del envoltorio del sándwich y lo metía en mi bolso, le pregunté si en la escuela la gente hablaba del juicio.

—Sé que en la clase de humanidades del último año le dedi-

245

caron toda una clase de cuarenta y cinco minutos esta mañana. Muchos de nosotros deseamos tener un año más.

—¿En clase? ¿Hablaron del juicio en clase?

—Te lo juro. Me lo contó Garrett Atwood —me dijo, refiriéndose a un muchacho del último año, jugador de baloncesto
to, que salía con mi precoz amiga Rollie.

—¿Y hablaron del juicio?

—No tanto del juicio —dijo, apagando la colilla de su cigarrillo en el cenicero— como del hecho de que sea algo tan...
trágico. Que la señora Bedford estuviera casada con un pastor,
y todo eso.

No creo que la palabra *ironía* fuera parte de nuestro voca-
bulario activo entonces, pero me di cuenta exactamente de lo
que Tom quería decir.

—¿Te contó Garrett cómo terminó?

—Creo que la discusión no llegó a ninguna parte, excepto
que un par de chicas se pusieron a llorar al final.

—¿Por la señora Bedford? ¿O por su marido?

—Por los dos. Y por ti y tu mamá.

—Eso es muy triste.

—Todo el asunto es triste. Por supuesto, el señor Rhymer
es un tipo inteligente, y consiguió que nadie se pusiera histérico. Pero Garrett me dijo que todos salieron con la impresión de
que se trata de una de esas cosas horribles que no llegamos a
comprender.

—¿Y fuera de clase? ¿La gente también hablaba del juicio
fuera de clase?

—Pues, sí. Porque tú no estás yendo a la escuela. Pero aunque estuvieras allí también hablarían, aunque no delante de ti
—agregó.

—¿Qué es lo que dicen?

—Ah —contestó, encogiéndose de hombros—, sobre todo
que les parece injusto lo que pasa. La mayoría de las chicas
dicen que está bien tener un hijo en casa, y que alguna vez
quizás ellas tengan un parto casero.

No me miró mientras hablaba; se concentró en la colilla del
cigarrillo, que todavía humeaba, y me di cuenta al instante de
que estaba mintiendo. Lo supe con una convicción intuitiva,
instintiva. Supe, en realidad, que la verdad era exactamente
lo opuesto. Cuando hablaban de mí o de la situación de mi
madre, las chicas compartían su temor acerca del parto en
general, y su sorpresa de que hubiera alguien tan estúpido
para intentarlo en su casa.

* * *

—Como a muchas parteras, el pueblo probablemente la miraba con una mezcla de admiración y envidia, temor y respeto —dijo Stephen, refiriéndose a una partera de fines del siglo XVIII cuyo diario él había estudiado. La mujer trabajaba en el centro de New Hampshire, y su diario, de hacía doscientos años, fue encontrado y publicado cuando yo estaba en sexto grado. Aunque yo no lo había leído, mi madre y sus amigas parteras sí, y la mujer —Priscilla Mayhew, de la aldea de Fullerton— se convirtió para ellas en una especie de santa y modelo.

—Así ha sido siempre con las parteras —dijo con seguridad y mesura, paseándose serenamente ante los miembros del jurado—. Para algunas personas, son brujas o, en el presente, extraños resabios un tanto peligrosos de otras épocas. Pero ante los ojos de otras personas, son curadoras. No es sorprendente que sean otras mujeres las que las ven como curadoras y los hombres quienes las acusen de brujas. O entrometidas. Por su naturaleza y profesión, las parteras siempre han desafiado la autoridad. Han sido demasiado independientes, por lo menos ante los ojos de los hombres. La historia de la partería en los Estados Unidos está llena de nombres de mujeres celebradas por su propio sexo y atacadas por los hombres. Nombres como el de Anne Hutchinson, la primera líder religiosa en la Norteamérica colonial, una mujer que también era partera.

"Además de tener una mente brillante, Anne Hutchinson poseía el corazón vigoroso y las suaves manos de una partera. Y también muchos seguidores. Entonces, ¿qué le pasó a Anne? Los hombres —*los hombres*— de Massachusetts la desterraron, forzándola a refugiarse en los bosques salvajes que, con su ayuda, se convertirían en el espléndido estado de Rhode Island.

"¿Les preguntaron a las madres cómo se sentían al respecto? No. Por supuesto que no —prosiguió Stephen, sacudiendo la cabeza y sonriéndoles a los miembros del jurado, con una expresión que decía: *Eso no me sorprende, ¿y a ustedes?*

Seguí su mirada y me fijé en el grupo, para ver si se sentían como él. No fue posible saberlo. Los habitantes de Vermont pueden ser buenos jugadores de póquer si alguna vez deciden abandonar el whist, y estos granjeros y floristas, maestros y deshollinadores, leñadores y secretarias y oficiales carpinteros no eran atípicos: permanecían inmóviles en sus asientos, algunos con las manos en la falda, con una expresión uniforme de reserva y eficacia, del todo indescifrable.

Había siete mujeres y cinco hombres en el jurado. Los dos miembros suplentes eran mujeres, de manera que el estrado parecía engañosamente femenino. Nadie en el grupo había intentado tener un hijo en su casa, aunque yo sabía que dos de las tres mujeres mayores del jurado habían nacido en un parto casero. No había médicos ni enfermeras, tal como Stephen quería, pero tampoco parteras ni personas relacionadas con parteras.

Un hombre conocía a una partera, aunque no muy bien, y otro —el que era deshollinador y techador a la vez— raspaba la creosota de la chimenea de la casa de una partera. Sin embargo, no recordaba si alguna vez ella y él hablaron de alumbramientos.

De los integrantes del jurado, ninguno trabajaba en una cooperativa de alimentos o frecuentaba tiendas de comida natural. Nadie dijo haber vivido en una comuna.

Había una mujer en edad de ser madre en el jurado, perteneciente a la demografía principal que esperaba evitar Stephen. Tenía veinte y tantos años, pelo rojizo, peinado a la moda, y la clase de maquillaje que en Vermont sólo se veía en las turistas provenientes de la ciudad de Nueva York. Era madre, con hijos de tres y seis años, y planeaba tener más. Trabajaba como secretaria en un complejo de esquí, pero ninguno de nosotros creía que lo hiciera por el dinero. Además, su abuelo era médico, por lo que era el miembro del jurado que más inquietaba a Stephen. Era inteligente, se expresaba bien, e inspirada correcta o incorrectamente, era la clase de persona capaz de dominar las deliberaciones.

Lamentablemente, hubo candidatos mucho peores, desde nuestra perspectiva, de modo que ella se quedó.

Stephen mostró una vez más el diario de Priscilla Mayhew, un libro de tapas duras con una cubierta brillosa en la que se veía en primer plano el dibujo de un taburete de los que antes usaban las mujeres en el parto, que a mi madre la ponía furiosa. Al parecer, era altamente improbable que Priscilla Mayhew lo usara, como se comprobaba en una lectura cuidadosa del diario.

—Según los niveles estadísticos de los Estados Unidos a fines del siglo xx, ¿la mortalidad maternal en tiempos de la señora Mayhew era alta? —preguntó retóricamente Stephen al jurado—. Sí. Según nuestros niveles actuales era alta. Según nuestra estadística actual era inaceptablemente alta. La señora Mayhew tenía un caso de muerte materna por cada ciento noventa y dos bebés sanos y felices que traía al mundo. Doscientos años después, en 1981, apenas una mujer en diez mil muere al dar a luz. Y sin embargo, hasta hace poco, en 1930, sólo cincuenta años atrás, en los Estados Unidos una mujer cada ciento cincuenta moría en el parto. Una de cada ciento cincuenta. Sí, pueden consultar el Centro Nacional de Estadística Sanitaria. ¿Existe una ironía aquí? Pueden estar seguros de ello.

"En los Estados Unidos, en 1930, la mayoría de estas mujeres tenía a sus hijos en el hospital, y el parto era atendido por un médico.

"En otras palabras, Priscilla Mayhew, una partera del siglo XVIII, tenía una tasa de mortalidad dramáticamente inferior a la de los médicos que ejercían la medicina hasta hace tan poco como 1930.

"Y si bien la obstetricia ha hecho progresos impresionantes en los últimos cincuenta años, las estadísticas demuestran que hoy un parto casero es tan seguro como un parto en un hospital, tanto para el bebé como para la madre —dijo Stephen, caminando hacia la mesa donde estaban sentados mi madre y Peter, quien le entregó una hoja de papel con columnas de números.

—Las cifras de esta investigación pueden sorprenderlos, pero aquí están. En un estudio reciente, uno coma tres bebés murieron de cada mil en un parto casero, mientras que en los partos de los hospitales de Minnesota murieron uno coma siete bebés, y dos coma cuatro en un hospital del estado de Nueva York.

"¿Qué estoy diciendo? Las personas que acusan a la señora Danforth insistirán en que el parto casero no es sólo irresponsable, sino una locura. Pues ustedes verán que están equivocadas. Puede no ser la opción correcta para algunas mujeres, pero no es más peligroso para la mayoría que un parto en un hospital. Reconozcámoslo: las mujeres tienen sus hijos en su casa desde el comienzo de los tiempos. Y, hasta hace poco, eran atendidas por mujeres como Priscilla Mayhew: parteras experimentadas, incansables, llenas de amor. Mujeres que dedicaban la vida a sus hermanas parturientas. ¿Quiénes eran estas mujeres?

"Tienen ustedes a una sentada ante ustedes: Sibyl Danforth. Como todos ustedes saben, Sibyl Danforth es partera. Van a enterarse de que posee conocimientos y experiencia. Que es una partera incansable. Una partera llena de amor.

"Lo que es más importante, se enterarán de que es una partera excelente.

"Se enterarán de que, estadísticamente, a sus bebés les fue tan bien como a los nacidos en el hospital North Country, y de que a sus madres les fue mejor aun. Hubo menos episiotomías, menos laceraciones y menos intervenciones quirúrgicas —dijo, refiriéndose a cesáreas. Le había explicado a mi familia que al principio usaría eufemismos siempre que fuera posible, palabras como *laceraciones*, por ejemplo, en lugar de *desgarramientos del perineo*, y que evitaría la palabra *cesárea* a toda costa. Nos dijo que esta palabra y todas sus connotaciones pronto se convertirían en un término permanente en el juicio.

—En todos los años en que trajo bebés a este mundo y atendió a sus madres, sólo una mujer murió. Charlotte Bedford.

"Y, comprendan, por favor, que no vamos a decirles que su muerte no haya sido una tragedia. Por Dios, por supuesto que lo es —dijo Stephen, pasando los dedos por la madera laqueada del borde del escritorio del relator de la corte. Casi toda la madera de la sala estaba tan pulida que brillaba, sobre todo los pilares color ambarino oscuro que bordeaban las puertas como columnas dóricas.

—Y nadie está más apenada por lo sucedido que Sibyl Danforth. ¿Está devastada por la pérdida la familia de Charlotte Bedford? Sí. Cualquier familia lo estaría. Pero Sibyl Danforth también se siente devastada. Después de todo, Sibyl Danforth la vio morir. Estaba allí, presente en ese cuarto. Vio morir a la mujer.

"Pero Sibyl Danforth no la mató, y de esto se trata este caso —dijo, e hizo una pausa. Durante un largo momento se quedó completamente inmóvil ante la tribuna del jurado, inmóvil con su traje gris, como el de un banquero, un escalón por encima del resto de los presentes. Su postura —la espalda absolutamente derecha, las manos a los costados— hizo que me percatara por primera vez ese día de que Stephen era un veterano de guerra.

Y luego, de repente, separó los brazos de los costados del cuerpo, y con un gesto ceremonioso los puso sobre la baranda delante de él, tan cerca de uno de los jurados, un hombre joven, que éste dio un respingo.

—¡Por el amor de Dios! Sibyl Danforth no mató a nadie

—dijo Stephen—, sino que salvó a alguien. Sibyl Danforth no le quitó la vida a una mujer joven aquella mañana en Lawson, sino que salvó la vida de un niño. Eso es lo que sucedió, ésa es la verdad: rescató a un bebé de su madre muerta.

"El Estado, por supuesto, asegura lo contrario e insiste en que Charlotte Bedford estaba viva cuando Sibyl Danforth realizó el rescate. ¿De dónde proviene esta alegación? De la opinión de una aterrorizada, exhausta e ingenua mujer de veintidós años, una mujer que ni siquiera ha presenciado una docena de partos, pero que acababa de sufrir el primer drama de su juventud. El Estado les pedirá que acepten la palabra de una aprendiz de veintidós años por encima de la de la acusada, una partera con experiencia que ha traído al mundo con éxito a más de quinientos bebés. Una mujer que probablemente sepa más sobre resucitación cardiopulmonar y tratamiento médico de emergencia que la mayoría de los paramédicos.

"No se equivoquen: Sibyl Danforth sabe acerca del nacimiento, pero también sabe acerca de la muerte. Está demasiado bien entrenada para confundir a una persona viva con una persona muerta. Charlotte Fugett Bedford estaba muerta cuando Sibyl Danforth salvó la vida del hijo que estaba en su útero.

Se volvió hacia mi madre y la señaló.

—Esta mujer no es una criminal. ¡Es una heroína! Sus actos no fueron de negligencia criminal, sino de coraje. ¡Es una mujer valiente!

No llovía desde el almuerzo, pero el cielo no daba señales de aclarar. Stephen caminó hasta un ventanal, miró por un momento las nubes, y desde allí fijó los ojos en el jurado, en el otro extremo del recinto.

—Existen riesgos en un parto, y existen riesgos en un parto casero —dijo, con voz firme y tono casi nostálgico—. Ustedes saben eso, y también lo sabía Charlotte Bedford. Tanto ella como su marido conocían los riesgos. El Estado sostiene que la señora Danforth no habló de los riesgos con la pareja. Les demostraremos que el Estado está equivocado.

"El Estado dice que lo que hacía la señora Danforth era ejercer la medicina sin matrícula. Nosotros les demostraremos que ella sólo hizo lo que haría cualquier persona decente y valiente —quizá cualquiera de ustedes— ante la misma y horrenda opción: dos muertes. O una.

"Por último, el Estado les dirá que Charlotte no habría muerto si hubiera estado en un hospital. Eso nunca lo sabremos. Pero no importa. No importa porque Charlotte Bedford tomó, a sabiendas, la decisión de tener a su bebé en su casa. Y ustedes verán que cuando el parto de Charlotte Bedford no estaba haciendo los progresos que mi cliente hubiera deseado, mi cliente hizo todo lo que estaba en su poder para llevar a su paciente al hospital. Todo. Lamentablemente, el hielo y el viento conspiraron en su contra.

"La muerte de Charlotte Bedford es una tragedia. Eso lo sabemos. El Estado lo sabe. Pero, considerando el deseo de Charlotte y Asa Bedford de que su hijo naciera en su casa, un derecho protegido por el estado de Vermont, la muerte resultó inevitable, como ustedes verán.

"La única razón por la que mi cliente ha sido sometida a un juicio es porque hay médicos en este Estado que quieren que el parto casero desaparezca como opción. Quieren erradicar la idea misma. Quieren que todos los bebés de este estado nazcan en un hospital. La idea de que una partera pueda hacer lo que hace —y lo haga mejor que ellos— los enloquece, y por eso persiguen a mi cliente. Una mujer que es una partera excelente. Y uso la palabra *persiguen* conscientemente. No sólo enjuician a Sibyl Danforth: la persiguen. A ella y a otras como ella.

"Los médicos le están haciendo a Sibyl Danforth ahora lo mismo que han hecho los hombres a las parteras durante siglos, desde los días en que Anne Hutchinson fue desterrada de Massachusetts. Están tratando de exiliar a Sibyl Danforth. Y están tratando de hacerlo acusándola de un crimen que ella no cometió.

Hizo una pequeña reverencia al juez y luego, en voz baja, agradeció al jurado. Después, ocupó su lugar junto a mi madre y apoyó el mentón sobre una mano.

En ese momento yo pensé que había expresado un alegato poderoso e impresionante, y aunque todavía faltaban casi dos semanas de testimonios, de ser yo miembro del jurado, en ese momento por cierto habría resuelto absolver a mi madre de todos los cargos. Pero había algo que no dejaba de torturarme cuando Stephen ocupó su asiento, y no fue sino hasta cuando volvíamos a casa y yo estaba sola con mis pensamientos en el asiento posterior del auto que me di cuenta de qué se trataba. Aunque Stephen había dicho de distintas maneras y con gran elocuencia que mi madre no mató a Charlotte Bedford, nunca mencionó de qué había muerto la pobre mujer.

17

Podría llegar a saber aproximadamente cuántas veces he releído lo que escribí el 15 de marzo. Sólo tendría que contar en un almanaque la cantidad de días que han pasado desde entonces para hacer un buen cálculo, porque han pasado pocos días en que no haya mirado esa anotación. Creo que empecé a escribir cerca de las cuatro y media de la mañana, porque no podía dormir. Y no creo haber parado hasta que se levantó Rand, un par de horas después. Era el sábado que conocí a Stephen.

Esa anotación es como un accidente de auto para mí. Me atrae. Me sorprendo mirando con fijeza las palabras.

Cuando Stephen y Bill Tanner expresaban sus alegatos iniciales esta mañana, cada uno tenía su propia versión de lo ocurrido, y yo no dejaba de pensar en la mía, en lo que escribí el 15 de marzo. Después de todo este tiempo, me parece que la mía se ha convertido en una versión más. Yo tengo una versión, lo mismo que Asa tiene una versión y que Anne tiene una versión. Y esperamos que estas doce personas tomen una decisión sobre lo que pasó en realidad, cuando ni siquiera nosotros estamos de acuerdo.

¿Alguna vez en mi vida amé traer a bebés a este mundo? Dios, sé que sí, porque lo hice durante años. Y mi diario está lleno de las distintas maneras en que amaba hacerlo. Puedo pasar los dedos sobre las palabras: mis palabras. Pero hace meses ya que no traigo a un bebé al mundo, y no he atendido a una madre durante sus dolores de parto desde la primavera.

Y ya no me puedo acordar cómo era.

Todo el placer que sentía se ha convertido en algo así como dolor, la clase de sensación que una no recuerda

muy bien cuándo ha pasado. Muy pocos de nosotros re-
cordamos realmente el dolor cuando ha pasado; no nos
podemos acordar de lo terrible que era. En eso se ha con-
vertido todo el placer que alguna vez sentí ante un naci-
miento: en una palabra vaga que ya no quiere decir mu-
cho.
La semana próxima estaré sentada en el banquillo
de los testigos y les contaré a todos lo que creo que pasó,
y probablemente encuentre en mí las fuerzas para man-
tenerme tranquila al hacerlo. Estoy segura de que me
mostraré tan confiada acerca de lo que sucedió como lo
quiere Stephen, porque eso es lo que tengo que hacer
ahora por mi familia.
Pero la verdad es que ya no tengo idea de lo que real-
mente pasó.

del diario de Sibyl Danforth, partera

Durante las semanas anteriores al juicio de mi madre, y durante las semanas del juicio mismo, todo lo que podían hacer
mis padres era ocuparse de sí mismos. Su hija adolescente,
por cierto, no era la prioridad más remota en su vida, pero,
como era comprensible, su atención no estaba centrada en mí.
    Durante las noches que duró el juicio, se suponía que yo
debía estar en mi cuarto haciendo la clase de lecturas que,
según pensaban los adultos a mi alrededor, no exigían ni una
discusión en clase ni la explicación de un profesor. El conseje-
ro guía de la escuela se reunió con mis profesores y con mi
madre la semana anterior al juicio, y todos estuvieron de acuerdo en que tratara de mantenerme al día con literatura e historia, y que luego, cuando todo esto hubiera pasado, recuperara
lo que se había dado en matemática, ciencias y francés.
    Retrospectivamente, me sorprende que alguien me exigie-
ra semejante cosa. Los adultos quedaban exhaustos después
de un día en la corte, lo mismo que yo. Después de ver a mi
madre salvajemente atacada entre seis y ocho horas, no estaba en condiciones de estudiar.
    De todos modos, mis padres estaban demasiado cansados
para reprenderme, realmente agotados para recordarme que
se suponía que debía estudiar.

En consecuencia, pasé gran parte de la tarde del primer miércoles del juicio, después de los alegatos iniciales, en el granero de los McKenna, con Rollie, Tom y Garrett Atwood. Después de fumar marihuana, los cuatro estábamos tan volados para las diez de la noche que tomando con las manos la quijada de la pobre Witch Grass tratábamos de soplarle la droga de nuestros pulmones a los de ella.

La yegua se mareó un poco, pero no como nosotros. La lluvia había dejado mojado el interior del granero, pero Tom y Garrett tuvieron la buena ocurrencia —inducida por la testosterona— de traer no sólo la marihuana sino también frazadas, así que Tom y yo nos pusimos a besuquearnos en un rincón mientras Rollie y Garrett encontraban su propio lugar para hacer lo mismo. La mayor parte de las nubes se había trasladado hacia el este, y ahora una magnífica Luna llena iluminaba el cielo a través de las pocas que quedaban.

Para cuando llegué tambaleándome a casa, poco antes de la medianoche, las únicas luces encendidas eran las del dormitorio de mis padres en el piso superior. Supuse que me estarían esperando y se abalanzarían sobre mí no bien abriera la puerta de calle. Así que con la lógica inspirada de una adolescente dopada, fui hasta la parte posterior de la casa y abrí la ventana del costado de la oficina de mi madre. Siempre había sospechado, por la manera en que mi padre calafateaba los bordes de metal todos los otoños, que la contraventana no cerraba bien. Estaba en lo cierto. Resultó fácil abrirla desde afuera, y fácil también entrar en el cuarto.

Junto a la ventana estaba el escritorio de mi madre, y a la luz de la Luna vi que había un cuaderno abierto. Al parecer esa misma tarde, mi madre había estado escribiendo.

Cerré la puerta silenciosamente para que no se viera la luz cuando encendiera la lámpara sobre el escritorio. De no haber estado dopada, me gustaría creer que habría respetado la intimidad de mi madre y no habría leído el diario, pero no puedo afirmarlo con seguridad. Y más allá de si las drogas pueden o deben excusar un mal comportamiento, no hay duda de que muchas veces pueden explicarlo. Agachada sobre el escritorio, empecé a leer, y cuando vi lo que había escrito mi madre sobre el 15 de marzo, di vuelta las páginas medio año.

Para mis padres no volví a casa hasta las dos de la mañana, porque a esa hora por fin terminé de leer y decidí subir. Y aunque su dormitorio parecía estar en silencio cuando empecé a subir la escalera, la puerta se abrió no bien llegué al descanso, y me di cuenta de que ambos estaban despiertos.

Si mi madre no hubiera estado en medio de un juicio en ese tiempo, probablemente me habrían castigado prohibiéndome salir hasta el Día de Acción de Gracias. Pero estaba en medio de un juicio, y por más enojados que estuvieran mis padres por preocuparlos y comportarme de una manera irresponsable, era evidente que lo atribuían a la tensión del juicio y a los largos días pasados en la corte. Se culparon a sí mismos más que a mí, y se consolaron un poco al saber que no había estado más lejos que el granero de Rollie, y en compañía de otros chicos.

Todos estábamos de mal humor al día siguiente para el desayuno por haber dormido tan poco, y sólo yo tenía apetito, pero por lo demás el jueves empezó como todos los demás días de esa semana. Mis padres discutieron lo que, según Stephen, era probable que sucediera ese día en la corte, y yo escuché, aprendí y me preocupé.

El primer testigo que puso Bill Tanner en el banquillo no fue un policía estatal ni un médico; no fue el forense ni una partera.

Fue un meteorólogo. La voz de la primera persona que oí atestiguar bajo juramento fue la que oía dos veces por día en la radio pública de Vermont, en el programa *Ojos en el cielo*, la fuente principal de información sobre el tiempo entonces para la mayor parte del Reino del Noreste. El dueño de la voz era más bajo de estatura de lo que yo imaginaba, pero mucho más atractivo. Cuando escuchaba su voz en el auto o después del desayuno, siempre me había imaginado a un hombre alto, un tanto grotesco, de anteojos, cuando en realidad era un tipo fornido de pelo rubio ondulado y, al parecer, una vista perfecta.

No debe de haber atestiguado más de veinte minutos; es probable que se fuera de la sala para las nueve y media. Me fascinó la forma en que un alguacil lo hizo entrar y otro le tomó juramento. Tanner se aseguró después de que todos los del jurado entendieran que este hombre era probablemente el experto meteorológico número uno de Vermont, que no sólo pronosticaba el tiempo sino que también enseñaba meteorología en una universidad en el rincón norte del Estado, y que se había pasado todo el tiempo, el 12 y 13 de marzo, alertando a sus escuchas acerca de la lluvia y el frío que se aproximaban y acerca de la alta probabilidad de que se cubrieran de hielo las carreteras.

—¿Sugirió en algún momento que la gente se quedara en casa? —le preguntó Tanner.

—Lo hice —respondió—. La tarde del miércoles y todo el jueves dije que la tormenta sería peligrosa y que habría mucho hielo con barro. Dije que las condiciones serían extremadamente malas.

Luego, para dar énfasis, Tanner pasó una cinta grabada del programa del pronóstico del tiempo de ese jueves, durante la hora del almuerzo, con una duración de dos minutos, y oímos al hombre decir exactamente eso.

—Su cuerpo estaba cubierto por una sábana hasta el cuello —dijo Leland Rhodes, el policía estatal que hasta el día de hoy surge en mi mente cada vez que veo que un patrullero verde me pasa en la carretera. Se sentó cuadrando los hombros, con el sombrero de alas anchas sobre las rodillas. Su uniforme estaba tan bien planchado que la tela parecía tan tiesa como la ropa pintada sobre los muñecos. La desconfianza que puede sentir hoy la gente por la policía no existía en nuestro rincón de Vermont en 1981, y Rhodes era una poderosa figura, considerada la encarnación misma de la honestidad.

Además, como se había esforzado Tanner por aclararle al jurado, Rhodes no tenía ninguna razón para exagerar o mentir.

—¿Usted sabía que estaba muerta? —le preguntó Tanner.

—Ya antes de llegar sabíamos por la llamada de la radio que estaba muerta.

—¿Se lo había informado el operador?

—Eso es correcto.

—Describa las condiciones en que estaba el dormitorio —dijo Tanner, y mi abuela, a mi lado, dio un respingo.

Antes de que Rhodes pudiera empezar a hablar, sin embargo, Stephen se puso de pie para objetar.

—Señoría, este curso de interrogatorio es completamente gratuito.

El juez Dorset sacudió la cabeza y dijo que lo permitiría. Con ayuda de una pregunta ocasional del fiscal, Rhodes procedió a decir al jurado lo que había visto al llegar a casa de los Bedford. Su voz era enérgica pero calma, inclusive mientras recordaba detalles particularmente espeluznantes, y habló cerca de una hora antes de terminar y que se le concediera a Stephen el derecho a preguntar.

Rhodes empezó con el descubrimiento de que la camioneta de mi madre estaba enterrada en un banco de nieve, y dijo que él y su compañero tuvieron que caminar lentamente hasta la puerta de entrada. Creían que el pasto les permitiría pisar mejor que las piedras, cubiertas de hielo.

Nadie acudió a la puerta cuando llamaron, pero eso era algo que esperaban, así que entraron y gritaron desde el pie de la escalera hacia el piso superior. Mi madre les indicó desde el dormitorio de arriba que subieran al primer piso.

Aunque Rhodes observó que su reloj marcaba las siete y treinta y cuatro, el cortinado del dormitorio aún estaba corrido, y la única lámpara de pie, en un rincón, encendida. El cuarto le pareció deprimente, oscuro y silencioso, excepto por los sollozos entrecortados de Asa Bedford.

Dijo que Anne Austin estaba sentada en una silla contra la pared, meciendo al bebé en sus brazos. Le pareció que el bebé dormía. Asa estaba sentado sobre la cama, al lado de su esposa, con el cuerpo inclinado a medias hacia ella, y mi madre estaba sentada detrás de él, masajeándole los hombros mientras él lloraba.

Al hablar, Rhodes por lo general se dirigía al jurado o a Tanner. Después de ver a otros testigos durante la siguiente semana y media, me resultó evidente que Rhodes —como muchos oficiales de policía— era un testigo frecuente, y se sentía cómodo en el banquillo.

—Cuéntenos acerca de lo que encontró en el cuarto —le sugirió Tanner, y Rhodes lo complació. Empezó con lo que se encuentra básicamente en un parto casero, la clase de cosas que bien podría haber aderezado la secuela de una experiencia que mi madre habría considerado muy bella: una caja de apósitos sanitarios y un cesto de desperdicios lleno de toallas usadas. Un termómetro rectal. Una jeringuilla con bulbo de goma, todavía parcialmente llena de mucosidad. Un tubo empezado de lubricante gelatinoso. Un vaso de agua con una pajilla para beber. Abrazaderas de metal. Un vaso de papel con jugo de naranja. Tijeras. Un plato donde se habría recibido la placenta. Una aguja. Un frasco de Pitocin. Toallas de papel. Tres bolsas de papel madera, de supermercado, donde los Bedford habían puesto las frazadas y toallas que llevaron al dormitorio, y toda la ropa blanca, algunas sábanas y toallas limpias, dobladas, otras oscuras, con sangre seca.

Dijo que vio un almohadón y que se imaginó que pertenecía a un sofá de la planta baja, porque era de un color rojo que no hacía juego con nada del dormitorio, pero luego se dio cuenta de que era una almohada empapada de sangre. Un momento después vio un paquete vacío de suturas sobre la mesa de noche, y la sangre en la sábana que cubría a la señora Bedford. Algunas de las manchas eran tan espesas que Rhodes dijo que parecían más bien costras que manchas.

—¿Vio el cuchillo? —le preguntó Tanner.

—No en seguida.

—¿Por qué no?

—Lo habían sacado del dormitorio.

—¿Sabe usted quién lo sacó?

—La señora Danforth dijo que ella.

—¿Adónde lo llevó?

—Lo encontramos en la cocina.

—¿Le dijo ella por qué lo llevó allí?

—Dijo que no quería que el marido de la mujer tuviera que seguir viéndolo.

—¿En qué condiciones estaba el cuchillo?

—Completamente limpio. Toda la sangre y los restos de tejido habían desaparecido de la hoja, y todavía había burbujas de jabón en la pileta de la cocina.

Tanner luego volvió a su mesa, y su asistente le entregó una carpeta transparente llena de papeles escritos a mano. Stephen buscó algo en la mesa que supuse que sería una fotocopia del mismo documento.

Le llevó la carpeta a Rhodes.

—Déjeme mostrarle lo que ha sido marcado como prueba número diecisiete del Estado para su identificación. ¿Lo reconoce?

—Sí. Es la declaración que el cabo Tilley y yo le tomamos a la señora Danforth la noche del incidente.

Tanner asintió, y luego hizo una moción para que la declaración fuera considerada como una prueba. Stephen objetó en el acto, sosteniendo que él había presentado una moción ese verano diciendo que la declaración era inadmisible por haber sido tomada sin un abogado presente. Sin embargo, no se aceptó su objeción porque, en opinión del juez, la cuestión ya había sido resuelta, y Rhodes relató a la corte lo que les había dicho mi madre a los policías aquella primera noche.

—¿Anne Austin le dijo a usted algo que podría haberlo llevado a creer que Sibyl era responsable de la muerte de la señora Bedford? —le preguntó Stephen a Rhodes poco antes del almuerzo.

—¿Se refiere usted a la mañana cuando llegamos?

—Sí, me refiero a esa mañana.

—No.

—¿Y Asa Bedford? ¿Le dijo él que creía que mi cliente había hecho algo... malo?

—No.

—¿Podría haberlo hecho? ¿Tuvo oportunidad?

—Supongo que sí.

—Pero no le dijo nada.

—No.

—¿Ni siquiera cuando ustedes dos estaban solos en la cocina, como a las ocho y diez?

—No.

Stephen lo miró fijamente pero se quedó callado, permitiendo que las respuestas del oficial perduraran en el recinto durante un momento largo.

En una oportunidad, cuando Leland Rhodes estaba atestiguando, y él y Stephen empezaron a discutir si el policía había visto la casa de los Bedford como la escena de un crimen cuando llegó, la hermana de Charlotte empezó a sollozar. No eran lágrimas moderadas o imperceptibles, sino unos gimoteos que si no eran atendidos aumentarían en volumen.

Casi simultáneamente Stephen y Tanner se acercaron al estrado del juez, y por un momento los tres susurraron, los abogados dándonos la espalda. Cuando terminaron, y después de que los abogados regresaran a sus respectivos asientos, el juez Dorset dijo a la corte, recorriendo la sala con la mirada, que él entendía muy bien que un juicio provocara emociones fuertes, pero que los presentes debían reservarse sus sentimientos, y quienquiera que no pudiera hacerlo sería invitado a abandonar el recinto.

El cuñado de Charlotte abrazó a su esposa contra su pecho con un brazo, y ella fue calmándose poco a poco. Stephen y el policía reanudaron su debate, y aunque mi madre estaba absolutamente convencida de que ni siquiera se le había cruzado por la mente a Rhodes aquella mañana que pudiera haber ocurrido un crimen, ahora no hacía más que repetir:

—Había muerto una mujer, y yo sabía que el forense sería quien determinaría la causa de la muerte.

Ese día, más tarde, Peter Grinnell me dijo que si bien Stephen se alegró al ver que la hermana de Charlotte se tranquilizaba por fin, Bill Tanner quizá se alegrara más. Lo que menos quería la parte acusadora era un juicio nulo debido a que un miembro de la familia no podía dejar de llorar.

Dos semanas antes del comienzo del juicio, oí hablar a mi madre por teléfono con Stephen Hastings. Era tarde. Los platos de la cena estaban ya en el lavaplatos; mi padre estaba en la cama arriba. Mi madre ya se había bañado.

—Seguro, he conocido a hombres parteros —decía ella, y me pregunté si sabría que yo estaba cerca. Tenía puesto un camisón de algodón, y estaba acurrucada en el sofá del cuarto de trabajo. Yo había bajado a buscar un libro de historia que había dejado en la cocina.

—No, ya no más —siguió diciendo—. No creo que haya ninguno en Vermont en este momento, ni en New Hampshire. Los pocos que había se dedicaron a otras cosas.

Yo podría haber tomado el libro de texto e irme luego, pero la oí reírse. El sonido de su risa era algo tan extraño ahora que no pude irme sin oír más.

—Usted sería terrible, Stephen, algo sencillamente espantoso. Usted ve los senos como un adolescente. No quiero pensar la manera en que encararía un examen prenatal. Se divertiría demasiado... Sí, pero no es esa clase de diversión... Quizás algún día lo haga, estoy segura... Con libros y dibujos... Sólo con libros y dibujos...

Yo había visto flirtear a mi madre ligeramente con hombres que ella y mi padre conocían desde hacía años, los hombres de las parejas que formaban su círculo de amigos, pero nunca me imaginé que pudiera flirtear por teléfono. Quizá porque mi padre no estaba presente, quizá porque su camisón era de algodón delgado, casi transparente, esto me pareció más ilícito, y me quedé helada, sorprendida.

—No es un afrodisíaco, se lo aseguro. No creo que los obstetras vuelvan a su casa excitados, ¿usted sí? Pues eso es porque usted es un pervertido... Entonces, ¡quizá todos ustedes sean pervertidos! Pero en realidad no lo creo. Por suerte, la clase de hombres que llegan a ser parteros o ginecólogos u obstetras no tienen la misma mentalidad obsesiva de ustedes —dijo, y por un breve instante su voz recobró la vivacidad que en el pasado alegraba la mayor parte de sus conversaciones.

—No cuelgue, ¿quiere, Stephen? —dijo de repente—. ¿Connie? ¿Eres tú, tesoro?

Me quedé completamente inmóvil hasta que volvió a hablar. Cuando por fin lo hizo, me di vuelta y subí de puntillas la escalera lo más rápido que pude.

Quizá debido a que visualizaba mentalmente la manera de vestirse de la mayoría de las parteras amigas de mi madre —vaqueros y un suéter, unas botas enormes y sandalias, una selección interminable de faldas de paisana— no estaba preparada para las dos mujeres que atestiguaron después del almuerzo: una partera, seguida por una ginecóloga y obstetra que antes había sido partera.

La partera, Kimberly Martin, incluso parecía una médica. Tenía puesto un traje azul y llevaba el pelo corto, a la moda. Era fácil verla ataviada con un uniforme de hospital.

Noté también que tenía un anillo de compromiso en el dedo, pero no una alianza de casamiento, lo que también me sorprendió. Tendría fácilmente diez años más que mi madre, pero al parecer estaba a punto de casarse.

—¿Cuánto hace que es una enfermera partera diplomada? —le preguntó Tanner.

—Catorce años.

—¿Puede decirnos lo que significa ser una enfermera partera diplomada?

—Antes que nada, todas somos enfermeras matriculadas. Eso es básico. Tenemos entrenamiento médico formal. Segundo, todas nos hemos graduado de alguna de las dos docenas de instituciones que ofrecen programas de educación avanzada en todo el país, especializadas en el cuidado de la salud de la mujer y partería. Tercero, todas hemos aprobado el examen de certificación del Colegio Estadounidense de Enfermeras Parteras. Por último —y, personalmente, yo creo que esto es muy importante—, todas satisfacemos los requerimientos de las agencias sanitarias o juntas médicas del Estado donde practicamos.

—Y usted posee entrenamiento ulterior, ¿verdad?

—Pues, sí. Tengo una maestría. De Marquette.

—¿Es usted miembro del Colegio Estadounidense de Enfermeras Parteras?

—Lo soy. Este año también soy miembro de la División de Acreditación.

Tanner sonrió, como si recibiera una sorpresa agradable, y me pregunté si no sabría ese detalle final.

—¿Cuántas enfermeras parteras hay en este país? —preguntó.

—Unas dos mil quinientas.

—¿La mayoría de las enfermeras parteras se ocupan de partos caseros?

—Ah, no. Sucede exactamente lo opuesto. La gran mayoría de nosotras trabajamos en hospitales o centros de partos. Un noventa y cinco por ciento de nosotras.

—¿Y usted?

—Yo he traído bebés al mundo en su casa, pero no lo hago desde que era muy joven. Prefiero centros de partos u hospitales.

—¿Por qué dejó de trabajar con partos caseros?

—En mi opinión, se corren riesgos innecesarios.

—¿Tuvo alguna mala experiencia?

—Gracias a Dios, no.

—¿Qué le hizo pensar que eran peligrosos?

—Mi formación. Cuanto más estudiaba obstetricia, más me daba cuenta de que permitir que una mujer tuviera a su hijo en su casa exponía a todos —la madre y el bebé— a riesgos completamente innecesarios.

—Usted dijo que aproximadamente el noventa y cinco por ciento de las enfermeras parteras trabajan en hospitales y centros de partos. ¿Significa eso que aproximadamente el cinco por ciento no lo hace? —le preguntó Stephen a Kimberly Martin.

—Sí.

—Y ese cinco por ciento, ¿trabaja en partos caseros?

—Sí.

—¿Tienen una tasa mayor de mortalidad infantil que el resto del grupo?

—No, no la tienen.

—¿Es más o menos igual?

—Son cifras pequeñas, de modo que es difícil hacer una comparación estadística.

—Teniendo en cuenta que son cifras pequeñas, la tasa de mortalidad infantil, ¿es más o menos igual?

—Sí.

—¿Qué hay de la mortalidad materna? ¿Ve usted una mayor incidencia de mortalidad materna en el caso de las parteras que trabajan en partos caseros?

—No.

—En realidad, alguna enfermera partera de su organización, ¿vio morir a alguna mujer en un parto casero el año pasado?

—No lo creo. Pero eso no disminuye...

—En realidad, no murió ninguna, señorita Martin —dijo Stephen, interrumpiendo a la mujer antes de que pudiera explayarse—. ¿Conoció usted a Bell Weber? —le preguntó luego.

—Sí, la conocí.

—¿Podría decirnos quién era?

—Era una enfermera partera. Murió este verano en un accidente automovilístico.

—¿Traía a los bebés al mundo en su casa?

Martin asintió.

—En Maryland —dijo.

—¿Era ella miembro de su grupo?

—Hasta que murió.

—¿Estaba ella en la División de Acreditación con usted?

—Sí.

—¿Estaba ella en otras comisiones del Colegio Estadounidense de Enfermeras Parteras?

—Era la presidente de la comisión de partos caseros.

—¿Su organización tiene una comisión de partos caseros? ¿En serio?

La partera miró con fastidio a Stephen, molesta por la manera impertinente en que le hizo la pregunta.

—Obviamente que tenemos esa comisión.

—¿Es eso debido a que algunas parteras en su grupo todavía optan por el parto casero?

—Sí.

Stephen asintió.

—¿El Colegio Estadounidense de Enfermeras Parteras se opone formalmente al parto casero?

—No.

—Gracias.

Después de Kimberly Martin vino otra mujer que en un principio trabajaba en partos caseros y luego, al parecer, había llegado a la conclusión de que no era una buena idea. Unos pocos minutos después de que empezó a responder a las preguntas de Bill Tanner, yo debo de haber parecido preocupada o nerviosa, porque Patty Dunlevy se dio vuelta y susurró que nosotros también teníamos expertos, y que los nuestros eran igualmente impresionantes.

No obstante, esa tarde me pareció difícil creer que tuviéramos a alguien tan notable como la doctora Jean Gerson. Treinta años atrás, cuando era una partera joven, Jean traía a los bebés en su casa; ahora era una ginecóloga obstetra que trabajaba en un hospital escuela de Boston, era profesora de la Facultad de Medicina de la Universidad de Boston y autora de dos libros sobre atención prenatal.

También había escrito mucho acerca de la historia de los nacimientos en los Estados Unidos. Fue ella quien nos dijo al principio de su testimonio que si bien el parto es algo natural, es a la vez peligroso.

—Reconozcámoslo —agregó—. Hubo un tiempo en que tanto las mujeres como los bebés morían todo el tiempo en el parto.

La doctora Gerson había estudiado la historia clínica que le dio Charlotte Bedford a mi madre el verano que fue concebido Veil, y también examinó los registros de mi madre, marcando los progresos de la mujer. Y le dijo al jurado que ninguna persona responsable, médico o partera, hubiera permitido que Charlotte Bedford tuviera a su hijo en su casa. Teniendo en cuenta su primer parto, estaba claro que no era una buena candidata para un alumbramiento casero, y se hizo evidente durante el embarazo que era demasiado frágil para el trance. No aumentaba de peso en forma suficiente y estaba anémica.

Además, la doctora Gerson era positivamente telegénica. Era una mujer apuesta y distinguida, que sonreía al hablar, la clase de persona que caía bien inclusive dada la clase de distancia —tanto figurativa como literal— que separaba a las mesas de la defensa y la fiscalía en la sala. Años después, cuando yo estaba estudiando medicina, recordaba su cara y su voz, y muchas veces deseaba haber ido a la Universidad de Boston.

Irónicamente, una parte de la defensa de mi madre era el hecho de que Charlotte ciertamente no era una buena candidata para un parto casero, aunque no porque fuera anémica: Stephen planeaba otorgar importancia al hecho de que Charlotte había sido tratada como hipertensa en Alabama, pero nunca le dio esta información a mi madre. Y por eso cuando Stephen se puso de pie para iniciar las preguntas a la doctora Gerson al fin del día, cuando el Sol se había desplazado tan al oeste que la sala estaba prácticamente iluminada sólo por la gran araña y los candelabros de las paredes, todos esperamos que mantuvieran una conversación breve y rutinaria.

—¿Es común que las mujeres embarazadas sean anémicas? —le preguntó Stephen, y me sorprendió la energía que animaba su voz. Quizá por haberme acostado tarde la noche anterior o debido a la tensión, yo me sentía exhausta. No pude imaginar de dónde sacaba Stephen tanta fortaleza.

—Yo no diría que muchas son "anémicas", pero sí diría que, según mi experiencia, muchas padecen de un grado pequeño de anemia —respondió ella.

—¿Por qué es eso?

—Cuando una mujer está embarazada, su volumen de sangre aumenta. A veces aumenta tanto como en un cincuenta por ciento. De modo que se produce una dilución natural y una anemia natural.

—¿Es tratable?

—Sí.

—¿Cómo?

Un recién nacido en la parte de atrás de la sala empezó a gimotear y a inquietarse, y oí el sonido de un cierre relámpago en la parte delantera del vestido de su madre. Vi a muchos de los jurados echar un vistazo en esa dirección, y luego el juez Dorset miró también. Casi al instante todos los hombres se dieron vuelta cuando vieron que la mujer ponía el pezón de un pecho generoso en la boca del bebé, y fijaron la mirada en Stephen o en la médica.

—Tabletas de hierro. Sulfato ferroso, por lo general.

—¿Algunos efectos colaterales?

—Indigestión, a veces. Con frecuencia, constipación.

—Usted dice haber revisado la forma en que Sibyl trató la anemia de Charlotte Bedford. ¿Correcto?

—Correcto.

—¿Qué hizo Sibyl?

—Le dio tabletas de hierro.

—¿Mejoró su condición?

—No lo suficiente como para merecer...

—¿Mejoró la anemia de Charlotte Bedford?

La doctora Gerson mostró una sonrisa amplia que me sugirió —y supongo que al jurado también— que no iba a rebajarse al nivel de descortesía y debate de Stephen. Si él quería interrumpirla y frenarla —decía su sonrisa—, perfectamente. A ella le daba igual.

—Sí —dijo.

Stephen le pidió al oficial de la corte de pie junto al carrito rodante los registros médicos proporcionados por el Estado como prueba. Luego le entregó a la médica dos hojas de papel con cuadros y gráficos.

—¿Los reconoce?

—Son los registros que llevó su partera de la difunta.

—¿Son éstos los registros que usted examinó?

—Una parte, sí.

—¿Qué fechas tienen?

Ella se arregló apenas los anteojos antes de contestar.

—Uno es del 15 de septiembre de 1980, y el otro del 12 de febrero de 1981.

—Quiero centrarme en los valores de los hematocritos —dijo Stephen, usando el término de la comunidad médica que describe el porcentaje de la sangre ocupada por corpúsculos rojos. Todos los que estábamos en la sala habíamos aprendido la palabra durante la primera parte del testimonio de la doctora Gerson. —¿Cuál era el valor de los hematocritos de Charlotte Bedford en septiembre?

—Treinta y uno por ciento.

—¿Cuál es el valor normal?

—Ah, a alrededor de cuarenta y dos en la mayoría de las mujeres. Ligeramente inferior en una mujer embarazada.

—¿Y en febrero? ¿Cuál era el valor de los hematocritos de la mujer en febrero?

—Treinta y cinco.

—¿Es eso una mejoría?

—Leve.

—Cuando una de sus pacientes —una mujer embarazada— tiene un valor de hematocritos de treinta y cinco, ¿anticipa usted un resultado negativo en un parto?

—Ésa es una pregunta extraña, y no estoy segura de que sea pertinente. Después de todo, mis partos son en hospitales. Si usted quiere decir si esto afectaría la manera en que trato el embarazo de la muj...

—Repetiré la pregunta. ¿Anticiparía usted un resultado negativo en un parto?

La doctora Gerson permaneció callada un momento. Finalmente dijo:

—No.

—Gracias.

—De nada.

Stephen caminó hacia los ventanales con las manos en la espalda. Cuando puso cierta distancia entre él y la testigo, se volvió.

—Usted nos dijo antes que la presión arterial de Charlotte Bedford era levemente superior a lo normal. ¿Estoy en lo cierto? —preguntó.

—Sí.

—¿Cómo la habría tratado usted?

—La habría vigilado con mucho cuidado. Quizá le habría recomendado que guardara cama. No sé si habría recetado un antihipertensivo. Es posible.

—¿Habría buscado proteína en la orina?

—Sí, por cierto.

—Según esos registros, ¿lo hizo Sibyl?

—Aparentemente.

—Gracias. ¿Existe alguna indicación en los registros médicos de Charlotte Bedford de que alguna vez en el pasado hubiera sido tratada por hipertensión?

—No encontré nada.

Lentamente, Stephen empezó a caminar hacia ella. Yo lo había visto hacer esto muchas veces durante el día y sabía que era parte de una estrategia de irritación e intimidación. Estaba a punto de invadir el espacio personal de la médica. Prácticamente se inclinó sobre ella en el banquillo de los testigos.

—¿Estoy en lo cierto cuando digo que hay un cuadro en el formulario que dice "Historia clínica del paciente"? —preguntó.

—Sí.

—¿Y enumera una variedad de... condiciones?

—Así es.

—¿Qué se ha subrayado en el cuadro?

La médica miró el formulario y leyó:

—"Infecciones de vejiga. Rubéola."

Cuando levantó la mirada, Stephen estaba a su lado, parado de manera tal que el jurado podía verles la cara a ambos.

—¿Eso es todo?

—Así es.

—¿Se ha subrayado "alta presión arterial"?

—No.

Él asintió y se preparó para el golpe de gracia. Hay veces, por supuesto, que hasta el mejor cazador falla. Hay veces en que el león arremete abruptamente y confunde hasta al mejor tirador. Éste sería uno de esos momentos. Y si bien Stephen podría pedir que se suprimiera del acta el testimonio de la doctora Gerson, y si bien el juez lo aceptaría, el jurado no pasaría por alto lo ocurrido y yo no podía imaginar que se olvidarían en el momento de decidir la suerte de mi madre.

—No hay ninguna indicación de que Charlotte Bedford compartiera con Sibyl sus antecedentes de presión arterial alta, ¿verdad, doctora?

—El punto esencial, abogado —dijo la médica, hablando rápido pero con calma, y con un tono de condescendencia en la voz— es que los registros muestran que la pobre mujer tenía síntomas tanto de anemia como de presión alta. Las dos cosas. Ningún médico ni partera en su sano juicio hubiera permitido que esa mujer diera a luz en su casa.

Volvimos a casa el jueves por la noche con la calefacción del auto encendida, y yo me acurruqué en el asiento trasero, tapándome con mi abrigo como si fuera una frazada. La calefacción del auto de mi madre todavía calentaba el interior como una estufa, pero durante el invierno anterior había empezado a traquetear, como si hubiera un papel grueso atascado en un respiradero.

Mis padres hablaron poco, lo mismo que el resto de la semana. Supongo que estarían demasiado rendidos para hablar, y, aunque tuvieran la energía, dudo de que habrían sabido qué decir. En ocasiones mi padre intentaba levantarle el ánimo a mi madre con alguna observación sobre lo bien que Stephen había despedazado a algún testigo, o diciendo que un testimonio perjudicial sería rebatido cuando Stephen comenzara nuestra defensa.

Por lo general, mi madre musitaba algo en el sentido de que estaba de acuerdo y miraba los árboles en el atardecer. Cuando llegamos a casa, sin embargo, encontramos jarrones de cristal llenos de rosas para mi madre en la mesada de la cocina: un ramo de rosas rojas, otro de rosas amarillas, un tercero de rosadas. Mi padre las había hecho enviar durante el día, y cada jarrón tenía una tarjeta hecha por él mismo con fotos viejas de los dos, papel heliográfico y los sujetapapeles que yo sé que usaba para sus presentaciones a los clientes. Las tarjetas eran hermosas, y mi madre se emocionó.

Más tarde, cuando pasaban por mi dormitorio en dirección al de ellos, mi madre seguía hablando de las tarjetas y de las flores, y luego yo hice alarde del gesto de mi padre cuando hablé por teléfono con Rollie y Sadie y Tom.

La mañana del viernes empezó con el testimonio de una mujer cuyo hijo mi madre iba a traer al mundo, pero que terminó yendo al hospital, donde se le practicó una cesárea. Fue un parto difícil y doloroso, y la mujer dijo que mi madre la había obligado a pujar durante casi medio día: diez horas y media de pujar y descansar, pujar y descansar, antes de que mi madre por fin —según dijo la mujer— "permitió" que fuera al hospital.

Luego atestiguó un hombre que insistía en que mi madre nunca les advirtió a su mujer y a él que se corrían mayores riesgos en un parto en la casa que en el hospital. Según este hombre, él y su mujer jamás habrían intentado tener a su hijo en su casa si mi madre les hubiera hablado con sinceridad. Aunque el Estado no tenía permitido preguntarle al hombre cómo había resultado el parto, mis padres y yo vivimos una verdadera agonía durante su testimonio, conscientes del hecho de que este bebé fue uno de los pocos que nació muerto.

A pesar de que se aproximaba la hora del almuerzo, el Estado logró llamar a un testigo más, un médico que nos explicó lo que significaba un parto con una segunda etapa prolongada y los peligros que representaba para la madre. El médico era un investigador del Colegio Estadounidense de Obstetras y Ginecólogos de Washington DC, una organización de la cual, irónicamente, ahora yo soy miembro y a la que pago mis cuotas. Como la doctora Gerson, el médico consideraba que el parto era una riesgosa prueba de circo. En un momento de floreo retórico —algo nada frecuente— este testigo comparó un hospital con el asiento de un auto, y luego hizo una comparación confusa entre un accidente automovilístico y un artefacto de cocina.

No obstante, se hizo evidente que el jurado entendió lo que quería decir, y debe de haber tenido la impresión de que el doctor Geoffrey Lang era un hombre sabio y preciso.

En otro momento particularmente brutal desde la perspectiva de mi madre, logró explicar simultáneamente por qué pujar demasiado tiempo hacía peligrar la vida de la parturienta, y al mismo tiempo arrojó una difamación más contra mi madre:

—Es perfectamente razonable que alguien con el entrenamiento limitado de una partera sospechara que se había producido un aneurisma cerebral. Obviamente, eso no ocurrió en este caso, pero alguien con sólo una educación obstétrica rudimentaria podría creerlo.

—¿Qué ocurrió, en realidad? —preguntó Bill Tanner, y por primera vez oí pronunciar la palabra que había visto escrita en el afiche sobre una de las paredes del despacho de Stephen: *vagal*. Era una de las palabras que Tom Corts y yo vimos escrita con marcador en uno de los grandes papeles blancos.

Con formalidad clínica, el médico habló del nervio vago y los problemas que pudieron haberse suscitado, sentando las bases para el testimonio del forense, que oiríamos esa tarde.

—Usted le hizo las cosas fáciles a Farrell —le dijo mi padre a Stephen mientras intentábamos comer algo durante el receso para el almuerzo. Farrell era el padre que dijo que mi madre no les había aclarado los riesgos de un parto en la casa.

—En realidad no nos perjudicó en absoluto —dijo Stephen, y le pidió a Peter Grinnell que le pasara una servilleta de papel de la caja metálica sobre la mesa del restaurante.

—Dio a entender que Sibyl oculta la realidad —prosiguió mi padre.

Stephen se tocó la punta de la lengua con la servilleta y luego se restregó con el papel una mancha de tinta sobre el dorso de la mano.

—¿Cree eso?

—Sí, lo creo. ¿Usted no?

Stephen se miró la mano y dobló la servilleta una y otra vez hasta que quedó del tamaño de una moneda grande.

—A usted le dio una impresión peor de lo que en realidad fue. El jurado no sabe que él y su mujer tuvieron una mala experiencia.

La comida sobre el plato de mi padre —un sándwich tostado de queso y una ensalada de repollo picado fino— estaba tal cual la trajo la camarera. El sándwich seguía siendo un par de triángulos chatos, color marrón, y la ensalada, una pilita con forma de cono de helado.

—¿Y el médico?

—¿Lang? Me parece que nos fue bien.

Peter llamó a la camarera para que nos trajera la cuenta.

—Ojalá nos hubiera ido mejor.

—Me aseguré de que el jurado entendiera que cada una de sus palabras no era nada más que una conjetura. Y me aseguré de que el jurado se diera cuenta de que el tipo nunca vio el cuerpo de la muerta. Dígame, ¿qué más hubiera querido usted?

No había rastros de irritación en el tono de Stephen, ninguna segunda intención en sus palabras.

—Era un imbécil de mierda. Hubiera querido que eso quedara claro.

Stephen asintió, dejando que la frustración de mi padre lo bañara como una ola. Cuando vio que la camarera dejaba la cuenta sobre la mesa junto a Peter, él buscó la billetera en el bolsillo de su chaqueta.

—Pues los haremos trizas esta tarde, entonces —dijo, y sonó como mi profesora de gimnasia.

—Miren —dijo mi madre con una voz extrañamente insegura, mientras miraba por la ventana el lago Memphremagog—. Debe de haber algo plano flotando allá. Fíjense en las gaviotas.

Quizás a unos cien metros de la orilla del lago, se veían docenas de gaviotas sobre la superficie del agua, no flotando ni revoloteando, como podría esperarse, sino paradas, con las patas extendidas, posadas sobre pedazos de madera flotante. Todos nos volvimos en esa dirección, y al hacerlo miré a mi madre a los ojos, y algo en ellos me dio la impresión de que no había oído ni una sola palabra de la conversación entre mi padre y Stephen.

18

*Dudo de que vuelva a hablar con Anne, de modo que
supongo que siempre seguiré preguntándome: ¿qué pensó que ocurriría cuando levantó el tubo del teléfono y
llamó a B. P. Hewitt? ¿Esperaba algo diferente? ¿O consiguió lo que quería?*

del diario de Sibyl Danforth, partera

Anne Austin no había trabajado mucho tiempo con mi madre, de modo que no llegó a ser parte de nuestra vida, como sus
predecesoras. Heather Reed, por ejemplo, no era una sustitu-
ta de una hermana mayor para mí, pero pasó cerca de seis
años en la periferia de nuestra familia —días y días de exámenes prenatales en el cuarto contiguo a la cocina, cenas en casa
casi semanalmente, y muchas noches, cuando se quedó a cuidarme mientras mi madre y mi padre salían— y había pocas
cosas importantes que yo no habría compartido con ella cuando estaba en la escuela primaria. Heather parecía saber siempre cuándo me había peleado con Rollie o Sadie, era una constante fuente de ayuda con mis tareas escolares, y un hombro
de apoyo en momentos de dificultad.

Pero yo apenas conocía a Anne Austin cuando murió Charlotte Bedford. Con el transcurso de los años me cuesta diferen-
ciar mi opinión última de la mujer de mi opinión anterior a lo
ocurrido, y recordar que no siempre la desprecié. Pero el hecho
es que Anne había sido parte de nuestra vida sólo un invierno
cuando murió Charlotte; ayudaba a mi madre desde diciembre del año anterior. Había comido en casa dos o tres veces,
nada más, y yo la había visto esporádicamente los días en que
las pacientes de mi madre venían para controlarse. Creo que
me parecía una cosita dulce pero insignificante, de pelo castaño corto. Era la clase de mujer que conocí después en la universidad, que prefería cambiar una fiesta el sábado a la noche

por el estudio. Se quedaba inclinada sobre los libros en la biblioteca de ciencias, pero aun así no le iba muy bien en el examen. Por lo general, el cambio era impulsado por la timidez y no por las ganas de triunfar. Para ella una prueba de química orgánica no era más que una excusa razonable para evitar la música fuerte y los muchachos agresivos.

Pero no creo que cuando yo conocí a Anne me pareciera demasiado justa o buena o que fuera presumida. No creo que pensara que se la tenía jurada a mi madre. La impresión fue creciendo durante el verano y el otoño, a medida que se acercaba el juicio de mi madre y oía discutir a los adultos lo ocurrido la noche del 13 y la mañana del 14.

—Y fue entonces cuando usted le rompió la bolsa de agua —le dijo Stephen a mi madre en una de esas ocasiones, hablando de Charlotte. Los dos estaban solos en la cocina.

—Así es.

—¿Y qué preguntó Anne?

—No preguntó nada.

—Pero dijo algo...

—Dijo: "No entiendo por qué hizo eso usted".

—¿Y no era el tipo de pregunta que haría una aprendiz a su partera? ¿No era... parte del proceso de aprendizaje?

—No. Estaba irritada conmigo. Creía que yo estaba interviniendo.

—¿Interviniendo?

—Interfiriendo con el proceso natural.

—¿Ésa era la primera vez que se ponía furiosa con usted?

—No se puso furiosa conmigo. Estaba un poco enojada, nada más.

—¿La primera vez?

—¡Por Dios, no! —respondió mi madre, riendo.

—¿Se enojaba con frecuencia con usted?

—Anne ha leído demasiados libros y ha estado presente en muy pocos partos —contestó mi madre, y aunque yo estaba escuchando desde los escalones en el vestíbulo de entrada, estaba segura de que puso los ojos en blanco.

Anne tenía veintidós años cuando acudió a mi madre, y hasta el invierno no había visto nacer a un bebé ni una sola vez. No obstante, visualizaba mentalmente lo que era un nacimiento perfecto, y por las comidas que compartimos estaba claro que verdaderamente había leído copiosos volúmenes sobre el tema. Bajo la tutela de mi madre estudiaba con ahínco, y mi madre pensaba que era una buena aprendiz, a pesar de

274

los periódicos fastidios de Anne por la tendencia a intervenir que tenía mi madre, según creía ella. Anne deseaba ser partera con desesperación y no había razón para no creer que algún día lo conseguiría.

Para cuando empezó el juicio, sin embargo, se había convertido para mí de una insignificante aprendiz de partera en una arrogante traidora de proporciones casi teatrales: una persona mojigata, pagada de sí misma y —por razones que no llegaba a entender— decidida a destruir a mi familia. Se fue de Vermont el fin de semana posterior a la muerte de Charlotte Bedford, y al parecer regresó sólo dos veces antes del juicio: una vez para declarar y la otra para empacar sus pertenencias, que había dejado en el cuarto que le alquilaba a un profesor universitario en Hardwick.

Sin embargo, cuando llamó por teléfono a B. P. Hewitt —el médico de respaldo de mi madre— hacía seis meses y medio, no creo que odiara a mi madre. No creo que la odiara ni siquiera después de que B. P. tratara de asegurarle que ella no había presenciado una cesárea a una mujer que estaba viva. Cuando levantó el tubo para llamar al médico, dudo de que entendiera siquiera la fusión que estaba a punto de desencadenar, la progresión lineal de acontecimientos que estaba a punto de desatar, una progresión que, retrospectivamente, no podía tener un buen final para mi familia. Pero por lo que sé, sus intenciones pudieron haber sido buenas y sus deseos, nobles. Había muerto una mujer, y se debía hacer algo al respecto.

Sin embargo, la situación debe de haberse agravado para Anne Austin aquella mañana, y no me sorprendería si inclusive hoy no se puede explicar del todo por qué hizo lo que hizo. Quizá pensó que B. P. le avisaría a mi madre después de esa primera llamada, y que eso pondría fin a su aprendizaje. Después de todo, ¿cómo podría volver a confiar mi madre en Anne después de que ella llamara a su médico de respaldo sin que mi madre lo supiera?

De modo que tenía que convencerse a sí misma de que ella tenía razón y mi madre, no. Llamaría a Asa Bedford, averiguaría lo que había visto él. Y luego, después de expresarle sus temores al marido, temores reforzados por los propios recuerdos horrendos de él —chorros de sangre brotando de la mujer sobre la cama— debía llamar al fiscal. Debía hacerlo. Quizá temiera que, si ella no llamaba, lo haría el reverendo, y entonces la acusarían de cómplice de un crimen. Después de todo, ella era la aprendiz de mi madre. Hasta había ido con Asa a buscar el cuchillo.

No, realmente no creo que Anne Austin odiara a mi madre cuando empezó a hacer sus llamadas telefónicas aquella penosa mañana de marzo. Pero sí creo que llegó a odiarla durante el verano. A despreciarla, creo. Era imprescindible que lo hiciera: su salud mental lo exigía. ¿De qué otra manera podría justificar el dolor que les estaba causando a mi madre y a mi familia? ¿De qué otra manera podría vivir consigo misma?

Para cuando empezó el juicio, estoy segura de que para Anne mi madre era una partera chapucera y peligrosa que merecía el castigo que la aguardaba.

Me di cuenta no bien la vi llegar a la corte el viernes por la tarde, justo después de que todos nos pusiéramos de pie al entrar el jurado y el juez y retomáramos nuestros asientos. Ella marchó al banquillo de los testigos, procurando mirar hacia adelante, pero aun así pude ver el odio que sentía hacia nosotros por las chispas que echaban sus redondos ojos oscuros y por la manera en que apretaba las mandíbulas contra nosotros.

Ella y mi madre no se hablaban desde que salieron del hospital de Newport esa mañana de aquel viernes de marzo. No habían intercambiado ni una sola palabra. Observé cómo mi madre estudiaba a Anne mientras un alguacil la escoltaba hasta el frente de la sala y otro le tomaba juramento, y era como si mi madre estuviera viendo por primera vez a una hermana melliza que no sabía que existía, o un animal raro y aterrador en el zoológico, la clase de criatura que haría que una corriera o retrocediera de miedo si no fuera por los barrotes de la jaula como protección. Lentamente, mi madre hizo girar su silla para mirar a Anne de frente, y ésa fue una de las pocas veces durante el juicio cuando la vi susurrarle algo a Peter y a Stephen. Eso fue después de que por fin se le pasó la sacudida que le causó el verla.

Mi madre parecía más perpleja que enojada. Ocasionalmente, meneaba la cabeza apenas, como si le estuviera preguntando a Anne: *¿Por qué me haces esto?*

La voz de Anne tenía un leve acento de Boston que yo no recordaba del invierno anterior, y eso la hacía parecer más fuerte, le otorgaba mayor autoridad. Tenía huesos pequeños y parecía cansada, pero la joven —apenas ocho años mayor que yo— estaba sentada derecha y hablaba bien. Midiendo las palabras, le contó al jurado acerca de los horrores que había presenciado: cómo mi madre había usado un cuchillo de cocina para abrir de un tajo el estómago de una mujer viva en Lawson.

Fue durante el testimonio de Anne cuando el jurado empezó a ponerse incómodo, y a mirar de reojo a mi madre. Aunque Anne no empezó a hablar sino hasta la tarde del quinto día —el primer viernes del juicio— y aunque el panel conocía bien las generalidades de lo ocurrido en el dormitorio de los Bedford, todavía no habían oído la narración de un testigo ocular. Y mientras Anne respondía a cada pregunta que le formulaba Bill Tanner, creo que Charlotte Bedford se iba haciendo real en la mente de algunos jurados.

Posiblemente ése era el plan de Tanner. Todas las personas que había puesto el Estado en el banquillo hasta ahora servían para entrar en calor. Los testigos esenciales eran los tres últimos, un triunvirato de testigos poderosos que, en teoría, sellarían la suerte de mi madre. Anne Austin y el forense el viernes por la tarde. El reverendo Asa Bedford el lunes por la mañana. Hasta yo, a los catorce años, entendí en el acto la lógica de la progresión. La primera testigo, que fue quien inició la parte litigiosa de la saga, describe la pesadilla que vio. El segundo testigo, un experto de inmensa credibilidad, explica la causa exacta de la muerte. Y el tercero, el que ha perdido más de todos, actúa como ancla de esta combinación.

Lo que yo no aprecié sino hasta más tarde ese viernes (y podría no haberlo hecho nunca si Patty Dunlevy no me lo hubiera explicado) era la sutileza del orden elegido por Tanner. El último testigo que oirían las miembros del jurado antes del fin de semana —dos días enteros durante los cuales estudiarían con ahínco todo lo visto y oído en la primera semana— sería el forense, con la versión estatal de la causa de la muerte. Luego, si el Estado abrigaba algún temor de que su caso llegara a perder ímpetu durante el fin de semana, tenía como refuerzo al viudo, un pastor sufriente pero capaz de expresarse con convicción, y que estaba muy acostumbrado a hablar en público.

Para cuando Stephen tuvo oportunidad de interrogar a Anne, la mayoría de los jurados ya se había formado mentalmente la imagen de Sibyl Danforth como una partera de un descuido alarmante, una mujer cuya negligencia le costaría la vida a una madre. Además, cuando visualizaban a mi madre la mañana en que murió Charlotte Bedford, debían de imaginarla como una demente: una partera histérica, presa del pánico, una persona que se enloqueció temporalmente hasta el punto de ser capaz de abrir en dos a una mujer viva en la última etapa del trabajo de parto. (¿Habría terminado todo de otra forma si se hubiera alegado demencia en la defensa de mi madre? Para mí, sí, tal vez, pero en el largo plazo el resultado no hubiera sido muy distinto para mi madre. Y aunque yo no sabía, entonces, que Stephen en un momento dado trajo a colación la posibilidad de demencia temporaria como defensa posible, en ese momento mi madre creía aún que reanudaría su práctica una vez terminado el juicio, y vetó la discusión en el acto. Nadie, le dijo a Stephen, querría a una partera que podía enloquecerse bajo presión.)

Como mi madre, Anne se vistió para la corte de una manera conservadora que no era característica en ella: blusa blanca, chaleco, falda gris. Nada de camisas de fajina, típicas de la aprendiz de partera, ni vestidos sueltos con enormes bolsillos. Parecía una empleada bancaria de Burlington.

Durante todo su testimonio evitó mirar a mi madre, y noté que Stephen, al ponerse de pie para empezar su interrogatorio, permaneció detrás de su mesa para que por lo menos Anne tuviera que mirar en la dirección general en que estaba mi madre.

—Antes del nacimiento de Veil Bedford, usted sólo había presenciado nueve partos, ¿correcto? —le preguntó.

—Sí.

—Y ninguno de ellos involucró una situación de emergencia, ¿correcto?

—Así es.

—Veil Bedford fue el primero, ¿verdad?

—Sí.

—Antes del 14 de marzo, ¿había estado usted en una situación de emergencia?

—¿Como qué?

Stephen caminó hasta ubicarse detrás de la silla de mi madre, para que Anne la viera. Ella volvió la cabeza hacia el lago y contempló las hinchadas nubes blancas que llegaban desde Canadá.

—Un accidente de auto, tal vez. ¿Ha estado alguna vez en un accidente de auto en que han resultado malheridas las personas? ¿O ha presenciado alguno?

—No.

—¿La caída de un avión?

—Por supuesto que no.

Stephen se encogió de hombros.

—¿Un descarrilamiento de tren? ¿Ha visto a un hombre con un ataque al corazón? ¿A un bebé caerse al agua?

—No, nada de eso.

—¿Nunca?

—Nunca.

—Y nunca ha estado con un grupo de primeros auxilios o un escuadrón de rescate en una crisis de vida o muerte, ¿verdad?

—No.

—Charlotte Bedford fue la primera, ¿verdad?

—Sí, la primera.

—Y usted no ha presenciado cirugía de ninguna clase, ¿correcto?

—¿Como en un hospital?

—Sí. Como en un hospital.

—No.

—¿Tiene usted algún entrenamiento médico formal?

—¿Quiere decir en una universidad o algo así?

—Sí. Exactamente.

—No, pero tengo planeado...

—Gracias, señorita Austin. Usted nunca ha tomado un curso de primeros auxilios, ¿no?

—No.

—Y usted no tiene conocimientos de resucitación cardiopulmonar, ¿no?

—Un poco. Unos días después de que murió Charlotte, yo iba a empezar...

—¿Ha recibido usted entrenamiento formal y está autorizada para administrar resucitación cardiopulmonar?

—No.

Stephen levantó un brazo y yo pensé por un momento que iba a posar la mano suavemente sobre los hombros de mi madre, pero no lo hizo.

—¿Fue Charlotte Bedford la primera persona que usted vio morir? —preguntó, y por primera vez esa tarde levantó la voz un ápice y pareció aprestarse para una de las confrontaciones que parecían gustarle.

—Sí.

—Cuando vio la sangre que manaba como resultado de la tentativa de Sibyl por salvar al bebé, ¿era la primera vez que veía abrir un cuerpo?

—Había visto imágenes en libros de texto.

—Por favor, señorita Austin, yo no le pregunté si usted ha visto un cuerpo en un libro. ¿Era ésa la primera vez que veía abrir un cuerpo?

—Supongo.

—¿Sí?

—Sí.

—Gracias. —Stephen tomó la lapicera y durante un momento dio unos golpecitos sobre la mesa, quizás esperando distraer a Anne para que mirara en esa dirección. —De modo que antes de las primeras horas del 14 de marzo, usted no había visto nunca la cantidad de sangre que podía o no fluir en esa situación, ¿correcto?

—Sí.

—¿Nunca había visto brotar sangre de un cuerpo, vivo o muerto?

—No.

—En ese caso, con la experiencia que tenía, ¿qué la indujo a llegar a la disparatada suposición de que la sangre que vio en ese momento provenía de una mujer que estaba viva?

—Por la manera en que brotaba.

Él meneó la cabeza.

—Yo no le estoy preguntando lo que usted cree que vio. Le estoy preguntando: con la experiencia que tenía usted, ¿qué la indujo a creer, basándose en la hemorragia de Charlotte Bedford, que estaba viva?

—Usted no lo vio. Si usted hubiera...

—Su Señoría, por favor recomiende a la testigo que responda a las preguntas —dijo de pronto Stephen.

El juez Dorset miró a Anne desde lo alto.

—Señorita Austin —dijo simplemente—, debe responder las preguntas.

—Pero si cualquiera de...

—Señorita Austin —agregó el juez, y parecía casi tan fastidiado como Stephen—, responda las preguntas tal cual son formuladas. Por favor. Prosiga, señor Hastings.

—¿Qué parte de su entrenamiento la llevó a creer que la sangre que vio provenía de una persona que estaba viva? —preguntó Stephen, mientras seguía dando golpecitos con la lapicera sobre la mesa.

Ella cruzó los brazos sobre el pecho.

—No lo recuerdo.

—¿Es eso debido a que usted no tiene absolutamente ningún entrenamiento médico?

—Supongo.

—¿Estoy en lo cierto cuando digo que cualquier conjetura que haya hecho sobre la sangre no se funda absolutamente en ninguna experiencia, en ninguna experiencia de primera ni de segunda ni siquiera de tercera mano?

Por fin ella miró en dirección a Stephen y cuando vio a mi madre apretó los ojos para evitar las lágrimas, pero eran demasiadas. Se tragó algunas, pero dio su respuesta entre sollozos. Como si Stephen no le hubiera hecho una pregunta, como si ni siquiera él estuviera presente, exclamó con la precipitación de un rayo:

—¡Por Dios, Sibyl, lo siento, lo siento, pero tuve que hacerlo, tuve que hacerlo! Tú sabes que la mataste...

Stephen trató de pararla. Exigió que sus palabras fueran quitadas del acta, y el juez Dorset dejó caer su mazo mil veces más fuerte que los golpecitos de la lapicera de Stephen hacía unos momentos, pero antes de desmoronarse, Anne logró decir otra vez, entre sollozos:

—¡Lo siento, Sibyl! ¡Sé que no tenías la intención de hacerlo, pero ambas sabemos que tú la mataste!

Durante el receso, mi madre tomó unos sorbos de agua de un vaso de cartón en una salita de reuniones sin ventanas, mientras mi padre la tomaba de la mano. Parecía un poco más pálida que antes del estallido de Anne. Por momentos se llevaba el vaso a los labios, sin beber.

—Es una bruja, ¿no? —murmuró Peter, creo que intentando hacer algo más que llenar el silencio.

—No —dijo mi madre—. En realidad, no lo es.

—Eso no es necesario, Sibyl. Aquí está con su familia y sus amigos. No necesita ser tan noble —le dijo Stephen, y sonaba tan enojado como cuando el juez ordenó el receso, hacía quince minutos.

—No es eso. Es sólo que Anne... es joven y se ha metido demasiado hondo.

—Pues, entonces —dijo Stephen—, está a punto de ahogarse. Será breve, pero vamos a hundirla por tercera vez.

—Señorita Austin, usted debe concentrarse únicamente en la pregunta que le hace el señor Hastings, y, señor Hastings, usted debe permitirle una respuesta completa a cada pregunta. ¿Estamos de acuerdo? —preguntó el juez Dorset cuando se reanudó la sesión.

Stephen asintió, salió de atrás de la mesa y se paseó por la sala como había hecho con la mayoría de los otros testigos. Le pidió al relator de la corte que le leyera la última pregunta que había hecho, referida a la experiencia de primera, segunda o tercera mano.

—Correcto —respondió Anne. Tenía los ojos enrojecidos por el llanto, y sus palabras ya no tenían el aplomo de antes.

—Pero, no obstante, cuando Sibyl hizo la primera incisión, usted llegó a la conclusión de que Charlotte Bedford estaba viva.

—Cuando vi la sangre, sí.

—¿Mostraba el cuerpo otros signos de vida cuando se hizo la incisión o después?

—¿Como qué?

Stephen se encogió de hombros.

—¿Lanzó la mujer un grito de dolor?

—No, estaba inconsciente.

—El cuerpo... ¿se estremeció?

—Yo no vi eso.

—¿No lo vio estremecerse?

—No.

—No se movió en absoluto, ¿verdad?

—No que yo viera.

—¿Significa eso que la única indicación de que la mujer pudiera haber estado viva fue la sangre?

—Sí.

—Pero, ¿eso fue suficiente para alarmarla?

—Lo fue.

—¿Qué hizo entonces, una vez alarmada? ¿Trató de detener a Sibyl?

—No.

—¿Le dijo usted: "No hagas esto, Sibyl, ella está viva"?

—No.

—¿Trató de quitarle el cuchillo de las manos a Sibyl y...?

—Objeción. La está acosando —dijo Tanner.

—No ha lugar.

—¿Trató de quitarle el cuchillo de la mano a Sibyl?

—No.

Stephen asintió y se paseó hasta el final de la tribuna del jurado.

—Entonces, y a pesar de su afirmación posterior de que Charlotte Bedford estaba viva antes de la incisión, usted no hizo absolutamente nada para tratar de salvar la vida de la mujer. ¿Al menos compartió su temor con el padre mientras los dos seguían en la habitación?

—No. No entonces. No lo hice.

—Usted atestiguó antes que la sorprendió que Sibyl no se

asegurara de que hubiera latidos fetales. ¿Le sugirió a la partera que debía hacerlo?

—No.

—¿De manera que estoy en lo cierto al decir que a pesar de su aseveración, después de los hechos, de que Charlotte Bedford estaba viva antes de la incisión, usted no hizo absolutamente nada en el momento para tratar de impedir la cirugía?

—Sólo que no sabía qué...

—Señorita Austin...

—Sólo que yo no...

—Su Señoría...

El juez Dorset golpeó con el mazo la madera oscura delante de él y luego me sorprendió —probablemente sorprendió a todos— arrojando un salvavidas a la mujer y de esa manera impidiendo que se desmoronara por última vez.

—Abogado —le recordó a Stephen—, le pedí que le concediera tiempo a la testigo para contestar plenamente. Prosiga, señorita Austin.

Ella inspiró hondo y se secó los ojos con un pañuelo de papel. Por fin, con voz un tanto temblorosa, dijo:

—Yo no tenía en ese momento el aplomo para detenerla. No sabía lo suficiente. Como usted dijo, no había estado en una situación así antes. Pero vi que brotaba y brotaba la sangre y me di cuenta de que algo andaba mal, y fue sólo unas horas después cuando... cuando vi que tenía la responsabilidad moral de decirle a alguien lo que había visto. No quería, en realidad no quería hacerlo. Pero debía. Eso es: debía hacerlo.

Quizá debido a la conversación telefónica que yo había escuchado una noche entre mi madre y Stephen —una conversación que parecía cargada de insinuaciones de flirteo— tomé la determinación de estar en casa cuando él llegara una tarde antes del comienzo del juicio. Me puse a dar vueltas por la cocina, fingiendo estar atareada estudiando mientras ellos se reunían en la oficina contigua. Cuando él se fue por fin, y mi madre lo acompañaba a su auto, fui hasta una ventana abierta para observarlos atravesar el porche. Ellos suponían que yo me había quedado en la cocina.

En lugar de ir hasta el auto, sin embargo, ellos caminaron hasta el jardín de flores de mi madre, y se detuvieron cerca de los girasoles —altos aún para esa fecha de fines de septiembre, cuando deberían estar a punto de morir— en un lugar donde yo no los alcanzaba a ver. De modo que volví a la cocina y salí de la casa por la puerta corrediza de atrás. Bien pegada a una de las paredes laterales de la casa, tampoco los podía ver, pero sí oír partes de la conversación.

Yo no sé si Stephen realmente trató de besar a mi madre antes de mi llegada a ese lugar. En mi mente, lo veo tomándola de la mano y acercando sus labios a los de ella. Pero nunca lo vi hacerlo.

No obstante, siempre he entendido por qué un abogado tiene fe en la inferencia lógica, la idea de que no es necesario oír ni ver llover por la noche para saber por la mañana que ha llovido si los autos y el suelo están mojados.

Y por eso creo que Stephen puede haber intentado besar a mi madre por la forma en que le oí decir a ella: "No, no es sólo el lugar. Es todo. Si le envío esas señales, lo siento. De verdad, lo siento".

Antes de ser médica, no podía imaginar por qué alguien querría ser forense. Suponía que quienquiera que estuviese dispuesto a pasar tanto tiempo entre cadáveres estaba excesivamente obsesionado con la muerte o —en el mejor de los casos— no había logrado superar el interés de un niño de nueve años por los vampiros y las momias y los profanadores de tumbas. Sólo después de empezar a estudiar medicina fue cuando se me hizo evidente la fascinación de esa tarea, y las razones por las cuales muchas personas normales —al menos exteriormente— la eligen como el trabajo de su vida. Es como ser detective. Y una vez que uno ha visto el primer cadáver, el tejido humano pierde su capacidad para espantar, y órganos y huesos pasan a ser cosas de rutina.

A los catorce años, sin embargo, yo creía que un forense debía de ser una persona muy enferma. De modo que no estaba preparada para el médico forense del estado de Vermont cuando un alguacil lo escoltó entre las hileras de bancos de la sala aquel viernes a la media tarde, y lo condujo hasta el banquillo de los testigos. Terry Tierney parecía uno de los padres que yo conocía en Reddington, que enseñaban a los chicos a jugar al béisbol en la primavera y fútbol en el otoño: enérgico pero paciente y de aspecto nada excepcional. Tendría unos diez años más que mis padres. Su barba negra empezaba a encanecer y usaba anteojos muy parecidos a los de Stephen.

Sonrió cuando Bill Tanner lo saludó y —respondiendo a un pedido del fiscal— explicó al jurado su letanía de títulos y logros. Los dos hombres eran tan amigotes que por unos momentos casi esperaba que empezaran a hablar de la temporada de caza de ciervos que se esperaba para fines de otoño.

Cuando por fin pasaron a la escena con que se había encontrado Tierney al llegar al dormitorio de los Bedford en marzo, sin embargo, todo eso cambió, y Tierney se puso serio. Describió la manera en que mi madre había cosido la incisión que había hecho y luego bajado el camisón de la mujer para cubrirla.

—¿Le dijo la señora Danforth cómo había muerto Charlotte Bedford? —preguntó Bill Tanner.

—Dijo que la señora había sufrido un ataque cerebral.

—¿Qué pensó usted?

—Pensé que era posible. Cualquier cosa es posible en un parto casero.

—¡Objeción! —exclamó Stephen, saltando de su asiento, y el juez lo respaldó.

—¿Cuándo realizó la autopsia? —siguió preguntando Tanner, como si no hubiera habido una interrupción.

—Esa mañana más tarde.

—¿Encontró indicación alguna de que la mujer hubiera sufrido un ataque cerebral?

—No.

—Si Charlotte Bedford hubiera tenido un ataque cerebral, ¿habría sido posible determinarlo en la autopsia?

—Definitivamente. Absolutamente.

—¿Por qué?

El doctor Tierney suspiró y se concentró. Retrospectivamente, creo ahora que sólo hizo una pausa para enmarcar la respuesta de una manera que trasmitiera los detalles de la disección postmortem sin asquear al jurado. Pero en ese momento pensé que su vacilación era causada por la tristeza.

—Al examinar el cerebro habría encontrado cambios significativos. Habría visto una hemorragia. El tejido se habría ablandado; se habría puesto más esponjoso.

—¿Y no vio nada de eso —ni hemorragia ni ablandamiento— cuando examinó el cerebro de Charlotte Bedford?

—No, no vi nada de eso.

Tanner regresó a la mesa, y su asistente le entregó lo que supuse eran sus notas.

—¿Examinó la zona abdominal de Charlotte Bedford?

—Sí.

—¿Empezando por la incisión?

—Correcto.

—¿Incluyendo sus órganos reproductores?

—Por supuesto.

—Usted mencionó que la señora Danforth cosió la piel cuando abrió a Charlotte. ¿Le cosió también los órganos?

—No.

—¿No cosió el útero?

—No.

—¿Por qué no?

—Objeción —dijo Stephen—. Requiere una especulación.

—Ha lugar.

—De modo que usted encontró que el útero no había sido cosido —prosiguió Tanner.

—No, no había sido cosido.

—¿Podría decirnos en qué lugar del canal de parto estaba el bebé cuando la señora Danforth lo sacó de su madre?

—No.

—¿Podría decirnos si el bebé había descendido en absoluto en esas horas en que la señora Danforth obligó a pujar a Charlotte?

—Objeción. Nadie obligó a nadie a hacer nada.

—Ha lugar.

Tanner sonrió para influir sobre el jurado. Era una sonrisa más traviesa que el resultado de una reprimenda.

—¿Podría decir si el bebé había descendido en absoluto en todas esas horas en que Charlotte estuvo pujando?

—No, no podría hacerlo.

—¿Podría determinar si hubo una abrupción de la placenta?

—Sí, definitivamente. Había áreas de hemorragia.

—¿Fue ésa la causa de la muerte?

—No. Como sucede ocasionalmente, estaba cubierta por la sangre coagulada, y se había empezado a sanar sola.

—¿Fue un factor en la muerte de Charlotte Bedford?

—Llegaría a serlo, indirectamente.

Tanner consultó sus notas por un instante y se quedó callado.

—¿En qué sentido? —preguntó al fin.

—La mujer perdió un poco de sangre durante ese episodio. Considerando la cesárea que le harían unas horas después, es imposible calcular la cantidad. Pero es probable que se tratara de una cantidad importante.

286

—¿Lo que significa?

—Su cuerpo estaba más débil. Ella no estaba tan fuerte.

—¿Por qué importaría eso?

—Como sabe cualquier madre, el parto es un trabajo duro. Increíblemente duro. Una mujer necesita toda la fuerza que pueda reunir, sobre todo si ocurre algo... algo imprevisto.

—¿Ocurrió algo imprevisto en este caso?

—Supongo que quiere decir aparte de que la pobre mujer muriera.

—Correcto.

—Pues sí, es evidente que ocurrió algo imprevisto.

—A partir de la autopsia que realizó usted y de todo el trabajo ulterior de laboratorio, en su opinión, ¿qué fue ese imprevisto?

Como si recordara algo tan común como la vuelta a casa sobre caminos resbaladizos en una tormenta de nieve, riesgoso, quizá, pero algo por lo que todo el mundo en la sala había pasado y podía comentar con comodidad a la hora de la comida, dijo:

—Bien, aunque no había pruebas médicas de un ataque cerebral, existían testigos oculares que vieron lo que, para personas que no eran médicos, pareció un ataque cerebral. La mujer se sacudió o tuvo un espasmo, y luego se desvaneció. El padre lo vio, la jovencita —la aprendiz— lo vio, y, por supuesto, lo vio la señora Danforth. Pero yo no creo que fuera un aneurisma lo que causó el espasmo.

—¿Tiene una opinión formada con respecto a la causa?

—Sí.

—¿Nos quiere decir qué es?

—Para usar la expresión del doctor Lang, creo que hubo un problema del nervio vago.

—¿Quiere explayarse?

—Exactamente aquí, en la nuca —dijo Tierney, indicando con sus manos el lugar en su propia cabeza—, hay un par de nervios craneales llenos de fibras motrices y sensoriales. Son los nervios vagos. Inervan una variedad de órganos y músculos —la laringe, por ejemplo— y muchas vísceras torácicas y abdominales.

—¿Qué significa eso para un lego?

Tierney miró al jurado y les sonrió con modestia.

—Comunican el cerebro y el corazón. Contribuyen a conducir la información del cerebro al corazón con respecto a la rapidez o lentitud con que debe latir. Ahora bien, como todo lo demás en el cuerpo, el cerebro necesita oxígeno. Y el oxígeno llega al cerebro con la sangre, que es bombeada, naturalmente, por el corazón. Si el cerebro no recibe oxígeno suficiente —si se vuelve, como decimos, hipóxico—, no funciona correctamente. O no funciona en absoluto. Obviamente, hay un montón de cosas que pueden hacer que el cerebro se vuelva hipóxico, inclusive un episodio médico planificado, como una anestesia general. Pero otra de las causas puede ser un parto y la manera en que la mujer debe pujar. Inspira hondo, se esfuerza terriblemente y luego exhala el aire todo junto. Y hace esto durante horas. De repente, antes de saberlo, el cerebro se vuelve hipóxico.

—¿Eso es peligroso?

—Absolutamente. Si la mujer se esfuerza y se vuelve hipóxica, el corazón disminuye la velocidad o puede llegar a pararse. Es una especie de reflejo mediado por el nervio vago. Se detiene el corazón y la persona se desvanece.

—¿Puede sobrevenir la muerte?

—Ah, sí, por supuesto. Pero esto no les sucede a las parturientas casi nunca, porque una enfermera en la sala de partos o el ginecólogo obstetra saben exactamente cómo son los síntomas iniciales, exactamente cuáles son los primeros síntomas. Y es muy fácil de tratar. Simplemente, se hace descansar a la parturienta un poco o —en casos extremos— se le administra oxígeno.

—¿Qué le hace pensar que ése fue el problema de Charlotte?

—Antes que nada, manifestó los síntomas de la persona que se vuelve hipóxica: tuvo una convulsión, perdió el conocimiento y se le paró el corazón. Eso es lo que pueden haber visto los testigos oculares. Luego, cuando buscábamos lesiones en las células cerebrales en el hipocampo, vimos pruebas significativas de hipoxia.

—¿Cómo se ven?

—El núcleo de la célula se torna picnótico, es decir, se encoge y se oscurece. Mientras tanto, el citoplasma del cuerpo celular toma un color rojo profundo y un aspecto casi vítreo.

—De modo que usted nos está diciendo que Charlotte Bedford fue forzada a... nos está diciendo que Charlotte pujó tanto tiempo que se volvió hipóxica.

—Sí.

—En su opinión, ¿ésa fue la causa de la muerte?

—Pues, ahí está la cuestión. No lo creo.

—¿Por qué no?

—Esto sonará bastante irónico, considerando la razón por la que estamos reunidos aquí, pero yo creo que la señora Danforth le salvó la vida después de que ella tuvo ese episodio hipóxico. Estoy convencido de que la resucitación cardiopulmonar que realizó la señora Danforth —todos esos ciclos— realmente resucitaron a la mujer.

La opinión del doctor Tierney no era una sorpresa para nuestra familia, y mi madre casi no se movió cuando habló el médico. Pero fue una revelación para la mayoría de los presentes, y una de las madres en los asientos de atrás debió de haberse movido repentinamente o manifestado su asombro de alguna manera pues su bebé se despertó. Todos oímos un llanto momentáneo, seguido por el susurro al que estábamos acostumbrados, cuando la madre del bebé se abrió paso entre los bancos y salió de la sala.

—¿Qué le hace pensar tal cosa? —preguntó Tanner cuando la sala volvió a estar en silencio.

—La cantidad de sangre en la cavidad peritoneal. El abdomen. Quiero decir, había cerca de setecientos cincuenta mililitros allí.

—¿Casi un litro?

—Aproximadamente. Y además, la sangre afuera de la herida, alrededor de la incisión. Sobre la ropa de cama. Y, por supuesto, en esa almohada que usó la señora Danforth para embeber parte de la sangre, para ver lo que hacía. Para encontrar el útero, creo. En mi opinión, no habría habido tanta sangre en el abdomen de la occisa y sobre la cama si la mujer hubiera estado muerta cuando la señora Danforth trató de realizar la operación cesárea.

—¿De modo que usted cree que Charlotte Bedford estaba viva cuando la señora Danforth realizó la cesárea?

—Correcto.

—En ese caso, ¿cuál fue la causa de la muerte? ¿Cómo murió Charlotte Bedford?

El doctor Tierney suspiró y luego miró de frente al jurado.

—Como yo mismo escribí en el certificado de defunción —el último— ella murió de shock hemorrágico causado por la operación cesárea. En mi opinión, fue la cesárea realizada por la señora Danforth lo que la mató.

19

No me doy vueltas y vueltas, no es eso. A veces ni siquiera recuerdo haber escuchado durante horas los latidos del corazón de Rand ni sentido el calor de su cuerpo debajo de las frazadas. Pero a la mañana, muchas veces es como si no hubiera dormido. Me siento malhumorada y cansada y voy a un cuarto vacío para llorar.
Stephen dice que la hermana de Charlotte no me odia. Pero él no es mujer, nunca ha sufrido los dolores del parto. Nunca ha visto surgir la vida en un cuarto.
En esto está equivocado.

del diario de Sibyl Danforth, partera

Quería que Stephen despedazara a Tierney. Sabía que el forense había sido un testigo devastador; sabía lo poderoso que había resultado su testimonio. Sonaba inteligente y con autoridad; parecía inexpugnablemente razonable. Lucía bien en el banquillo de los testigos.

Pero también sabía que si era posible anular el daño hecho por Tierney, la mayor parte del trabajo de reparación debería aguardar hasta la semana siguiente, cuando Stephen pusiera a nuestros "expertos" en el banquillo de los testigos. Entonces —esperaba yo— todos en la sala verían que el doctor Tierney era simplemente el forense de Vermont. No era de Boston ni de la ciudad de Nueva York ni de Washington DC. La opinión de Tierney era sólo una entre muchas, y, por cierto, errónea. El jurado llegaría a convencerse de que Charlotte Bedford estaba muerta, sin ninguna duda, cuando mi madre decidió rescatar al pequeño Veil.

Stephen, por supuesto, no se congraciaría con el jurado del

condado de Orleans socavando a Tierney sólo por ser de Vermont. Y por eso, su estrategia al interrogar al médico forense aquel viernes por la tarde consistió simplemente en sentar las bases para el testimonio de sus propios patólogos forenses, y sugerir que habría un amplio campo de desacuerdo.

—Usted declaró que la señora Bedford tenía alrededor de setecientos cincuenta mililitros de sangre en su abdomen. ¿Es eso correcto? —preguntó en un momento dado.

—Aproximadamente esa cantidad, sí.

—Si alguien le dijera que una mujer ha muerto como resultado de una cesárea realizada bajo... bajo estas circunstancias, ¿no habría esperado usted una mayor cantidad?

Tanner se puso de pie para objetar, argumentando que era ridículo pedirle al forense que conjeturara acerca de una situación hipotética cuando existía una cesárea real que discutir, pero el juez autorizó a que Stephen prosiguiera.

—Setecientos cincuenta mililitros es una buena cantidad de sangre —respondió Tierney.

—Pero... pero... si alguien le dijera que una mujer había muerto por una cesárea... ¿no habría esperado usted encontrar una cantidad mayor?

Tierney pensó un momento largo.

—Podría haberlo hecho —respondió por fin.

—Gracias. Si usted quisiera una prueba categórica... indisputable... irrefutable de que una cesárea ha sido la causa de la muerte, ¿cuántos mililitros de sangre esperaría encontrar en la cavidad abdominal?

Tierney asintió levemente mientras meditaba su respuesta.

—Quizá mil —contestó.

—¿Había esa cantidad de sangre en la cavidad abdominal de Charlotte Bedford?

—No.

—Gracias —dijo Stephen, y se dirigió a su mesa—. No hay más preguntas —anunció. Por un breve instante pensé que esto marcaría el fin del día —y, por lo tanto, de la semana— y eso me excitó. Parecía un excelente cierre para enviar a los jurados a casa para el fin de semana.

Sin embargo, antes de que Stephen pudiera sentarse, Tanner se puso de pie para el segundo interrogatorio de la fiscalía.

—Dos preguntas rápidas, doctor Tierney, si es posible —empezó diciendo—. Considerando todo lo demás que averiguó a través de la autopsia, y considerando la enorme cantidad de sangre encontrada fuera de la cavidad abdominal —como la sangre que la señora Danforth absorbió con la almohada—, ¿setecientos cincuenta mililitros era una cantidad suficiente para convencerlo de que la cesárea fue la causa de la muerte?

—Sí, con toda seguridad.

—Dada su experiencia y todo el tiempo que le ha dedicado a este caso en particular, ¿cree usted que la causa de la muerte fue la operación cesárea practicada por la acusada?

—Sí, lo creo.

—Gracias —dijo Tanner, y el juez Dorset miró el reloj en la pared. Eran bien pasadas las cinco, y la primera semana del juicio de mi madre estaba a punto de finalizar con el sonido del mazo del juez.

Antes de que todos saliéramos del palacio de justicia y todos nos separáramos, Stephen trató de tranquilizar a mis padres, diciéndoles que ya había pasado la peor parte del juicio para mi madre, tanto en lo referido a su perspectiva de ser absuelta como en el plano emocional. Después de todo, el Estado ya había presentado virtualmente todo su caso —sólo faltaba testimoniar el viudo—, mientras que nosotros ni siquiera habíamos empezado nuestra defensa.

Stephen nos advirtió que durante el fin de semana no haríamos más que preocuparnos por lo que estaría pensando el jurado, y eso podría llegar a alarmarnos.

—Recuerden que todavía falta recorrer un largo trecho —dijo, y aunque yo quería creerle, sus palabras estaban en pugna con algo que le había oído decir por lo menos media docena de veces: nuestra defensa tomaría mucho menos tiempo que la acusación. Todo lo que necesitábamos hacer era sembrar una duda razonable, y si bien él quería asegurarse —para usar su metáfora— de que las raíces fueran saludables y firmes, en este caso la duda era un resistente arbusto.

Lo último que dijo antes de subir a su auto fue que nos vería el domingo, pues él y Peter irían a casa para ayudar a mi madre a ensayar su testimonio y prepararse para el interrogatorio de la fiscalía.

Mientras viajábamos de regreso a Reddington, mi madre me preguntó cómo estaba. Le mentí: muy bien, fue la respuesta. En realidad, estaba tratando de no llorar. Sin embargo, mis padres aceptaron mi respuesta y ésa fue toda nuestra conversación en el camino de vuelta. Una mezcla de miedo y cansancio les impidió analizar los testimonios que habíamos oído ese día o explorar el temblor que asomaba en mi voz.

Cuando nos acercamos a casa, nuestros faros iluminaron una hilera de autos, larga como una fila para bailar la conga, estacionados a un lado del sendero de entrada. El adhesivo sobre la parte posterior del último vehículo, una camioneta oxidada, nos reveló quiénes habían invadido nuestra casa: ¡LAS PARTERAS LO HACEN EN CUALQUIER PARTE!

Las parteras de Vermont, algunas de las cuales debían de haber salido del palacio de justicia antes de que el doctor Tierney finalizara su interpretación letal de los acontecimientos, nos habían traído la cena. Cheryl y Molly y Donelle y Megan y Tracy —nombres que siempre evocarán para mí la imagen de mujeres efusivas que abrazaban al saludar y que eran capaces de amar sin cuestionamientos ni reservas ni inhibiciones— habían venido a apoyar a mi madre. En nuestro estéreo se oía una cinta ecléctica en la que Abba seguía a las Shirelles y Joni Mitchell a Janis Joplin. Un mantel azul cielo adornaba la mesa del comedor, cubierta de velas, vituallas y cestas de pan recién horneado.

Hasta nos alegramos de ver a Cheryl Visco, cuya presencia frecuente durante todo el verano había terminado por enojar a mi padre y a mí. Lucía tan bella y poderosa como de costumbre, a pesar de haber pasado una semana repantigada en un banco de la sala del tribunal. Su abundante pelo grisáceo brillaba como metal reluciente, pero al tacto era tan suave como cachemira. Abrió los ojos de alegría al vernos.

Primero me abrazó a mí, inclusive antes de saludar a mi madre.

—Estás demasiado flaca, aunque seas una estrella del atletismo —me susurró en el oído.

Cuando las otras parteras vieron que habíamos llegado —estaban con sus maridos o parejas y algunas con sus hijos—, todos empezaron a aplaudir a mi madre. Cheryl le pasó un brazo sobre los hombros y la condujo al comedor mientras mi padre y yo las seguíamos un paso más atrás. De pronto alguien dejó de aplaudir para darle a mi madre una copa de vino, un whisky a mi padre y un refresco a mí. Levanté los ojos para agradecer a la persona que lo había hecho, y vi que era Tom Corts.

—¿Prefieres una cerveza? Nadie diría nada, sabes —me dijo, y me dio una palmadita dulce y torpe a la vez en un hombro.

—¿Cómo te enteraste de esto? —le pregunté.

—Cheryl, la amiga de tu madre, llamó a casa y le avisó a mamá —contestó, e indicó a la partera en cuestión.

Miré cómo Cheryl mecía a mi madre entre sus brazos, provocándole una sonrisa de la clase que raras veces veíamos en ella esos días, y las lágrimas que yo había aguantado desde la salida de la corte saltaron por fin, mojándome las mejillas. Mis sollozos eran absolutamente silenciosos, y en el medio del caos y la alegría que llenaban nuestra casa nadie, excepto Tom, se dio cuenta de que estaba llorando.

—Eh, estás en tu casa —dijo, nervioso, sin saber por qué lloraba yo ni lo que él podía hacer—. Todo saldrá bien ahora.

Meneé la cabeza, segura de que nada volvería a salir bien. Y luego lo tomé de la mano y lo llevé arriba a mi cuarto, donde lloré entre sus brazos hasta que todas las amigas de mi madre por fin se fueron, y el piso inferior quedó en silencio.

Yo no veía a Asa Bedford desde antes de que naciera su hijo y muriera su esposa. Siempre se oían rumores que circulaban por la parte norte del condado ese verano y principios del otoño, en el sentido de que estaba en Lawson por una u otra razón, y cada vez que alguien veía a un padre pelirrojo que empezaba a perder el pelo, junto a un bebé y a un muchacho, sospechaba por un momento que el pobre hombre estaba de vuelta en el estado. Dudo de que fuera ni siquiera una vez. Su familia y la familia de Charlotte vivían en Alabama, y un padre solo con dos hijos necesita de toda la ayuda que le puedan dar.

Cuando lo vi el lunes por la mañana, tenía un aspecto terrible. Aunque yo nunca lo había considerado apuesto, siempre fue muy bondadoso con Foogie y Charlotte —y muy considerado con Rollie y conmigo—, de modo que yo encontraba algo atractivo en él. No se trataba tanto de la serenidad pastoral que yo había visto en otros clérigos, sino de una profunda sensibilidad. No tengo idea de si era por sus tendencias apocalípticas o a pesar de ellas, pero se caracterizaba por ser un hombre muy dulce.

El Asa Bedford que estaba a punto de prestar testimonio, sin embargo, parecía cansado y vencido y enormemente triste.

Había grandes bolsas negras debajo de sus ojos y arrugas marcadas en la cara. Se veían pelos blancos entre la aureola de mata rojiza encrespada que le rodeaba la cabeza como una herradura de caballo, y su piel pálida había adquirido una tonalidad gris. Había envejecido y había envejecido mal.

En esa época yo no sabía que Asa era una palabra hebrea que significa "médico", y me alegro. Dada la letanía de médicos alineados en contra de mi madre, probablemente habría creído que Asa era uno más entre ellos, y un mal presagio.

En los comienzos de su testimonio, Tanner sacó a relucir detalles de la vida del pastor desde la muerte de su mujer, como la logística diaria y las dificultades de ser un viudo con hijos. Lo difícil que le resultaba dormir. El hecho de que todavía no estuviera preparado emocionalmente para volver al púlpito. Asa hablaba con una voz suave y vacilante que no revelaba ninguna animosidad contra mi madre, pero era humano, igual que nosotros, así que debía de haber una considerable provisión de rencor dentro de él.

Luego, lo mismo que con Anne Austin, Tanner le hizo recordar, paso por paso, lo que había presenciado la noche y la mañana en que nació su hijo, llevándolo a puntos básicos que él quería enfatizar para el jurado.

—¿Y entonces usted le pidió a la señora Danforth que volviera a intentarlo? —preguntó Tanner.

—Yo no podía creer que Charlotte realmente hubiera... fallecido. No podía creerlo. Así que sí, le pedí que tratara de revivirla otra vez. Creo que le dije algo así como: "¿No puede intentar otra vez con la resucitación cardiopulmonar?".

Tanner asintió despacio. A medida que iba terminando la mañana y por fin habían llegado al momento en el relato de la muerte de Charlotte, Tanner había empezado a hablar despacio, como si deseara asegurarse de que el jurado entendía que, además de ser un concienzudo e intransigente defensor del pueblo, también era un hombre dulce que comprendía que se trataba de un testimonio doloroso para Asa Bedford.

—¿Qué le dijo a usted la señora Danforth? —le preguntó.

—Dijo que ella —Charlotte— se nos había ido. Dijo que no volvía. —La voz de Bedford no se quebró nunca, pero por momentos sonaba como si todavía se encontrara en estado de shock.

—¿Le creyó usted entonces?

—Sí, señor, le creí. Pero todavía me sentía como si me hubieran dado un fuerte golpe en el estómago y estuviera sin aliento. Como si me hubieran quitado toda la energía. Casi no podía respirar, y yo... recuerdo que me dejé ir y caí de rodillas sobre el piso. Apoyé la cabeza sobre el pecho de Charlotte, mirándole la cara con fijeza. No hice más que mirarla. Le dije cuánto la amaba. Mucho. La amaba mucho, mucho. Y le dije cuánto deseaba que volviera.

—¿Se quedó así con su esposa mucho tiempo?

—Ah, no. No mucho tiempo. En absoluto. La señora Danforth dijo algo como "¡Vamos!" o "¡Movámonos!" Al principio yo no tenía ni idea de a qué se refería. No tenía idea de qué quería hacer. Sonaba histérica y...

—Objeción.

—Ha lugar.

—Reverendo Bedford —dijo Tanner—, ¿qué hizo luego la señora Danforth? ¿Qué dijo?

—Pues... se secaba los ojos... y agitaba los brazos. No dejaba de decir: "¡No tenemos tiempo, no tenemos tiempo!".

—¿Qué dijo usted?

—Le pregunté qué quería decir.

—¿Y ella le dijo?

—Ella dijo... ella dijo que el bebé sólo tenía unos pocos minutos, y que nosotros los... habíamos usado... habíamos usado la mayor parte... con Charlotte.

—¿Entendió usted lo que planeaba hacer la señora Danforth?

—No. No me había dado cuenta. Creo que hasta le pregunté: "¿Qué va a hacer usted?".

—¿Se lo dijo ella?

—Más o menos. Dijo que iba a salvar al bebé. Creo que sus palabras exactas fueron: "Salvar a su bebé". Pero mi Charlotte se acababa de morir, y la idea de salvar a mi bebé y... abrir el estómago de Charlotte... no estaban relacionadas en mi mente. Cuando finalmente las relacioné un par de segundos después, cuando supe para qué quería el cuchillo, le volví a preguntar si Charlotte estaba definitivamente... muerta.

Con su acento sureño alargó la palabra *muerta* al pronunciarla, y de pronto me pregunté cuántos de los jurados estaban oyendo un acento sureño por primera vez. Después de todo, la primera vez que yo lo oí fue en casa de los Bedford.

—¿Y qué le dijo la señora Danforth?

—Dijo: "Por supuesto".

—Queriendo decir: "Por supuesto que está muerta".

—Así es.

—¿Le preguntó si usted quería que ella intentara salvar a su bebé?

—No, señor.

—¿Le pidió permiso para realizarle una operación cesárea a su esposa?

—No, señor, no lo hizo.

—Antes de que ella empezara la cesárea, ¿vio si la señora Danforth verificaba que Charlotte tenía pulso?

—No.

—¿La vio comprobar si... le latía el corazón?

—No.

—¿La vio hacer algo para confirmar que Charlotte había realmente... fallecido?

—No.

Tanner miró por un instante a mi madre, meneando la cabeza con incredulidad. Ella desvió la mirada y se puso a contemplar el lago, mientras su madre —mi abuela— le devolvía la mirada al fiscal. Mi abuela se había enojado esa semana. Se había puesto furiosa con cualquiera que difamara a su hija.

—¿Qué hay del bebé? —le preguntó luego Tanner al pastor—. ¿Comprobó ella si se oían latidos fetales?

—¿Quiere decir usted con...?

—Con el estetoscopio.

—No, señor. Yo no la vi hacer eso.

—De manera que usted no vio que ella se molestara en confirmar...

—Objeción.

—Ha lugar.

—Usted no la vio confirmar que Charlotte estuviera muerta ni que el bebé estuviera vivo antes de que procediera a hacer la cesárea.

—No.

—Ella simplemente siguió adelante.

—Sí.

—¿Qué hizo usted durante la operación?

—Yo todavía creía que Charlotte estaba... todavía creía que Charlotte había fallecido, y fui hasta la ventana. —Indicó el caballete entre el banquillo donde estaba sentado y el final de la tribuna del jurado, que contenía un dibujo general del dormitorio de los Bedford.

—¿Miró usted?

—Miré un poco.

—¿Vio la primera incisión?

—Sí, señor.

—¿Qué recuerda de ella... de esa primera incisión?

—Recuerdo la sangre que brotó —respondió Bedford, levantando la voz por primera vez durante su testimonio—. Recuerdo ver sangrar a mi Charlotte.

Para el segundo lunes del juicio, yo ya me había acostumbrado a ver a la familia de Charlotte en la sala. No estaba lista para saludar con la mano y preguntarles cómo les iba, con un comprensivo acento sureño, pero ya no le rehuía al contacto visual. Cuando miré en esa dirección mientras su cuñado daba su versión de lo ocurrido, pude ver en sus ojos el hecho de que nosotros —Sibyl Danforth y su familia— íbamos a perder.

Por cierto, había momentos durante el período de preguntas de Stephen cuando mejoraba mi ánimo. Por ejemplo, cuando con detalles exhaustivos Stephen enumeró todas las razones por las cuales Asa Bedford no podía haber visto brotar la sangre de su Charlotte. Pero cuando Stephen terminó, yo sabía que estábamos perdidos. Asa, después de todo, era un pastor. Por más poderoso que me hubiera parecido el testimonio del médico forense el viernes, hasta la credibilidad de un forense palidece ante la de un pastor.

El interrogatorio de Stephen duró la mayor parte de la tarde, y cuando eso terminó Tanner sostuvo un breve interrogatorio final. Bedford reiteró lo que había visto, insistiendo con firmeza acerca de la existencia y fuerza de un pequeño géiser de sangre. Y entonces terminó, y el Estado concluyó su presentación.

20

Los abogados tienen un lenguaje tan frío como el de los médicos. Pero no son los términos legales en sí los fríos, sino la manera en que se los utiliza. Es la manera en que hablan ellos cuando están en la sala del tribunal, la manera inclusive en que usan palabras comunes y nombres. Sobre todo nombres.

Cada vez que Stephen se refiere a mí, me llama "Sibyl". Cada vez que habla de Charlotte, ella es "la señora Bedford" o "Charlotte Bedford". O, simplemente, "la esposa".

Al mismo tiempo, Tanner hace exactamente lo opuesto: cuando abre la boca, yo siempre soy "la señora Danforth" o "la partera". Nunca jamás "Sibyl". Y Charlotte, por supuesto, siempre es... "Charlotte".

Stephen no lo ha mencionado, pero se trata de una estrategia que usan los dos. Cada uno opone a Charlotte y a mí, y trata de hacer que una parezca amigable y simpática y la otra, formal y distante.

La realidad es que yo creo que ambas fuimos amigas una vez. Si Charlotte no tenía muchos amigos, no se debía a que fuera distante.

Se supone que debo atestiguar el miércoles. Entre todas las preguntas que debo responder a los dos abogados, siento que deberé ser "Sibyl" y luego "la señora Danforth" mucho, mucho tiempo.

del diario de Sibyl Danforth, partera

Stephen nunca dudó de que, como testigo, mi madre resultaría atractiva y convincente. No obstante, no quería que fuera la última de todos; no quería finalizar con ella, como Tanner había optado por concluir con Asa Bedford. Quería que estuviera en la mitad, entre los miembros de la cuadrilla de caminos y las personas que darían testimonio de su solvencia moral, que lo harían el martes, y los expertos médicos y forenses, programados para el jueves, es decir, entre quienes creían en lo más hondo de su ser que mi madre había actuado con corrección y los que al menos estaban dispuestos a decirlo por un arancel.

Stephen dijo que quería que mi madre ocupara la tercera mitad de nuestra defensa, para ser así "presencia accesible: una mujer con voz" para los jurados durante la mayor parte del juicio, sobre todo la decisiva conclusión, cuando se presentaría nuestro testimonio experto. En su opinión, al fin y al cabo todo se reduciría a una batalla entre los expertos, y por eso quería finalizar con personas con muchos pergaminos, vestidas con distinción.

Esperaba completar su defensa en tres días, pero dijo que no sería el fin del mundo si duraba cuatro. Su principal objetivo, cuando miraba el almanaque, era terminar para el fin de semana, para que el jurado no entrara en receso con el temor de que el juicio duraría para siempre.

No sé exactamente lo que esperaba el juez Dorset de las amigas parteras de mi madre y de sus clientes, pero el martes por la mañana, antes de hacer pasar al jurado, exigió que todas las madres con bebés salieran de la sala cuando fuera necesario amamantarlos. Stephen objetó, aduciendo que cambiar las reglas a mitad de camino enviaba una señal al jurado que de alguna manera arrojaba una luz negativa sobre la partería, el parto en la casa y —por supuesto— mi madre. Dio a entender, asimismo, que el juez se estaba arriesgando a que se declarara la nulidad del juicio.

El juez Dorset sonrió.

—A menos que una madre o un bebé opten por hacer una cuestión de este asunto, dudo de que el jurado se dé cuenta siquiera.

Y así comenzamos. Graham Tuttle, el conductor del camión barrenieve, declaró que los caminos estuvieron intransitables el 14 de marzo. La telefonista Lois Gaylord confirmó las horas en que se cayeron las líneas telefónicas. Nuestro experto en reconstrucción de accidentes aseguró al jurado que mi madre se había resbalado en el hielo que cubría el sendero de entrada de la casa de los Bedford, y un médico usó fotos para explicar los cortes y moretones de mi madre al deslizarse por la superficie resbaladiza. Para la hora del almuerzo Stephen había hecho todo lo posible para indicar que mi madre estaba atrapada en lo de los Bedford, y que no había manera de haber llegado al hospital.

Lo que Stephen no pudo hacer con este grupo de testigos, por supuesto, fue socavar la afirmación de Tanner de que, por empezar, ella no debería haber estado atrapada con los Bedford, pues una partera confiable y capaz hubiera consultado el pronóstico del tiempo, con lo que se hubiera enterado de la tormenta que se avecinaba, optando entonces por transferir a Charlotte Bedford al hospital cuando empezaron los dolores de parto. En teoría, la responsabilidad de contrarrestar la acusación de Tanner caería sobre los testigos que fundamentarían la solvencia moral de mi madre, reservados para la tarde. Ellos deberían refutar cualquier sugerencia de que mi madre no fuera absolutamente competente e incontrovertiblemente confiable.

Y la mayoría de ellos cumplieron muy bien con su función, sobre todo B. P. Hewitt, el médico de respaldo de mi madre. Hewitt soportó un período de preguntas por parte de la fiscalía que habría hecho languidecer a cualquiera.

—Si Sibyl creyó que la mujer estaba muerta, creo entonces que la mujer estaba muerta —le dijo a Tanner en un momento dado.

—¿Estuvo usted presente en la autopsia?

—No.

—¿Examinó los registros médicos de Charlotte después de que murió?

—No.

—¿La examinó a ella en algún momento de su embarazo?

—No.

—Entonces usted no tiene absolutamente ninguna idea de lo que está diciendo, ¿verdad?

—¡Objeción!

—Ha lugar.

—Usted no tiene… un entendimiento detallado de este caso, entonces. ¿Verdad?

—Ah, creo que sí lo tengo. Creo que entiendo cómo se desarrolla un parto y…

—Este parto. No un parto. Este parto.

—Comprendí su pregunta. Usted me preguntó si yo poseía un entendimiento detallado de este caso. Pues sí, lo tengo. Y no creo que Sibyl tenga la culpa.

—Su Señoría, ¿quiere hacer el favor de pedirle a este testigo que responda a la pregunta?

—Para mi juicio, ya lo ha hecho.

Tanner se turbó por un momento, pero fue un momento breve. Miró sus notas, contuvo el aliento y en seguida se volvió a armar.

—Muy bien —dijo, por fin—. Usted no conoció a Charlotte. Nunca vio su cadáver. Nunca vio sus registros. ¿Por qué piensa que entiende tan bien su muerte?

B. P. meneó la cabeza, sorprendido.

—Vamos. Soy el médico de respaldo de Sibyl. No creo haber conversado con ningún ginecólogo obstetra estos últimos seis meses sin que surgiera este caso.

—Pero usted no sabe nada de primera mano, ¿no?

—Conozco a Sibyl Danforth hace casi una década. Y sé lo que ella me ha contado de este incidente. Si Sibyl me dice que la mujer estaba muerta cuando ella practicó la cesárea, entonces para mí el caso está cerrado.

No sería correcto escribir que, la noche anterior al día en que estaba programado que atestiguara, mi madre temía que iba a ser condenada. La palabra *temía* sugiere que la perspectiva la asustaba —y sus cuadernos indican que hubo momentos anteriores cuando sintió mucho temor, por cierto—, y yo creo que el martes por la noche su temor había sido reemplazado por aturdimiento y shock. Más bien, esa noche anterior simplemente esperaba ser condenada.

Mi padre, por el contrario, sí estaba asustado. Después de una cena fría durante la cual nadie comió ni dijo mucho, subí al piso superior a mirar los libros que se suponía debía leer para la escuela. No esperaba aprender nada, sin embargo, y suponía que para las nueve estaría en el teléfono charlando con Rollie o con Tom, contándoles lo que pensaba que había ocurrido ese día en la corte y lo que yo creía que significaba.

Estaba sentada en la cama cerca de las ocho y media cuando mi padre llamó a mi puerta (siempre golpeaba más fuerte que mi madre), y le dije que entrara.

—Tu mamá acaba de irse a la cama —dijo, poniendo su

pocillo de café en mi escritorio—. Quiere dormir bien para mañana.

—¿Está cansada? —pregunté. Las últimas semanas él había empezado a tomar café en vez de whisky, lo que me alegraba.

—Supongo. Yo sí estoy cansado. —Giró la silla del escritorio de manera de enfrentar la cama, y se dejó caer como si fuera un cómodo y mullido silloncito. —¿Y tú? ¿Estás cansada?

—Sí.

—Te has portado como un sueño todo este tiempo, sabes.

Puse los ojos en blanco, para restarle importancia al cumplido.

—¿Como un sueño? Cursi, papá. Muy cursi.

—Me estoy volviendo viejo.

—Sí, claro. Tú y mamá me tuvieron cuando tenían siete años. Si yo quedara embarazada a la misma edad de mamá, ustedes me matarían.

—Probablemente —admitió, asintiendo. Levantó el pocillo y tomó un trago tan largo que me sorprendió. —De cualquier manera, sólo quería que supieras que tu mamá y yo estamos orgullosos de ti. Estamos orgullosos de tenerte a nuestro lado en todo este... asunto.

—¿Qué crees que pasará?

—¿Mañana? ¿O cuando termine?

—Cuando termine.

Suspiró.

—Ah, volveremos a tener una vida normal, increíblemente aburrida. Y eso nos va a encantar.

—¿Entonces crees que encontrarán a mamá inocente?

—Ah, sí. Y si no lo hacen, apelaremos.

—¿Han hablado tú y Stephen de eso?

—Ha surgido el tema, sí.

Se fue unos minutos después. Cuando me quedé sola, traté de no pensar que su visita pudiera tener otra intención que la de elogiarme, pero no pude evitarlo. Antes de pensar siquiera lo que le decía a Tom, me oí describiendo mi breve intercambio de palabras con mi padre como una prueba más de que mi madre sería condenada, y diciéndole a mi novio que la idea misma de una vida futura normal e increíblemente aburrida se había convertido en un cuento de hadas para mi padre.

—¿Por qué no voy al juicio contigo mañana? —sugirió Tom.

—No debes faltar a clase. Y probablemente no te podrías sentar conmigo, de todos modos —le dije. Pero me gustó la idea de que Tom estuviera en la sala, de saber que al darme vuelta lo vería —un chico de dieciséis años con un suéter oscuro de cuello alto, rodeado por parteras y bebés en la fila de atrás— y tuve la esperanza de que no me hiciera caso y faltara a la escuela.

Todo era para mí un portento dramático de mal agüero, y no sólo por ser una muchacha de catorce años con la mentalidad y las hormonas de una adolescente. Hasta hoy creo que mi percepción del juicio fue correcta y que mis acciones del día siguiente explicables, aunque no del todo justificables.

Esa noche, más tarde, cuando por fin me disponía a dormir, oí a mis padres hacer el amor en su cuarto, e inclusive eso me pareció una señal de que el fin se aproximaba. Me tapé la cabeza con la almohada para no oír su cama, y también para que la almohada embebiera mis lágrimas. Y no bien el algodón blanco se humedeció y sentí la humedad en la mejilla, recordé que mi madre había usado una almohada para embeber la sangre de Charlotte Bedford.

Y entonces mis lágrimas se convirtieron en sollozos.

Mi madre se puso la falda escocesa verde que usó el primer día del juicio, y la misma hebilla celeste en el pelo. Su blusa era blanca, pero tenía cuello redondo y tantos bordados que no parecía austera en absoluto. Sentada en el banquillo, me pareció una profesional y una madre a la vez, una madre demasiado joven para tener una hija adolescente.

Además, debido a que el banquillo de los testigos tiende a exagerar los puntos estéticos, tanto los fuertes como los negativos, el agotamiento de mi madre le otorgaba una dimensión casi heroica. La combinación de estatura y la barrera del banquillo, que le llegaba a la cintura, le daba el aspecto de una de esas santas voluntarias de la Cruz Roja que durante toda la noche daban café y llevaban frazadas a las víctimas del huracán en los brazos pantanosos del Mississippi, tal cual había visto en el noticiario de la televisión.

Para los jurados, por supuesto, simplemente habrá sido una persona culpable, o nada más que una mujer cansada que no podía dormir por la sangre que le manchaba las manos.

Pero al menos durante las dos primeras horas de su testimonio, habló bien. Estuvo elocuente cuando Stephen le pidió que explicara por qué había decidido ser partera, y por qué era importante para ella ayudar a las mujeres a que tuvieran a sus hijos en su casa. Sonaba como la persona más razonable del mundo cuando Stephen le preguntó sobre el papel que por lo general desempeñaban los hospitales en su práctica.

—Si veo que hay peligro, jamás dejo que nuble mi juicio el deseo de la madre de tener a su bebé en su casa, por más fuerte que sea su deseo. Si existe cualquier indicación de que el bebé está en dificultades, transfiero de inmediato a la mujer al hospital.

—¿Y si la madre está en dificultades?

—Lo mismo. Si se presenta un problema, vamos al hospital. Mucha gente cree que las parteras somos contrarias al hospital o a los médicos. No lo somos. Yo no lo soy. Tengo una relación excelente con B. P., el doctor Hewitt. Hago lo que hago —ayudo a las mujeres a tener a sus bebés en su casa— porque sé que puedo depender del hospital y de los médicos si se presenta una emergencia médica.

Y así como sonaba razonable al hablar de los hospitales, se mostró igualmente segura y firme cuando dio su versión de lo sucedido la mañana del 14 de marzo.

—¿Comprobó por última vez si la mujer tenía pulso? —le preguntó Stephen.

—Sí.

—¿Lo tenía?

—No.

—¿Comprobó por última vez si le latía el corazón?

—Sí, absolutamente.

—¿Oyó algún latido?

—No, no lo oí.

—¿Hizo usted todo lo posible para asegurarse de que la mujer estaba muerta?

—Ah, sí.

—¿Y qué hay del bebé? ¿Se aseguró de que el bebé estaba vivo?

—Sí, lo hice. Escuché si había latidos con un estetoscopio. Y oí latidos —respondió, mirando de frente a Stephen al hablar. Nunca desvió la mirada hacia mi padre o hacia mí, ni al otro lado de la sala, donde podía arriesgarse a cruzarse con la mirada de los miembros de la familia de Charlotte.

—Hice todo lo que pude para asegurarme de que Char... la madre estaba muerta y de que el bebé aún vivía —dijo.

—¿Dónde estaban el padre y su aprendiz cuando usted hacía todo lo necesario para asegurarse? ¿Estaban con usted?

—No, no estaban en la habitación. Creo que todavía estaban en la cocina.

—¿Buscando el cuchillo?

—Así es.

—¿No la vieron examinar a la mujer o al bebé?

—No.

—¿Pero usted lo hizo?

—Sí, con toda seguridad.

Tom Corts llegó a la sala a media mañana, y yo me sorprendí y me puse contenta. Con excepción del pequeño espacio al lado de los Fugett, no quedaban asientos vacíos, así que él se quedó de pie junto a uno de los alguaciles cerca de la puerta, la espalda apoyada contra la pared.

Fue a alrededor de las once cuando las respuestas de mi madre empezaron a sonar menos precisas, y algunas un tanto confusas. Hacía cerca de dos horas que estaba allí sentada, respondiendo a preguntas de Stephen que iban desde generalidades, como las palabras que usaba en una primera reunión para indicarles a los padres que corrían un riesgo, hasta cosas específicas, como por qué desgarró las membranas que encerraban el líquido amniótico de Charlotte Bedford.

—Yo no le pregunté a Asa: "¿Puedo salvar al bebé?", cosa que quizá debí hacer, pero en ese momento estaba concentrada en el bebé —en el bebé y en la madre— y la conversación parecía innecesaria —dijo en un determinado momento. Farfullaba un poco, a medida que la adrenalina que la había sostenido toda la mañana empezaba a disiparse.

—¿Estoy en lo cierto cuando digo que la conversación era innecesaria porque en su opinión Asa entendía a la perfección lo que usted planeaba hacer, por lo que había dado su consentimiento? —preguntó Stephen, tratando de ayudar a mi madre.

—Objeción. Está guiando a la testigo, Su Señoría.

—Ha lugar.

—¿Creyó usted que Asa le había dado su consentimiento?

—Sí —dijo mi madre.

Y luego, cuando Stephen le preguntó si el padre intentó

detenerla, ofreció voluntariamente una respuesta que —según sabía yo— no era parte del libreto:

—Asa era tanto marido como padre, y ningún marido en esa situación habría estado en condiciones para tomar ninguna clase de decisión.

—Pero en su juicio él tomó... una decisión consciente de no detenerla, ¿correcto?

—Correcto.

Antes de que empezara el día, yo me había preocupado por las preguntas de la fiscalía, pero nunca por el testimonio directo de mi madre. Ahora empecé a preocuparme: no creía que mi madre quisiera ser condenada, pero a medida que la mañana se acercaba a su fin, algunas de sus respuestas sonaban como si ya no le importara. Lamentablemente, Stephen no se atrevía a dar por terminado su testimonio en ese momento, porque entonces el interrogatorio de Tanner empezaría antes del almuerzo. Creo que Stephen pensaba que era fundamental mantener a mi madre en el banquillo hasta cerca del mediodía, para que el interrogatorio no empezara sino hasta después del almuerzo, en cuyo caso podría usar el receso para darle ánimos a mi madre y hacer que volviera a concentrarse.

Justo antes de las once y treinta, aún en la mitad del testimonio directo, introdujo en su respuesta una oración que ninguno de nosotros esperaba, y para la cual Stephen no estaba preparado. Si no fue lo más perjudicial que podría haber dicho, desde nuestra perspectiva, fue lo más sorprendente. Cambió todo, y los presentes, sin excepción, se percataron de que cambió todo no bien ella lo dijo:

HASTINGS: ¿Y el padre estaba aún junto a la ventana?

DANFORTH: Sí, estaba sentado en una silla allí, con el bebé en sus brazos. Lo miraba, y Anne estaba al lado de él, arrodillada sobre el piso. Desde donde ellos estaban podían ver que había un cuerpo en la cama, pero sé que no podían ver... la incisión, y me alegré de ello. Pensé que verla habría sido demasiado doloroso para ellos. No recuerdo si apagué la luz junto a la cama cuando terminé, pero miré mis apuntes los otros días y leí que sí.

Stephen inmediatamente trató de aclarar lo que ella quería decir.

—Se refiere a sus cuadernos médicos, ¿verdad? —Pero era demasiado tarde.

—No —respondió lentamente mi madre, con una voz sumisa por el shock. Se dio cuenta de inmediato de lo que había hecho, y sabía lo que pasaría. —Mis cuadernos personales. Mi diario.

No hubo un murmullo o un rumor dramático en la sala, porque todos estábamos demasiado atónitos para hablar. Todos, excepto Bill Tanner.

Con un tono de voz que sonaba casi exaltado, le preguntó al juez si podía acercarse al estrado, y luego él y su asistente, Stephen y Peter se reunieron delante del juez Dorset. En mi fila, mi padre, mi abuela, Patty y los dos empleados miraron hacia adelante en silencio, tratando de no dar expresión a sus emociones, pero yo sabía lo que sentían. Todos en la sala lo sabían, porque se daban cuenta de lo que esto significaba. Aunque, como yo, no supieran con exactitud lo que decía la ley o lo que pasaría a continuación, todos sabían que mi madre acababa de anunciar a la fiscalía que existía un diario que no se había visto y que podría tener una relación directa —y devastadora— con el caso.

Ésta es la ley: en el proceso de descubrimiento de información y pruebas, en el estado de Vermont, Stephen Hastings no estaba obligado a informarle a Bill Tanner que el diario personal de mi madre existía ni a entregarlo a la fiscalía.

Éstos son los hechos: al poco tiempo de conocerse, mi madre le contó a Stephen acerca de la existencia del diario y él leyó parte, quizá lo correspondiente a varios años. Cuando vio que algunas de las anotaciones, a partir de mediados de marzo, podían ser vistas como incriminatorias, le dijo que dejara de llevar lo que de hecho era un diario personal y que no lo mencionara hasta después del juicio. Ella le prometió respetar ambas recomendaciones, pero hizo caso omiso de ellas: la primera por designio, la segunda por accidente. Mi madre era sencillamente incapaz de no seguir con su diario. Lo había llevado durante toda su vida adulta. Y quizá fuera poco realista esperar que dejara de llevar una crónica de sus actos y emociones en medio de la peor de las tensiones de su vida.

Así que el Estado vio las historias clínicas y las fichas de las pacientes —los formularios prenatales, las historias de las pacientes, los informes sobre los exámenes obstétricos—, pero no lo que ella denominaba sus "cuadernos".

Los cuatro abogados y el relator de la corte se agruparon frente al juez Dorset en una conferencia que duró dieciocho minutos. El reloj de la sala marcaba las once y veintinueve cuando Bill Tanner se puso de pie, y las once y cuarenta y cinco cuando los cuatro hombres volvieron a sus respectivas mesas y el relator a la suya.

Cuando el juez vio que la discusión duraría más de unos pocos momentos, hizo salir al jurado durante el tiempo del debate, pero a nadie se le ocurrió sugerir que mi madre regresara a su asiento, de modo que se vio obligada a permanecer sentada sola todo el tiempo, como si hubiera sido enviada al rincón como castigo. Paseaba la mirada por la sala o levantaba los ojos para mirar la araña, apoyando el mentón en una mano, y en un momento dado nos miró y nos brindó la sombra de una sonrisa. *Esto duele, ¿no?*, decía la sonrisa, y mentalmente oí la vez que ella me dijo esas mismas palabras, hacía años, cuando me caí desde uno de los asientos de una mesa de picnic, donde estaba parada, y me golpeé el codo contra la madera.

"Esto duele, ¿no?", dijo ella entonces, frotándome con dos dedos la parte donde pronto me saldría un moretón.

Cuando Stephen regresó a su mesa, parecía sombrío. El trayecto desde el estrado a su mesa era breve, pero en esos pocos pasos se hizo evidente que por el momento había dejado de estar en ese escalón por encima de los demás que lo caracterizaba.

El juez garrapateó una nota para sí mismo antes de informarnos de su decisión, y luego habló en una combinación de fraseo legal para los abogados y términos legos para el resto de nosotros. Al parecer, durante la conferencia Tanner exigió que mi madre presentara sus cuadernos para que el Estado pudiera ver qué había en ellos. Stephen argumentó que no eran pertinentes al caso y que no había en ellos detalles médicos que importaran. Pero Tanner insistió en que, después de todo, fue mi madre quien los trajo a colación, y lo hizo para corroborar su propio testimonio. Entonces el juez Dorset decidió que quería todos los cuadernos desde marzo en adelante para el fin del receso del almuerzo. El juicio no proseguiría hasta tanto él hubiera inspeccionado los cuadernos en su despacho.

—Yo decidiré si algo es pertinente —concluyó.

Nos dijo luego que el jurado volvería a la sala y que mi madre completaría su testimonio directo. Cuando esto terminara, levantaríamos la sesión hasta que él hubiera leído el diario.

—Su Señoría, un momento, por favor —dijo Stephen, y el juez asintió. Stephen le indicó a Patty que se reuniera con él y Peter en la mesa de la defensa. Los tres tuvieron un breve conciliábulo y luego Stephen pidió autorización al juez para acercarse a mi madre. El juez volvió a asentir, y Stephen se dirigió rápidamente a mi madre y le hizo una pregunta que ninguno del resto pudo oír.

Pero todos oímos su respuesta, y yo empecé a darme cuenta de lo que sucedería a continuación.

—Están detrás de mi escritorio —dijo mi madre—. En una biblioteca. En el estante inferior.

¿Sabía yo exactamente en ese momento lo que haría? No lo creo. La idea empezaba a formarse. Pero aunque sólo tenía una noción, sabía cuál sería el paso siguiente.

Mi padre, mi abuela y yo estábamos separados de la mesa de la defensa por una soga de terciopelo negro, ese tipo de barrera que protege los dormitorios en las casas históricas. Por primera y única vez durante el juicio me senté en el borde de mi asiento y le di un golpecito a Peter Grinnell en el hombro.

Cuando se volvió, susurré:

—Mire, si necesita ayuda, iré con usted. Sé exactamente dónde están.

Stephen aún debía terminar con el testimonio directo de mi madre, así que Peter debía quedarse con él en la sala. Patty fue enviada a Reddington a traer los cuadernos.

Yo fui con la investigadora, y me sentí rara sentada en el asiento del acompañante en su elegante autito. Me dije que aún no me había comprometido con nada. Aún no era una delincuente. Ante los ojos de todos, yo me dirigía a mi casa con Patty Dunlevy a mostrarle dónde mi madre guardaba sus cuadernos para que pudiéramos traerlos a la sala, tal cual había requerido el juez.

Sin embargo, yo intentaba no prestarles atención a los latidos de mi corazón en la cabeza, y de concentrarme solamente en lo que había leído hasta tarde la noche del miércoles anterior. Trataba de recordar cuáles eran las fechas más incriminatorias, qué anotaciones podían ser —como decían eufemísticamente los abogados y el juez— pertinentes.

Los árboles a la orilla del camino se estaban quedando sin hojas entonces, algo que yo interpreté como un pequeño signo de que el mundo seguía con sus asuntos mientras nosotros vivíamos encerrados en la sala de un tribunal.

Pensé en el encierro peor que parecía aguardar a mi madre.

—¿Cómo te sientes? —preguntó Patty, con un tono de voz que sugería una inclinación maternal que yo no imaginaba que tuviera.

—Bien —le dije, ensayando mentalmente lo que diría cuando llegáramos a casa: *¿Por qué no espera aquí? Yo correré a buscarlos.*

—Lo que acaba de pasar sucede todo el tiempo. Trata de no preocuparte. Un juicio como éste siempre tiene algo caótico —siguió diciendo.

—Ajá. —Según recordaba, había tres cuadernos de hojas sueltas que le interesarían al juez Dorset: las anotaciones de marzo estaban hacia el final de un cuaderno; las de principios de abril hasta agosto en el segundo; las de agosto y septiembre en el tercero. Ésos eran los cuadernos que debería llevar al tribunal.

—Después de todo, esto será como... una pequeña nota a pie de página en todo el asunto —dijo.

Asentí. *¿Por qué no espera aquí? Yo correré a buscarlos. No se preocupe, no son pesados.*

—¿Tienes hambre? —me preguntó.

—No. —Supuse que tendría unos cinco minutos antes de que Patty empezara a preguntarse qué estaría haciendo. No estaba segura de si era el tipo de persona que entraría en la casa para ayudar si yo no volvía pronto.

—Yo sí. ¿No es increíble?

Por suerte, cuando mi madre empezó a llevar su diario, hacía unos años, había elegido unos cuadernos de tres anillos y hojas sueltas. Además, en algún momento se acostumbró a empezar la anotación de cada día en una nueva hoja.

—No creo que pueda comer nada —le dije. Definitivamente sacaría la anotación del 15 de marzo, porque sabía que había otra, la del 16, que también hablaba de la muerte de Charlotte Bedford. Tendría que constatarlo, para estar segura, pero me parecía que existía la posibilidad de que fuera en la del día 16 donde mi madre escribió acerca de Asa con el bebé en brazos y Anne. Y luego había otras anotaciones durante el verano, a fines de julio y agosto, e inclusive septiembre, cuando sus dudas se tornaron tan pronunciadas que ya no eran dudas: estaba casi segura de que había matado a Charlotte Bedford.

Esas anotaciones también tendrían que desaparecer.

—Pues después de que le entreguemos los cuadernos a Dorset, yo tendré que ir a comer algo.

Asentí.

—¿Tienes idea de lo que escribía tu mamá en su diario?

—Nunca me lo mostró —le dije.

Creo que inicialmente Patty iba a dejar el motor encendido mientras yo corría a buscar los diarios, pero la oí apagarlo cuando yo trataba de meter la llave en la cerradura de la puerta de calle.

Tenía que ir al baño, pero no me atreví a ocupar ese tiempo en ese momento. Fui directamente a la oficina de mi madre y encontré los tres cuadernos que quería el juez y los puse en fila sobre el escritorio de mi madre. Procedería en forma cronológica a partir de marzo.

Por un segundo se me ocurrió cubrirme la punta de los dedos con servilletas de papel para hojear el diario, pero luego recordé que mis huellas estaban por todas partes desde la semana anterior. De modo que decidí usar el papel sólo para tocar las partes de metal.

Tom se había ofrecido a acompañarnos, pero en ese momento me alegré de haberle dicho que no. Ya bastante mal me sentía por lo que estaba haciendo. No me habría gustado involucrar a alguien más.

Temblaba al trabajar, lo que presagiaría el temblor que sentiría mientras aguardaba el veredicto. No estaba segura de qué ley estaba transgrediendo, pero sabía que lo que hacía era ilegal. Y sabía que lo que hacía estaba mal.

Cuando volví al auto de Patty, todavía temblaba. Dejé caer los tres cuadernos en el piso, debajo de la guantera, y los empujé hacia un lado cuando subí. Debajo de la blusa había escondido cinco hojas de papel, dobladas.

—¿Es todo? —preguntó Patty, echando un vistazo a los cuadernos sobre el piso del auto.

—Eso es todo —contesté. Era la primera de tres veces en que mentiría.

Para cuando regresamos, mi madre había completado su testimonio y la corte había entrado en receso. Antes de retirarse a su despacho con el diario, el juez anunció que para la una y media o las dos de la tarde nos haría saber si podíamos irnos a casa por el resto del día o si el juicio se reanudaría por la tarde. Si nos íbamos a casa, eso significaba que probablemente iba a permitir que se usara uno o todos los cuadernos, y que a Stephen y a Bill Tanner se les concedería un día para examinar las anotaciones; si nos quedábamos, eso significaba que el juez había decidido que nada en los cuadernos resultaba pertinente, y que no se permitiría que el Estado los viera.

Stephen estaba preparado a perder. Yo creía que estaba preparado a perder tanto en la cuestión específica de los cuadernos como también estaba preparado a perder el caso. Sabía lo que había escrito mi madre en marzo y —quizá también— a principios de abril. Probablemente sabía que las cosas empeoraban.

Y creo que mi madre también estaba lista para la derrota. En ese momento yo no creía que mi madre hubiera cometido un desliz en su testimonio con la esperanza consciente de que llegara a asegurarle su condena —e inclusive hoy mismo no creo que ella lo esperara en un nivel inconsciente—, pero sí creo que se había resignado a lo inevitable. Dada la culpa que sentía, debe de haber considerado que los cuadernos eran la prueba que necesitaba el Estado para convencer al jurado de que había matado a una mujer parturienta.

La diferencia entre la actitud de mi madre y la de Stephen, si en realidad existía, era que a Stephen aún le quedaba capacidad de lucha. Estaba preparado para apelar una decisión que permitiera tomar como prueba cualquier parte de los cuadernos, y ya estaba modificando su estrategia para los testigos expertos: no importaba si Sibyl Danforth pensaba que Charlotte Bedford estaba viva o muerta, porque Sibyl no era más que una partera. Basándose en años y años de experiencia médica, nuestros expertos obstetras y patólogos forenses estaban absolutamente seguros de que la mujer estaba muerta para cuando mi madre hizo la primera incisión.

La cuestión principal que debería superar sería el testimonio mismo de mi madre. Con cuidado había logrado sonsacarle la idea de que ella había hecho todo lo posible por ver si Charlotte Bedford estaba muerta, sin hacerle afirmar categóricamente que estaba segura, más allá de toda duda, de que la mujer estaba muerta. Esa parte de la transcripción se ha convertido para mí en un pequeño estudio, en sí, de la ética legal:

HASTINGS: ¿Comprobó por última vez si la mujer tenía pulso?

DANFORTH: Sí.

HASTINGS: ¿Lo tenía?

DANFORTH: No.

HASTINGS: ¿Comprobó por última vez si le latía el corazón?

DANFORTH: Sí, absolutamente.

HASTINGS: ¿Oyó algún latido?

DANFORTH: No, no lo oí.

HASTINGS: ¿Hizo usted todo lo posible para asegurarse de que la mujer estaba muerta?

DANFORTH: Ah, sí.

Mi madre no había mentido, pero si se permitía usar los cuadernos, al jurado le parecería que sí había mentido, y ni siquiera los expertos de Stephen Hastings podrían devolverle la credibilidad.

Como resultado, nuestro almuerzo fue muy callado, y hasta Patty Dunlevy guardó silencio mientras esperábamos la decisión del juez Dorset. De vez en cuando, mi padre o Stephen intentaban mejorarle el ánimo a mi madre, igual que en los días inmediatamente anteriores al juicio, y en un par de oportunidades Peter Grinnell trató de incluir a Tom en la conversación (mi madre recordó invitarlo a almorzar, a pesar de cómo se sentía), preguntándole algo sobre la escuela, pero la mayor parte del tiempo todos permanecimos callados alrededor de la mesa del restaurante.

Mientras que los temores de los adultos que me rodeaban empezaban y terminaban con la cuestión de si el juez Dorset permitiría que se usaran los cuadernos como prueba, yo tenía una preocupación adicional, y ése era mi estado anímico mientras subíamos la escalera hasta la sala del segundo piso para

314

oír la decisión del juez. Yo tenía miedo de que descubriera que faltaban páginas y de que con una voz cargada de furia le preguntara a Stephen —o a mí— qué había pasado. Durante el almuerzo, y mientras volvíamos caminando al palacio de justicia, me aseguré de que nadie oyera el rumor de los papeles bajo mi ropa cada vez que me movía, y ahora estaba convencida de que no bien me viera, el juez sabría que yo era culpable.

Cuando fui al baño en el restaurante, pensé en romper las hojas en pedacitos y tirarlos en el inodoro, pero tenía miedo: si el juez descubría que faltaban hojas e insistía en que se las entregaran, el hecho de que aún existieran podría ser mi única esperanza de recibir clemencia. Mientras pasábamos frente al cuarto de baño de mujeres en el palacio de justicia, volvió a cruzárseme la misma idea por la cabeza, y les dije a mis padres que tenía que ir al baño y que me reuniría con ellos en la sala en un minuto.

Tom me preguntó si me sentía bien, y le dije que muy bien.

En el baño del palacio de justicia, sin embargo, tampoco pude librarme de las hojas del diario, aunque esta vez no fue sólo el temor de la ira del juez lo que me lo impidió. Pensé que en algún momento mi madre recuperaría sus cuadernos. Aunque era improbable que yo pudiera alisar las hojas y devolverlas a su lugar antes de que ella notara su ausencia, por lo menos podría reponerlas. Algún día —según me imaginaba— me perdonaría por haberlas leído, sobre todo si, por un milagro, era declarada inocente.

Pero volví a leer las páginas otra vez en el baño, y mientras lo hacía me tranquilicé por haber tomado la decisión correcta. Debía hacer todo lo posible por proteger a mi madre y preservar a nuestra familia.

Además, la condena de mi madre no le devolvería la vida a Charlotte. Simplemente destruiría a otra mujer.

El jurado no estaba presente cuando el juez Dorset anunció su decisión, pero la mayoría de los espectadores habían vuelto a ocupar sus asientos.

Ninguno de nosotros podía ver la expresión de Stephen ni la de mi madre cuando habló el juez, pero supuse que si los espectadores imaginaron algo en sus rostros, fue alivio. El juez llegó a la conclusión de que en los cuadernos no había nada pertinente al testimonio de mi madre en forma específica, ni al caso en forma general. Los cuadernos eran un relato personal de su vida que no resultaba pertinente a las cuestiones que estaban siendo examinadas, razón por la cual no serían compartidos con el Estado.

¿Vio el juez Dorset —que miraba la cara de Stephen y de mi madre— que además de alivio hubo sorpresa? Era un hombre inteligente, de modo que estoy segura de que se dio cuenta. Estoy segura de que vio incredulidad en ellos. Mi madre sabía exactamente lo que había escrito en distintos momentos en los últimos siete meses, y ambos sabían lo que había escrito el 15 de marzo.

Mi madre y Stephen deben de haber pensado que —sin explicación y sin ninguna razón— el juez acababa de hacerles un obsequio sorprendente, un obsequio que se hizo tangible cuando un alguacil llevó los tres cuadernos a la mesa de la defensa y se los entregó a mi madre. Un momento después se hizo pasar al jurado, mi madre volvió a ocupar el banquillo y Bill Tanner inició su período de preguntas.

21

No puedo deshacer lo que he hecho, ni lo que podría haber
hecho. No creo que haya nada que yo pueda arreglar.

del diario de Sibyl Danforth, partera

Las preguntas de Tanner fueron por momentos brutales, por
momentos propias de un espíritu mezquino. Estaba enojado
porque no se había permitido que el Estado viera los cuadernos, y era una furia fresca.

Sin embargo, mi madre lo soportó bien, e inclusive le devolvió alguna dentellada. En un momento dado le recordó que
cuando de mortalidad neonatal se trataba, sus antecedentes
era tan buenos como los de cualquier obstetra; unos momentos
después le aclaró que era menos probable que los bebés de sus
madres tuvieran algún problema de peso. Inclusive, pudo rei-
terar con cuánto ahínco había tratado de salvar la vida de
Charlotte, y que había realizado la cesárea porque ésa era su
única opción.

—Yo había completado por lo menos ocho o nueve ciclos
para entonces —le dijo a Tanner, refiriéndose a la resucitación
cardiopulmonar que le practicó a Charlotte— y no sentía que
le latiera el corazón, pero sí sentí los latidos del bebé. ¿Qué se
suponía que debía hacer, dejar que murieran los dos?

No podría asegurar que todo su testimonio fuera igualmente
valiente, pero sí hubo algún momento particularmente animo-
so, y ella había recuperado la claridad mental del principio de
la mañana.

Y Tanner nunca formuló la pregunta que me espantaba, y
la que posiblemente fuera la que más temían Stephen y mi
madre: ¿No existe absolutamente ninguna duda en su mente

de que Charlotte Bedford estuviera muerta cuando realizó la cesárea? Pero Tanner no tenía idea de lo que había escrito mi madre en su diario, de modo que supondría que no, que no existía ninguna duda. Hacer esa pregunta frente al jurado sólo perjudicaría el caso del Estado, pues le daría a ella otra oportunidad de decir que Charlotte ya había muerto cuando decidió salvar la vida del bebé.

Aunque en ocasiones hubo chispas esa tarde, el período de preguntas por parte de la fiscalía y el resto del juicio me parecieron un anticlímax.

El miércoles a la noche llevé los cuadernos de mi madre a casa desde el auto, y me ofrecí a ponerlos en su estante.

—Muchas gracias —me dijo ella.

Alisé las páginas que había retirado lo mejor que pude antes de ponerlas en su lugar, pero siempre se notaría que alguien había sacado algunas hojas. Al parecer, ella no anotó nada en su cuaderno esa noche. Estaba tan cansada que ni siquiera los miró antes de irse a la cama.

Al día siguiente, jueves, todos nuestros obstetras y patólogos forenses dijeron, de una manera u otra, que, en su opinión, mi madre no había matado a Charlotte Bedford. Sin embargo, Bill Tanner se aseguró de que cada uno de los testigos reconociera haber recibido un arancel por su opinión, y que esa opinión no estaba basada en haber hecho o visto la autopsia. No obstante, su presencia causó un impacto notable, sobre todo el experto de Texas, que tuvo la desgracia de practicar la autopsia de cuatro mujeres que habían muerto debido a una cesárea mal hecha, algunas de ellas en hospitales pobres, cerca de la frontera con México. En todos sus años y en esas autopsias trágicas, ni siquiera una sola vez había visto menos de mil cien mililitros de sangre en la cavidad peritoneal, casi medio litro más de lo que el doctor Tierney, de Vermont, había encontrado dentro de Charlotte Bedford.

Y luego, el viernes, los abogados expusieron su alegato final, y si bien lo hicieron con elocuencia, estaba claro que tanto el pescador con mosca como el veterano de Vietnam estaban exhaustos. Yo esperaba que los alegatos duraran todo el día —o al menos la mañana entera—, pero me equivoqué. Todo había terminado para las once menos cuarto, y el jurado recibió las instrucciones del juez a las once y media. Empezaron sus deliberaciones antes del almuerzo.

Esperábamos una deliberación larga, de modo que nos fuimos a casa. Stephen nos invitó a almorzar, pero mi madre dijo que no tenía hambre.

Y entonces todos nosotros —los Danforth y sus abogados— salimos del palacio de justicia, planeando separarnos en la playa de estacionamiento de enfrente. Justo antes de que subiéramos a nuestra camioneta, mientras Patty nos contaba a mi abuela y a mí algo acerca de sus años en el equipo de atletismo de la secundaria, cuando tenía más o menos mi misma edad, oí que mi padre le decía a Stephen qué pasaba si las deliberaciones seguían durante el fin de semana.

—Todo esto está lleno de grandes mitos —les dijo a mis padres—. Por lo general, una deliberación larga no resulta positiva para el acusado. Si un jurado está decidiendo mandar a alguien a la sombra por mucho tiempo, le gusta asegurarse bien de no tener absolutamente ninguna duda sobre la culpabilidad del acusado. Y eso puede llevar tiempo. Pero también he visto casos, inclusive casos de asesinato en primer grado, en el que todo era muy claro y el jurado volvió con un veredicto de condena en dos o tres horas.

—¿Y éste? —preguntó mi padre.

—No tengo idea. Pero hay muchos testimonios de expertos que considerar, y eso me hace pensar que tomará tiempo.

—¿El fin de semana?

—Esa posibilidad existe. Pero existe la posibilidad de que no bien lleguen a su casa reciban un llamado mío diciéndoles que deben venir de inmediato.

—¿Usted volverá a Burlington?

—No.

—¿Se queda en Newport, entonces?

—Así es.

—De modo que, en su opinión, existe la posibilidad de que lleguen a un veredicto esta tarde.

Stephen se encogió de hombros.

—No me gustaría volver a Burlington y enterarme de que tienen el veredicto para las cuatro. Eso no sería justo para ustedes.

—¿Para nosotros?

—El juez Dorset no permitirá que se lea el veredicto a menos que yo esté presente. Si yo no pudiera volver para las cinco —o las cinco y cuarto, a más tardar— deberían esperar hasta el lunes a la mañana para el veredicto. Y eso no sería justo para usted, Sibyl. Para ninguno de ustedes.

—No, supongo que no —convino mi padre.

—De ninguna manera.

—En cuanto a esos grandes mitos... —dijo mi padre—. ¿Hay otros?

Stephen sonrió.

—Bien, algunos abogados piensan que uno se da cuenta de cuál es el veredicto no bien el jurado reingresa en la sala después de sus deliberaciones. Si miran al acusado, el veredicto será de inocencia. Si rehúsan mirarlo —no pueden o no quieren hacerlo—, será una condena.

—¿En su experiencia?

—¿En mi experiencia? No lo creo. No es más que un mito.

Ése fue el único día, durante el juicio, en que llevamos a la abuela al tribunal en nuestro auto. De modo que hubo una breve discusión acerca de si debíamos ir a la casa de ella o a la nuestra. Mi madre quería ir a casa, y decidimos volver a Reddington.

—¿Quiere venir con nosotros, Stephen? —le preguntó mi madre—. ¿Comer algo con nosotros? No hay más que sándwiches, pero...

Stephen pensó por un momento, miró a los integrantes de su equipo —Patty, Peter y los empleados— y luego a mi padre. Estoy segura de que a mi padre no lo hacía feliz la idea de que el abogado de mi madre y su séquito invadieran nuestra casa otra vez, pero la invitación provenía de su mujer, así que le sonrió ligeramente a Stephen.

—Seguro —dijo éste—. Con mucho gusto.

Mi abuela se sentó en el asiento de atrás del auto y me hizo preguntas inocuas sobre los caballos y Tom Corts hasta darse cuenta de que yo no estaba interesada en conversar o de que quizás era incapaz de hacerlo. Yo no podía hacer otra cosa que pensar en los mitos ostensibles de los que había hablado Stephen con mi padre, sobre todo en la idea de que algunos abogados creían que era posible darse cuenta del veredicto cuando el jurado volvía a entrar en la sala. Eso tenía todo el sentido del mundo para mí; reflejaba la manera en que yo me comportaría si alguna vez fuera jurado: yo sabía que no sería capaz de mirar al acusado si lo estaba enviando a la cárcel.

Y así el mito cobró vida en mi mente. Se endureció, convirtiéndose en un hecho un poco más tarde, cuando iba con Cheryl Visco al supermercado a comprar fiambre, ensaladas y pan para el grupo de abogados y parteras que se habían congregado en nuestra casa. Me sorprendió ver que la empleada del bufete llamada Laurel y la partera Donelle encontraran alguna razón para reírse. Cuando mi madre no oía, en distintos grupos se discutía acerca del futuro de mi madre, y cada vez que oía palabras como *apelación* y *muerte culposa*, sentía un escalofrío.

Ojalá Tom estuviera aquí, pensaba, pero se encontraba en la escuela. Por otra parte, no me atrevía a llamarlo por teléfono, porque eso significaba ocupar la línea, y todos esperábamos la llamada avisando que el jurado estaba listo con su veredicto.

Y, por supuesto, el teléfono llamaba constantemente esa tarde, lo que era una fuente permanente de frustración. Las llamadas eran de periodistas o de las amigas de mi madre, y para las dos y media mi padre contestaba indiscriminadamente con irritación, cosa de la cual nadie podía culparlo.

A veces oía hablar a la gente de los cuadernos, pero mi madre nunca fue al cuarto de trabajo a fijarse en ellos, lo que me hizo sentir alivio. Por lo que yo sabía, no los abrió el jueves por la noche tampoco, de modo que todavía no había descubierto lo que hice.

¿Me habría descompuesto, como lo hice, si el veredicto se hubiera leído a la semana siguiente? ¿Habrían sido tan fuertes mis aullidos si el jurado hubiera deliberado durante el fin de semana? Esperar todo ese tiempo, soportando el mito de que una deliberación prolongada implicaba una condena, ¿habría producido el mismo tipo de explosión emocional?

Quizá, pero nunca lo sabremos, porque nos llamaron a las tres y veinte con la noticia de que debíamos regresar al palacio de justicia.

En presencia de mi madre, nadie se arriesgó a adivinar qué significaría una deliberación de cuatro horas, pero yo sé que por primera vez en más de una semana existía una posibilidad de que mi madre fuera reivindicada. Me di cuenta de que Patty Dunlevy sentía lo mismo, y casi parecía que Stephen hubiera recobrado su aplomo.

Pero nadie se refería a nada de esto delante de mi madre. En una de las conversaciones más extrañas que oí en todos los meses anteriores al comienzo del juicio y en las dos semanas de su duración, mi abuela le preguntó a mi madre, mientras volvíamos al palacio de justicia:

—¿Has considerado alguna vez abrir otra ventana en tu consultorio? Yo creo que un poco más de luz lo haría más acogedor.

—No lo he pensado —respondió mi madre, al parecer contemplando un futuro algo diferente de nuestras fantasías—. Pero quizás algún día, cuando ya no estén todos esos pósters prenatales tal vez ponga un lindo empapelado con flores. Lirios, quizá. Montones y montones de lirios azules.

Retrospectivamente, creo que fue la rapidez misma de las deliberaciones lo que condujo a mis gritos en la sala.

Para cuando regresamos a Newport y subimos la escalera hasta la sala, para cuando el juez les dijo a los espectadores que no toleraría "demostraciones teatrales, perturbaciones ni reacciones dramáticas" cuando fuera leído el veredicto, para cuando le pidió a uno de los alguaciles que hiciera pasar al jurado y lo escoltara hasta la larga tribuna, y el resto de nosotros se puso de pie, yo había llegado a la conclusión de que mi madre sería hallada inocente de la acusación que importaba: homicidio involuntario.

No creo que realmente me importara que la encontraran culpable del delito menor, el de ejercer la medicina sin matrícula.

Sin embargo, cuando iba entrando el jurado, todo eso cambió. Cambió por completo. Ninguno de los doce jurados miró a mi madre. Miraron hacia adelante al entrar, se miraron los zapatos al sentarse. Miraron el reloj de la pared, miraron el lago.

—Hagan el favor de tomar asiento —nos dijo el juez—. Buenas tardes —les dijo a los miembros del jurado y luego se volvió hacia uno de los alguaciles, una mujer y le preguntó: —Señorita Rivers, ¿tiene usted el sobre cerrado con los formularios que contienen el veredicto?

—Sí, Su Señoría.

—¿Quiere por favor devolverle el sobre al presidente del jurado?

Mi madre estaba sentada, inmóvil, entre Stephen y Peter, las manos sobre la mesa y los dedos entrelazados. A mi lado, vi que a mi abuela le temblaban las manos.

—Señor presidente del jurado, ¿quiere revisar el sobre con los formularios?

El presidente tenía una mano en buenas condiciones; en la otra sólo le quedaba el pulgar. Sin embargo, con los años se había puesto diestro con sus seis dedos. Con la palma de la mano desfigurada sostuvo el sobre y con la otra revisó los papeles.

—¿Son éstos los formularios que ustedes firmaron? ¿Están en regla? —preguntó el juez Dorset.

El presidente del jurado miró al juez y asintió. Y todavía ninguno de los jurados miraba a mi madre. Ni un solo vistazo. Tampoco miraban a mi padre, ni a mí.

Por favor, recé en mi interior, *por favor, mírenme a mí, miren a mi madre. Mírennos a nosotros, miren hacia aquí, miren hacia aquí.* Pero ninguno miraba, ninguno miraba. Y luego uno, la mujer mayor de Lipponcott, miró a Bill Tanner, y yo supe que todo había terminado y que estábamos perdidos. Mi madre había sido declarada culpable, mi madre iría a la cárcel. Mi robo de las páginas de los cuadernos de mi madre no había sido más que un gesto sin sentido en una tragedia sin sentido. Charlotte Bedford había muerto, y la vida de mi madre esencialmente había terminado. Iría a prisión y no volvería a traer bebés a este mundo.

Y fue entonces cuando empecé a gritar. No fue sólo la presión la que me hizo gritar y llorar, con grandes sollozos, no fue la espera ni la tensión ni los nervios. Fue la idea de que la vuelta en la montaña rusa iba llegando a su fin, e iba llegando a su fin con una larga cadena de cochecitos —algunos con los Bedford y otros con los Danforth— que se atropellaban y se venían abajo de los postes y columnas que se suponía debían sostenerlos y conducir a los pasajeros en los cochecitos por encima y más allá de los abismales horrores de la Tierra.

Yo no estuve presente cuando se leyó el veredicto. Estaba con mi abuela y Cheryl Visco y Patty Dunlevy en una salita de reuniones alejada del recinto. Me han contado que cuando el juez le pidió a mi madre que se pusiera de pie y mirara de frente al jurado, Stephen la ayudó. Algunos de los que estaban presentes me cuentan que la sostuvo del brazo cuando se conoció el veredicto, pero otros no están tan seguros. Con mi padre allí presente, yo no creo que Stephen hiciera tal cosa.

Pero me he equivocado en tantas cosas que quizá lo hizo.

Si mi madre creía en el mito sobre el jurado que contó Stephen ese mismo día en la playa de estacionamiento y si se dio cuenta de que ninguno de los jurados la miró, entonces puede haberse sorprendido por el veredicto. Me cuentan que asintió levemente y suspiró, y fue mi padre quien manifestó mucho más visiblemente el alivio de toda la familia. Dijo "gracias" en voz tan alta que la gente sentada en las filas detrás de él alcanzó a oírlo, y todos miraron hacia arriba en señal de gratitud y de alivio.

Un largo segundo después, cuando todos en la sala habían absorbido el veredicto, hubo una especie de reacción espontánea que el juez no logró acallar. La hermana de Charlotte y su madre y las parteras empezaron a llorar. Las parteras lloraban de alegría, mientras que las Fugett lloraban por la muerta de su familia.

Algunos de los testigos que fueron mantenidos fuera de la sala durante gran parte del juicio, gente como Asa Bedford y Anne Austin y B. P. Hewitt estaban en la sala cuando se anunció el veredicto, pero ninguno de ellos reaccionó. Ni siquiera Asa. Abrazó a la madre de Charlotte y la meció entre sus brazos, pero su rostro permaneció impasible.

Más tarde, Bill Tanner trataría de dar a entender que si bien mi madre fue absuelta del cargo de homicidio involuntario, el jurado les había enviado un importante mensaje a las parteras con respecto al nacimiento en la casa. Encontraron a mi madre culpable de ejercer la medicina sin matrícula, lo que —según Tanner— significaba que los jurados de Vermont no estaban encantados con el parto casero.

Esa noche, sin embargo, ni a las parteras ni a mi padre les importaba que mi madre hubiera sido encontrada culpable de ejercer la medicina sin matrícula. Una multa de doscientos dólares no era nada comparada a un veredicto de homicidio involuntario, y otra vez sonó la música en casa, mientras yo, acurrucada en el sofá, bebí té de hierbas hasta cerca de la medianoche.

Hasta inclusive siete años después del juicio de mi madre, muchas de sus amigas parteras temían que mi decisión de estudiar medicina fuera considerada por muchos como una denuncia contra el nacimiento en la casa. No lo era. Yo llegué a ser una ginecóloga obstetra en parte porque el derecho de la mujer a optar por tener a su hijo en su casa era importante para mí, y quería asegurarme de que siempre hubiera médicos dispuestos a apoyar esa decisión.

Sé que hubo también otras razones, pero me resulta más difícil expresarlas. A cierto nivel, empiezan con un deseo de estar cerca de los bebés que puede ser de origen genético, pero calan más hondo. La necesidad de saber, sin ninguna reserva, exactamente cuándo alguien está vivo y cuándo está muerto. Expiación. Una aversión desesperada por la idea misma de una operación cesárea, combinada con una ocupación que exige que la realice con asiduidad. Reparación. Compensación. Justicia.

Algunas de las parteras amigas de mi madre saben que he estado escribiendo este libro y temen ahora que mi profesión coloree mis recuerdos. Para ellas, no soy yo quien debe relatar la historia de mi madre, y quieren que no interfiera con ella.

Si ellas supieran lo que yo sé, si hubieran visto los cuadernos y supieran que yo suprimí las anotaciones esenciales, estarían más que temerosas: se pondrían furiosas. Con toda seguridad, no querrían que se relatara esta historia.

Pero en el segundo miércoles del juicio, la historia de mi madre se convirtió también en mi historia. Ahora sé que mi madre querría que se relatara nuestra historia.

Descubrió que alguien había doblado algunas páginas de su diario el lunes después del juicio, justo después que yo ya había salido para la escuela y mi padre, para su oficina. Al parecer, lo primero que pensó fue que el juez Dorset las había quitado para leerlas con cuidado, y que al hacerlo las dobló. Pero la idea de que el juez hubiera dedicado tiempo a esas anotaciones para luego llegar a la conclusión de que no eran pertinentes no tenía ningún sentido, no tenían ningún sentido, en absoluto. Y entonces se le cruzó por la mente la idea de que alguna otra persona era responsable, y que esa persona probablemente fuera yo.

A media mañana fue a la tienda de ramos generales a buscar el diario, y sus sospechas acerca de mi intervención se hicieron más pronunciadas. Hacia el final del análisis del juicio

BY AIR MAIL
par avion

Royal Mail

que se publicaba en el diario, uno de los jurados traía a colación el tema de los cuadernos.

"Todos sabíamos que el juez estaba leyendo su diario durante el receso. Eso era muy claro", decía el jurado. "De manera que todos esperábamos enterarnos de lo que había escrito. Pero el juez lo leyó y no vio nada incriminatorio. Yo no puedo hablar por los demás, pero para mí eso fue muy importante."

Cuando volví a casa de la escuela, mi madre me enfrentó. Dijo que honestamente no sabía si estaba decepcionada o se sentía orgullosa de mí. Por una parte, veía que su hija era una adolescente capaz de leer un diario ajeno y luego poseía la audacia de quebrantar la ley y obstruir la justicia. Por otra parte, se sentía asombrada por mi audacia y por el riesgo que había estado dispuesta a correr por ella. Dijo que de todos modos me amaba, pero luego me hizo una pregunta que reveló otra emoción que se agitaba dentro de ella:

—¿Qué piensas ahora de lo que hice?

Le dije que estaba contenta de que hubiera salvado al bebé, pero mi repuesta carecía de sentido. Las dos sabíamos que lo que importaba era la pregunta, pues esa pregunta explicitaba la manera en que nuestras vidas como madre e hija habían cambiado para siempre: a los catorce años, yo conocía el peor temor de mi madre.

Antes de que mi padre llegara de vuelta a casa, mi madre me sugirió que debía confesar lo que había hecho. Yo era menor, de modo que la pena no podría ser demasiado severa, me dijo. El reformatorio, tal vez. No hablaba en serio. Así como yo había hecho todo lo posible por protegerla, ella, como mi madre, haría exactamente lo mismo para protegerme, pero por algunas horas me escondí en mi cuarto como un gatito asustado, convencida de que mi madre estaba dispuesta a destruirnos a las dos.

Y, sin embargo, nunca le contó a mi padre lo que yo había hecho. Cuando vino a buscarme para que bajara a comer, me dijo que nunca más hablaríamos de lo que era ahora nuestro delito.

Y hasta que le diagnosticaron cáncer al pulmón hace dos años, nunca lo hicimos. No fue sino hasta la tercera tarde de quimioterapia —uno de los días que la llevé al oncólogo en Hanover, New Hampshire, y le hice compañía mientras los venenos entraban, gota a gota, en su brazo por vía intravenosa— cuando volvió a mencionar el nombre de Charlotte Bedford.

—¿Por ella es que vas a ser médica? —me preguntó—. ¿O por mí?

—Por ambas, supongo.

Asintió, y observó el tubo transparente en el punto donde se conectaba con una aguja y luego con su piel.

—No he abierto mis cuadernos en años. Los metí en una caja cuando entraste en la universidad. Tú probablemente lo sabías, ¿no?

—Supongo que sí —respondí, poniendo los ojos en blanco.

No mucho tiempo después de pagar la multa, mi madre volvió a la partería. Duró casi un año, y por un tiempo su vida se llenó de actividad, aunque no de alegría. Estaba atareada con los exámenes prenatales y con las consultas, y las mujeres —a veces mujeres y hombres— iban y venían de casa. Estaba claro para todos nosotros que sería capaz de reconstruir su práctica.

Pero luego las nuevas pacientes llegaron al término de su embarazo, y ella tuvo que volver a ser partera. Descubrió con el primer parto que ese placer casi fascinante que había sentido una vez por el nacimiento ahora había sido reemplazado por el miedo. Cada vez que alentaba a una parturienta a que pujara, pensaba en Charlotte; cada vez que ponía la mano tibia sobre el vientre de una parturienta, recordaba la línea imaginaria que una vez trazó con la uña entre el ombligo y el pubis de Charlotte.

Y entonces paró. Trajo al mundo a su último bebé una tarde soleada de noviembre, después de un parto intenso pero corto, sin nada notable. Llegó a casa a tiempo para la cena, y mi padre, mi madre y yo comimos juntos. Sabíamos que era el último parto, y mi padre hizo un brindis por mi madre y toda la belleza que había traído al mundo.

Por un corto tiempo circuló por Vermont el rumor de que mi madre había abandonado la profesión que amaba debido a un arreglo con Asa Bedford. El rumor implicaba que ni él ni los Fugett harían una demanda civil por homicidio culposo contra mi madre si ella aceptaba abandonar la partería, pero no hubo tal arreglo.

Asa decidió no entablar un juicio civil casi de inmediato porque —como se lo citaba diciendo en una nota— no estaba "interesado en conocer el valor monetario de la vida de mi Charlotte". Además, Asa era un buen hombre y un pastor. Sabía mejor que nadie a quién le pertenece la venganza.

No obstante, mi madre no intervino en ningún otro parto después de aquel último de noviembre. Exactamente como le dijo a su madre que haría, sacó todos los pósters prenatales y cubrió las paredes del cuarto de trabajo con un empapelado con lirios azules. Después, leía y hacía cubrecamas en ese cuarto, y estoy segura de que cuando la casa estaba en silencio y ella se quedaba sola, contemplaba las montañas a lo lejos. Durante algunos años más, siguió escribiendo su diario en ese cuarto.

Y luego, de pronto, metió todos los cuadernos en cajas y los llevó al altillo. Yo fui a casa para Navidad durante mi primer año en la universidad y vi que los cuadernos ya no estaban. Los estantes estaban llenos de libros de jardinería y revistas de decoración.

—¿Sabes dónde puse los cuadernos? —me preguntó mi madre a medida que las toxinas iban penetrando en su brazo.

—En el altillo, ¿verdad?

—Sí. Son tuyos, si los quieres. Cuando llegue el momento.

Traté de reírme.

—Madre, no seas morbosa.

Pero la médica y la partera emérita, ambas estábamos al tanto del cáncer, y aunque nunca habíamos hablado de las estadísticas, sabíamos que el pronóstico era sombrío. Su tipo de cáncer era mortal. Tenía la posibilidad de una breve remisión, pero virtualmente ninguna de recuperarse.

—Yo no digo que el momento llegue mañana. Pero quiero que sepas que son tuyos. Haz lo que quieras con ellos.

Cuatro meses y medio después del diagnóstico le dijeron que estaba en remisión, pero la remisión duró sólo una estación, y murió cinco meses después de que volvió a manifestarse el cáncer.

De los hombres en mi vida cuando cumplí los catorce años, a quien todavía veo regularmente es a mi padre. Y siempre he considerado una gran bendición poder verlo seguido. Todavía vive en Reddington, y yo practico en el centro de Vermont, de modo que podemos almorzar o cenar por lo menos una vez por semana desde que murió mi madre. Él ya no trabaja. Cuando a mi madre le diagnosticaron cáncer, él vendió su parte de lo que se había convertido en una empresa de quince personas.

Tom Corts pudo escapar del taller de autos de su familia. Partió para una de las universidades estatales mientras yo seguía en la escuela secundaria, y al poco tiempo rompimos nuestra relación. Pero nuestros caminos se cruzan periódicamente como adultos, porque trabaja para una compañía que diseña software para la comunidad médica. Asistió también al funeral de mi madre: un gesto que nos conmovió a mi padre y a mí.

Tom está casado, yo no. Algún día espero casarme, también.

Hasta hace poco, veía el nombre de Stephen Hastings en los diarios, y su elegancia —un escaloncito más arriba— en la televisión. Ya no más. Aparentemente, al envejecer, ha optado por practicar menos el derecho penal.

Durante mucho tiempo mi familia recibió tarjetas de su bufete para las fiestas de diciembre, y durante algunos años incluían notas escritas por Stephen. Luego las notas fueron disminuyendo: primero un saludo, luego un deseo, una firma, y después las tarjetas dejaron de llegar.

No creo que mi padre las echara de menos, pero estoy segura de que, de alguna manera, mi madre, sí.

Yo nunca he hablado con los Fugett, pero una vez hablé con Asa Bedford. Fui a visitar Mobile y las ciudades vecinas, como Blood Brook, y me enteré de que Asa se había casado y había vuelto al púlpito en un pueblo costero de Alabama llamado Point Clear. Yo no había ido a Alabama con la idea de ver a Asa, a menos no en forma consciente, pero cuando estuve allí el deseo de verlo fue abrumador. Lo llamé desde un teléfono público.

Dijo que estaba empacando para asistir a una reunión de pastores en el norte del estado, pero que por cierto tendría una media hora para alguien que había viajado desde tan lejos. Dijo que él y su esposa se ofenderían si no los visitaba en la rectoría. Así que fui, y los tres tomamos café helado, y Asa y yo hablamos de nuestra vida desde el juicio.

Foogie se acababa de mudar a Texas, para que él y su esposa pudieran estar más cerca de la familia de ella. Foogie estaba a punto de empezar a trabajar como maestro de escuela. Y Veil, el bebé que salvó mi madre, era un joven apuesto, la imagen misma de su madre.

Cuando Asa me acompañó hasta la puerta de su modesta casita, nos quedamos en la puerta un largo rato y luego él me abrazó, me palmeó la espalda y me deseó la paz.

22

del diario de Sibyl Danforth, partera

15 de marzo, 1981

El cuarto estaba realmente en silencio, como si hasta el hielo y la nieve hubieran dejado de azotar la ventana. Durante un segundo me percaté de un castañeteo, y miré a mi alrededor, suponiendo que Asa y Anne también lo habrían oído. Pero no, porque estaba en mi cabeza. Eran mis dientes.

Mis dientes castañeteaban. El cuarto estaba tibio, pero los dientes me seguían castañeteando. Me miré las manos y me temblaban tanto que el cuchillo se sacudía.

Y entonces inhalé realmente despacio y luego exhalé el aire. Cuando cortara a Charlotte no quería temblar de manera que no pudiera controlar el cuchillo y accidentalmente lastimara al bebé. Luego tracé con la uña una línea desde el ombligo de Charlotte hasta el pubis, y recordé que los médicos hacían este tipo de cosas todo el tiempo sin lastimar al bebé. Yo he visto montones de cesáreas en mi vida, porque la mayoría de las madres que transfiero al hospital terminan con una cesárea, y ni siquiera una sola vez he visto que un médico lastime al feto. De modo que me dije a mí misma que sólo debía ser increíblemente cuidadosa, y entonces procedí.

Lo hice, simplemente. Con firmeza, hundí la punta del cuchillo en la piel hasta penetrarla.

No creo que nadie, excepto yo, haya visto cuando el cuerpo se sobresaltó. En ese momento pensé que era uno de esos horribles reflejos postmortem que, según se dice, ocurren en algunos animales, así que seguí adelante. Pensé lo mismo al ver tanta sangre, que no dejaba de manar.

Después de todo, había tratado de encontrarle el pulso y de sentir si oía un latido, y no encontré nada. Entonces, ¿cómo era posible que estuviera viva? La verdad es que es imposible, pensé, y no lo estaba. Eso fue lo que pensé cuando seguí cortando hacia abajo con el cuchillo, y sé que estaba absolutamente segura entonces.

Pero pensando en ello ahora —un día después, ahora que he dormido un poco— no lo sé. Cuando pienso en ese sobresalto, simplemente no sé...

Reconocimientos

Estoy profundamente agradecido a una mujer notable, cuya paciencia al parecer no tiene límites: Carol Gibson Warnock, una partera que se mostró dispuesta a invitarme a entrar en su vida, a compartir conmigo las alegrías que marcan su profesión y a leer esta novela al menos en una media docena de sus etapas de composición.

También quiero agradecer a otros cuatro expertos —ahora amigos— por soportar mis preguntas y consultas, atender mis llamadas día y noche y también revisar los sucesivos borradores de la historia: a Lauren Bowerman, fiscal adjunta del condado de Chittenden, Vermont; a Kerry DeWolfe, abogada defensora penalista en el condado de Washington, Vermont; a la doctora Nancy Fisher, ginecóloga obstetra; y (una vez más) al doctor Paul Morrow, jefe de médicos forenses del estado de Vermont. Ésta es la segunda historia que relato en la cual los conocimientos de Paul resultaron de inmensa ayuda.

Una cantidad de libros resultaron importantes para mis investigaciones, pero dos sobresalen. *Spiritual Midwifery* (Partería espiritual), de Ina May Gaskin, es una bellísima introducción a la partería y un recordatorio constante de que el nacimiento es un sacramento. Asimismo, el retrato de Laurel Thatcher Ulrich de una partera y sanadora del siglo XVIII, *A Midwife's Tale* (El relato de una partera), me recordó una larga tradición de la que las parteras modernas no son más que una pequeña parte.

Estoy seguro de que Sibyl Danforth habría leído ambos libros y los habría atesorado.

Nueve personas me brindaron asesoramiento literario o médico adicional, o ambos: la doctora Eleanor L. Capeless, Stanley Carroll, el doctor J. Matthew Fisher, Ellen Levine, Russell Luke, Ken Neisser, Nancy Stevens, el doctor Ivan K. Strausz y Dana Yeaton. Y si bien Lexie Dickerson —ahora una niña crecida que asiste a la escuela primaria— no ha leído ni una palabra de *Parteras*, el libro habría sido muy diferente si ella no hubiera llegado un día a casa de la guardería embelesada con la palabra *vulva*.

Por último, dos mujeres actuaron como parteras para esta historia desde su concepción —o iniciación— y transformaron mi trabajo de parto en un sueño: Anne Dubuisson y Shaye Areheart: la primera, agente literaria; la segunda, editora; ambas la clase de amiga milagrosa que el alma ansía.

Les agradezco a todos.